I0573664

Temperament und Zufall

Edith Zeitlberger

LAUNCHPOINT PRESS

2022

Copyright Notice

Originalausgabe von Launch Point Press Trade

Temperament und Zufall ist ein Roman. Handlungen und Personen sind frei erfunden. Ähnlichkeiten mit lebenden oder toten Personen sind nicht gewollt und rein zufällig.

ISBN: 978-1-63304-400-5
Ebook: 978-1-63304-401-2

New Version: First Printing, 2022

Editing: Lori L. Lake
Book Design and Cover: Lorelei

Portland, Oregon
www.LaunchPointPress.com

Widmung

Für die plappernde Teetasse,
die mich zurecht immer dann in den
Allerwertesten getreten hat,
wenn ich es gebraucht habe.

Anmerkungen der Autorin

Dieses Buch ist ein Roman. Handlungen und Personen sind frei erfunden. Ähnlichkeiten mit lebenden oder toten Personen sind nicht gewollt und rein zufällig.

Warnung: In diesem Buch wird die Vergewaltigung und die damit verbundenen Folgen eines Nebencharakters besprochen. Dieses Ereignis, das vor dem Inhalt des Buches geschah, ist ein wichtiger Bestandteil für den Verlauf der Handlung selbst. Obwohl die sexuelle Gewalt selbst nicht beschrieben wird, könnten manche Leser*innen die Erwähnung, aufwühlend empfinden.

Ungenauigkeiten, die historischen Fakten betreffend, sind alleine mir selbst geschuldet. Ich habe mir erlaubt, von der künstlerischen Freiheit Gebrauch zu machen.

Edith Zeitlberger
Wien, Österreich
Juli, 2022

Epigraph

»Glück und Unglück hängen genauso vom Temperament wie vom glücklichen Zufall ab.«

-Francois de La Rochefoucauld

Prolog

Es war Eleanors achtzehnter Geburtstag und sie war glücklich. Nun, zumindest so glücklich wie sie es eben sein konnte. Aufzuwachsen als Tochter einer reservierten Mutter und eines sehr strengen und cholerischen Vaters, der keinerlei Gefühle der Wärme und Zuneigung für seine Kinder zu verspüren schien, waren nicht gerade die besten Voraussetzungen für eine glückliche Kindheit und Jugend. Eleanors einzige Quelle herzlicher, aufrichtiger Liebe war ihre Großmutter mütterlicherseits. Sie hatte sich schon oft gefragt, wie es möglich war, dass ihre kalte Mutter die Tochter einer so warmherzigen Frau sein konnte.

Heute, am Tag vor dem großen Ball, wurde ihr Geburtstag gefeiert, auf dem ihre Eltern sie in die Gesellschaft einführen würden, was zumindest für Eleanor eine regelrechte Verschwendung eines schönen Kleides war. Schließlich wusste sie schon seit geraumer Zeit, dass ihr Schicksal besiegelt war, nicht dass es ihr viel ausmachte. Ihr entfernter Cousin Henry Edgewood war ein durchaus passender Ehemann. Er war wohlhabend, gutaussehend und charmant. Seine gesellschaftliche Stellung hatte jedenfalls ihre Eltern überzeugt, ihnen ihren Segen zu geben, als Henry um ihre Hand anhielt. Eleanor liebte ihn sehr, wie einen Bruder zwar, aber dennoch liebte sie ihn.

Seit ihrer Kindheit war Henry ihr bester Freund, Vertrauter und Beschützer. Seither hatte sich kaum etwas daran geändert. Henry war der Einzige, der ihre tiefsten Geheimnisse kannte, so wie sie die Einzige war, die die seinen kannte. Niemand sonst wusste etwas davon und diese Tatsache hatte die beiden noch stärker zusammengeschweißt.

Eleanor saß im Garten ihrer Eltern im Schatten einer großen Eiche und genoss die Wärme des frühen Sommers, als sie Henry auf sich zukommen sah. Hände in den Taschen, ein Lächeln auf seinem gutaussehenden Gesicht, näherte Henry sich und betrachtete die Frau, die er heiraten würde. Er hatte immer schon eine Schwäche für Eleanor. Trotz Titel und Wohlstand war sie in ihrer Jugend alles andere als auf Rosen gebettet worden. Sie war immer schon trotzig gewesen und die sture Ader, die sie von ihrer Großmutter geerbt hatte, war ebenfalls nicht sehr hilfreich.

Henrys Kindheit war noch schlimmer. Die Narben auf seinem Rücken waren Zeugnis von dem Hass, den sein Vater seinem jüngeren Sohn gegenüber hegte. Arthur Edgewood war bekannt für sein unberechenbares und gewalttätiges Temperament. Henry wurde oft genug das Opfer der üblen Launen seines Vaters, weil er einfach nie in der Lage war den Erwartungen seines Vaters gerecht zu werden. Jedoch nach dem Tod von Henrys älterem Bruder Edward, der bei einem Pistolenduell ums Leben gekommen war, geriet Arthur Edgewood in einen Strudel von Gewalt, der ungeahnte Ausmaße annahm. Hätte nicht einer der Diener eingegriffen, wäre Henry beinahe von seinem wütenden Vater zu Tode geprügelt worden. Der Diener verlor ein Auge und seine Stellung, weil er es gewagt hatte, sich seiner Lordschaft entgegen zu stellen, aber der siebzehnjährige Henry überlebte. Seine Mutter hatte ihn zur Erholung zu Eleanors Großmutter auf Schloss Darnsworth geschickt und er und Eleanor wuchsen danach noch enger zusammen.

Eleanor schützte ihre Augen gegen die Sonne und lächelte, als sich Henry neben ihr im Gras niederließ.

»Henry!« Sie küsste seine glatt rasierte Wange. »Ich bin so froh, dass du hier bist.«

»Hallo, Eleanor«, erwiderte er die Geste zärtlich. »Deine Eltern haben sich für die Feierlichkeiten ja geradezu selbst übertroffen.«

»Wohl weniger wegen meines Geburtstages, als vielmehr wegen der Bekanntgabe unserer Verlobung«, sagte Eleanor mit einem traurigen Lächeln.

»Ah«, der junge Lord musste zugeben, dass der Einwand wohl berechtigt war. »Nichtsdestotrotz schlage ich vor, dass wir das Beste daraus machen. Wird Charles kommen?«

»Nein. Vater hielt es nicht für notwendig, dass er für meinen Geburtstag sein Studium vernachlässigt.«

»Das tut mir leid. Ich weiß, wie gern du deinen kleinen Bruder hast und er dich. Wir werden ihn vermissen.« Henry nahm Eleanors Hand, »Aber es gibt auch gute Nachrichten. Meine Cousine Cath-leen wird kommen. Sie ist bewundernswert und man kann mit ihr Pferde stehlen. Du wirst schon sehen.«

»Ist sie nicht die, die den steinalten Lord Northcott heiraten musste?«, fragte Eleanor mit einem Stirnrunzeln.

»Ganz genau die, meine Liebe.«

Sie kehrten gemeinsam zum Haus zurück, wo sie mit Eleanors Eltern zu Mittag aßen. Wie üblich war es eine angespannte Atmosphäre trotz Henrys Versuchen, die Unterhaltung entspannt zu gestalten.

Später am Abend, als Eleanor in ihrem Ankleidezimmer vor dem Spiegel stand, um noch etwas von dem Parfüm aufzutragen, das Henry ihr geschenkt hatte, klopfte es an ihrer Schlafzimmertür.

»Herein!«, rief sie mit einem Lächeln, denn sie wusste genau wer sie aufsuchen würde, um sie zu beruhigen, bevor sie ein heiteres Gesicht und ein falsches Lächeln für die Bekannten ihrer Eltern aufsetzen musste.

Henry bewunderte Eleanors Erscheinung im Spiegel, während er perfekt in Frack und Lackschuhen, entspannt mit einer Hand in der Tasche am Türrahmen lehnte.

»Du bist wunderschön, meine Liebe«, machte ihr Lord Edgewood ein aufrichtiges Kompliment.

»Danke«, Eleanor errötete ob seiner Worte. »Du siehst auch sehr gut aus.«

»Wir sind ein wirklich gutaussehendes Paar. Findest du nicht auch?«

Henry konnte dem nur zustimmen, als er sich hinter sie vor den Spiegel stellte, in dem sich ihre Augen trafen.

Ihr langes blondes Haar war zu einer kunstvollen Frisur aufgetürmt worden. Lediglich ein paar vereinzelte Strähnen durften sanft ihren Nacken streicheln. Sie hatte die wunderbarsten blauen Augen, die er je gesehen hatte, klar wie ein Sommertag. Ihre Haut war hell und makellos, ihre Lippen hatten den perfekten Rotton und, obwohl ihre Nase vielleicht eine Spur zu groß war, so vervollständigte sie doch ihr aristokratisches Aussehen, das glänzend zur künftigen Herzogin von Darnsworth passte. Sie trug ein dunkelblaues Kleid, das ihre Augen betonte.

»Mit deinem schulterfreien Kleid wirst du heute, ohne Zweifel, die Ballkönigin sein. «

Sie errötete und er küsste schlicht ihre Schulter und lächelte ermutigend, bevor er ihr seinen Arm reichte und sie sich gemeinsam auf den Weg machten.

Der Abend erwies sich als durchaus angenehm, vielleicht eine Spur langweilig, aber Eleanor wusste aus Erfahrung, dass es schlimmer hätte sein können. Nachdem ihr Vater ihre Verlobung verkündet hatte, ohne darauf hinzuweisen, dass es auch ihr Geburtstag war, mussten sie eine endlos scheinende Abfolge von Glückwünschen über sich ergehen lassen. Ihre Mutter hatte sich für ein Buffet entschieden. Dieser Umstand machte es leichter, sich zu unterhalten und nach einer angemessenen Zeit konnte auch getanzt werden. Henry war ein ausgezeichneter Tänzer und Eleanor war entzückt, in seinen Armen ihre Lieblingsmusik genießen zu können und alles um sie herum für einen Augenblick zu vergessen. Drei Tänze später und ein wenig außer Atem entschied sie sich für eine kurze Pause. Ihr Gesicht hatte Farbe vom Tanzen und von der Freude, die es ihr bereitete. Henry geleitete sie in den mit Fackeln erleuchteten Garten. Beide hielten ein Glas Champagner zur Erfrischung in ihren Händen.

Eleanor nippte an ihrem Glas, als eine wahre Erscheinung durch die Terrassentür trat. Ihr dunkelrotes Haar fiel, der herrschenden Mode entsprechend, in Wellen auf ihre Schultern, ihre perfekte weiße Haut schien im Licht der unzähligen Flammen förmlich zu glühen, ihr Lächeln war magnetisch. Als sie näherkam, blickte Eleanor in die wunder-schönsten grünen Augen, die sie jemals gesehen hatte. Das dunkelgrüne Kleid der Unbekannten schmiegte sich an ihren Körper und der tiefe Ausschnitt erlaubte einen Blick auf ein perfektes Dekolleté. Eleanor ergriff Henrys Arm, bevor sie ihre Stimme fand, um zu fragen wer diese wunderbare Frau sein mochte.

»Henry, wer ist das?«, flüsterte Eleanor.

»Wer?« Henry war verwirrt, bevor er selbst die Frau erblickte, die ein Lächeln auf seine Lippen zauberte.

»Cathleen, endlich! Ich habe mir schon Sorgen gemacht, dass du wohl doch nicht kommen würdest.«

»Henry, Liebling«, begrüßte ihn Cathleen mit einem Kuss auf die Wange. »Es tut mir leid. Wir haben länger gebraucht als erwartet. Martin war nach der Reise völlig erschöpft und ich musste ihn erst noch zu Bett bringen, bevor ich aufbrechen konnte.«

»Eleanor«, wandte sich Henry seiner Braut zu, »darf ich dir meine Cousine Lady Cathleen Northcott vorstellen? Cathleen, meine Verlobte Eleanor Shaftsbury.«

»Es ist eine Freude Sie kennenzulernen«, lächelte Cathleen herzlich, »Glückwünsche sind wohl angebracht. Ein achtzehnter Geburtstag ist doch etwas Besonderes, oder etwa nicht?«

»Danke schön«, Eleanor errötete ob der aufrichtig gemeinten Worte. »Ich habe mich sehr darauf gefreut Sie kennenzulernen, nachdem Henry mir gesagt hatte, dass Sie das Wochenende mit uns verbringen werden.«

»Das habe ich auch«, erwiderte Cathleen. »Deine Mutter hat mir von der Verlobung erzählt, Henry, Glückwunsch.«

»Danke, Cathleen«, Henry beobachtete sie wohlwollend. Er wusste, es war die richtige Entscheidung gewesen, seine Cousine einzuladen, damit sie Eleanor kennenlernte. Ach, er liebte es einfach zu sehen, wenn seine Pläne erfolgreich waren. Er entschuldigte sich und überließ die beiden sich selbst, aber bevor er das Haus betrat, wandte er sich noch einmal um. Er beobachtete, wie sie Arm in Arm plaudernd und lachend den erleuchteten Weg entlangschlenderten, so als würden sie sich schon seit ewigen Zeiten kennen.

Kapitel Eins

Lord Henry Edgewood, der neunte Graf von Houghton, lehnte sich in die Polsterung seiner Kutsche, die ihn von seinem Herrenclub in Westminster in sein Londoner Domizil am Grosvenor Square Nummer 6 brachte. Er war sich nicht ganz im Klaren darüber, was ihn dazu brachte über die letzten fünf Jahre seines Lebens nachzusinnen. Vielleicht war es das unentwegte Genörgel seiner Standesgenossen im Klub oder einfach nur der erste Hauch von Frühling nach einem langen und kalten Winter. Was es auch war, es führte dazu, dass sich seine Stirn in tiefe Falten legte.

Sein Zuhause war immer ein Ort voller Lachen und Leben gewesen, aber in den vergangenen drei Jahren war es für seinen Geschmack viel zu still geworden. Bis zu jenem Moment hatte er niemals Grund gehabt, in das unaufhörliche Gejammer seiner Kollegen miteinzustimmen, in dem es stets um ihre Frauen und deren angebliche hanebüchenen Forderungen ging. Er war aber nicht wirklich unzufrieden, sondern vielmehr besorgt.

Seine Ehefrau Eleanor, die Herzogin von Darnsworth, war früher der lebendige Mittelpunkt ihres Heims gewesen. Es schmerzte Henry zugeben zu müssen, dass es in den letzten Jahren in dem Haus so viel stiller und ernsthafter geworden war. Alle Bewohner, Herrschaft und Dienerschaft in gleichem Maße, waren bedrückter, weniger fröhlich, als es jemals zuvor der Fall gewesen war. Die größte Veränderung jedoch betraf seine Frau, seine beste Freundin und Vertraute, die sich von einem herzlichen, liebevollen Menschen in eine distanzierte und kühle Person verwandelt hatte, die kaum noch jemand in der Familie wirklich verstand. Ihre italienische Großmutter und ihre Tochter Charlotte schienen die einzigen zu sein, die Eleanor noch an sich heranließ.

Mit gerade einmal fünfundvierzig befand sich Henry in der Blüte seiner Jahre und es stimmte ihn mehr als traurig, dass sein Familienleben nicht mehr das war, was es einmal gewesen war. Nicht, dass es je auch nur im Entferntesten konventionell gewesen wäre, aber es war immer ein Ort des Rückzugs für ihn gewesen, wo er er selbst sein konnte. Wo er sich wohl fühlte und nicht vorgeben musste etwas zu sein, was er nicht war. Wenn die Mitglieder seines Klubs die Wahrheit kennen würden, wäre er ein Ausgestoßener. Das war nichts, was er riskieren wollte, aber die meisten Menschen sahen ohnedies nur das, was sie sehen wollten und glaubten das, was sie für die Wahrheit hielten.

Henry Edgewood war ein Mann von durchschnittlicher Statur, schlank, sein charaktervoller, kahler Kopf sowie seine dunklen, warmen Augen hinter seinen Brillengläsern trugen zu seiner Anziehungskraft bei. Sein Esprit, seine große Intelligenz und sanfte Art machten ihn zu einem hochangesehenen und respektierten Mann. Wenn er mit seiner Frau in der Gesellschaft auftrat, zogen sie alle Aufmerksamkeit auf sich. Denn Eleanor, ein klein wenig größer als ihr Mann, wurde von vielen für ihre Schönheit bewundert. Sie waren nicht nur ein ausgesprochen attraktives Paar, sondern Eleanor war genauso kultiviert, gebildet und charmant wie ihr Ehemann. Seine Lordschaft wurde von so manchem Standes-genossen deswegen beneidet.

Es stimmte Henry zutiefst traurig, dass die einzige Beschäftigung seiner Frau nunmehr darin bestand, ein strenges Trainings-programm beim Fechten einzuhalten, sich mit ihrem geliebten Pferd bis zur Erschöpfung zu verausgaben oder stundenlang in einer von Londons Galerien zu sitzen und auf düstere Kunstwerke zu starren. Nichts, was er tat oder sagte, konnte sie davon abbringen. Alle um sie herum übten sich in größter Rücksichtnahme und dieses Verhalten hinterließ Spuren. Er war am Ende seiner Weisheit und er wusste nicht, was er hätte tun oder sagen können, zumindest nichts, was sie hören wollte.

Die Kutsche hielt und der Kutscher hielt ihm die Tür, damit er aussteigen konnte. Henry stieg aus und dankte seinem Kutscher, »Danke, Parker. Das ist für heute alles.«

Der Kutscher nickte und stieg wieder auf den Kutschbock, um hinter das Haus zu fahren.

Lord Edgewood erklomm die Stufen zu seinem Heim in Mayfair voller Schwung und bevor er noch seine Heimkehr ankündigen konnte, öffnete ihm sein Butler Benson die Tür.

Benson trug einen makellosen Anzug, dessen Stoff genau dem der Klappe über seinem linken Auge entsprach. Die Augenklappe verlieh seinem an sich mildem Gesicht einen etwas unheimlichen Charakter und dennoch schaffte es Benson stets würdevoll und korrekt zu erscheinen. Sein silbernes Haar war perfekt frisiert, seine Schuhe auf

Hochglanz poliert und seine schwarze Fliege war stets perfekt gebunden und ausgerichtet.

Der Butler verbeugte sich leicht, während er die Tür für seine Lordschaft hielt damit er eintreten konnte. Henry nickte dem Mann zu und entledigte sich seiner Handschuhe, um diese gemeinsam mit Hut, Mantel und Spazierstock Benson zu reichen.

Auf einem kleinen Tisch im Foyer lag bereits die Nachmittagspost für ihn bereit. Bei der Durchsicht der Briefe fand er ein an seine Frau adressiertes Schreiben eines ungarischen Adeligen zwischen all den Geschäftsbriefen, um die er sich später noch kümmern konnte.

»Wo ist meine Frau, Benson?«, fragte Lord Edgewood, als er das Foyer zu seinem Arbeitszimmer durchquerte.

»Ihre Gnaden ist in der Sporthalle, eure Lordschaft. Sie trainiert mit Mister Carstairs«, teilte ihm Benson pflichtschuldigst mit.

»Natürlich ist sie das«, murmelte Henry und machte sich auf den Weg in den hinteren Teil des Hauses, wo ein paar Jahre zuvor die Sporthalle errichtet worden war.

»Danke, Benson.«

»Eure Lordschaft.« Der Butler verbeugte sich, bevor er sich wieder seinen anderen Pflichten widmete.

Der vertraute Klang von kreuzenden Degen hieß Henry willkommen, als er die Sporthalle betrat. Die beiden Gegner waren in perfekt sitzende Fechtausstattung gekleidet. Weiße, knielange Hosen, weiße Jacken, Kniestrümpfe und Schuhe. Zum Schutz des Gesichtes trugen sie passende Fechtmasken. Er beobachtete ihre gut koordinierten Bewegungen, die ihn an einen Tanz erinnerten, einen tödlichen Tanz.

Auch ohne die eindeutig weiblichen Formen unter einem der Gewänder hätte Henry ohne Mühe seine Frau erkannt. Eleanor war eindeutig im Vorteil in dieser besonderen Art des Duetts. Mit Können und Entschlossenheit drängte sie ihr Gegenüber zum Rückzug, ohne einen Hauch von Schwäche zeigend und somit ihrem Gegner keine Möglichkeit für einen Gegenangriff gebend.

Mit seinem Rücken zur Wand und der Spitze des Degens an seiner Brust beendete Jonathan Carstairs ihre Übungsstunde. Obwohl er es gewesen war, der die Herzogin mit dem Gebrauch des Degens vertraut gemacht hatte, musste er sich dennoch eingestehen, dass die Schülerin den Lehrer schon vor langem überflügelt hatte und er in ihr seine Meisterin gefunden hatte.

Im gleichen Moment, als ihr Lehrer sich ergab, senkte Eleanor ihre Waffe, nahm ihre Maske ab und zog ihre Handschuhe aus. Sie schüttelte ihr kurzes weißes Haar aus und strich sich ein paar Strähnen aus der schweißnassen Stirn, während sie Jonathan mit durchdringend blauen Augen ansah, in denen ein Hauch des Triumphes lag.

»Sehr gut gekämpft, eure Gnaden«, lobte Jonathan Carstairs seine Schülerin.

»Gleichfalls. Danke für die Übung, es war sehr willkommen.«

»Es war mir wie immer ein Vergnügen«, antwortete Jonathan mit einer leichten Verbeugung.

»Sehr gut Eleanor, in der Tat«, machte sich Lord Edgewood von der Tür aus bemerkbar.

»Henry!«, rief Eleanor ob der unerwarteten Gegenwart ihres Ehemannes. »Ich dachte, du wärst noch in deinem Klub.«

»Ich bin eben erst zurückgekehrt, meine Liebe.« Henry gesellte sich zu ihr, während seine Frau den Schweiß an ihrem Nacken trocknete.

»Ich fand etwas sehr Interessantes in der Post.«

»Oh?«

Henry reichte ihr den Umschlag und beobachtete sehr aufmerksam ihren Gesichtsausdruck, in der Hoffnung ein Zeichen von Neugier oder Interesse darin zu finden. Als er nichts dergleichen feststellen konnte, gab er jegliche Hoffnung auf.

»Ich bin nicht interessiert«, erwiderte Eleanor kurz und ohne die beiden Männer eines Blickes zu würdigen, verließ sie die Sporthalle.

Er glaubte einen kurzen Augenblick des Schmerzes in diesen blauen Augen erkannt zu haben, bevor sie ihm den Brief zurückgab. Das war keineswegs das, was er sich erhofft hatte. Er hatte geglaubt, dass der Brief eine andere Reaktion hervorrufen würde. Er bemerkte, dass Jonathan sich in respektvollem Abstand auf einer der Bänke, die eine Wand der Sporthalle säumten, niedergelassen hatte und setzte sich neben ihn. Er musste sich eingestehen, dass er mit seinem Latein wahrhaftig am Ende war. Er wusste einfach nicht, wie er mit Eleanors Kummer umgehen sollte.

Er strich sich über seinen kahlen Kopf und ließ ihn voll Niedergeschlagenheit hängen.

»Drei Jahre! Drei qualvolle lange Jahre! Ich hatte gehofft, dass sie eines Tages ihre Trauer überwinden würde und wieder anfangen würde zu leben. Ich hatte wirklich gehofft, dass diese Einladung dabei helfen würde, aber ich habe mich wohl geirrt. Was um Gottes Willen soll ich denn bloß machen?«

»Nichts, sie muss es selbst wollen«, antwortete Jonathan, als er seine Hand ermutigend auf die Schulter seines Geliebten legte.

Eleanor erklomm die Stufen in den zweiten Stock, ihre Lippen fest aufeinandergepresst, um die Tränen in Zaum zu halten. Ihre Hände hatten das Handtuch fest im Griff. Sie wusste, dass Henry es nur gut meinte und er war sehr geduldig, aber ganz egal, wie sehr sie sich auch bemühte, sie konnte den Schmerz einfach nicht überwinden. Die Einladung von Graf Nikolaus von Radványi war sehr schmeichelhaft, sein Vorschlag einer Partnerschaft war faszinierend, war er doch bekannt für die besten Vollblutpferde auf dem Kontinent. Er war sehr erfolgreich in der Fortführung der Arbeit seines Vaters, so wie sie es geschafft hatte, das Erbe ihrer Großmutter fortzuführen.

Eleanors Großmutter hatte ihre Leidenschaft für Pferde von ihrem Vater geerbt und die Herzogin von Darnsworth war in ganz Schottland und England dafür bekannt, dass sie die besten Jagdpferde züchtete und besaß. Sogar die verstorbene Kaiserin von Österreich hatte bei einem ihrer Besuche in Schottland die Stallungen ihrer Großmutter besichtigt. Eleanor, die die meiste Zeit des Jahres auf dem Schloss ihrer Großmutter in Schottland verbrachte, hatte mit vierzehn die berühmte Elisabeth von Österreich getroffen, als die Kaiserin ihre Großmutter das erste Mal besuchte.

Elisabeths Leidenschaft für die Jagd hatte ihr Interesse für diese besondere Züchtung geweckt, die für diesen Zweck verwendet wurde und Eleanors Großmutter war geehrt, Ihre kaiserliche Hoheit auf Schloss Darnsworth willkommen zu heißen. Sie war genauso schön, wie von ihr behauptet wurde und außerdem war sie eine ausgezeichnete Reiterin und Pferdekennerin. Trotz des Altersunterschiedes fanden Eleanor und Elisabeth einen gemeinsamen Nenner. Als die Kaiserin abreiste machte die Herzogin ihr eines ihrer besten Pferde zum Geschenk. Danach besuchte die Monarchin immer wieder Schottland, wenn sie nach Großbritannien reiste.

Eleanor hatte von ihrer Großmutter nicht nur ihren Titel, das Anwesen und Vermögen geerbt, sie war auch als äußerst erfolgreiche Pferdezüchterin in die Fußstapfen ihrer Großmutter getreten. Die Einladung des Grafen erinnerte an glücklichere Zeiten. Sie vermisste nicht nur ihre verstorbene Großmutter, sie vermisste auch ihre

Leidenschaft für die Pferdezucht. Sie hielt zwar immer noch die Zügel fest in der Hand, aber es fehlte der Funke.

Als Eleanor ihr Zimmer betrat, ging sie schnurstracks zu ihrem Bett, wo sie sich langsam niederließ. Sie stemmte ihre Hände in das Bett und atmete in tiefen Zügen, um die Gefühle zu unterdrücken, die sie in den letzten drei Jahren begleitet hatten und kaum in Zaum halten konnte. Es hieß zwar, dass die Zeit alle Wunden heile, aber sie hatte ihre Zweifel. Warum war es nur so unglaublich schwer?

Ein sanftes Klopfen an der Tür riss sie aus ihren Gedanken.

»Herein!«, befahl sie schroffer als beabsichtigt, wissend, dass es nur ihre Zofe Rose sein konnte, die das Bad für sie bereiten wollte.

Eine kleine blonde Frau Mitte Zwanzig öffnete vorsichtig die Tür und knickste, bevor sie den Mut fand ihre Herrin zu fragen weswegen sie gerufen worden war.

»Soll ich das Bad richten, Eure Gnaden?«

»Ja, bitte«, antwortete die Herzogin sanft. Sie beobachtete, wie die Zofe im Badezimmer verschwand, bevor ihr Blick zu der Fotografie auf ihrem Nachttisch wanderte. Eleanor streckte ihre Hand nach dem lächelnden Gesicht in dem silbernen Rahmen aus, aber sie stoppte auf halbem Weg und seufzte bei dem Gedanken an die Erinnerungen, die das Bild mit sich brachten. Einen Augenblick später jedoch, nahm sie die Fotografie in ihre Hände und betrachtete sie voller Schmerz.

Sie konnte sich noch lebhaft an den Tag erinnern, an dem dieses Foto gemacht worden war. Zwei Jahre bevor ihr Leben sich auf so tragische und tiefempfundene Art verändert hatte. Sie und Cathleen verbrachten den Sommer auf Eleanors Anwesen in Schottland, so wie sie es immer taten. Sie verbrachten die Zeit damit, sich um das alte Schloss zu kümmern, dafür zu sorgen, dass alles im weiteren Umfeld reibungslos seinen Gang ging und sie versorgten die Pferde.

Gelegentlich musste Eleanor ihrer Pflicht als Oberhaupt ihres Clans nachkommen und verschiedene Dispute zwischen einzelnen Mitgliedern schlichten. Sie nahm dann in der großen Halle Platz. Sie trug dabei eine, stolz über der linken Schulter drapierte Schärpe und Cathleen war an ihrer Seite, um sich stundenlang die Klagen ihrer Leute anzuhören. Aber so oft sie konnten, brachen sie aus und machten einen langen Ausritt.

Es war an einem herrlichen Sommertag. Die Sonne stand hoch am Himmel und es waren nur ein paar winzige Wölkchen zu sehen. Cathleen hatte ihr grünes Lieblingsreitkostüm und einen neuen Hut angelegt. Ihr wildes rotes Haar war von ihrer Zofe zu einem praktischen Knoten im Nacken gezähmt worden. Grüne Reithosen steckten in glänzenden schwarzen Stiefeln und in ihren mit weißen Handschuhen gekleideten Händen hielt sie ihre Reitgerte. Sie wartete in der Halle auf Eleanor damit, sie gemeinsam zu den Stallungen aufbrechen konnten.

Eleanor stand, verborgen hinter einer Säule am Kopf der Treppe und blickte voller Bewunderung auf ihre Geliebte. Cathleen war wunderschön in dem grünen Reitkostüm und Eleanor konnte es gar nicht erwarten, dass sie wieder ihren Hut verlor und ihre Haare im Wind wehten, während sie über die Wiesen flog.

Cathleens ungeduldige Stimme erreichte sie schließlich. »Eleanor, wann bist du endlich fertig?«

»Ich bin ja schon da, Liebling«, antwortete Eleanor schuldbewusst, als sie die Treppe hinunterstieg.

»Wohin sollen wir denn heute reiten? Was meinst du?«

Eleanor hatte voll Sehnsucht schon daran gedacht. »Lass uns zu unserem ganz besonderen Ort reiten.«

Cathleen warf ihr einen überraschten Blick zu, aber stimmte ihr mit einem Lächeln zu. Sie holten ihre Pferde und in einem entspannten Trab entfernten sie sich vom Schloss und strebten über die Felder auf Loch Ruthven zu.

Nach einem Ritt von gut einer Stunde konnten sie von Ferne erkennen, wie sich die Sonne im dunkelblauen Wasser des Lochs spiegelte. Und so wie Eleanor es vorhergesehen hatte, hatte Cathleen wieder ihren Reithut verloren, lange bevor sie ihr Ziel erreicht hatten. Der Wind wehte allerdings nicht so stark. Es war Cathleens wilde Ader, die stärker zum Vorschein kam, je weiter sie ritten. Cathleens ungezähmte Natur war mit 37 Jahren noch genauso stark wie mit 24, als Eleanor sie zum ersten Mal getroffen hatte. Ihr feuerrotes Haar wurde zwar noch immer in einer Art Knoten zusammengehalten, doch Eleanor war überzeugt, dass sich das ändern würde, sobald sie anhielten.

»Komm, Liebste!« Cathleen hatte sich leicht im Sattel umgewandt, um Eleanor anzusehen. »Sei nicht so zurückhaltend. Wir wissen doch beide, dass du die bessere Reiterin bist.«

»Wir sind schon eine ganze Weile unterwegs. Vielleicht möchte ich es zur Abwechslung einmal gemütlicher angehen.«

Cathleen schnaubte auf eine nicht sehr damenhafte Art ob dieser Aussage. »Aber ja doch. Sicher.«

Mit einem Lachen gab sie ihrer braunen Stute die Sporen und schoss davon, gefolgt von einer lachenden Eleanor auf ihrem grauen Hengst.

Sie ritten bis an den Strand von Loch Ruthven um die Wette. Eleanor kam als erste an, stieg von ihrem Pferd und wartete, dass Cathleen aus dem Sattel in ihre Arme sprang. Cathleen schlang ihre Arme um Eleanors Nacken und sah ihr mit einem glücklichen Lächeln auf ihrem mit Sommersprossen verziertem Gesicht tief in ihre blauen Augen.

»Also, was ist der Anlass?«, fragte Cathleen.

»Sag bloß du hast es vergessen?« erwiderte Eleanor sanft und ohne zu schelten, wusste sie doch ganz genau, dass ihre Liebste ihren Jahrestag vergessen hatte. Die letzten Tage waren unerbittlich geschäftig gewesen, deshalb war sie Cathleen auch nicht wirklich böse, dass sie nicht an ihren besonderen Tag gedacht hatte.

Cathleen runzelte nachdenklich die Stirn und als ihr plötzlich klar wurde, wovon Eleanor sprach, bedeckte sie peinlich berührt ihren Mund.

»Oh, nein. Eleanor, meine Liebste, es tut mir so leid. Ich habe es komplett vergessen!«

»Ich weiß, dass du es vergessen hast«, Eleanor lächelte nachsichtig.

Sie versuchte sich aus Eleanors Armen zu befreien, doch Eleanor wollte sie nicht gehen lassen und hielt sie fester.

»Aber ich bin doch ein kompletter Dummkopf. Das ist schrecklich.«

»Das bist du nicht und das ist es nicht«, versicherte ihr Eleanor. »Ich liebe dich und ich möchte den Tag mit dir verbringen. Nur wir zwei. Und ich glaube, ich habe mich heute noch ein bisschen mehr in dich verliebt.«

»Was? Wieso?«

»Weil, ganz egal was auch passiert, du das Leben in vollen Zügen genießt. Weil ich dich in diesem Reitkostüm liebe, das deine Augenfarbe perfekt betont. Weil ich deine Ausgelassenheit und kompromisslose Freude liebe. Und ich liebe dich dafür, dass du schon wieder einen Hut verloren hast so wie alle Haarnadeln und du dein wunderschönes Haar im Wind wehen lässt.«

Nach Eleanors leidenschaftlicher Rede sah Cathleen einen Moment in die Augen ihrer Geliebten, bevor sie sich nach vorne beugte und sie mit derselben Leidenschaft küsste, die sie für das Leben selbst empfand.

Sie mussten sich nicht beeilen, niemand bedrängte sie oder störte ihre gemeinsame Zeit und als sie endlich nach Luft schnappen mussten, legten sie ihre Stirn aneinander. In unausgesprochener Einigkeit hielten sie sich an der Hand und spazierten am Strand entlang. Gefolgt von ihren Pferden, deren Zügel sie in ihren freien Händen hielten.

Eleanor führte sie zu ihrem kleinen Rückzugsort, einem alten unbewohnten Häuschen auf einem abgeschiedenen Hügel, wo sie die nächsten Stunden in seliger Ekstase verbrachten. Voll leidenschaftlichem Geben und Nehmen, wie vertraute Liebende, die sie auch waren.

Komplett erschöpft und vollkommen erfüllt lagen sie einander in den Armen. Cathleen ließ ihren Kopf auf Eleanors Brust ruhen und lauschte, wie sich ihr rasendes Herz beruhigte. »Alles Gute zum Jahrestag, meine Liebste«, flüsterte sie, ehe sie ihre Brust küsste.

»Alles Gute zum Jahrestag.« Eleanor grinste. »Bevor wir wieder nach Hause reiten, wollte ich dich etwas fragen.«

»Was denn?«

»Ich möchte ein Foto von dir.«

»Du hast Fotos von mir.«

»Nein. Ja. Was ich meine ist—« Eleanor atmete tief und versuchte ihre Gedanken zu ordnen, was nicht einfach war. Cathleens Hand war schon wieder dabei wundervolle Dinge mit ihrem Körper anzustellen. »Was ich meine ist, ich möchte ein Foto von dir in diesem Reitkostüm mit offenem Haar und diesem besonderen Gesichtsausdruck, der nur für mich ist.«

»Ja doch, warum nicht. Aber wir haben noch Zeit hier und jetzt, oder?«

»Selbstverständlich!«, stimmte Eleanor atemlos zu und zog das Laken mit einem freudigen Lachen über ihre Köpfe.

»Eure Gnaden?«

Eleanor erschrak und ließ beinahe das Bild fallen.

Rose sprach mit sanfter Stimme, es reichte aber, um Eleanor zu erschrecken, die, peinlich berührt, ihr tränenüberströmtes Gesicht schließlich der Stimme zuwandte. Ihre Augen waren glasig und rot von den Tränen und sie war erleichtert, dass ihre Zofe so tat, als würde sie es nicht bemerken.

»Eure Gnaden, das Bad ist fertig«, ließ Rose sie liebenswürdig wissen.

»Ja, natürlich«, nahm Eleanor etwas verlegen zur Kenntnis, bevor sie die Fotografie auf ihren Nachttisch zurückstellte und sich erhob. Sie wischte sich die Tränen vom Gesicht und wandte ihrer Zofe den Rücken zu, die ihr beim Auskleiden half. Entkleidet bis auf die Unterwäsche entließ Eleanor Rose und ging in ihr Badezimmer.

Sie entledigte sich der verbliebenen Kleidungsstücke und stieg in die Wanne wo sie sich in das dampftende, wohlriechende Wasser sinken ließ. Sie lehnte sich zurück und schloss die Augen und versuchte verzweifelt den quälenden Erinnerungen zu entfliehen.

Nachdem seine Frau die Sporthalle verlassen hatte, zog sich Lord Edgewood in sein Arbeitszimmer zurück. Er saß hinter seinem Schreibtisch, eine weitere Einladung vor sich und überlegte fieberhaft, wie er Eleanor dazu überreden konnte, sie anzunehmen und einen ausgedehnten Aufenthalt in Wien damit zu verbinden. Einfach ein Tapetenwechsel. Henry war überzeugt davon, dass es ihr guttun würde etwas Zeit an einem anderen Ort zu verbringen und weg von den düsteren Erinnerungen an die Vergangenheit zu kommen. Das Haus war voll davon und oftmals schien es ihm, als würde Eleanor alles Erdenkliche tun, um diese nicht loslassen zu müssen. Entweder weil sie der Meinung war, dass sie noch nicht bereit dazu war oder weil sie sich wofür auch immer selbst bestrafen wollte.

Vielleicht konnte ja Charlotte helfen. Ihre Tochter hatte schon immer die Fähigkeit zu ihrer Mutter durchzudringen, wenn andere kläglich scheiterten. Sobald sie von ihrem Ausritt mit ihrem Cousin und ihrem Bruder zurück war, würde er mit ihr sprechen. Jetzt, da er einen Plan hatte, wurden auch die Sorgenfalten auf seiner Stirn merklich kleiner.

Kapitel Zwei

Die ungestüme Rückkehr der drei jungen Leute blieb nicht unbemerkt. Als Henry die Tür seines Arbeitszimmers öffnete, fand er seine Kinder lachend und scherzend im Foyer, während sie ihre Reitutensilien einem Diener aufluden.

»Kinder!«, ermahnte sie Henry wohlwollend, »Lasst den armen Cedric doch einmal einen Teil fortschaffen. Selbst er kann nicht alles auf einmal tragen.«

»Papa!«, rief Charlotte erfreut, als sie ihren Vater erblickte. Sie begrüßte ihn mit einem zarten Kuss auf die Wange, der von ihrem Vater erwidert wurde.

»Hallo, meine Liebe! War der Ausritt schön?«

»Das war er«, erwiderte Philip, Henrys Sohn und Erbe, als er seinen Vater mit einem Grinsen begrüßte.

»Sir!«, grüßte auch Martin höflich, für den Henry, so lange er denken konnte, immer wie ein Vater gewesen war. Martin war mit seinen siebenundzwanzig Jahren der älteste in dem Gespann. Er hatte seinen Vater bereits in jungen Jahren verloren, woraufhin er und seine Mutter Cathleen am Grosvenor Square Nummer 6 eingezogen waren.

»Freut mich zu hören.« Lord Edgewood lächelte wohlwollend. Obwohl nicht alle seine leiblichen Kinder waren, so waren sie es doch in seinem Herzen. Charlotte hatte, obwohl bereits zweiundzwanzig Jahre alt und vor vier Jahren bei Hof eingeführt, noch keinen besonderen Verehrer. Auch ihr Bruder hatte bisher noch kein Auge auf eine bestimmte junge Dame geworfen, aber er war auch erst zwanzig Jahre alt und niemand erwartete von ihm, bereits so jung zu heiraten. Die drei waren oft in Hochstimmung und Henry war froh, ihre jugendliche Ausgelassenheit im Haus zu haben.

»Charlotte, bevor du auf dein Zimmer gehst, könnte ich dich wohl einen Moment sprechen? Es dauert nur einen Augenblick«, bat Henry.

»Selbstverständlich, Papa«, erklärte sich die junge Frau unver-züglich bereit und fragte sich, was ihr Vater wohl auf dem Herzen hatte.

Während Philip und Martin nach oben gingen, um sich für den Nachmittagstee umzuziehen, folgte Charlotte ihrem Vater in sein Arbeitszimmer. Sie nahmen auf einem kleinen Sofa vor dem Kamin Platz, wo ein angenehmes Feuer brannte. Obwohl es ein sonniger Frühlingstag war, waren die Temperaturen doch noch etwas kühl und das Feuer vertrieb das Gefühl der Kälte.

Mit ihren im Schoss gefalteten Händen wartete Charlotte erwartungsvoll darauf, dass ihr Vater ihr mitteilte, was ihm solche Sorgen bereitete.

Henry nahm die Einladung von seinem Schreibtisch und reichte sie seiner Tochter. Sie spürte seinen Blick, während er auf ihre Reaktion wartete. Sie brauchte einen Moment um sich die Einladung genau anzusehen.

»Nun? Was denkst du?«, fragte er schließlich ungeduldig.

»Ich denke, es wäre wunderbar. Was sagt denn Mama dazu?«

»Das ist das Problem«, Henry nahm neben seiner Tochter Platz. »Sie weiß noch nichts davon. Das ist die zweite Einladung nach Wien, die sich in der Nachmittagspost befand.«

»Oh«, sie verstand, was er meinte, ohne dass ihr Vater es weiter ausführen musste. Eine Gelegenheit, um auf den Kontinent zu reisen, war für ihre Mutter im Moment nicht von Interesse, vielleicht sogar überhaupt nie. Nachdenklich kaute Charlotte auf ihrer Unterlippe und fragte sich, ob ihr Vater wohl wollte, dass sie mit ihrer Mutter darüber sprach.

Henry legte seine Hand auf die seiner Tochter. »Ich fürchte, sie hat schon die erste Einladung ohne viel Federlesens abgelehnt. Ich weiß, dass ich das eigentlich nicht von dir verlangen sollte, aber würdest du mit ihr sprechen? Du bist nun einmal die einzige Person in diesem Haus, die deine Mutter in solchen Angelegenheiten anhört.«

Charlotte wusste, dass es stimmte, obwohl sie keine Ahnung hatte, warum das so war. »Also gut, Papa. Aber gib mir etwas Zeit. Jetzt wäre nicht der passende Moment.«

»Mach es so, wie du es für richtig hältst, meine Liebe. Alles, was ich möchte, ist, dass deine Mutter wenigstens darüber nachdenkt. Falls sie unter gar keinen Umständen für einen längeren Aufenthalt zu gewinnen ist, können wir auch früher abreisen oder es ganz sein lassen.«

»Es kann durchaus sein, dass es dich zum Dank ein neues Kleid kostet, wenn ich dir diesen Gefallen tue, Papa«, Charlottes Augen leuchteten schelmisch. »Aber jetzt muss ich mich in meinen alten schäbigen Kittel hüllen. Es ist bald Zeit für den Nachmittagstee und du weißt ja, wie Mama es verabscheut, wenn wir uns verspäten.«

»Natürlich«, Henry erhob sich ebenfalls und schüttelte den Kopf ob der schelmischen Art seiner Tochter, als sie davoneilte. Mit einem tiefen Seufzer kehrte er zu seinen Papieren zurück. Er hatte noch viel zu tun, bevor er auch nur einen Gedanken an den Nachmittagstee verschwenden konnte.

Da Charlottes Zofe ihren freien Nachmittag hatte, verlangte sie nach Rose, damit ihr diese beim Umkleiden half.

»Sag, Rose«, fragte Charlotte, als ihr Rose aus dem Reitkostüm half, »wie geht es Mutter heute?«

»Ganz gut, gnädiges Fräulein.«

Roses Antwort war vorsichtig und Charlotte war sich bewusst, dass es ihr schließlich nicht oblag, die Gemütszustände ihrer Herrin zu kommentieren. Dennoch, Charlotte blickte über ihre Schulter, in das ernsthafte Gesicht der jungen Zofe und bat inständig, »Bitte, Rose. Du kannst mir die Wahrheit sagen! Wie geht es ihr wirklich?«

»Sie war traurig.«

Ihr Flüstern verriet Charlotte, dass sie nicht mehr dazu sagen würde.

»Danke.«

Schweigend half Rose der jungen Frau beim Auskleiden, bevor sie ihr Bad vorbereitete und das Zimmer verließ. Ganz allein in ihrem Badezimmer hatte Charlotte Gelegenheit, über die Bitte ihres Vaters nachzudenken. Wie sollte sie sich ihrer Mutter in dieser Sache bloß nähern? Sie wusste, wie unnachgiebig ihre Mutter sein konnte, wenn sie erst einmal einen Entschluss gefasst hatte. Rose hatte gesagt, dass sie traurig war, was Charlotte nicht überraschte. Ihre Mutter war in den letzten paar Jahren nie anders gewesen. Es war, als ob ein Teil von ihr gestorben war. Sie konnte jeden mit ihrem Charme und Humor bezaubern, aber ihr Lächeln wirkte stets unecht. Es war nur Schein, niemals aufrichtig.

Die Gesellschaft verabscheute Frauen wie ihre Mutter und Männer wie ihren Vater und Jonathan. Ihre Familie war etwas Besonderes. Im Gegensatz zu vielen anderen jungen Leuten aus ihrer Bekanntschaft hatten sich Charlotte und ihre Brüder stets von ihren Eltern und deren Lebenspartnern geliebt gefühlt. Es war stets so, als hätten sie zwei Paar Eltern. Das Vermögen und der Titel ihrer Mutter und die guten Beziehungen ihres Vaters hatte ihre Familie vor neugierigen Blicken und der Verachtung der anderen beschützt. Ihre Eltern hatten stets eine Diskretion an den Tag gelegt, die man sich von so manch anderen gewünscht hätte. Aber Charlotte wusste auch, dass ihre Beziehung, so liebevoll und fürsorglich sie auch war, auf einer Lüge basierte. Sie hatte ihre Eltern oft bedauert und sich gewünscht, dass sie ihr Leben so hätten führen können, wie sie es verdienten.

Wann immer Charlotte in letzter Zeit ihrer Mutter in die Augen schaute, fand sie stets einen Hauch von Traurigkeit in ihnen. Es hatte einmal eine Zeit gegeben, als diese himmelblauen Augen vor Glückseligkeit und Lachen strahlten. Aber in den letzten Jahren war es keinem aus der Familie gelungen, diese Traurigkeit zu vertreiben. Charlotte fürchtete, dass niemand je dazu im Stande sein würde. Sehr oft fand sie eine Leere und Distanziertheit in den Augen ihrer Mutter, die so gar nicht zu der Frau passten, die sie einmal gewesen war.

Mit Cathleen war auch ein Teil ihrer Mutter gestorben.

Obwohl sie ihrem Vater versprochen hatte, dass sie auf den richtigen Augenblick warten würde, um die Reise anzusprechen, so fürchtete Charlotte doch, dass dieser Augenblick nie kommen würde. Jetzt war es genauso gut wie zu jedem anderen Zeitpunkt. Das Schlimmste, das passieren konnte, war, dass ihre Mutter sich weigern würde darüber nachzudenken oder zu sprechen und das Thema wechselte, so wie die vielen Male zuvor.

Charlotte war entschlossen die Ansicht ihrer Mutter bezüglich der Einladung zu ändern.

Sie hatte immer schon Wien besuchen wollen. Jetzt da ihre Familie einen wirklich guten Anlass hatte, dies zu tun, würde sie sich die Gelegenheit nicht entgehen lassen. Außerdem hatte ihr Vater recht, diese Reise würde ihrer Mutter guttun. Nach einem letzten Blick in den Spiegel verließ Charlotte ihr Zimmer und ging zum Arbeitszimmer ihrer Mutter, damit sie gemeinsam zum Nachmittagstee gehen konnten.

Eleanor saß an ihrem Schreibtisch und war in ihre Korrespondenz mit dem Verwalter ihrer Stallungen in Schottland vertieft. Ein Klopfen an der Tür störte ihre Konzentration und sie antwortete voller Ungeduld. »Ja? Was ist denn?«

Als jedoch der Kopf ihrer Tochter durch den Spalt erschien, verflog Eleanors Unmut. Sie nahm ihre Lesebrille ab, legte sie auf den Tisch und lächelte beim Anblick ihrer Tochter.

»Hallo, Liebling«, begrüßte Eleanor ihre Tochter herzlich.

»Guten Tag, Mama«, erwiderte Charlotte fröhlich. »Ich wollte dich nicht stören, aber es ist Zeit für den Tee.«

»Unsinn, du störst mich nicht«, wehrte sie ab. »Hattest du einen schönen Vormittag?«

»Ja, durchaus. Wie war der deine?«

Eleanor runzelte die Stirn über den Gesichtsausdruck ihrer Tochter. »Weshalb fragst du?«

»Was? Also—«

»Hat dich dein Vater etwa geschickt?«

»Nein, selbstverständlich nicht.«

Eleanor wusste, dass Charlotte schwindelte und dann auch noch nicht sehr überzeugend. Sie traf den zögernden Blick ihrer Tochter. »Es hat keinen Sinn, es zu leugnen. Raus mit der Wahrheit.“

»Also gut, ja, hat er. Aber nur weil er sich Sorgen macht.« Sie nahm Eleanors Hand und verschränkte ihre Finger.

Eleanor hielt die Hand ihrer Tochter fester und atmete tief. »Ich weiß.«

»Ich vermisse dein fröhliches Lachen, ebenso wie Papa.«

»Es tut mir so leid, mein Liebling.«

»Seit Mami gestorben ist, bist du immer nur traurig. Wir wissen, wie sehr du sie vermisst, so wie wir alle«, fiel Charlotte mit der Tür ins Haus.

»Aber?«, fragte ihre Mutter mit heiserer Stimme.

»Aber, du hast ihr versprochen, dass du nicht alleine bleiben würdest«, erinnerte sie ihre Mutter sanft.

Eleanor schloss ihre Augen, als sie eine Erinnerung überwältigte und eine einsame Träne lief über ihre makellose Wange. Es gelang ihr kaum, ein Schluchzen zu unterdrücken, als sie spürte, wie ihre Tochter ihr sanft die Träne wegwischte. In ihrer Erinnerung, so als wäre sie in der Zeit zurückgereist, saß sie in einem bequemen Sessel beim Fenster in ihrem Schlafzimmer und beobachtete das mühevolle Atmen der Frau im Bett. Eine halbe Stunde war seit dem Besuch des Doktors vergangen. Er hatte die Verbände auf Cathleens Brust gewechselt und ihr die höchste Dosis Morphium, die er rechtfertigen konnte, verabreicht.

Sie wusste, dass es nicht mehr lange dauern würde. Der Krebs hatte sich im ganzen Körper ihrer Geliebten ausgebreitet. Cathleens Organe fingen schon an, ihren Dienst zu versagen und der Doktor schätzte, dass es wohl nur noch eine Frage von zwei oder drei Tagen sein würde, bevor Cathleen Northcott diese Welt für immer verlassen würde.

Die zerbrechliche Frau auf dem Bett öffnete langsam ihre Augen und sah sich ein wenig desorientiert um, bevor ihre durchdringenden grünen Augen Eleanors Blick trafen. Mit all der ihr verbliebenen Kraft hielt sie Eleanor ihre Hand entgegen, die ohne zu zögern an ihre Seite eilte und sich vorsichtig auf die Bettkante setzte. Eleanor ergriff vorsichtig ihre Hand und hob sie an ihre Lippen, um ihre Fingerspitzen zärtlich zu küssen. Sie schloss ihre Augen und verwünschte sich selbst, als ihre Tränen von neuem über ihr Gesicht liefen und sie sie wütend wegwischte.

»Schh, weine nicht, meine Liebste«, flüsterte Cathleen, während sie sanft Eleanors Wange streichelte. »Lass mich deine wunderschönen blauen Augen sehen. Lass mich die Liebe in ihnen sehen.«

Mutig tat Eleanor, worum Cathleen sie bat und sie blickte in das Gesicht, das sie bezauberte, seit sie es das erste Mal gesehen hatte. Obwohl ihr Haar seinen Glanz verloren hatte, ihre Augen eingesunken und mit dunklen Ringen umgeben und ihre Wangen hohl waren, war Cathleen für Eleanor noch immer die schönste Frau, die sie je gesehen hatte. Sie liebte sie noch immer mit einer Intensität und Leidenschaft, die ihr den Atem raubte.

Cathleen war nun schon seit zwei Jahren krank. Nachdem die Ärzte eine Krebsgeschwulst in einer ihrer Brüste entdeckt hatten, hatten sie ihr diese entfernt, in der Hoffnung den Krebs losgeworden zu sein.

Unglücklicherweise war bald ihre zweite Brust ebenfalls betroffen und sie musste sich erneut einer schmerzhaften Operation unterziehen. Doch leider hatte der Krebs schon begonnen sich in ihrem Körper auszubreiten. Die Wunde auf ihrer Brust war schmerzhaft und unverheilt. Sie war offen und roch schlecht, weshalb der Doktor in den letzten drei Monaten zweimal täglich den Verband wechseln musste. Während all der Zeit war Eleanor nie von ihrer Seite gewichen und hatte sich geweigert ihre Pflege jemand anderem zu überlassen. Eleanor wusste, dass ihre Liebste langsam dahinschwand, aber sie weigerte sich, sie gehen zu lassen und es tat ihr im Herzen weh ihre Geliebte so zu sehen. Während all der wunderbaren Jahre, die sie miteinander verbracht hatten, war Cathleen ihr wertvollster Mensch gewesen. Sie war klug, kultiviert, humorvoll, liebevoll, fürsorglich und die zärtlichste Geliebte, die sie sich nur hätte wünschen können. Sie hatten wirklich ein segens-reiches Leben zusammen gehabt. Voll Liebe und Lachen.

»Ich möchte, dass du mir etwas versprichst, Liebling«, verlangte Cathleen. Trotz ihrer Erschöpfung, hielt sie die Hand ihrer Liebsten noch fester.

»Nein, bitte nicht«, bat Eleanor, ahnend, worum Cathleen sie bitten wollte.

»Bitte, Eleanor«, Cathleen bestand darauf mit ungeahnter Kraft in ihrer Stimme. »Versprich mir, dass du jemanden finden wirst, der dich glücklich macht.«

»Ich kann das nicht«, flüsterte Eleanor gebrochen.

»Doch, du kannst das. Du verdienst es, glücklich zu sein. Du hast so viel Liebe zu geben und verdienst es, geliebt zu werden. Du musst mich gehen lassen, meine Liebste. Versprich mir, dass du eine neue Liebe findest!«

»Ich verspreche es«, gab Eleanor schließlich nach. Sie hatte ihrer Geliebten noch nie etwas abschlagen können, auf ihrem Sterbebett konnte sie das noch weniger.

Das Versprechen zauberte ein zufriedenes Lächeln auf das Gesicht der kranken Frau. Es machte es ihr leichter, die Augen für immer zu schließen und die Liebe ihres Lebens in dem Wissen zurückzulassen, dass sie nicht für den Rest ihres Lebens alleine bleiben würde.

Aber Eleanors Welt hatte aufgehört, sich zu drehen. Seit jenem Tag war sie in einer Art traumwandlerischem Zustand durch das Leben gestolpert. Mit Cathleen waren auch alle Farben aus ihrer Welt verschwunden und nichts schien ihr Freude zu bereiten. Nicht einmal ihre geliebten Pferde.

Mit dieser herzzerreißenden Erinnerung in ihren Gedanken, öffnete Eleanor ihre Augen. Wissend, dass ihre Geliebte das Unmögliche von ihr verlangt hatte, sah Eleanor ihre Tochter an.

Sie wusste, dass es Cathleen und Charlotte nur gut meinten, sie alle taten das. Sie wollten nicht, dass sie einsam war in einem Haus voller Menschen.

»Ich habe es wirklich versucht, Charlotte«, gab Eleanor zu, »aber du weißt so gut wie ich, wie schwer es ist. Abgesehen davon, habe ich keine getroffen, die mein Herz auch nur entfernt berührt hätte und ich bezweifle, dass ich das jemals werde.«

»Mama, hast du die Art und Weise, wie du dein Leben gelebt hast, je bereut?« Charlotte stellte die Frage, die sie stets bei ihren Eltern vermieden hatte.

»Wie meinst du das, Liebling?«

»Was ich meine ist, hast du es je bereut, dass du Papa heiraten musstest, damit du mit Mami zusammen sein konntest?«

»Nein«, Eleanor musste nicht einen Augenblick darüber nachdenken, auch deshalb nicht, weil Charlotte aufrichtig interessiert schien. »Niemals. Ich liebe deinen Vater und ich weiß, dass er mich ebenso liebt. Wie könnte ich es jemals bereuen dich und deinen Bruder geboren zu haben? Außerdem hatte ich die Möglichkeit, mein Leben mit der wunderbarsten Frau der Welt zu teilen. Also, was gäbe es da zu bereuen?«

»Nichts, Mama«, stimmte Charlotte erfreut zu. »Ich denke, wir sollten uns nach unten begeben. Ich bin sicher, die anderen warten schon auf uns.«

»Du hast absolut Recht. Wir wollen doch unter keinen Umständen diese liebgewonnene Tradition versäumen.«

Philip und Martin warfen ihrer Schwester einen fragenden Blick zu, als sie mit ihrer Mutter den Salon betrat. Sie hatten vermutet, dass ihr Vater sie um eine ernsthafte Unterhaltung mit ihrer Mutter gebeten hatte und nach Charlottes Gesichtsausdruck zu schließen war ihre Schwester mit dem Ergebnis ihrer Unterhaltung nicht wirklich zufrieden.

Charlotte selbst war zwar nicht enttäuscht, aber einen Erfolg bezüglich der Wien-Reise konnte sie es nun auch wieder nicht nennen. Hie und da warf sie einen unauffälligen Blick auf ihre Mutter und fand sie tief in Gedanken versunken mit einem Runzeln auf der Stirn.

Obwohl sich Martin lebhaft an der Unterhaltung beteiligte, behielt er seine Ersatzmutter genau im Blick. So lange er denken konnte, war diese Frau ebenso seine Mutter gewesen, wie seine biologische Mutter. Sie hatte ihn zwar nicht selbst zur Welt gebracht, aber sie liebte ihn trotzdem nicht weniger. Unter seinen Freunden hielt er sich für einen absoluten Glückspilz.

Nach dem Tod seines Vaters und dem Verlust seines Erbes an die sogenannten Freunde seines Vaters hatten er und seine Mutter ein neues Zuhause bei den Menschen gefunden, die er voller Stolz Mama und Papa nannte.

Obschon er seine Mutter schmerzlich vermisste, war es nichts im Vergleich zu dem schier unerträglichen Schmerz, den Eleanor fühlte.

Bester Beweis dafür wie sehr es sie getroffen hatte, war die Farbe ihres Haares. Ihr einstmals goldfarbenes Haar war von einem Tag auf den anderen weiß geworden und in einem Moment der unbändigen Trauer hatte Eleanor es abgeschnitten. Seither trug sie es nur noch kurz, was ihr sehr gut stand. Sie wirkte sehr distinguiert mit ihrem weißen Haar, den strahlend blauen Augen, der aristokratischer Nase, der makellosen Haut und der würdevollen Haltung, wie es sich für eine Frau ihrer Stellung geziemte.

Aber Martin wusste, dass das Meiste nur oberflächlicher Schein war. In ihrem tiefsten Inneren hatte sie es nicht übers Herz gebracht, sich von der Frau zu lösen, mit der sie fast ihr ganzes Leben verbracht hatte. Vielleicht würde ihr die Einladung, von der Henry gesprochen hatte, guttun. Das einzige Hindernis war Eleanor selbst.

Er musste unbedingt mit seinen Geschwistern sprechen. Sie waren bestimmt in der Lage einen Weg zu finden. Ebenso wie sein Bruder und seine Schwester wollte er sie endlich wieder lachen sehen. Seit dem Tod seiner Mutter war ihre ganze Freude verschwunden. Es war ein herber Verlust, denn wenn sie aufrichtig lächelte, verwandelte es ihr ganzes Gesicht. Wenn sie lächelte, war sie noch schöner. Wie auch immer sie es anstellten, sie mussten alles tun, um sie wieder lächeln zu sehen.

⚓

Sehr zu Eleanors Missfallen hatte Henry beschlossen, sie an diesem Abend in die Oper auszuführen. Nur sein inniges Flehen und seine aufrichtige Entschuldigung dafür, dass er sie unter Druck gesetzt hatte, ließen sie schließlich nachgeben.

Beim Abendessen konnte Eleanor kaum der lebhaften Unterhaltung über Politik, Sport und Theater folgen. Sie dachte über das intensive Gespräch mit ihrer Tochter nach. Vielleicht hatte ihre Familie ja recht. Vielleicht war es ja tatsächlich an der Zeit weiterzugehen, aber hatte sie das nicht schon versucht und war heillos gescheitert? Ja, sie hatte es Henry zu liebe getan, aber ihr Bemühen blieb eine Enttäuschung. Das letzte was sie heute wollte, war auszugehen.

Rose half Eleanor sich fertig zu machen und sie legte noch ihren Schmuck an, bevor sie einen Schal um die Schultern legte. Die Zofe öffnete die Tür und Eleanor nahm noch ihren Fächer und das Opernglas vom Schminktisch, bevor sie aus dem Zimmer schritt.

»Du musst nicht auf mich warten, Rose. Ich werde mich alleine umziehen, du kannst dich morgen um meine Garderobe kümmern.«

»Wie Eure Gnaden wünschen«, bestätigte Rose mit einem Knicks.
»Gute Nacht, Rose.«

»Gute Nacht, Eure Gnaden.«

Henry erwartete sie bereits am Fuße der Treppe. Er trug seinen Frack, einen weißen Schal um den Hals, den Mantel über dem Arm und er hatte bereits seinen Zylinder auf.

»Du siehst hinreißend aus, meine Liebe«, machte Henry seiner Frau ein Kompliment.

»Oh, bitte«, Eleanor wischte es mit einer leichten Bewegung fort. »Du hast mich in dieser Robe schon einmal gesehen. Zügle dein Entzücken oder willst du dich etwa verspäten?«

»Selbstverständlich nicht, meine Liebe«, stimmte Henry zu. Benson erhielt für Parker die Anweisung, die Droschke zu bringen. Benson half Eleanor mit ihrem Umhang und Henry in den Mantel. Gerade als sie gehen wollten, öffnete sich die Tür zur Bibliothek und Jonathan und die Kinder kamen, um ihnen einen schönen Abend zu wünschen.

»Mama, du siehst bezaubernd aus«, verkündeten Martin und Philip gleichzeitig und mussten über ihren gemeinsamen Ausruf lachen.

»Oh, danke, meine Lieben«, sie war gerührt und fühlte, wie sie leicht errötete.

»Das tust du wirklich, Mama«, versicherte ihr Charlotte, als sie ihre Mutter auf die Wange küsste.

Eleanor warf einen fragenden Blick auf den Liebhaber ihres Mannes, der sie mit scharfen Augen beobachtete. »Diese Robe unterstreicht einfach deine natürliche Schönheit, Eleanor«, stimmte Jonathan verschmitzt zu.

»Danke, mein Lieber.« Eleanor sah Jonathan liebevoll an. Er war ihr ans Herz gewachsen wie ein Bruder. Er war ein wenig größer als Henry, mit dunklen Haaren und grauen Strähnen, mitfühlenden grauen Augen und einem gepflegten Bart. Er war eine wirklich schneidige Erscheinung. Jonathan war, zumindest ihrer Meinung nach, nicht nur ein wunderbarer Partner für Henry, sondern auch eine geeignete Ergänzung ihrer Familie.

»Das habt ihr alle wirklich sehr schön gesagt«, Henry geleitete seine Frau zur Tür. »Gehen wir. Du hast schließlich darauf bestanden, dass wir uns nicht verspäten. Gute Nacht, alle zusammen. Versucht nicht, Jonathan um sein letztes Hemd zu bringen, ihr Halunken.«

»Wer? Wir?« Alle drei versuchten so unschuldig wie möglich zu klingen.

»Gute Nacht, schrecklicher Nachwuchs!«, wünschte ihnen Henry. Er lachte als Benson die Tür hinter ihnen schloss. Parker hielt die Tür der Droschke, während Henry seiner Frau half einzusteigen. Nachdem er ebenfalls die Kutsche bestiegen hatte, machten sie sich auf den Weg nach Covent Garden.

Sie fuhren in angenehmer Stille, bevor Henry das unbändige Bedürfnis verspürte seinem Bedauern Ausdruck zu verleihen. »Ich entschuldige mich dafür, dass ich versucht habe, dich unter Druck zu setzen«, sagte er. »Wenn du unter keinen Umständen nach Wien reisen möchtest, werden wir das natürlich nicht weiter in Erwägung ziehen.«

Eleanor seufzte. Sie wusste, dass er es nur gut meinte und sie hatte ihren Unmut an ihm ausgelassen. Sie legte ihre Hand über die seine und drückte sie aufmunternd.

»Das musst du nicht, Henry. Ich weiß, warum du es getan hast. Und ich weiß das wirklich sehr zu schätzen.« Sie beugte sich hinüber und küsste ihn sanft auf die Wange.

»Lass es dir einfach noch einmal durch den Kopf gehen, es ist noch genug Zeit, um eine Entscheidung zu treffen, egal wie sie ausfallen wird.«

»Das werde ich. Versprochen.«

Nach einem Moment zufriedener Stille räusperte sich Henry. Sie rollte mit den Augen, da es ein Zeichen dafür war, dass er noch etwas Schwerwiegenderes auf dem Herzen hatte.

»Ja?«, ermutigte ihn Eleanor sanft.

»Ich habe mich gefragt«, begann er zurückhaltend, »ob dir an Charlotte etwas aufgefallen ist.«

Sie konnte ein leichtes Lachen angesichts der sehr vorsichtigen Formulierung ihres Ehemanns nicht ganz unterdrücken, wohl wissend wohin dieses Gespräch führte, entschied sie sich, ihm weitere Qualen zu ersparen. »Falls du mit 'etwas' ihre Vorliebe für das schönere Geschlecht meinst, dann ja, ich habe es bemerkt. Offen gestanden schon vor geraumer Zeit.«

»Oh.« Henry war überrascht, obwohl er es doch eigentlich nicht wirklich sein sollte. Eleanor wusste immer über die Freuden und Sorgen ihrer Kinder Bescheid.

»Wie die Mutter, so die Tochter, sagt man das nicht so?« In Eleanors Stimme schwang ein Hauch Traurigkeit mit, als sie das sagte.

»Möglich, aber du bist nicht im Entferntesten wie *deine* Mutter.«

»Niemand ist wie meine Mutter«, schnaubte Eleanor nicht sehr damenhaft. »Diese Frau ist das personifizierte Böse. Sie ist kalt, schroff, selbstgerecht und voll Verachtung für jeden der es wagt ihr zu widersprechen. Und was am Schlimmsten ist, sie weiß nicht einmal wie man das Wort Liebe schreibt.«

»Bist du sicher? Ich hatte immer gedacht, dass sie von unseren Kindern bezaubert ist.«

»Nur sofern sie ihr in ihren ehrgeizigen Plänen von Nutzen sind.« Eleanor schauderte bei dem Gedanken, dass ihre Mutter sich in das Leben ihrer Kinder einmischen könnte. »Ich bin froh, dass wir dem ein Ende gesetzt haben, bevor sie auch nur anfangen konnte irgendwelche Pläne zu schmieden.«

»Gott sei's gedankt.«

»Ich wünschte nur…«, Eleanor unterbrach sich jedoch, bevor sie ihren Gedanken zu Ende aussprach.

»Du wünschtest was?«, fragte Henry neugierig.

Eleanor seufzte schwer, ehe sie ihren Gedanken weiter ausführte. »Ich wünschte nur, dass Charlotte ihr Leben so leben könnte wie es uns nicht gestattet war, Henry. Ich hatte immer gehofft, dass unsere Kinder nicht auf dieselbe Art von Täuschungen zurückgreifen müssen, wie wir es mussten. Aber jetzt scheint es eher noch schwieriger geworden zu sein.«

»Mach dir keine Sorgen, meine Liebe«, er tätschelte die Hand seiner Frau aufmunternd. »Wir werden für sie da sein. Sie kann sich auf uns verlassen und ich bin mir sicher, dasselbe gilt für ihre Brüder. Ihr Leben ist um vieles einfacher, als das der Anderen mit den gleichen Neigungen. Es lastet großer Erwartungsdruck auf den Schultern unserer Tochter aufgrund ihrer sozialen Stellung, aber ihr Vermögen macht doch auch vieles wieder wett. Sollte sie sich dazu entschließen, sich im Leben von ihrem Herzen leiten zu lassen, so kann sie auf meine volle Unterstützung zählen.«

»Ich habe nichts anderes von dir erwartet. Danke, mein Lieber.«

Nach dem ersten Akt verließen sie ihre Loge, um sich ein Glas Champagner zu gönnen. Henry reichte seiner Frau ein Glas und das Leuchten ihrer Augen verriet ihm, dass sie die Oper bis jetzt genossen hatte. Er war kurz davor sich selbst für diese gute Idee zu gratulieren, als er die unverkennbare Stimme von Lady Margaret Harrington wahrnahm.

»Sieh an, sieh an, wenn das nicht die verlorene Tochter ist«, Lady Margaret reichte Henry ihre Hand, die er pflichtschuldigst küsste. Hinter der bekannten Dame der Gesellschaft entdeckte er ihre jüngste Eroberung. Ein junger Mann, schön wie eine griechische Skulptur, mit einem göttlichen Körper und vollem schwarzen Haar.

»Margaret«, Eleanor begrüßte sie frostig mit einem gekünstelten Lächeln und einem Kuss auf die Wange.

»Eure Gnaden«, Margaret ließ ihre Lippen länger, als es der Anstand gebot, an Eleanors Wange verweilen. Als sie sich zurückzog, musste sie beinahe über den Ausdruck des Unwohlseins auf Eleanors Gesicht lachen. »Darf ich den jungen Lord Pennhurst vorstellen?«, Margaret deutete auf ihren Begleiter. »Daniel, Liebling, darf ich dich mit der Herzogin von Darnsworth und ihrem Ehemann Lord Edgewood bekanntmachen.«

»Eure Gnaden«, der junge Mann küsste Eleanors Hand ehrfürchtig, bevor er Henrys Hand schüttelte. »Lord Edgewood.«

Ehe Eleanor es verhindern konnte, hatte sich Margaret bei ihr untergehackt und geleitete sie zu ihrer Loge zurück, während ihnen die Männer in respektvollem Abstand folgten. Die Herzogin verfluchte das Schicksal, dass sie zu dieser Begegnung geführt hatte. Eleanor verabscheute diese Frau und fand, dass sie dafür durchaus gute Gründe hatte. In der Vergangenheit hatte Margaret versucht sie in ihr Netz zu locken, um sie bei lebendigem Leib zu verzehren. Es war an einem dieser Wochenenden gewesen, als sie Henry zu einem Treffen mit seinen Geschäftsfreunden begleiten musste. Cathleen hatte sich damals nicht wohl gefühlt und konnte sie nicht begleiten. Es hatte sich um die ersten Anzeichen ihrer Krankheit gehandelt, aber keinem von ihnen war es damals bewusst gewesen.

Sofort nach ihrer Ankunft, hatte Lady Margaret, die Schwester der Gastgeberin, versucht ihre Krallen in Eleanor zu schlagen. Zunächst hatte die offene Art, mit ihr zu flirten, Eleanor amüsiert, aber nach einer gewissen Zeit wurde es ermüdend. Nicht dass Lady Margaret Harrington nicht schön gewesen wäre oder eine langweilige Gesprächspartnerin, im Gegenteil: Sie war klug und witzig. Unter anderen Umständen hätten sie bestimmt Freunde werden können. Aber ihr ständiger Drang nach Eroberung machte sie auf eine gefährliche Art und Weise unattraktiv.

»Meine liebe Eleanor«, sagte Margaret zuckersüß, »du solltest dich nicht so rar machen. Es ist Zeit weiterzumachen, das Leben hat so viel zu bieten.«

»Mit Leben meinst du wohl, es hat *dich* zu bieten.«

Margaret legte in gespielter Verletztheit eine Hand über ihr Herz. »Immer noch verärgert, wie ich sehe.«

Eleanor blieb stehen und sah sie mit kaum verhohlener Abneigung an. »Du interessierst mich nicht im Geringsten. Hast du nie und wirst du niemals. Ich habe dir meine Freundschaft angeboten, aber ich bin überzeugt, du bist zu so einem Gefühl gar nicht imstande. Du hast versucht mir das Liebste zu nehmen, das ich hatte und das werde ich dir nie verzeihen. Also bitte, gib nicht vor, als wären wir etwas, was wir nicht sind.« Sie entfernte Lady Margarets Hand von ihrem Arm, hob ihre Robe und ging zu ihrer Loge.

Henry verabschiedete sich hastig und folgte seiner Frau, die er schließlich in ihrer Loge einholte, wo sie verzweifelt versuchte gegen die Tränen, die ihr über das Gesicht strömten, anzukämpfen.

»Liebling, geht es dir gut?« fragte Lord Edgewood besorgt.

»Nein, Henry, mir geht es nicht gut. Es ist mir in den ganzen vergangenen drei Jahren nicht gut gegangen«, erwiderte Eleanor schroff. »Meine Kraft ist dahin. Es scheint, als ob ich nur noch weinen könnte. Man sollte glauben, dass ich nach drei langen Jahren keine Tränen mehr übrighabe! Oder was meinst du? Es ist armselig!«

Sanft drehte Henry sie zu sich und zog sie an seine Brust, so wie er es so viele Jahre zuvor auch getan hatte, als sie beide so alt waren wie ihre Kinder heute. In diesem schicksalhaften Sommer, als Eleanor Cathleen getroffen hatte und er sich mit der verzweifelten Frau in seinen Armen verlobt hatte. Seitdem war es immer Cathleen gewesen, die Eleanor getröstet hatte, aber jetzt war es wieder an ihm. Es war das erste Mal seit dem Tod ihrer Geliebten, dass sie es auch zuließ. Er wusste, dass es sich bei den Tränen seiner Frau auch um Tränen der Wut handelte. Da sie es zugelassen hatte, dass diese intrigante Frau sie verletzen konnte. Die Tränen waren ihrem eigenen Unvermögen mit der Trauer, die seit Cathleens Tod ihr ständiger Begleiter war, umzugehen geschuldet. Er hasste es sie so zu sehen und zu wissen, dass es nichts gab, was er tun oder sagen konnte, das ihren Schmerz linderte.

Er wollte daher inständig, dass sie über den Sommer nach Wien reisten. Ein Tapetenwechsel, damit Eleanor nicht ständig an ihren Verlust erinnert wurde, war notwendig. London war einfach nicht der Ort für ihre Heilung, aber genauso wenig war es Schottland. Cathleen und Eleanor hatten viel Zeit auf Schloss Darnsworth verbracht, entweder alleine oder gemeinsam mit den Kindern. Es ließ sie in dem

Glauben, dass außer ihrer Liebe und der Liebe zu ihren Kindern nichts weiter existierte. Er hätte es ihnen neiden können, aber er konnte es einfach nicht. Die Ehe mit Eleanor gestattete es ihm sein Leben zu leben, wie er es mochte, auch wenn er das nur in der Sicherheit seiner eigenen vier Wände konnte, so war es doch mehr als andere hatten, die wie er waren. Wie hätte er ihr also ihr kleines Stückchen Glück, für das sie so hart gekämpft hatte, missgönnen können.

Er führte seine Frau zu dem kleinen Sofa in ihrer Loge, wo er sich neben sie setzte und Eleanor im Arm hielt. Sie kuschelte sich an seine Seite und fühlte sich auch gleich besser nach dieser furchtbaren Begegnung. Henry küsste sanft ihren Kopf.

»Ich weiß, dass sie für diesen schrecklichen Streit zwischen dir und Cathleen verantwortlich war. Aber ich kannte nie die ganze Geschichte, bitte, erzähl es mir.«

»Im Nachhinein erscheint es komplett lächerlich«, Eleanor putzte sich mit ihrem Taschentuch die Nase, bevor sie fortfuhr. »Kannst du dich noch an das Wochenende erinnern, als wir sie zum ersten Mal trafen?«

»Ja, damals dachte ich, dass ihr euch gut versteht.«

»Das taten wir auch, zumindest am Anfang. Es war einfach so erfrischend sich mit ihr zu unterhalten. Im Gegensatz zu den langweiligen Frauen deiner Freunde. Zuerst war mir gar nicht wirklich bewusst, was tatsächlich vor sich ging, weil ich doch keine andere Frau auch nur wirklich angesehen hatte, seit ich mit Cathleen zusammen war.«

»Ich weiß, Liebes.« Henry lachte leicht bei der Erinnerung an seine oftmals ahnungslose Frau, die so mancher Dame der Gesellschaft den Kopf verdreht hatte und es immer noch tat. Er erinnerte sich an die Blicke, als sie die Oper betreten hatten.

»Als mir endlich klar wurde, was vor sich ging, habe ich sofort klargestellt, dass außer Freundschaft niemals mehr zwischen uns sein konnte. Ich dachte, sie würde es respektieren, aber während der zweiten Nacht kam sie in mein Zimmer und versuchte mich zu verführen. Alles, was ich tun konnte, war, sie so schnell wie nur irgend möglich aus dem Zimmer zu werfen und fest die Tür hinter ihr zu verriegeln.«

Eleanor setzte sich auf und trocknete ihre Augen. Das Taschentuch drehte sie fest in ihren Händen, bis Henry sie stoppte.

»Nach unserer Rückkehr wollte ich Cathleen sofort davon erzählen, aber Philips gebrochener Fuß und Martins verstauchtes Handgelenk von ihrem Reitunfall kamen dazwischen und die ganze Angelegenheit trat in den Hintergrund. Bis schließlich ein Brief von Lady Harrington an Cathleen eintraf.«

»Du meine Güte! Das klingt, als würde diese Frau vor nichts zurückschrecken, wenn es darum geht zu bekommen was sie will.«

»In der Tat«, stimmte Eleanor zu. Sie erhob sich und fing an auf und ab zu gehen, in der Hoffnung so ihre Wut im Zaum zu halten, ausgelöst durch die Erinnerung an die Abscheulichkeiten dieser Schlange. »Sie spannte ihren Bogen und ich habe das Gift für ihre Pfeile geliefert, die sie auf meine Liebste abschoss. Ich kann immer noch nicht glauben, wie dumm ich war.«

Sie schüttelte ihren Kopf und ballte bei dem Gedanken ihre Hände zu Fäusten. »In ihrem Brief brüstete sie sich mit unserer nie stattgefundenen Nacht voller Leidenschaft. Ich bin mir sicher, Cathleen hätte ihr kein Wort geglaubt, hätte sie nicht eine Narbe erwähnt, über die man nur Bescheid wissen kann, wenn man mich nackt gesehen hat.«

Als er dies erfuhr, setzte sich Henry ruckartig auf. »Wenn du keine leidenschaftliche Nacht mit Lady Margaret verbracht hast, woher wusste sie dann von diesem heiklen Detail, das nicht einmal ich kenne?«

»Oh, bitte, Henry schau mich nicht so an!«, rügte Eleanor ihn verdrießlich. »Du weißt, ich lüge nicht.«

»Entschuldige, Liebes.« Henry schaute zerknirscht. Peinlich berührt strich er sich über die Glatze. »Aber woher wusste sie es dann?«

»Es war komplett idiotisch«, schnaufte Eleanor. »Eines Abends, als sich die Damen nach dem Essen in die Bibliothek zurückgezogen hatten, um Kaffee zu trinken und über die neueste Mode zu plaudern, du weißt schon, die neue Reformkleidung, scherzte eine der Damen wie viel einfacher und weniger schmerzhaft es wohl sein mochte sich so gewagt zu kleiden.«

»Nun, da ist ja auch etwas Wahres dran.«

»Natürlich. Wie dem auch sei. Ich stimmte ihr von ganzem Herzen zu und erzählte ihnen von der Narbe auf dem Rücken, die von einem Haken meines Korsetts verursacht wurde. Die Damen drückten ihr Mitgefühl aus und wir lachten über diese dumme Angelegenheit. Margaret war auch anwesend und erfuhr auf diese

Weise von der Narbe. Unglücklicherweise nutzte sie dieses Wissen auf die furchtbarste Art und Weise aus.«

»Es tut mir leid«, sagte Henry sanft.

Eleanor nahm wieder Platz, sie lehnte ihren Kopf an die Schulter ihres Mannes und atmete seinen vertrauten Duft ein. Sie schloss ihre Augen, bevor sie fortfuhr.

»Cathleen war so gekränkt. Obwohl sie mir bedingungslos vertraute, fühlte sie sich sehr zerbrechlich zu der Zeit. Wenn ich damals gewusst hätte, was ich heute weiß, hätte ich ganz anders reagiert. Sie war verletzt wegen der Unterstellungen in dem Brief und ich war ebenfalls verletzt und wütend, dass sie so etwas überhaupt für möglich hielt.«

»Ich kann mich noch gut an die Spannungen zwischen euch erinnern«, flüsterte Henry.

»Es war furchtbar. Wir haben so viel Zeit damit verschwendet wütend aufeinander zu sein. Es hat beinahe alles zerstört. Ich kann es immer noch nicht ganz glauben, dass sich jemand so viel Mühe macht, um eine seltsame Art von Rache zu nehmen, nur weil derjenige keine Eroberung machen konnte.«

Henry drückte die Schulter seiner Frau sanft, bevor er sich erhob und Eleanor die Hand reichte, um ihr ebenfalls auf die Beine zu helfen. Er nahm das Taschentuch aus ihrer Hand und trocknete die Tränen auf ihren bleichen Wangen.

»Dieser Abend ist ganz und gar nicht so verlaufen, wie ich es mir vorgestellt hatte. Es tut mir aufrichtig leid, meine Liebe«, entschuldigte sich Henry. »Es sollte dich ablenken.«

»Es ist nicht deine Schuld.« Eleanor tätschelte seine Brust. »Bring mich bitte nach Hause. Ich würde ein weiteres Zusammentreffen mit dieser Frau gerne vermeiden.«

»Selbstverständlich.« Henry holte ihre Mäntel und beauftragte einen der Pagen ihrem Kutscher Bescheid zu geben. Mit erhobenem Kopf verließen sie das Gebäude und Parker war auch umgehend zur Stelle. Wie schon bei der Abfahrt von ihrem Heim half Henry Eleanor beim Einsteigen, ehe er selbst in die Kutsche stieg.

»Nach Hause, Parker«, befahl seine Lordschaft. Ihr Fahrer schnalzte kurz mit der Peitsche und die Pferde setzten sich mit einem gemütlichen Trab in Bewegung.

Während der ganzen Fahrt wechselten die beiden kein Wort, jeder war in die eigenen Gedanken versunken. Zu Hause angekommen, zog sich die Herzogin umgehend in ihre Räumlichkeiten zurück, nicht jedoch ohne zuvor ihrem Ehemann mit einem Kuss auf die Wange für seine gute Absicht zu danken.

Henry beobachtete sie, wie sie müde die Treppe hinaufstieg. Er wusste, dass sie der Abend emotional erschöpft hatte. Er wünschte er könnte etwas tun, um den Funken in dieser ansonsten so leidenschaftlichen Frau, die er seine Ehefrau nennen durfte, wieder zu entfachen. Aber der Tod ihrer Geliebten hatte eine leere Hülle zurückgelassen, die er kaum wiedererkannte.

Er schüttelte den Kopf und reichte Benson, Mantel, Hut und Handschuhe. Er hoffte inständig, dass Eleanor sich wirklich damit auseinandersetzte, wie sie ihr Leben in Zukunft gestalten wollte. Er wusste, dass sie nicht so weitermachen durfte wie bisher, aber wenn er sich einmischte, würde sie sich nur zurückziehen. Sie musste selbst zu einem Entschluss kommen, denn alles andere hatte keine Aussicht auf Erfolg.

Henry begab sich in die Bibliothek wo er von seinen über-raschten Kindern und seinem Liebhaber begrüßt wurde.

»Papa, du bist aber sehr früh zurück«, rief Philip überrascht. »Wir haben dich und Mama nicht vor Mitternacht erwartet.«

»Mach dir keine Sorgen, Sohn«, versicherte Henry, während er sich zum Tisch mit den Getränken begab, um sich einen Whiskey einzugießen. »Ich bin nur hier um euch zu sagen, dass wir zurück sind und um mir noch einen Whiskey zu genehmigen, bevor ich mich mit einem guten Buch zurückziehe. Also, bitte, macht ruhig weiter mit eurem Spiel.«

Charlotte betrachtete ihren Vater neugierig, bevor sie sich zu ihm ans Fenster gesellte, wo er in die Dunkelheit starrte und seinen Whiskey trank. Sie hakte sich bei ihm ein und legte ihren Kopf auf seine Schulter.

»Es geht um Mama, nicht wahr?«, fragte sie wissend.

»Ja.«

»Möchtest du, dass ich zu ihr gehe?«

»Nein, Liebling, gönne ihr etwas Abstand. Sie braucht etwas Zeit, um über vieles nachzudenken. Ich glaube, es wird das Beste sein, wenn wir uns alle ein wenig zurücknehmen. Sie wird uns noch überraschen.«

»Wie du meinst«, stimmte Charlotte etwas freudiger zu, bevor sie ihm einen Kuss auf die Wange gab und zum Spieltisch zurückkehrte.

Schon bald war das Spiel wieder in vollem Gange und seine Kinder nahmen kaum wahr, als Henry mit einem Buch in der Hand die Bibliothek verließ und sich für die Nacht zurückzog. Lediglich Jonathan nickte ihm lächelnd zu, als er die Karten mischte und verkündete, »Letztes Spiel, ihr Schurken.«

Kapitel Drei

»Glauben Sie, dass wir dieses Jahr auf den Kontinent reisen werden, Mr Benson?«, fragte Rose ohne von ihrer Näharbeit aufzusehen. Sie war dabei den Saum von Lady Charlottes Reitkostüm auszubessern und konnte die Frage nicht länger für sich behalten. Sie wollte so gerne einmal den Kontinent bereisen.

»Weshalb fragst du, Rose?« Mr Benson blickte von seiner Zeitung in die erwartungsvollen Gesichter rund um den Tisch. Keiner der Anwesenden konnte die Vorfreude auf eine mögliche Reise nach Wien verbergen. Selbstverständlich hatten sie von den Einladungen gehört, es war ja nicht nur eine, nein gleich zwei an einem Tag gewesen. Nicht einmal Mrs Chambers, die Köchin, konnte das Leuchten in ihren Augen bei dem Gedanken an eine Reise an einen Ort, den noch keiner von ihnen kannte, unterdrücken. Keiner aus der Dienerschaft war überhaupt nur auf den Gedanken gekommen, dass die Familie auch eine Agentur in Wien mit der Zurverfügungstellung der Dienerschaft beauftragen und ihnen allen frei geben könnte wenn sie sich entschließen sollte den Sommer in Wien zu verbringen. Mr Benson schüttelte den Kopf, nein, der Gedanke allein war zu absurd, um auch nur einen Moment daran zu verschwenden.

»Es scheint doch, seiner Lordschaft würde die Idee genauso gut gefallen wie allen anderen«, meinte Rose. Sie unterbrach ihre Arbeit und sah den Butler bekümmert an. »Ihre Gnaden ist aber anderer Meinung.«

»Unglücklicherweise«, brummte Mr Benson.

Er blickte in die Runde und es wärmte sein Herz, als er sah, wie alle bei der Erwähnung der Herzogin traurig den Kopf schüttelten. Mr Benson war stolz auf die Untergebenen, ihre Loyalität der Familie gegenüber war unumstößlich. Ihre Gnaden und seine Lordschaft beschäftigten eine interessante Gruppe von Leuten und sie behandelten sie nicht nur respektvoll, sie zahlten auch mehr als den üblichen Gehalt. Die Zofen waren vor unerwünschten Avancen sicher, genauso wie die Diener und Stallburschen. Die Herzogin und seine Lordschaft traten entschlossen dafür ein, dass die Dienerschaft mit Würde und Anstand behandelt wurde, sowohl von der Familie, als auch von ihren Gästen. Ein etwas zurückgebliebener Baron hatte einst den Fehler gemacht gegen diese eiserne Regel zu verstoßen. Sein Schicksal war in dem Moment besiegelt, als ihre Gnaden ihn dabei erwischte, wie er versuchte über Rose im Zimmer ihrer Ganden herzufallen. Sie war außer sich und bevor der besagte Baron wusste, wie ihm geschah, wurde er vor die Tür gesetzt und er wurde dazu noch zur Persona non grata in Londons Gesellschaft.

»Warum seid ihr alle so bedrückt?«, fragte Mrs Kavanaugh, als sie das Gesellschaftszimmer betrat und die niedergeschlagenen Gesichter sah. Die Haushälterin hatte gerade ihre Buchführung beendet und gesellte sich nun für eine Tasse Tee zu ihnen, bevor einige zu Bett gingen.

James, einer der Diener, nahm sich kein Blatt vor den Mund und erklärte es ihr.

»Wir unterhielten uns gerade über die Familie und ob sie wohl dieses Jahr nach Wien reisen werden.«

»Ach?«

»Ja, nun«, Mr Benson räusperte sich, als es so aussah, als würde gleich eine Debatte losgehen. »Ich denke, wir werden abwarten müssen und sehen, was passiert. Nicht wahr? Falls es sonst nichts mehr gibt …« Er sah vielsagend auf James und Cedric, die anderen Diener. »Warum geht ihr zwei nicht in die Bibliothek und sorgt dafür, dass alles in Ordnung gebracht wird, wenn sich die Herrschaften entschließen das Kartenspiel zu beenden, um sich zurückzuziehen.«

»Jawohl, Mr Benson«, riefen sie fast gleichzeitig, bevor sie sich erhoben und den Tisch verließen. Rose hatte ihre Arbeit an dem Reitkostüm beendet und wünschte den älteren Mitgliedern der Dienerschaft eine gute Nacht.

»Hör auf, so ein großes Geheimnis daraus zu machen, George«, rügte Mrs Chambers den Butler freundschaftlich, da sie die Einzige unter der Dienerschaft war, die das durfte. Sie kannten sich immerhin schon lange genug, um sich gegenseitig ein wenig zu necken.

Mrs Kavanaugh legte ihr sanft eine Hand auf ihre, im Schoß, gefalteten Hände. »Na, na, Hetty, Mr Benson ist nicht dazu verpflichtet überhaupt etwas zu sagen.«

Der Butler lächelte die Köchin und die Haushälterin nachsichtig an. Vorerst würden sie ihn wohl nicht weiter damit quälen, morgen allerdings war ein neuer Tag. Also konnte er es genauso gut gleich jetzt hinter sich bringen. Schließlich war es ja auch nicht so, als ob er etwas mit Bestimmtheit sagen konnte.

»Ich weiß es wirklich nicht, Hetty. Aber ich glaube, nein, ich bin *überzeugt* davon, dass, sobald ihre Gnaden der Reise und einem längeren Aufenthalt in Wien zustimmen wird, wir sicher fahren werden. Ich fürchte nur, dass sie dem Ganzen im Moment nicht viel abgewinnen kann. Hoffentlich ändert sie noch ihre Meinung.«

»Das hoffen wir auch, George. Das hoffen wir auch.«

So wie Henry es vorgeschlagen hatte, verbrachte Eleanor in den nächsten Wochen viel Zeit damit nachzudenken. Sie wusste, dass sie nicht für alle Zeit um Cathleen trauern konnte. Es hatte keinen Sinn, das Leben ging weiter und genau das hatte sie auch versprochen, ihr Leben weiter zu führen und jemanden als Gesellschaft oder vielleicht sogar als Geliebte zu finden.

Sie seufzte schwer, als sie hinter ihrem Schreibtisch Platz nahm und eine Schublade zu ihrer Rechten öffnete. Unter einem Blatt Papier lag, mit einem roten Band zusammengebunden, ein Bündel Briefe. Eleanor nahm sie aus der Schublade und hob sie an ihre Nase. Sie schloss die Augen und hätte schwören können, dass sie noch immer Cathleens zartes Parfüm daran roch. Sie wagte es jedoch nicht, das Band zu öffnen und die Briefe zu lesen, denn sie wusste, dass ihr Inhalt eine neuerliche Welle von Tränen mit sich bringen würde, wie so viele andere Dinge in den vergangenen drei Jahren.

Eleanor war es leid, sie war es leid ihr Leben ohne ihre Geliebte zu führen, aber sie war auch das andauernde Gefühl der Trauer leid und ihre Unfähigkeit endlich ihr Leben weiterführen zu können. Bis jetzt waren ihre Liebsten sehr geduldig mit ihr gewesen, aber sie war sich dessen bewusst, dass sie es wohl nicht mehr viel länger ertragen würden. Und sie selbst konnte es ebenfalls nicht, wenn sie ehrlich war. Henry hatte Recht, die Einladung seiner Verwandten nach Wien war die Gelegenheit, ihr Leben wieder in die richtige Bahn zu lenken.

Voller Entschlossenheit ob ihrer Entscheidung verließ sie ihr Arbeitszimmer, um ihren Ehemann von ihrem Meinungswechsel in Kenntnis zu setzen. Auf dem Weg zu Henrys Arbeitszimmer traf sie auf Benson, der sie mit bedauerlicher Miene darüber unterrichtete, dass die Vicomtesse von Langdon im Salon auf sie wartete.

»Danke schön, Benson«, seufzte Eleanor. »Würden Sie bitte seine Lordschaft ebenfalls davon in Kenntnis setzen.«

»Selbstverständlich, Eure Gnaden.« Benson verbeugte sich und entschwand in Richtung von Henrys Arbeitszimmer.

Eleanor hob ihre Röcke und begab sich mit langen Schritten zum Salon. Bevor sie jedoch die Tür öffnete, holte sie tief Luft und ermahnte sich, ganz egal was auch geschah, ruhig zu bleiben.

»Endlich, Eleanor«, begrüßte sie die Vicomtesse bissig, »Ich habe mich schon gefragt, ob Benson es verabsäumt hat dich über meinen Besuch zu unterrichten. Es würde mich ja nicht wundern, wenn dem so wäre.«

Eleanor entschied sich den mürrischen Kommentar zu ignorieren und stattdessen ihre Mutter mit erzwungener Heiterkeit und einem Kuss auf die Wange zu begrüßen. Ihre Mutter hatte ihren Butler nie gemocht und ihm nie vertraut. Wahrscheinlich lag es nur an der Augenklappe, die ihm ein etwas furchteinflößendes Aussehen verlieh. Dabei war er in Wahrheit einer der lieben-swürdigsten Menschen, die Eleanor kannte.

»Hallo Mutter.«

»Was ist denn los? So viel Farbe habe ich schon lange nicht auf deinen Wangen gesehen. Und wo ist dein Ehemann?«

»Hier«, verkündete Henry von der Tür aus. Er schloss sie, um seine Schwiegermutter zu begrüßen.

Die Vicomtesse hielt ihm würdevoll die Hand zur Begrüßung entgegen, bevor sie sich mit kühler und überheblicher Miene, die jegliche Wärme und Sanftheit vermissen ließ, wieder ihrer Tochter zuwandte. Wie schon so oft fragte sich Eleanor, wie es möglich gewesen war, dass so eine Frau, sie und ihren Bruder zur Welt hatte bringen können. Ihre Mutter war die voreingenommenste, selbstgerechteste und bigotteste Frau, die sie zu ihrem Unglück kannte. Während sie die ältere Frau von der Seite betrachtete, wurde ihr, nicht zum ersten Mal, wieder bewusst, wie sehr das Gesicht ihrer Mutter ihre ganze Persönlichkeit widerspiegelte. Die Falten um Mund und Augen konnte man nur als Ausdruck ununterbrochenen Missfallens für andere halten.

Ihr ganzes Gesicht war mit tiefen Falten bedeckt, ihr verkniffener Ausdruck und die schmalen Lippen konnten ebenfalls nichts dazu beitragen das Aussehen der unglücklichen Frau sanfter erscheinen zu lassen. Das Haar ihrer Mutter, so weiß wie Eleanors, war zu einem festen Knopf gebunden, was ihr eine noch strengere und unnachgiebigere Erscheinung verlieh. Verglichen mit ihrer Großmutter sah die Frau neben Eleanor viel älter aus, als sie tatsächlich war.

Benson servierte Tee und Sandwiches, nachdem Mrs Chambers offensichtlich von dem unerwarteten Besuch erfahren hatte und

Erfrischungen zubereiten hatte lassen. Dankenswerter Weise war auf ihre Dienerschaft Verlass und ihre Effektivität konkurrenzlos. Mrs Chambers hatte wahrscheinlich schrecklich gewütet, als sie von der Ankunft der Vicomtesse erfahren hatte. Aber sie würde es niemals zulassen, dass die Mutter der Herzogin die Gelegenheit hatte sich negativ über deren Haushalt zu äußern. Das Vertrauen in ihre Fähigkeiten und ihre Loyalität war nicht vergebens. Eleanor würde Mrs Chambers persönlich für ihre Mühe danken, nachdem ihre Mutter gegangen war. Der Gedanke brachte ein unfreiwilliges Lächeln auf ihre Lippen, da die Vicomtesse so etwas als unter ihrer Würde und als vollkommen unangemessen betrachten würde, aber ihr Haushalt war eben nicht im Geringsten konventionell. Mühelos schlüpfte Eleanor in die Rolle der Gastgeberin, schließlich erwartete ihre Mutter das auch. Sie würde nichts tun, um ihrer Mutter die Genugtuung zu verschaffen, sie kritisieren zu können.

»Danke, Eleanor.« Die Vicomtesse nahm ihren Tee und bedachte ihre Tochter mit einem selbstgefälligen Ausdruck. Schließlich war der Tee genauso, wie sie ihn mochte.

»Ich habe gehört, du und Henry habt beschlossen euch wieder in der Gesellschaft sehen zu lassen«, rümpfte ihre Mutter die Nase. »Es ist hoch an der Zeit.«

»Woher—« Eleanor war überrascht, aber unterbrach sich, ehe sie den Satz zu Ende führen konnte. Natürlich wusste ihre Mutter über den katastrophalen Besuch in der Oper Bescheid. Die Frau hatte überall ihre Spione.

»Dennoch sagte mir Lady Burlington, dass sie euch schon nach dem ersten Akt wieder gehen sah.«

»Hat sie das? Dann bitte, sag mir, Mutter, wieso sie glaubt, dass sie das auch nur im mindesten etwas angeht?«, fragte Eleanor scharf. Lady Emmeline Burlington war die schlimmste Klatschbase in ganz London. Der einzige Grund, weshalb diese Frau überhaupt die Oper besuchte, war der, damit sie alle anderen Angehörigen des Adels ausspionieren konnte und den neuesten Klatsch und Tratsch bei ihren berühmten Dinner Partys zum Besten geben konnte.

»Es besteht überhaupt kein Grund deine Stimme zu erheben«, schalt ihre Mutter sie.

»Ich habe mich nicht wohl gefühlt«, eilte Henry zu Eleanors Rettung. »Es hatte wohl etwas mit dem Abendessen zu tun.«

Er war überzeugt, wenn er nicht eingegriffen hätte, wären seine Frau und seine Schwiegermutter augenblicklich aufeinander losgegangen. Henry zog die gekünstelte Höflichkeit der Vicomtesse jederzeit einer Auseinandersetzung mit ihr vor, denn er wusste, dass seine Schwiegermutter nicht fair kämpfen würde. Er wollte nicht, dass sie zu einem bösartigen Schlag gegen seine Frau ausholte, besonders dann nicht, wenn sie so viel zufriedener wirkte wie schon lange nicht mehr.

»Wirklich?« Die Vicomtesse schien ihm nicht ganz zu glauben.

»Ich fürchte, leider ja«, versicherte er mit einem, wie er hoffte, mitleidheischenden Ausdruck.

Obwohl sie immer noch nicht ganz überzeugt zu sein schien, ließ sie es doch dabei bewenden. »Der Grund für meinen Besuch ist aber ein ganz anderer«, meinte die Vicomtesse leichthin.

»In der Tat?«

»Ja. Ich habe mich gefragt, ob es dir wohl etwas ausmachen würde, wenn ich mich in diesem Sommer nach Schottland begeben würde. Ich war schon seit gut drei Jahren nicht mehr dort und würde die heiße Jahreszeit gerne in einem kühleren Klima verbringen.«

»Du wirst aber deine eigenen Bediensteten mitnehmen müssen«, antwortete Eleanor mit einem Stirnrunzeln.

»Dessen bin ich mir durchaus bewusst, Eleanor«, antwortete ihre Mutter und verdrehte ungeduldig die Augen.

»Nun, dann selbstverständlich. Genieße die Zeit.«

»Danke«, antwortete die Vicomtesse schmallippig.

Eleanor wusste, dass ihre Mutter es bis zu diesem Tag einfach nicht überwinden hatte können, dass ihre eigene Mutter ihren Titel und ihr Vermögen ihrer *Enkeltochter* vererbt hatte und ihre eigene Tochter dermaßen übergangen hatte. Aber es hätte die Vicomtesse nicht wirklich überraschen sollen, schließlich waren ihre Mutter und ihre Tochter aus demselben Holz geschnitzt. Sie hatten immer ein besonderes Einverständnis und teilten die gleichen unnatür-lichen Gefühle. Die Gesellschafterin ihrer verstorbenen Mutter war viel mehr als das gewesen. So wie Henrys Cousine Cathleen für Eleanor mehr war als eine Freundin.

Eleanor war die rechtmäßige Trägerin des Titels und Erbin, sie war mit einem angesehenen Mann verheiratet und hatte zwei absolut gesunde Kinder zur Welt gebracht. Außerdem war Eleanor immer ausgesprochen diskret, das hieß aber nicht, dass die Vicomtesse einverstanden sein musste mit dem was sie tat oder, dass sie verpflichtet gewesen wäre Lady Cathleen Northcott zu mögen.

Die Vicomtesse nahm den letzten Schluck Tee und stellte die leere Tasse auf den Tisch zu ihrer Rechten bevor sie sich erhob. »Nun, da wir das geklärt haben, muss ich mich leider verabschieden, um mich nicht zu Lady Burlingtons Dinner Party zu verspäten.«

»Oh, bitte, lass dich von uns nicht aufhalten«, bat Eleanor mit einem falschen Lächeln. Je früher ihre Mutter sich verabschiedete, umso besser.

»Leb wohl, Eleanor. Henry.« Sie strich den Rock ihres taubengrauen Kleides glatt, welches mit grazilen Stickereien von verschlungenem Efeu aus schwarzer Seide versehen war. Das Mieder ihres Kleides offenbarte eine schlanke Taille. Der verhärmte Gesichtsausdruck ihrer Mutter passte ausgezeichnet zu ihrem eingezwängten Körper. Schwarze Handschuhe vervollständigten die Garderobe. Eleanor konnte auch das Lieblingsparfüm ihrer Mutter für einen solchen Anlass wahrnehmen, als sie der Duft von Lilien und Jasmin aus dem Salon begleitete.

»Ich werde dich zu deiner Kutsche begleiten«, erwiderte Lord Edgewood, während er für seine Schwiegermutter die Tür öffnete.

Nachdem ihre Mutter und Henry gegangen waren, ließ sich Eleanor mit einem erleichterten Seufzen in die Kissen sinken. Wie sie diese Besuche verabscheute. Ihre Mutter hatte das unschlagbare Talent, die schlimmsten Seiten in ihr zum Vorschein zu bringen. Aber dieses Mal gab es einen angenehmen Beigeschmack bei der ganzen Unerträglichkeit. Ihre Mutter hatte sie doch tatsächlich um einen Gefallen gebeten. Eleanor wusste nur zu gut wie schwer es ihr gefallen sein musste, sie zu bitten Zeit auf Schloss Darnsworth verbringen zu dürfen. Die Vicomtesse hatte es weder ihrer eigenen Mutter noch ihrer Tochter je verziehen, dass sie weder Vermögen noch den Titel Herzogin von Darnsworth geerbt hatte.

Eleanor erhob sich, um sich für ihren eigenen Ausgang bereitzumachen. Es war Zeit für einen Besuch und einen Rat einzuholen oder auch nur eine Bestätigung für ihre kürzlich getroffene Entscheidung.

Als die Herzogin das Haus in Kensington betrat, wurde sie von einer Unmenge glücklicher Erinnerungen geradezu überwältigt. Sie zauberten ein bittersüßes Lächeln auf ihre Lippen, als sie dem Butler zum Salon folgte.

»Die Herzogin von Darnsworth, gnädige Frau.«

»Eleanor, Liebes«, Contessa Giulia Silvestri, eine elegante Frau in ihren Achtzigern, erhob sich von ihrem bequemen Stuhl am Fenster.

Sie legte ihr Buch zur Seite, um Eleanor herzlich in die Arme zu schließen. Eleanor beugte sich ein wenig nach unten, um sie zu umarmen und den vertrauten Duft ihrer Großmutter einzuatmen.

»Hallo, Nonna«, flüsterte Eleanor mit belegter Stimme. So lange sie denken konnte, war es für Eleanor das Natürlichste auf der Welt die Contessa Nonna, ʼGroßmutterʻ, zu nennen. Diese zerbrechlich wirkende Frau, mit eisernem Willen, war über vierzig Jahre lang die Geliebte ihrer verstorbenen Großmutter gewesen. Es war geradezu unmöglich, sich die eine ohne die andere vorzustellen. Es war für die Contessa schwer gewesen mit dem Tod ihrer Geliebten fertig zu werden, aber es war ihr gelungen. Die Contessa zog sich aus der Umarmung zurück und schaute Eleanor an. »Du siehst besser aus, als du es seit langem getan hast, Cara«, bemerkte Giulia mit kritischem Blick.

»Ich fühle mich auch besser.«

»Komm, setz dich zu mir.«

Sie nahm Eleanors Hand in die ihre und führte sie zu einem Sofa, auf dem sie nebeneinander Platz nahmen.

»Mutter hat uns heute einen Besuch abgestattet«, erklärte Eleanor mit einem Seufzen. »Sie fragte, ob sie den Sommer auf Schloss Darnsworth verbringen darf.«

»Was hast du geantwortet?«

»Ich habe ihr gesagt, dass sie ihre eigene Dienerschaft mitbringen muss.«

Giulia grinste ob Eleanors Geradlinigkeit. »Ich kann mir kaum vorstellen, wie schwer es der Frau gefallen sein muss ihre Tochter um Erlaubnis zu fragen das Anwesen bereisen zu dürfen, wo sie es doch immer als das rechtmäßig ihre betrachtet hatte.« Sie konnte sich einen kleinen Aufschrei der Freude nicht verkneifen und mit einem freudigen Funkeln, neigte die Contessa ihren Kopf. »Gut gemacht, meine Liebe.«

»Sie hasst mich, Nonna«, erwiderte Eleanor gramvoll, »meine eigene Mutter hasst mich.«

Die Contessa seufzte. »Es ist wahr. Deine Mutter hat nie wirklich viel Liebe übriggehabt, für keines ihrer Kinder. Am allerwenigsten für dich, du warst schließlich immer der Liebling meiner Bridget.«

Bridget McAllister, die verstorbene Herzogin von Darnsworth, hatte ihre Enkeltochter sehr geliebt und Eleanor war sich dessen immer bewusst gewesen.

»Es tut mir leid, mein Kind«, stimmte die Contessa zu, »deine Mutter wusste nie, wie man liebt. In dieser Hinsicht war sie mehr ihrem Vater als ihrer Mutter ähnlich. Deine Großmutter war die gütigste, liebevollste und warmherzigste Frau, die ich kannte und sie hat dich wirklich sehr geliebt.«

»Sie fehlt mir, Nonna.« Eleanor schloss ihre Augen kummervoll bei dem Gedanken an ihre verstorbene Großmutter und legte ihren Kopf in den Schoß ihrer Nonna, die Eleanor daraufhin sanft durch das seidige weiße Haar strich.

»Sie fehlt mir auch, *Cara*. Sehr sogar.«

Jede war für einen langen Moment in ihren eigenen Gedanken versunken. Eleanor ließ Erinnerungen an ihre Kindheitstage Revue passieren. Sie hatte jeden Sommer auf dem ausgedehnten Anwesen ihrer Großmutter in Schottland verbracht und ihre Zeit mit Reiten zugebracht und konnte ausgelassen durch die grünen Hügel des Hochlandes streifen. Sie erinnerte sich an Abende vor dem Kamin im Zimmer ihrer Großmutter, an denen sie Brettspiele spielten oder die Herzogin ihr aus ihrem Lieblingsbuch vorlas. Ihre Nonna Giulia saß dann immer neben ihrer Großmutter in einem bequemen Sessel. Während sie mit einem nachsichtigen Lächeln auf den Lippen, mit einer Stickerei oder Malerei beschäftigt war und Eleanor einen neuen aufregenden Roman von Dickens verschlang.

War die Herzogin groß und imposant gewesen, mit Haar, das die Farbe von reifem Korn hatte und Augen so blau wie der Himmel an einem Nachmittag im Sommer, so war ihre Nonna das genaue Gegenteil. Klein von Statur, mit dichtem dunklem Haar und feurigen dunklen Augen. Die Leute neigten dazu die Entschlossenheit der Contessa zu unterschätzen, aber sie stellten sehr schnell fest, dass die kleine, zerbrechlich wirkende Frau einen stählernen Willen besaß. Sie war nicht unbedingt jemand, dem man sich als Feind wünschte. Verborgen unter einem leidenschaftlichen Temperament lag ein weiches Herz, voll Liebe für die, die ihr nahestanden. Genau wie Eleanors Großmutter auch, so war ihre Nonna eine gütige und liebevolle Frau.

Eleanor riss sich und die Contessa aus ihren Gedanken, als sie herausplatzte, »Henry hat eine Nachricht von seiner Cousine aus Wien erhalten. Ihre Tochter wird einen Geschäftsfreund ihres Vaters heiraten und wir sind eingeladen mit ihnen zu feiern.« Sie sah ihre Großmutter an und war gespannt auf ihre Reaktion, konnte aber nicht sagen, wie diese darüber dachte.

»Wie denkst du darüber?«

Eleanor betrachtete die ordentlich gefalteten Hände in ihrem Schoß. »Ich bin zu dem Entschluss gekommen, dass dies vielleicht gar keine so schlechte Idee ist. Zuerst habe ich mich von Henry unter Druck gesetzt gefühlt, als er auch noch Charlotte bat mich dazu zu überreden. Aber nachdem ich wirklich intensiv darüber nachgedacht habe, muss ich gestehen, dass ich ihm zustimme. Jemand neuen kennenzulernen und ein fremdes Land zu besuchen, wird mir vielleicht sogar guttun und möglicherweise erhasche ich sogar einen Blick auf die berühmten weißen Pferde des Kaisers.«

»Deiner Großmutter hätte das sicher gefallen.« Giulia schenkte ihrer Enkelin ein trauriges Lächeln. »In den letzten drei Jahren habe ich mir große Sorgen um dich gemacht, wie der Rest der Familie. Ich bin froh über deine Entscheidung. Wie lange werdet ihr bleiben?«

»Ich weiß es noch nicht«, gestand Eleanor verlegen »Ich habe Henry noch gar nichts gesagt. Du bist die Erste, der ich davon erzähle. Aber ich bin mir ziemlich sicher, dass wir auf jeden Fall den ganzen Sommer dort verbringen werden. Henry und Jonathan werden sich wie immer in aller Ausführlichkeit um alle Details kümmern. Ich bin mir auch sicher, dass die Kinder die Abwechslung zu schätzen wissen. Sie haben es verdient, wir alle haben das. Meine Gesellschaft ist für niemanden, eine sehr lange Zeit hindurch, angenehm gewesen. In letzter Zeit habe ich jedoch das Gefühl, dass ich wohl endlich in der Lage bin mein Leben wieder in die Hand zu nehmen.«

Die Contessa legte ihre Hand an Eleanors Wange, bevor sie voll Überzeugung antwortete, »Ich bin so froh dich das sagen zu hören, mein liebes Mädchen. Ich muss mir wohl keine solchen Sorgen mehr um dich machen.«

Eleanor legte ihre Hand über die ihrer Großmutter und nickte nur, da sich ihre Kehle wie zugeschnürt anfühlte.

⎯⎯⎯

Auf dem Heimweg von Kensington war Eleanor damit beschäftigt sich auszumalen, was sie wohl tun müsste, um Mrs Chambers zu besänftigen. Henrys wohlgemeinter Versuch ihr frühes Verlassen der Oper zu erklären, hatte ihre Köchin und deren Fähigkeiten in Verlegenheit gebracht. Ihre Mutter würde bestimmt Henrys Kommentar, über das Abendessen, an ihre Dienerschaft weitergeben und ihre Köchin würde unweigerlich davon erfahren. Mrs Chambers aber verdiente etwas Besseres, als Henrys unbedachte Bemerkung. Der arme Henry hatte gar nicht begriffen, was er damit angerichtet hatte. Wenn er sich dessen bewusst gewesen wäre, wäre er sicherlich nach der Abreise ihrer Mutter in die Küche geeilt und hätte Mrs Chambers um Verzeihung gebeten, dafür war er sich nicht zu schade. Das Letzte, was sie jetzt vor ihrer Abreise nach Wien gebrauchen konnten, war, dass ihre Köchin kündigte. Eleanor wollte deshalb jetzt der Köchin gegenüber ihre Hochschätzung zum Ausdruck bringen und sich für den wunderbar zubereiteten Tee für die Vicomtesse bedanken.

Sobald Eleanor das Foyer betrat und Benson ihr aus dem Mantel geholfen hatte, bat sie ihn sowohl Mrs Chambers als auch Mrs Kavanaugh in die Bibliothek zu schicken.

»Beide, Eure Gnaden?« Benson hob unmerklich die Braue. Er ahnte sofort, worum es ging. Man musste wahrlich kein Genie sein, um zu wissen, dass Ihre Gnaden vorhatte Mrs Chambers den unglücklichen Kommentar seiner Lordschaft bezüglich seines Unwohlseins am Abend des Opernbesuchs zu erklären. Ausgerechnet gegenüber der Vicomtesse von Langdon hatte seine Lordschaft so eine demütigende Bemerkung gemacht. Es war schließlich kein Geheimnis, dass die Köchin die Mutter der Herzogin mit einer Leidenschaft verachtete, die niemand der molligen und gutmütigen Frau zugetraut hätte.

»Ja, bitte Benson«, murmelte die Herzogin. »Ich finde Mrs Chambers bedeutend umgänglicher, wenn Mrs Kavanaugh anwesend ist. Sie hat eine so wunderbar beruhigende Wirkung auf sie, die ich sehr zu schätzen weiß, besonders wenn man über die Vicomtesse spricht.«

»Ich denke, da ist etwas Wahres dran, Eure Gnaden«, stimmte der Butler gedankenvoll zu.

Eleanor grinste bei seinen Worten. Sie wusste, dass sie Recht hatte, aber es war doch erfrischend zu hören, wie sehr sie damit richtig lag

»Freut mich, ihre Zustimmung zu haben, Benson.«

»Es … Es tut mir leid, ich wollte nicht—«

»Kein Grund sich zu entschuldigen, haben Sie ja nicht. Bitten Sie sie nur zu kommen, sobald es ihre Pflichten erlauben.«

»Selbstverständlich.« Er neigte den Kopf gehorsam und entfernte sich, um den Auftrag auszuführen.

Als ein leises Klopfen an der Tür zur Bibliothek ertönte, legte Eleanor ihr Buch zur Seite und nahm ihre Lesebrille ab. Sie richtete sich auf und faltete die Hände in ihrem Schoß.

»Herein!«

Die Tür öffnete sich und gab den Blick auf eine erregte Köchin preis, die von einer ruhigen und gesammelten Haushälterin begleitet wurde. Mrs Kavanaugh schloss die Tür hinter ihnen, sie knicksten und warteten geduldig von der Herzogin angesprochen zu werden. Sie kannten ihren Platz und Eleanor kannte den ihren. Sie in die Bibliothek zu bitten, war durchaus die richtige Entscheidung gewesen. Allerdings konnte Eleanor deutlich erkennen, wie unwohl Mrs Chambers sich hier fühlte. Sie bezweifelte, dass die Köchin jemals zuvor diesen Raum betreten hatte. Obwohl vieles in ihrem Haushalt anders als in anderen Häusern war, so wusste die Dienerschaft dennoch, was angebracht war und was nicht.

Das Gleichgewicht zwischen Herrschaft und Dienerschaft musste schlichtweg aufrechterhalten werden, um einen geregelten Ablauf der Dinge zu gewährleisten. Es waren die kleinen Dinge des alltäglichen Ablaufs, die beachtet werden mussten, die großen Dinge waren deshalb einfach kein Thema, denn nur dann konnte der Haushalt ohne lästige Störungen funktionieren. Eleanor betrachtete die beiden Frauen eindringlich und machte sich insgeheim ihre Gedanken über sie, bevor sie die Köchin direkt ansprach.

»Mrs Chambers, es tut mir leid, dass ich ihren Plan für das Abendessen vollständig durcheinandergebracht habe. Aber mein Besuch bei Contessa Silvestri hat doch etwas mehr Zeit in Anspruch genommen als ich ursprünglich gedacht habe.«

»Eure Ganden sind zu großzügig«, Mrs Chambers errötete bis zu den Haarwurzeln.

»Ganz im Gegenteil, wie ich fürchte.« Eleanor wirkte so verlegen, wie sie sich tatsächlich auch fühlte. »Ich bin mir sicher, Sie haben bereits von der etwas unglücklichen Aussage seiner Lordschaft bezüglich des Abendessens am Tag unseres Opernbesuches in der vergangenen Woche gehört.«

»Nun—«, die Köchin war zurückhaltend.

»Natürlich haben Sie das, aber lassen Sie mich Ihnen versichern, dass dies aus reiner Eile geschah. Meinem Mann ging es nicht im *Mindesten* schlecht nach dem Abendessen. Er verhielt sich wie ein Gentleman und nahm die Kritik der Vicomtesse für mich auf sich. Deshalb bitte ich Sie, meine Entschuldigung für diesen unangenehmen Zwischenfall anzunehmen.«

»Das ist sehr gütig, Eure Gnaden.«

Mrs Chambers war mehr als überrascht, aber mittlerweile, so dachte Eleanor, sollte die Köchin es besser wissen. Die Herzogin und seine Lordschaft hatten die Angewohnheit die Dienerschaft pausenlos angenehm zu überraschen, eine ungewöhnliche und unübliche Haltung, die man bei anderen Mitgliedern des Adels nicht fand. Weder sie noch Henry sprachen je mit anderen Adeligen darüber, wie sie ihren Haushalt führten. Die Dienerschaft hingegen war bisweilen weniger zurückhaltend. Eleanor fürchtete, dass sie wohl allgemein den Ruf hatten zu nachsichtig mit ihrer Dienerschaft zu sein.

»Mrs Chambers, Sie verdienen unseren höchsten Respekt und unsere Dankbarkeit für die wunderbaren Mahlzeiten, die Sie für uns zaubern und Sie führen die Küche wirklich meisterhaft. Und Sie«, dabei ließ sie ihren Blick zu Mrs Kavanaugh wandern, »auch Sie leisten hervorragende Arbeit. Manchmal ist es geradezu eine Herkulesaufgabe diesen Haushalt am Laufen zu halten und Sie beide sind wirklich großartig darin.«

»Danke schön, Eure Gnaden«, nahmen sie den Dank an und knicksten.

»Noch etwas, Mrs Chambers«, sagte sie, während sie gedankenverloren ihren Finger an die Unterlippe tippte.

»Ja, Madam?«

»Ich weiß die Mühe, die Sie sich heute für den Tee gemacht haben, wirklich sehr zu schätzen. Der Besuch der Vicomtesse war schließlich für uns alle eine Überraschung. Sie haben das wirklich ausgezeichnet gemacht, Mrs Chambers, wirklich sehr gut.«

Die Köchin war nach diesem aufrichtigen Lob ein gutes Stück gewachsen und ihre Brust war stolzgeschwellt. Eleanor hoffte, sie würde Henrys unselige Bemerkung über das Abendessen schnell vergessen. Sie lächelte die beiden Frauen aufrichtig an.

»Zu gütigst, Madam. Danke sehr.«

»Ja«, stimmte Mrs Kavanaugh zu. »Danke sehr.«

»Nicht doch. Mrs Chambers könnten Sie das Abendessen in einer halben Stunde servieren, wäre das möglich?«

»Absolut, Eure Gnaden.«

»Gut.« Eleanor wandte sich ab, ein Zeichen, dass die Unterhaltung beendet war und die beiden Frauen fassten es auch so auf und begaben sich zur Tür. Mrs Kavanaughs Hand lag bereits auf der Türschnalle, als sich Eleanor ihnen erneut zuwandte.

»Mrs Kavanaugh?«

»Eure Gnaden?« Die Haushälterin widmete ihrer Herrin ihre ganze Aufmerksamkeit, während sie ihre Befehle erwartete.

»Ich wollte Sie bitten, ob Sie und Mr Benson wohl so gut wären darüber zu beratschlagen was nötig ist, um den Sommer in Europa zu verbringen. Für fünf Monate ungefähr. Sie wissen schon, die Vorbereitungen betreffend, wer mitkommen soll, und so weiter.«

»Selbstverständlich, Madam. Noch etwas?«

»Im Moment nicht.« Eleanor lächelte, rauschte aus dem Zimmer und ließ eine verblüffte Köchin und eine ebensolche Haushälterin zurück. Mit erhobenen Augenbrauen sahen sie einander an und brachen schließlich in ein breites Grinsen aus. Sie fuhren also doch nach Wien.

Sie huschten ins Foyer und anschließend in entgegengesetzte Richtungen und versuchten ihre Aufregung, so gut sie es vermochten, im Zaum zu halten.

Kapitel Vier

Mit beschwingtem Schritt und einem Brief in ihrer Hand betrat Gräfin Helen von Hagendorf das Frühstückszimmer, in dem sich die ganze Familie um den Tisch versammelt hatte um die erste Mahlzeit des Tages zu genießen.

»Warum so vergnügt heute Morgen, meine Liebe?«, fragte ihr Ehemann Ludwig von Hagendorf mit einem amüsierten Leuchten in den Augen. Er lächelte die anderen am Tisch an, allerdings verlor er sein Lächeln beim mürrischen Gesichtsausdruck seiner Tochter. Er wandte sich wieder seiner Frau zu und wartete, dass sie ihm den Grund für ihre ausgesprochen gute Laune mitteilte.

»Ich habe gerade einen Brief von meinem Cousin Henry erhalten«, verkündete Helen vergnügt. »Er teilt mit, dass er und seine Familie mit Freude die Einladung zu Emmas Hochzeit annehmen.«

»Ist das derselbe Cousin, den du seit mehr als zwanzig Jahren nicht gesehen hast, Mutter?«, fragte Emma überrascht.

»Was hat das damit zu tun?«, entgegnete die Gräfin scharf.

»Gar nichts. Entschuldige.«

»Wie dem auch sei«, winkte Helen ab, »er hat bestätigt, dass er und seine Familie sich schon sehr auf ihren Aufenthalt in Wien freuen. Wie es aussieht, werden sie den Sommer über im Palais Schelling residieren.«

»Das klingt wirklich wunderbar, meine Liebe«, stimmte Ludwig zu, er wischte mit der Serviette über seinen Mund und erhob sich. Er küsste seine Frau auf die Wange und verließ das Zimmer, um sich für das Büro fertig zu machen.

Der Graf war dabei seine Handschuhe überzustreifen, als ihn seine älteste Tochter Sophie noch im Foyer abfing.

»Vater, ich würde gerne etwas mit dir besprechen«, Sophie von Hagendorf stand direkt vor ihm und machte es unmöglich, dass er ging, ohne rüde zu wirken. Ludwig seufzte ob der insistierenden Art seiner Tochter. Er wusste nur zu gut, worum es sich handelte, aber er konnte absolut nichts dagegen unternehmen.

»Hat das nicht Zeit bis nach dem Abendessen? Ich muss wirklich dringend ins Büro.«

»Meinetwegen«, gab Sophie nach, als sie den resignierten Ausdruck ihres Vaters sah.

Sie wartete, bis er gegangen war, bevor sie die Stufen zu ihren Räumlichkeiten hinaufstieg. Sie war froh, dass sie auf ihrem Stockwerk so viel Platz nur für sich hatte, schließlich verbrachte sie auch viel Zeit dort. In ihrem Wohnzimmer oder Schlafzimmer oder ihrem gemütlichen Salon oder in einem ihrer anderen Zimmer konnte sie schreien, mit den Füßen stampfen oder wüten und niemand würde auch nur irgendetwas davon bemerken.

Sophie wusste, dass es keinen Sinn hatte über die bevorstehende Hochzeit ihrer Schwester mit Graf Siegfried von Bernthal zu diskutieren, aber sie musste es einfach versuchen. Sie musste ihrer Abneigung gegen dieses Geschäft Ausdruck verleihen. Denn nichts anderes war es in ihren Augen.

Ihre Schwester war nur eine Figur in einem Spiel unter Männern, das von ihrer Stiefmutter vollkommen unterstützt wurde, da diese so endlich ihre Ambitionen verwirklichen konnte. Sophie fürchtete, dass nichts die Meinung ihres Vaters – die Hochzeit betreffend – ändern würde. Sie beschloss ihre Arbeit zu unterbrechen und ihre Gedanken bei einem Ausritt zu ordnen. Sie musste etwas Abstand zwischen sich und das Haus bringen, das sie schon seit Jahren nicht mehr als ihr Zuhause betrachtete.

Auf ihren Lieblingsgehstock gestützt, verließ sie mit einem Hinken das Haus und schlug den Weg zu den Stallungen ein. Auf halbem Weg wurde Sophie von ihrem Stiefbruder eingeholt.

»Sophie, warte! Bitte!«

Anton war ihr auf den Fersen, sein dunkles Haar ein einziges Durcheinander in der Brise. Sophie konnte nicht anders als lächeln. Obwohl sich ihre Stiefmutter redlich bemüht hatte, war es ihr nie gelungen einen Keil zwischen sie zu treiben. Selbst mit denselben Eltern hätte die Bindung zwischen ihnen nicht stärker sein können. Für sie war er einfach ihr Bruder.

»Es tut mir leid, Anton«, entschuldigte sich Sophie. »Ich werde heute Abend mit Vater sprechen, ich verspreche es.«

»Aber es wird nicht das Geringste ändern, nicht wahr«, sagte Anton wütend und ballte seine Fäuste. Sophie wollte widersprechen, aber sie fand einfach nicht die richtigen Worte. Denn alles, was sie sagen konnte, wäre eine Lüge gewesen und sie beide waren sich dessen bewusst. Voll Scham und Frustration ließ sie ihren Kopf hängen. Sie schrieben das Jahr 1903, zum Kuckuck, ein neues

Jahrhundert hatte begonnen und solche Dinge sollten längst nicht mehr möglich sein. Aber Sophie wusste es war nur ein Traum. Trotz aller politischen Veränderungen wurden Frauen immer noch wie Besitz behandelt.

Eine Hand, die die ihre ergriff, riss sie aus ihren Gedanken.

»Ich wollte dir nicht wehtun, Sophie«, versuchte sie Anton mit einem zittrigen Lächeln zu trösten. »Es ist nicht deine Schuld.«

»Dennoch, ich—« Sophie fühlte wie Tränen der Wut und Frustration in ihr aufstiegen. Sie befürchtete, dass ihre Versuche, ihre Schwester vor einer grässlichen Zukunft zu bewahren, zum Scheitern verurteilt waren. Ihr Vater hatte schon vor langer Zeit eine Entscheidung getroffen; Emmas Verlobung mit dem Grafen war ein großes Ereignis im vorigen Jahr gewesen. Nichts hatte es verhindern können. Weshalb sollte sie also gerade jetzt in der Lage sein die Hochzeit zu verhindern?

Schließlich war es ja auch nicht so, dass ihre Schwester glücklich darüber war, dass sie versuchte die Hochzeit zu verhindern. Ganz im Gegenteil. Emma war mehr als verstimmt darüber, dass Sophie gegen ihren Verlobten agitierte, der nur ein Jahr jünger als ihr Vater war.

Anton ließ sie gehen. Sie wusste, dass er sich für die Universität fertig machen musste. Aber bevor er ging, warf er ihr noch einen letzten Blick zu. Er hoffte genauso inständig wie sie selbst, dass sie noch einen Weg finden würde, um diese Farce zu beenden.

Sophie fühlte sich noch schlechter als zuvor, jetzt da sie wusste, dass ihr Bruder darauf vertraute, dass sie eine Lösung finden würde. So sehr sie sich auch anstrengte, die einzige Möglichkeit, die ihr noch offenstand, war, ihren Vater anzubetteln.

Der Stallbursche brachte Sophies Pferd. Obwohl sie durchaus in der Lage war sich ohne Hilfe in Capris Sattel zu schwingen, gestattete sie dem Burschen ihr beim Aufsitzen behilflich zu sein. Capris dunkelbraunes Fell glänzte im Sonnenlicht. Ihre schwarze Mähne und der Schweif waren genauso ordentlich gestriegelt wie ihr Fell. Ihr sanftes Wesen mit einer gelegentlich ungezogenen Ader waren ihre liebenswertesten Eigenschaften. Aber heute konnten weder Capri noch Sophie es erwarten los zu preschen.

Sie ergriff die Zügel und in einem entspannten Trott verließen sie den Hof. Sie setzte den langsamen Schritt fort, bis Sophie die ersten Bäume des Praters erblickte und Capri schließlich galoppieren ließ. Sie jagte über die Wiesen und genoss den schnellen, verwegenen Ritt durch die größte Parkanlage der Stadt.

Sie wusste, dass sie vorsichtiger sein sollte, aber was war schon das Schlimmste, das passieren konnte? Nicht wirklich viel, hatte sie doch schon im Alter von vierzehn Jahren einen furchtbaren Reitunfall erlitten. Es gab nichts mehr, das ihr Angst machte, wenn sie auf dem Rücken eines Pferdes saß. Wenn überhaupt, dann fühlte sie sich seit diesem Tag frei, wenn sie auf Capri saß, im Gegensatz zu dem, was sie empfand, wenn sie auf ihren eigenen beiden Beinen stand.

Nach ihrem wilden Ritt ließ Sophie ihr Pferd in einen entspannten Schritt wechseln, um sich abzukühlen. Als sie ihren Lieblingsort erreichte, stieg sie ab und ließ Capri grasen. Sophie griff nach ihrem Gehstock mit dem silbernen Griff und ging zu dem umgestürzten Baum, um sich hinzusetzen. Sie zog ein silbernes Zigarettenetui aus der Tasche ihrer Weste, steckte sich eine Zigarette zwischen die Lippen und entzündete sie mit einem Streichholz. Sophie machte einen tiefen Zug und schüttelte reumütig den Kopf über diese schlechte Gewohnheit. Ihre Stiefmutter würde einen Schlaganfall bekommen, wenn sie sie so sehen könnte. In Wahrheit war Sophie nie sehr damenhaft gewesen, zumindest nicht auf die Weise, wie es Frauen, wie ihre Stiefmutter, erwarteten.

Sie bevorzugte Männerkleidung und Reformkleidung, sie verabscheute die Romane die Helen las und noch mehr die sinnentleerten Unterhaltungen, die Helen mit ihren Freundinnen führte. Sophie bekam Gänsehaut bei dem Gedanken an diese hohlen, oberflächlichen, geistlosen Frauen der Gesellschaft, deren einzige Sorge darin bestand ihre Töchter so gut wie möglich zu verheiraten und über die zu klatschen, die genauso unglücklich waren wie Sophie.

Mit zweiunddreißig Jahren war sie zu alt um gewinnbringend verheiratet zu werden und sie wurde eindeutig nicht als begehrenswert angesehen, mit ihrem auffallenden Humpeln und einer Narbe, die sich von der Mitte ihrer Stirn, um ihr Auge und quer über ihre Wange bis zu ihrem Mundwinkel zog. Sophie verfluchte für gewöhnlich ihr Schicksal, und den Unfall, der diese Verletzungen verursacht hatte, aber in Augenblicken wie diesen war sie geradezu froh darüber, dem Gefängnis der Ehe entronnen zu sein.

Selbst wenn diese Beeinträchtigungen nicht offensichtlich genug gewesen wären, so wäre wohl allein die Tatsache, dass dieser Unfall die Ursache für ihre Unfruchtbarkeit war, Grund genug gewesen, um jeden verfügbaren Junggesellen vor einer Hochzeit mit ihr zurückschrecken zu lassen. Nicht dass sie sich jemals zum anderen Geschlecht hingezogen gefühlt hätte. Sophie war schon vor sehr langer Zeit klar geworden, dass ihr Herz ausschließlich für Frauen schlug. Sie waren so viel faszinierender, sinnlicher, schöner und begehrenswerter.

Sie machte einen letzten Zug von ihrer Zigarette, bevor sie diese in ihrem Reiseaschenbecher ausdämpfte, den sie immer mitführte. Sie pfiff und Capri trottete auf sie zu. Sophie schwang sich auf den Rücken der Stute und führte sie den gleichen Weg wieder zurück, den sie gekommen waren. Zu Hause wartete schließlich eine Menge Arbeit auf sie.

Das Abendessen gestaltete sich durchaus angenehm. Da Sophie danach mit ihrem Vater sprechen würde, sah sie auch keinen Grund ihre Stiefmutter grundlos gegen sich aufzubringen.

Sie folgte dem Grafen in sein Arbeitszimmer, wo er ihr ein Glas Sherry anbot, das Sophie dankend annahm. Ludwig wies auf einen der Sessel vor dem Kamin, wo Sophie Platz nahm, bevor er sich mit den Sherry-Gläsern zu ihr gesellte. Nachdem er Sophie ihr Glas gereicht hatte, nahm der Graf ebenfalls Platz und wartete, dass seine Tochter ihre gefürchtete Unterhaltung begann.

»Ich nehme an, du weißt, worum es sich handelt, Vater.«

»Möglich.«

»Vater, bitte, sage mir, dass du diese Hochzeit noch einmal überdenken wirst.«

»Ich fürchte, es gibt nichts, was das noch verhindern könnte. Die Bedingungen für die Ehe deiner Schwester mit dem Grafen Bernthal sind geklärt. Deine Stiefmutter hat auch bereits die Einladungen versendet.«

»Aber genau darum geht es doch, Vater«, beharrte Sophie leidenschaftlich, »es wurde noch kein Vertrag unterzeichnet und kein Gelübde wurde gesprochen. Du kannst die ganze Angelegenheit noch stoppen.«

Der Graf leerte sein Glas in einem Zug, sein Gesichtsausdruck verfinsterte sich zunehmend. Er stand auf, schenkte sich großzügig nach und auch diesmal leerte er das Glas in einem Zug.

»Emma ist ein Mädchen von gerade erst einmal siebzehn Jahren. Es gibt noch so viel für sie zu sehen, zu lernen und zu erfahren. Tu ihr das nicht an. Der Graf ist fünfzig Jahre alt. Er war schon zweimal verheiratet und braucht verzweifelt einen Erben. Was, wie ich annehme, der einzige Grund ist, warum er sie heiraten möchte. Und das Schlimmste ist, du weißt so gut wie ich was mit Josefine geschehen ist.«

Ihr Vater hatte sich hinter seinen Schreibtisch begeben und stellte sein Glas mit Nachdruck ab. Er sah seine Tochter mit einem wütenden Ausdruck an. Nie zuvor hatte Sophie ihren Vater dermaßen aufgebracht erlebt.

»Hör mir zu, Sophie, und hör mir gut zu! Das ist das allerletzte Mal, dass wir über diese Angelegenheit sprechen werden. Deine Schwester wird den Grafen von Bernthal heiraten, so wie es vereinbart wurde und nun Schluss damit. Habe ich mich unmissverständlich ausgedrückt?«

Als seine Tochter ihm nicht antwortete, erhob der Graf die Stimme.

»Hast du verstanden?«

»Ja, Vater. Klar und deutlich.« Sophie stellte ihr Glas ab und verließ ohne ein weiteres Wort das Arbeitszimmer ihres Vaters.

Sophie kehrte in ihre Räumlichkeiten zurück und ging in ihr Arbeitszimmer, wo sie sich mit einem leichten Stöhnen hinter ihrem Tisch niederließ. Da sie die alleinige Bewohnerin des gesamten vierten Stockes des Palais war und die Mitglieder ihrer Familie selten hierherkamen, war sie ziemlich sicher, für den Rest des Abends ungestört zu sein. Sie öffnete die beiden obersten Knöpfe ihres Hemdes und setzte ihre Lesebrille auf, als es an der Tür klopfte.

»Herein!«

Ihre ältliche Zofe öffnete die Tür und knickste. »Brauchen Sie noch etwas, Gräfin?«, fragte Martha sanft.

»Nein, danke, Martha. Du kannst zu Bett gehen. Gute Nacht.«

»Bleiben Sie nicht zu lange auf.« Sie klang aufrichtig besorgt.

»Bestimmt nicht. Versprochen.«

Als sich die Tür hinter Martha schloss, dachte Sophie an die Rolle, die die treue Zofe im Leben ihrer Familie gespielt hatte. Als Sophies Mutter, die junge Karoline von Wilczek Graf von Hagendorf geheiratet hatte, war sie an ihrer Seite gewesen, bei Sophies Geburt ebenso wie auch danach.

Karoline war mit Sophies Bruder schwanger gewesen, als eine Gebärmutterablösung im Alter von gerade erst fünfundzwanzig Jahren zu ihrem Tod geführt hatte. Der Arzt der Familie hatte es als gewöhnliche Blutung abgetan und sein Rat hatte lediglich darin bestanden, dass sie sich hinlegen und damit aufhören sollte in

Hysterie zu verfallen. Aber die Blutung hörte einfach nicht auf und als er schließlich doch noch erschien, war es bereits zu spät. Es gab nichts mehr, was er hätte tun können, außer den Totenschein für Mutter und Sohn auszustellen.

Der Verlust ihrer geliebten Mutter war furchtbar für die erst siebenjährige Sophie gewesen. Aber mit Hilfe der liebevollen Fürsorge von Martha war sie darüber hinweggekommen. Albträume, in denen ihre Mutter blutend im Salon stand, hatten sie noch jahrelang gequält. Wenn Sophie weinend aus solchen Träumen erwachte, verbrachte Martha oft die halbe Nacht damit sie zu beruhigen, bis sie wieder einschlief.

Seit Sophies Reitunfall und der unglücklichen Liebesgeschichte mit Elisabeth von Meiningen, war Martha um sie besorgt und sie vermisste die Leichtigkeit, die Sophie immer umgeben hatte. Martha sorgte sich noch immer um sie, obwohl sie jetzt eine erwachsene Frau war.

Sophie konzentrierte sich auf das Manuskript vor sich auf dem Tisch. Die Ruhe war allerdings von sehr kurzer Dauer, denn bald nachdem Martha sie verlassen hatte, flog die Tür zu ihrem Arbeitszimmer auf und es stand eine wutentbrannte Emma vor ihr. Sie kam entschlossen auf Sophies Schreibtisch zu und erzwang mit wütendem Blick und einem befehlenden Ton die Aufmerksamkeit ihrer Schwester.

»Wer hat dich eigentlich zu meinem Vormund gemacht? Ich kann mich nicht daran erinnern, dich um deine Einmischung bezüglich meiner Hochzeit mit Graf von Bernthal gebeten zu haben. Wer hat dir das Recht gegeben, Papa zu bitten die Hochzeit abzusagen?«

»Ich dachte—«, versuchte Sophie sich ihrer Schwester zu erklären, wurde aber sofort unterbrochen.

»Du dachtest was, Sophie? Dass du mir einen Gefallen tun würdest? Es mag vielleicht eine Überraschung für dich sein, aber das tust du nicht. Ist es dir jemals in den Sinn gekommen, dass ich meinen Verlobten mögen könnte und es für mich kein Martyrium ist seine Frau zu werden?«

»Was weißt du denn schon darüber mit diesem Mann verheiratet zu sein?«, warf Sophie ihrer Schwester vor.

»Genauso viel wie du, nehme ich an. Nichts!«, erwiderte Emma giftig. »Ich habe keine Lust ein Leben ohne Ehemann mit Stricken, Sticken oder mit Klatsch über das Leben anderer Leute zu verbringen.

Oder erwartest du vielleicht, dass ich eine von diesen unnatürlichen Frauen werde, wie du eine bist?«

»Was meinst du damit?«, fragte Sophie heiser.

»Dich und Elisabeth natürlich.«

Sophie erhob sich, ergriff mit eiserner Miene ihren Stock und ging zu einem Tisch mit einem Cognacschwenker. Sophie lehnte vorsichtig den Stock an den Tisch und schenkte sich ein Glas ein, das sie in einem Zug leerte.

»Ich wusste ganz genau was zwischen euch beiden vorging«, ließ Emma sie wissen. »Ich bin nicht dumm, Sophie. Aber selbst Elisabeth zog die Sicherheit einer Ehe dem Dasein als deine Gefährtin vor. Sie hatte Recht. Was immer ihr zwei auch getan habt, es war Unrecht und das ist ihr klar geworden, bevor es zu spät und sie ruiniert war.«

Sophie drehte sich zu ihrer Schwester um und betrachtete sie, als würde sie sie zum ersten Mal sehen. Niemals im Traum hätte sie gedacht, dass ihre Schwester sie derart verabscheuen würde. Seit Emma und Anton auf der Welt waren, war Sophie immer die stolze ältere Schwester gewesen und sie liebte sie beide aufrichtig.

»Hasst du mich wirklich so sehr, Emma?«

»Ich hasse dich nicht«, widersprach Emma mit einem düsteren Blick. »Ich verstehe dich nur einfach nicht. Dein Verhalten und deine Art dich zu kleiden widersprechen jeder Konvention. Die Leute lassen es durchgehen, weil sie dich aufgrund deines Unglücks bedauern. Es kümmert mich nicht, wenn du dein Leben zerstören möchtest, so lange es nicht das meine betrifft. Jeglicher Skandal könnte ein schlechtes Licht auf mich werfen. Deshalb bitte ich dich so gut es geht, dich aus meinem Leben heraus zu halten.«

»Stört es dich denn nicht im Geringsten, dass dein Verlobter eine unserer Zofen während eurer Verlobungsfeier vergewaltigt und misshandelt hat?« Sophie spielte ihren letzten Trumpf aus und wurde dafür von ihrer Schwester nur ausgelacht.

»Ach, bitte«, erwiderte Emma arrogant. »Die kleine Schlampe. Du weißt doch ganz genau, wie diese Leute sind.«

»Nein, weiß ich nicht. Klär mich bitte auf.«

»Wenn es jemand wissen sollte, dann du Sophie. *Du* bist es doch, die zweimal in der Woche versucht diesen Leuten in diesen Arbeiterheimen ordentliches Deutsch beizubringen. Wozu das führt, haben wir voriges Jahr ja gesehen. Sie vergessen den ihnen zugewiesenen Platz in der Gesellschaft, haben Affären mit den Dienern oder Stallburschen und wenn sie erwischt werden, erzählen sie lächerliche Geschichten über die Oberschicht. In der Hoffnung Geld rausschlagen zu können.«

Sophie traute ihren Ohren nicht. Die junge Frau sah aus wie ihre Schwester, sie hörte sich an wie ihre Schwester aber die Worte, die aus ihrem Mund kamen, machten sie zu einer Fremden. War das wirklich die Person, mit der sie ihr halbes Leben verbracht hatte? Was war aus der Emma geworden, die sie kannte? Wann war sie zu dieser selbstgerechten, bigotten und arroganten Frau geworden, die jetzt vor ihr stand?

»Die Tatsache, dass ich es gewesen bin, die ihn dabei sah, wie er den Ort des Vergehens danach verließ, stört dich nicht im Geringsten?«

»Warum sollte es? Es beweist gar nichts, genauso wenig wie die wilden Anschuldigungen der kleinen Kammerzofe.«

»Verstehe«, meinte Sophie als sie sich hinter ihren Schreibtisch zurückzog. Sie nahm Platz und lehnte ihren Gehstock an den Tisch. »Ich werde selbstverständlich deine Wünsche respektieren. Würdest du mich jetzt bitte alleine lassen, ich muss das bis morgen fertigstellen.«

Emma nickte, drehte sich auf der Stelle um und stürmte hinaus ohne gute Nacht zu wünschen. Nachdem ihre Schwester gegangen war, versuchte Sophie sich auf ihre Arbeit zu konzentrieren, aber ihr gingen so viele Dinge durch den Kopf, dass sie es schließlich aufgab, ihre Brille abnahm und sie auf die Papiere warf. Sie rieb sich die müden Augen, zitternd vor Wut und Frustration über Emmas Worte. Sophie hatte weder gewusst, dass ihre Schwester sie derart verabscheute, noch dass sie über die wahre Natur ihrer Beziehung zu Elisabeth Bescheid wusste.

Trotz Elisabeths Versprechen und Liebesschwüren in Momenten der Leidenschaft hatte sie immer deutlich gemacht, dass nie mehr daraus werden konnte. Während Sophie Elisabeth tief und rückhaltlos geliebt hatte, hatte Elisabeth ihre Liebesbeziehung als ein angenehmes Vorspiel für eine richtige Beziehung mit ihrem zukünftigen Ehemann betrachtet.

Nachdem Elisabeth ihr so rücksichtslos das Herz gebrochen hatte, hatte Sophie sich geschworen, dass keine Frau ihr jemals wieder so nahekommen würde, um ihr Herz auch nur zu berühren. Bis jetzt hatte sie ihr eigenes Versprechen nicht gebrochen.

Emma musste sich also keine Sorgen darüber machen, dass sie unter etwaigen Folgen eines gesellschaftlichen Fauxpas ihrerseits zu leiden haben würde. Die Angelegenheit ihre frühere Kammerzofe betreffend beschäftigte sie weit mehr und die Geringschätzigkeit, mit der Emma darüber gesprochen hatte, machte Sophie größere Sorgen, als sie bereit war zuzugeben.

Josefine war dreizehn gewesen, als sie anfing für den Grafen und seine Familie zu arbeiten, was nicht ungewöhnlich war. Sie war vom Land, so wie die meisten Bediensteten in Wien und wie die meisten Frauen, die in die Hauptstadt geschickt wurden, konnte sie kaum schreiben oder lesen. Sie war ein hübsches Mädchen, mit guten Manieren und einem sonnigen Gemüt.

Während der Feierlichkeiten anlässlich Emmas Verlobung mit Grafen von Bernthal, war Josefine befohlen worden während des ganzen Abends zu bedienen. Josefine war damals fünfzehn und als Zofe gut ausgebildet. Es war dieser Abend gewesen, als das Interesse des Grafen an dem Mädchen entflammte.

Sophie erinnerte sich an den Ausdruck der reinen Furcht und des Entsetzens im Gesicht des Mädchens, als sie ihr im Hof in die Arme lief. Josefines Uniform war zerrissen, ihre Frisur zerstört, ihre Nase blutete und ihre Lippe war aufgeplatzt von einem bösen Schlag. Sophie hatte auch gesehen wie der Graf mit einem bösartigen Grinsen den Stall verlassen hatte.

Nach langem Überreden hatte Josefine ihr erzählt, was geschehen war und Sophie konnte sich nicht dafür verzeihen, sie gedrängt zu haben alles ihrem Vater und ihrer Stiefmutter zu erzählen, in der Hoffnung, dass sie entsprechend handeln würden. Gehandelt hatten sie zwar, aber nicht so wie Sophie es sich gewünscht hätte.

An dem Tag, als Josefine schließlich den Mut aufbrachte, dem Grafen und seiner Frau zu erzählen, was geschehen war, warfen diese sie ohne Zeugnisse und ihren letzten Lohn hinaus. Wenn Sophie nicht in Salzburg gewesen wäre, um den Geburtstag ihrer Cousine zu feiern, hätte sie das und Josefines weiteres Schicksal verhindert. Das Glück war dennoch auf ihrer Seite und sie konnte letztendlich doch noch tun, was rechtens war für das Mädchen.

Wie viele andere weibliche Bedienstete in einer solchen Lage, konnte Josefine nicht nach Hause zurück. Ihre Eltern hätten ihr nicht geglaubt, genauso wenig wie der Graf und seine Frau es nicht getan hatten. Deshalb tat sie das Einzige was ihr als Möglichkeit noch blieb, um ihren Lebensunterhalt zu verdienen. Sie begann als Prostituierte zu arbeiten.

Sophie hatte sie kurz danach nach ihrem Unterricht im Arbeiterbildungsheim getroffen. Sie wollte etwas frische Luft schnappen, bevor sie eine Droschke nach Hause nahm. Sophie trug ihre übliche Männerkleidung, als ihr eine junge Prostituierte ihre Dienste anbot.

Sophie erkannte Josefine und kaufte ihre eine anständige Mahlzeit in einem der nahen Kaffeehäuser. Sie fühlte sich verantwortlich für das, was ihrer ehemaligen Zofe zugestoßen war. Deshalb kaufte sie ihr eine Fahrkarte für den nächsten Zug nach Salzburg und verschaffte ihr eine Stelle im Haus ihrer Tante.

Sie empfand immer noch Reue bei dem Gedanken an die ungerechte Behandlung, die Josefine widerfahren war und sie war noch immer davon überzeugt, nicht genug für das Mädchen getan zu haben. Und sie war fest davon überzeugt, dass sie ihrer Stiefmutter niemals würde vergeben können.

Kapitel Fünf

Der April neigte sich langsam dem Ende zu, ebenso wie die Vorbereitungen für die Reise nach Österreich. Diese hatten den gesamten Haushalt der Herzogin von Darnsworth immerhin beinahe einen ganzen Monat in Aufregung versetzt. An einem der hektischeren, der allerletzten Tage vor der Abreise, hielt es die Vicomtesse von Langdon für angebracht einen Besuch zu machen, bevor sie selbst nach Schottland reiste. Die Familie nahm gerade den Tee im Salon, als Benson die Vicomtesse ankündigte.

Voller Hochmut und Arroganz, so wie es für sie üblich war, segelte sie herein.

»Guten Tag!«, grüßte sie, raffte ihr Kleid und setzte sich.

»Mutter, welchem Umstand verdanken wir deinen unerwarteten Besuch?« fragte Eleanor steif und bemühte sich dabei nicht zu unfreundlich zu erscheinen.

»Ich bin nur hier, um mich zu verabschieden, bevor ich aufbreche«, rümpfte Eleanors Mutter die Nase, »mir war nicht bewusst, dass dir das derartige Unannehmlichkeiten bereitet.«

»Keineswegs«, versuchte Henry sie zu beruhigen. »Wir werden kommenden Samstag auf den Kontinent reisen. Du solltest also deine Korrespondenz über den Sommer nach Wien schicken.«

»Wien?«, antwortete die Vicomtesse erstaunt. »Was, um Himmels Willen, wollt ihr denn dort?«

»Meine Cousine Helen hat uns zur Hochzeit ihrer Tochter eingeladen. Wir hatten die Einladung zur Verlobung im letzten Jahr abgelehnt und freuen uns darauf an den Hochzeitsfeierlichkeiten teilzunehmen.«

»Wie gewöhnlich, so schnell zu heiraten«, bemerkte die Vicomtesse empört. »Gibt es einen Grund für die Eile? Sie wird doch wohl nicht, du weißt schon—«

»Nicht, dass wir wüssten, Mutter«, presste Eleanor schmallippig hervor. »Noch geht es uns etwas an.«

»Wie kannst du das sagen?«, echauffierte sich ihre Mutter. »Es könnte ein schlechtes Licht auf die Familie werfen, wenn man uns damit in Verbindung bringt.«

»Mach dir keine Sorgen, Mutter! Niemand wird schlecht von dir denken.«

»Bei dieser Cousine von dir, mein lieber Henry, handelt es sich nicht zufällig um die Schwester von Martins verstorbener Mutter, oder?«

»In der Tat, ja«, bestätigte Lord Edgewood. Er war überrascht ob der vorsichtigen Formulierung.

»Hm. Nun, das erklärt einiges. Diese Frau erschien mir immer suspekt. Es scheint sich wohl um eine Familieneigenschaft zu handeln.«

Eleanor hatte genug, sie war aufgebracht über die Unterstellungen und Herabsetzungen ihrer Mutter. Und das einer Frau gegenüber, die sich nicht länger zur Wehr setzen konnte und ihrer Mutter nur mit Wohlwollen begegnet war, obwohl diese immer nur Verachtung für sie übriggehabt hatte. »Cathleen, ihr Name war Cathleen, Mutter. Sie hat dir stets ausgesprochenen Respekt und Wärme entgegengebracht, während du dich kaum höflich ihr gegenüber gezeigt hast.«

»Du hattest von Anfang an eine Schwäche für sie, Eleanor. Du lässt es sogar zu, dass ihr Sohn dich Mama nennt. Das ist völlig unangebracht, meine Liebe.«

Eleanor schluckte ihre wütende Antwort hinunter. Es wäre falsch gewesen ihre Mutter zu beleidigen und unhöflich zu sein, aber es war hoch an der Zeit einige Dinge richtig zu stellen. Es war mit einem Mal unheimlich still im Raum, alle schienen aufgehört haben zu atmen. Eleanor musste ihren Sohn nicht ansehen, um zu wissen wie verletzt er war. Martin war ihr genauso lieb wie die Kinder, die sie geboren hatte und sie war wirklich stolz darauf von diesem wunderbaren jungen Mann Mama genannt zu werden.

»Meine Liebe, möchtest du, dass wir euch alleine lassen?«, fragte Henry zögernd.

»Nein. Bitte bleibt, ihr alle.« Eleanor sah jedes einzelne Familienmitglied eindringlich an. »Vielleicht ist endlich die Zeit gekommen, um ein paar Wahrheiten auszusprechen.«

Martin trat an ihre Seite, nahm ihre Hand und drückte sie sanft, »Mama, du musst das nicht tun.« Eleanor lächelte den prächtigen jungen Mann an, der ihr die Demütigung auf Grund der Verachtung und des Hasses ihrer Mutter ersparen wollte. Sie legte ihm die Hand auf die Wange und sah tief in seine grünen Augen, die so sehr Cathleens glichen.

»Doch, ich muss, Liebling«, sagte Eleanor sanft, »es ist an der Zeit die Wahrheit auszusprechen.«

»Das ist lächerlich.« Die Vicomtesse erhob sich, ergriff ihren Gehstock, den sie eigentlich nicht brauchte, aber für eine Frau ihres Alters für ein angemessenes Accessoire hielt, und ging langsam zur Tür. »Ich habe gesagt, weswegen ich gekommen bin. Es ist Zeit mich zu verabschieden. Ich sehe euch dann im September.«

»Ist es das, weswegen du gekommen bist, Mutter? Du beleidigst meine Familie und gehst, bevor ich laut ausspreche, was du immer schon gewusst hast?«

»Ich weiß nicht, wovon du sprichst.«

Eleanor ließ Martins Hand los und bedeutete ihm sich wieder zu setzen.

»Du weißt nur zu gut, wovon ich spreche. Cathleen war mein Leben und ich weiß ganz genau, wie erleichtert du über ihren Tod warst. Sie war die Liebe meines Lebens, Mutter. Das war es, was sie für mich war und nicht 'diese Frau'. Schau nicht so schockiert! Du wusstest über uns Bescheid. Du wusstest, dass sie nicht bloß meine Gesellschafterin oder Freundin war. Sie war meine Geliebte, im wahrsten Sinn des Wortes.«

»Sag das nicht«, flüsterte die Vicomtesse voller Abscheu.

»Warum nicht? Wäre es dann weniger wahr?«, fragte Eleanor, während sie sich eine Träne wegstrich.

»Du klingst, als wärst du auch noch *stolz* darauf. Es ist eine Abscheulichkeit, abstoßend, unnatürlich und krank.«

»Ich erwarte nicht, dass du es verstehst. Aber darf ich dich daran erinnern, dass deine eigene Mutter, meine Großmutter, ihr Leben mit ihrer Geliebten teilte!«

»Diese italienische Kanaille? Es ist ihre Schuld, dass meine Mutter solch unnatürliche Anwandlungen hatte. Ich hätte es mir denken können, dass sie nicht davor zurückschrecken würde auch dich zu verderben. Sie hat meine Mutter zu diesem widerwärtigen Verhalten verführt und dich offensichtlich auch.«

»Sie liebt dich wie eine Tochter«, erinnerte Eleanor ihre Mutter flehend. »So wie ich Martin wie einen Sohn liebe.«

»Nein«, erhob die Vicomtesse ihre Stimme und ließ alle wegen dieses Ausbruchs überrascht aufblicken. »Sie war der Grund, weshalb mein Vater uns verlassen hat.«

»Der Grund, weshalb Großvater nicht da war, war, dass er kein Selbstbewusstsein hatte. Großmutter besaß den Titel und das Geld.

Deshalb hat er sie geheiratet, deshalb heiraten Leute unserer Gesellschaftsschicht immer. Seine Leidenschaften waren billiger Whiskey, Karten und Frauen.«

»Du weißt nicht, wovon du sprichst!«

»Ganz im Gegenteil, Mutter. Ich weiß ganz genau wovon ich spreche«, antwortete Eleanor leidenschaftlich. »Erinnere dich, ich war dabei. Als er alt war und Fürsorge brauchte, kehrte er zu Großmutter zurück und bat um ihre Hilfe. Sie hat sie ihm gewährt, ohne sich zu beklagen. Großmutter sorgte für ihn, bis er starb und sie waren zu einem Einverständnis gekommen. So wie er und Giulia.«

Die Vicomtesse stand stockstill. Sie lehnte sich schwer auf ihren Gehstock. Sie war erbost, außer sich, dass ihre Tochter ihr solche Dinge sagte. »Das macht dein unnatürliches Verhalten deswegen nicht moralischer oder rechtschaffener, oder?«

»Und wer bist du, um über mich zu urteilen?« Eleanor konnte nicht widerstehen, denn ihre Mutter war stets der Meinung moralisch höher zu stehen als andere.

»Deine Mutter. Es ist mein Recht sicher zu stellen, dass du als meine Tochter und Herzogin des Reiches dich jeglichem unmoralischen und skandalösen Verhaltens enthältst. Es ist meine Pflicht als deine Mutter, dass du dich deinem gesellschaftlichen Rang, deiner adeligen Herkunft und als Frau entsprechend verhältst.«

Die gespielte rechtschaffene Bestürzung ihrer Mutter über ihre angebliche Unmoral und ihr vermeintlich abartiges Leben ließ Eleanor den Kopf schütteln. In Wirklichkeit gäbe es so viel mehr zu sagen über das bedauernswerte Ansehen ihrer Mutter als `Adelige´ und auch als `Frau´. Aber manche Dinge, so schien es, blieben besser unausgesprochen. So konnte sie den Frieden für sich und ihre Familie wahren.

»Ist gut, Mutter. Wie du meinst. Wir wissen beide, dass du dich nie so sehr für mich oder mein Wohl interessiert hast, wie für deinen Ruf. Belassen wir es dabei.«

Die Vicomtesse ging schließlich zur Tür. Für einen kurzen Moment hielt sie, ihre Hand auf dem Türgriff ruhend inne, ohne sich jedoch noch einmal umzudrehen.

»Ich wünsche dir das Beste, Mutter.«

Und dann war sie verschwunden. Sie ließ Eleanor und ihre Familie verwundert zurück. Wie üblich, war ihre Mutter davongesegelt und hinterließ nichts weiter als betretene Stille und eine offene Tür.

In der Stille ihres Zimmers stand Eleanor am Fenster und beobachtete die Kindermädchen beim Spaziergang mit den kleinen Schützlingen. Eine Gruppe Frauen stieg plaudernd und lachend aus ihrer Droschke und ging auf den Eingang zum Nachbarhaus zu.

Sie hatte ihrer Mutter endlich die schockierende Wahrheit über ihre Beziehung zu Cathleen gestanden und nichts Welterschütterndes war geschehen, abgesehen von der Abscheu ihrer Mutter und ihrer selbstgerechten Empörung. Also nichts, was sie nicht erwartet hatte. Nun war auch noch der Rest ihrer Beziehung für immer zerstört. Eleanor hegte den Verdacht, dass ihre Mutter sie in naher Zukunft wohl nicht mehr mit ihrer Gegenwart beehren würde. Oder auch in der fernen Zukunft.

Nachdem die Vicomtesse vor Jahren das Haus ihrer Mutter verlassen hatte, hatte sie nie wieder einen Fuß hineingesetzt. Nicht einmal zu deren Beerdigung. Es hatte für ziemlichen Aufruhr und beinahe einen Skandal hervorgerufen, dass die Tochter der Herzogin sich weigerte, an deren Beerdigung teilzunehmen. Alle dachten, der Grund lag darin, dass sie beim Erbe des Titels und des Vermögens übergangen worden war. Eleanor kannte den wahren Grund, es hatte an der Contessa gelegen. Ihre Mutter hasste Giulia mit einer Leidenschaft, die selbst für die Vicomtesse geradezu bemerkenswert war.

Von ihrem Fenster aus beobachtete sie, wie ihre Mutter das Haus verließ und ihre Kutsche bestieg. Ein Seufzer der Erleichterung entkam ihren Lippen.

Sie schloss die Augen, griff nach dem Anhänger an ihrem Halsband und streichelte ihn zärtlich. Das Medaillon beherbergte ein Bild von Cathleen und den Ring, den ihre Geliebte ihr vor so vielen Jahren geschenkt hatte. Sie hatte es nicht über sich gebracht es abzulegen; es war für sie zu einer Quelle der Kraft geworden.

Eleanor wandte sich vom Fenster ab, um sich für ein kurzes Nickerchen aufs Bett zu legen. Diese ganze unerquickliche Angelegenheit hatte sie erschöpft, wo doch die Reise anstrengend genug sein würde und sie ihre Energie dafür sparen wollte. Ihr letzter Gedanke galt, wie immer, ihrer verstorbenen Geliebten, bevor sie in einen traumlosen Schlaf glitt.

Im Salon war jedes einzelne Familienmitglied uunterdessen in Gedanken über das soeben Geschehene versunken. Es gab viel, worüber es sich nachzudenken lohnte. Jeder von ihnen hatte gewusst, dass es nur eine Frage der Zeit war, bis dieses Gespräch stattfinden würde. Sie waren überrascht, dass ihre Frau, Mutter und Freundin so offen gewesen war.

Bis jetzt hatte Eleanor es immer vermieden ihre Mutter damit zu konfrontieren. Seit sie jedoch beschlossen hatten die Einladung nach Wien anzunehmen, hatte sich etwas geändert. Eleanor fand wieder zu ihrer alten Stärke zurück.

Diese plötzliche Erkenntnis brachte ein Lächeln auf Henrys Gesicht. Es wäre tatsächlich wunderbar seine Frau wieder so `lebendig´ zu erleben. Ganz besonders wenn sie seine Cousine Helen trafen, die immer so ganz anders als Cathleen war.

»Worüber lächelst du, Papa?«, fragte Philip überrascht.

»Es ist einfach schön zu sehen, wie deine Mutter dabei ist wieder die Frau zu werden, die sie einmal war.«

»Aber was ist mit Großmutter?«

»Eure Großmutter wird nichts tun, was ihrem Ruf schaden könnte. Sie wird uns also mit bloßer Nichtachtung strafen, mehr nicht.«

»Ich wusste gar nicht, dass sie Mami so sehr hasst.« Martin klang traurig und niedergeschlagen.

Henry legte seinem Sohn die Hand auf die Schulter und zwang ihn ihn anzusehen. »Es ist genau umgekehrt, mein Sohn. Sie hat noch nie jemanden wirklich geliebt.«

»Vater hat Recht, Martin«, kam es von Charlotte. Sie ergriff die Hand ihres Bruders und zog ihn vom Sofa, »Großmutter ist die unzufriedenste Frau der Welt. Sie war nie in der Lage über den Tellerrand zu blicken. Sie ist unglücklich und voll von Vorurteilen.«

»Sehr richtig«, stimmte Henry zu. »Also zurück zu den wichtigen Dingen, die noch vor uns liegen. Bis Samstag muss alles fertig sein. Eure Nonna hat mich gebeten ihr bei den restlichen Vorbereitungen zu helfen. Wenn ihr mich also entschuldigen würdet? Bis zum Abendessen bin ich wieder hier. Und verratet ja nichts eurer Mutter, denn es ist eine Überraschung!«

Kapitel Sechs

Nach der Auseinandersetzung mit ihrer Schwester versuchte Sophie Familienzusammenkünfte so gut es ging zu meiden. Sie nahm zwar ihre Mahlzeiten mit der Familie ein, ansonsten blieb sie meist für sich, was ihr aber durchaus entgegenkam.

Niemals hätte sie sich träumen lassen, dass ihre kleine Schwester ihrer idiotischen Mutter so ähnlich werden könnte. Sophie liebte ihren Bruder und ihre Schwester, deshalb hatten sie Emmas Worte auch so sehr verletzt. Bis vor kurzem waren sie sich noch sehr nahegestanden. In ihrer Kindheit war es oftmals Sophie gewesen, die die Launen ihrer Stiefmutter oder den Ärger ihres Vaters auf sich genommen hatte, wenn Emma oder Anton wieder einen Streich gespielt oder sich nicht gebührlich verhalten hatten.

Sophie hatte gedacht, dass Emma sich gedemütigt fühlte einen Mann heiraten zu müssen, der nur ein Jahr jünger als ihr Vater war. Sie hatte angenommen, ihre Schwester wäre abgestoßen von dem angeblichen Charme und dem kriecherischen Benehmen dieses Mannes. Was also hatte sich verändert? Wann hatte Emma ihre Meinung so drastisch geändert? Aber das war nicht die einzige Unstimmigkeit im Verhalten ihrer Schwester. Emma hatte früher nie schlecht über die Dienerschaft oder die Arbeiterklasse gesprochen. Sie hatte Sophie bewundert, dass sie ihre Verantwortung als Mitglied der Oberschicht so ernst nahm.

Sophie war in Gedanken versunken, als ein Klopfen an der Tür sie aus ihren Betrachtungen riss und der Kopf ihres Bruders erschien.

»Wenn es im Moment nicht passt, komme ich später noch einmal.« Anton lächelte spitzbübisch, als er ihr finster dreinblickendes Gesicht sah.

»Nein. Ist schon gut. Komm rein.«

Sophie verließ ihren Schreibtisch und gesellte sich zu Anton auf das Sofa. Sie rieb sich mit beiden Händen über das müde Gesicht, denn sie fürchtete die Unterhaltung, die unweigerlich stattfinden würde.

»Tu mir einen Gefallen, Bruder, sag, was du zu sagen hast und dann lass mich alleine. Ich muss noch meine Arbeit fertigstellen, die ich morgen abgeben muss.«

»Also gut«, Anton fühlte sich von Sophies Ton ein wenig vor den Kopf gestoßen. Er enthielt eine Härte, die er nicht gewohnt war.

»Was ist zwischen dir und Emma vorgefallen? Und versuch gar nicht erst es abzustreiten, ich bin nämlich nicht komplett begriffsstutzig.«

»Das war nicht meine Absicht. Ehrlich.«

Sophie schwang sich auf die Füße und lehnte sich schwer auf ihren Gehstock.

Das feuchte Wetter der letzten Tage war schlecht für ihre Hüfte. Der andauernde dumpfe Schmerz in ihrem rechten Bein und der Streit mit ihrer Schwester schlugen auf ihr Gemüt. Das waren die Momente, in denen sie ihre Entscheidung im Haus ihres Vaters geblieben zu sein in Frage stellte. Sie hätte es nicht gemusst. Er hatte ihr aber *großzügigerweise* das gesamte Stockwerk zu ihrer persönlichen Verfügung gestellt, doch manchmal lastete diese Vereinbarung schwer auf ihr. Sie hätte sich auch anders entscheiden können, aber sie hatte es um Emmas und Antons Willen getan. Aber jetzt fragte sie sich, ob es wirklich das Richtige gewesen war.

Das Erbe ihrer Mutter hätte gereicht, um ein eigenes gemütliches Heim zu erwerben. Vielleicht sollte sie jetzt noch einmal darüber nachdenken. Als sie zum Kamin humpelte, um das Feuer zu schüren und ein paar Scheite nachzulegen, wurde ihr klar, dass die Zeit reif war um über die Zukunft, ihre Zukunft, nachzudenken. Im Moment musste sie sich allerdings mit ihrem Bruder auseinandersetzen. Sie stand vor dem Feuer, das ihre schmerzenden Knochen wärmte und sah Anton entschuldigend an. Er hatte nichts falsch gemacht und verdiente ihre schlechte mürrische Laune nicht.

»Es tut mir leid, Anton. Es ist nur so, dass ich bei dem Manuskript nicht weiter komme und der Streit mit Emma beschäftigt mich auch immer noch.«

»Kein Problem. Was ist denn zwischen euch vorgefallen? Emma schweigt sich aus, deshalb habe ich mir gedacht dich zu fragen. Ich weiß, dass Vater nicht nachgeben wird, aber worüber haben Emma und du gestritten?«

Sophie seufzte schwer. Anton meinte es gut. Er war schon immer ein Schlichter gewesen, der jeden glücklich und zufrieden sehen wollte. Sie war stolz auf den jungen Mann, der er geworden war. Er war liebenswürdig, fürsorglich, sensibel und klug. Alles, was eine anständige Frau sich wünschen konnte. Sophie hoffte inständig, dass er eine Frau finden würde, die einen Mann wie ihren Bruder zu schätzen wusste.

»Es scheint, als hätte Emma ihre Meinung, was den Grafen betrifft, geändert«, erklärte Sophie, als sie ihren Platz wieder einnahm. »Sie hat sich über meine Einmischung sehr echauffiert. Nicht dass Vater irgendein Gegenargument in Betracht ziehen würde.«

»Ich hatte ja keine Ahnung«, äußerte sich Anton erstaunt.

»Nichts, was ich zu sagen hatte, konnte ihre Meinung ändern. Sie ist entschlossen zu heiraten und hat mir unmissverständlich klar gemacht, dass sie nicht als alte Jungfer enden wolle oder schlimmer, als eine Frau, wie ich.«

»Wie bitte?«

»Es scheint, sie wusste über Elisabeth Bescheid und ist der Meinung, dass es falsch ist.«

»Nun ja, Elisabeth war die falsche Frau, zugegeben«, stimmte Anton nachdenklich, aber nicht abwertend zu. In seiner Stimme schwang ein Bedauern, von dem Sophie wusste, dass es aufrichtig war.

»Ich hatte keine Ahnung, dass sie Bescheid wusste.«

»Da gab es ja nicht viel zu wissen, du warst sehr vorsichtig.«

»Dennoch nicht vorsichtig genug, um zu verhindern, dass sie die richtigen Schlüsse zog.«

»Unglücklicherweise ja.«

Sophie schüttelte ihren Kopf bei der Erinnerung an die Frau, die ihr einige Jahre zuvor das Herz gebrochen hatte. Sie war leidenschaftlich davon überzeugt gewesen, dass Elisabeth von Meinigen die Richtige war.

Sie hätte sich nicht mehr irren können.

Sophie war immer sehr auf der Hut, wenn es darum ging ihre Zuneigung für eine andere Frau nicht zu offen zu zeigen. Aber bei Elisabeth schien es, als hätte sie jede Vorsicht vergessen. Sie war die Tochter eines Geschäftsfreundes ihres Vaters aus Prag gewesen. Elisabeth war nicht nur wunderschön, sondern auch kultiviert und humorvoll, sie war belesen und es war eine Freude sich mit ihr zu unterhalten. Sie wusste viel über die Antike und war sehr interessiert an Sophies Arbeit als Übersetzerin für antike Manuskripte im Auftrag von Bibliotheken und Museen.

Elisabeth war außerdem eine einnehmende Frau, die sich nahm was sie wollte, wann immer sie es wollte und es fallen ließ, wenn sie genug hatte. Sie war ein Jahr älter als Sophie. Eine blonde Schönheit, die mit ihrem Charme jeden Mann und so manche Frau um den kleinen Finger wickeln konnte.

Sophie hatte viel Zeit mit ihr, in Gesprächen, auf Spaziergängen und Ausritten, verbracht. Ehe sie es sich versah, war Sophie Hals über Kopf in Elisabeth verliebt gewesen und es schien so, als ob ihre Gefühle erwidert würden. Diese romantische Vorstellung wurde bei ihrem letzten Zusammensein brutal zerstört. Der Gedanke daran verursachte zwar noch immer einen stechenden Schmerz, allerdings nur mehr mit einem Bruchteil seiner früheren Intensität.

Während ihr Bruder still aus dem Fenster blickte, dachte Sophie an rostfarbene Blätter, die der Wind von den Bäumen wehte, die vor einem behaglichen Zimmer in der Villa von Sophies Vater am Rande Wiens, in der Nähe von Schloss Schönbrunn standen. Die Villa war schon für den Winter geschlossen und deshalb der perfekte Rückzugsort für sie und Elisabeth, um sich unbeobachtet treffen zu können, ohne Furcht vor Entdeckung.

Das Kaminfeuer ließ Schatten durch den Raum tanzen und bot eine gemütliche Wärme, um die Kühle des Herbstes abzuhalten, die in das unbewohnte Haus kroch. Elisabeth lag nackt unter den Laken. Sie wärmte sich, indem sie sich fest an Sophies schmächtigeren Körper presste. Sophie trug immer noch ihre Hose und das Hemd.

Nicht einmal hatte Elisabeth den Versuch gemacht, die Zärtlichkeit zu erwidern, die Sophie ihr rückhaltlos schenkte,. Es machte aber nichts, da Sophie ohnehin sehr zögerlich darin war, ihre Narben zu zeigen, selbst ihrer Geliebten. Elisabeth zu lieben, reichte ihr vollkommen. Es bestand kein Grund sie in Verlegenheit zu bringen oder sich zu blamieren. Manchmal jedoch wünschte sie sich, dass Elisabeth sie ebenfalls liebte. Sie sehnte sich nach der Berührung der Geliebten, hatte aber schon lange akzeptiert, dass ihr Körper alles andere als begehrenswert war. Sie gab sich damit zufrieden, der anderen so viel Lust wie möglich zu bereiten.

Sophie spielte mit einer Strähne von Elisabeths Haar, während sie über ihre Zukunft nachdachte. »Glaubst du, dass es immer so sein wird?«, fragte sie Elisabeth, die in der Glückseligkeit schwelgte.

»Weshalb fragst du?«

»Ich weiß nicht. Einfach nur dumme Gedanken.« Sophie schwieg wieder. Es gab so vieles, das sie sagen wollte, so vieles, das sie mit ihrer Geliebten teilen wollte. Aber das konnte warten; sie hatten schließlich alle Zeit der Welt.

»Ich liebe dich.« Sophie hatte es schon vor langem sagen wollen, weil das Gefühl schon lange in ihrem Herzen existierte. »Komm und lebe mit mir!«

»Wovon redest du?« fragte Elisabeth verständnislos, als sie sich aufsetzte und das Laken hochzog, um ihre nackten Brüste zu bedecken.

Sophie setzte sich ebenfalls auf und strich eine Strähne hinter das Ohr ihrer Geliebten. Für sie sah Elisabeth schöner aus als jemals zuvor. Ihr Haar war komplett zerzaust und in einem wilden Durcheinander nach dem Sex. Ihre Lippen waren geschwollen von den leidenschaftlichen Küssen, ihr Blick ein wenig verwirrt von Sophies Vorschlag.

»Ich rede davon, unser Leben miteinander zu verbringen«, erklärte Sophie begeistert. »Zusammenleben, zusammen sein, uns zu lieben.« Sie versuchte ihrer Geliebten näher zu kommen und ihre üppigen Lippen zu küssen, als sie von Elisabeths Hand auf ihrer Brust daran gehindert wurde.

»Wie meinst du das? Ich glaube, ich verstehe nicht ganz. So wie diese bedauernswerten Frauen, die keinen Ehemann finden können? Oder noch schlimmer. So wie diese Lesben?«

»Aber wir *sind* doch Lesben.« Sophie setzte sich erstaunt zurück, während Elisabeth das Bett verließ und anfing sich anzuziehen.

»Ich bin ganz bestimmt keine Lesbe!«, Elisabeths wütende Stimme war unnatürlich laut in dem ruhigen Haus. »Nur weil ich so viel Zeit mit dir verbringe und mit dir schlafe, das bedeutet noch nicht, dass ich eine bin.«

»Was bist du dann? Lediglich eine Frau, die Sex mit einer anderen Frau genießt, um mit ihrer Langeweile fertig zu werden?« Sophie verließ das Bett und spürte die Eiseskälte des Bodens an ihren bloßen Füßen.

Elisabeth beugte sich nach vorne um einen ihrer Strümpfe anzuziehen. »Eine romantische Freundschaft wie die unsere ist durchaus akzeptabel. Das macht mich aber nicht zu einer von diesen Abartigen.«

Diese verletzenden Worte ließen Sophie taumeln. Es war also vollkommen in Ordnung mit einer Frau zu schlafen, so lange am Ende eine Ehe stand. Es war aber eine ganz andere Angelegenheit, sich selbst gegenüber ehrlich zu sein. Elisabeth hatte den Sex zwischen ihnen immer genossen, aber der Gedanke ihr Leben mit Sophie zu teilen und als Lesbe wahrgenommen zu werden war schlicht unvorstellbar für sie?

»Ich dachte, du liebst mich«, flüsterte Sophie gebrochen, voll Angst vor der Antwort.

»Das tue ich. Du bist meine Freundin, das ist alles. Nicht mehr und nicht weniger.«

»Und hast es zugelassen, dass ich mit dir schlafe, weil?«

»Weil es sicher war. Ich brauchte es und es war sicher.«

»Verstehe.« Sophie war kaum in der Lage ihre Tränen zurückzuhalten, als sie Elisabeth dabei beobachtete, wie sie die Jacke ihres Reitkostüms anzog. Sie war bereit aufzubrechen. Da Sophie keine Anstalten machte sie zu begleiten, nahm sie ihren Hut und ihre Handschuhe und ging, ohne sich noch einmal umzusehen.

Und das war es dann auch gewesen. Die Frau hatte einen furchtbaren Schmerz in Sophies Herz hinterlassen, der sich etwas verflüchtigt hatte, aber immer noch spürbar war.

»Elisabeth hat mich nie geliebt«, stellte Sophie nüchtern fest. »Sie nahm, was sie kriegen konnte und verschwand.«

Anton wandte sich vom Fenster ab. »Das tut mir leid.«

»Das muss es nicht. Sie war nicht der Mensch, für den ich sie hielt. Seltsamerweise kann ich gar nicht wirklich sagen, welche Gefühle ich diesbezüglich habe. Es ist so lange her. Seit meinem Streit mit Emma habe ich über das, was zwischen uns geschehen ist, nachgedacht. Ich war damals so dumm.«

»Warum ist es dumm jemanden zu lieben?«

»Weil es nur Kummer und Schmerz verursacht. Und mir meine eigene Dummheit vor Augen führt.«

Er schüttelte den Kopf. »Wenn du meinst.«

Anton mochte es nicht, wenn sie sich dermaßen in Selbstkritik übte, wann immer die Sprache auf Elisabeth kam. Die sarkastische und pessimistische Seite seiner Schwester kam immer dann zum Vorschein, wenn sie von dieser Schlange, sprach. Wenn sie in dieser Stimmung war, hatte es keinen Sinn, mit ihr darüber zu reden.

Seit Elisabeth von Meiningen Sophie so sehr verletzt hatte, war es Anton nicht entgangen, dass sie sich noch mehr wie eine Ausgestoßene fühlte. Selbstmitleid passte nicht zu ihr, aber diese Frau hatte eine zerbrochene Hülle zurückgelassen, die sich der Liebe und des Begehrens nicht wert fühlte. Sophie neigte dazu, ihre Narben und ihre Einschränkungen mehr als ihre Vorzüge zu sehen. Elisabeth hatte ganze Arbeit geleistet, wenn es um Sophies Selbstbewusstsein in

Herzensangelegenheiten ging. Der Gedanke machte ihn geradezu wütend. Er wusste von mindestens zwei Frauen, die gerne ihren Platz an Sophies Seite eingenommen hätten, aber jede Annäherung wurde ihrerseits rüde zurückgewiesen.

Seine Schwester war keineswegs der hässliche Krüppel, als den sie sich sah, wenn sie in den Spiegel blickte. Die Narbe auf der rechten Gesichtsseite war groß, konnte aber leicht kaschiert werden und ihr Humpeln war nur dann besonders ausgeprägt, wenn sie sehr müde war. Sie brauchte ihren Stock, aber wenn es wirklich darauf ankam, konnte sie auch ohne ihn gehen. Über die Narben auf ihrem Bauch und ihrem Bein konnte er nicht viel sagen, aber er vermutete, dass sie nicht ganz so schlimm waren, wie sie dachte.

Er kannte den entschlossenen Ausdruck in ihrem Gesicht und wusste, dass es an der Zeit war das Thema zu wechseln. »Sophie, hast du eigentlich schon einmal daran gedacht Österreich den Rücken zu kehren und ganz woanders zu leben?«

»Wo denn?«

»Ach, was weiß ich. Wie wäre es zum Beispiel mit London?«, schlug er mit einem Achselzucken vor. »Du hast die finanziellen Mittel dafür und du weißt so gut wie ich, dass das British Museum entzückt darüber wäre, wenn sie auf deine Fachkenntnisse schneller zugreifen könnten.«

»Ja, nun ja«, brummte Sophie, während sie sich nachdenklich über das Kinn strich. »Ich muss gestehen, dass der Gedanke durchaus verführerisch ist, aber Wien für immer den Rücken zu kehren ist leichter gesagt als getan.«

»Nein, nein, nein«, unterbrach Anton ihre Grübelei. Er legte ihr eine Hand auf die Schulter. »Denk gar nicht erst daran. Du hast keinerlei Verpflichtung hier zu bleiben, wenn du das nicht möchtest.«

»Aber—«

»Nein. Es ist höchste Zeit, dass du dein Leben so lebst, wie du es möchtest. Du bist nicht für uns verantwortlich. Das warst du nie. Ich werde dir immer dankbar sein, für das, was du getan hast, aber es ist wirklich an der Zeit, dass du einmal auch an dich denkst.«

Sophie sah ihren Bruder verwundert an. Sein leidenschaftlicher Appell machte ihn noch liebenswerter als jemals zuvor. Sie konnte die Verbundenheit zwischen ihnen deutlich spüren.

»Das werde ich, Anton. Ich verspreche es, aber nur wenn du mir auch versprichst, dass du mit Vater darüber redest, wie du *dein* Leben gestalten möchtest.«

»Versprochen.«

Sie umarmten sich und als Sophie in Antons Nacken schniefte, nahm er sie noch fester in den Arm.

»Ich bin froh, dass wenigstens du auf meiner Seite bist, Bruderherz.«

Bevor es zu peinlich für sie wurde, ließen sie los und lehnten sich grinsend und mit einem Seufzer zurück. »Glaubst du, dass Mutters Verwandte genauso langweilig und ermüdend sind wie alle ihre Freunde und Bekannten?«

»Ich hoffe nicht«, schnaubte Sophie, als sie ihre Füße bequem von sich streckte. Sie verschränkte ihre Hände hinter dem Kopf und starrte an die Decke ihres Arbeitszimmers. »Ich glaube, es gibt kaum jemanden, der noch verklemmter und von sich überzeugter sein kann als die Leute, die sie für gewöhnlich zum Abendessen und zu Empfängen einlädt.«

Anton lächelte säuerlich, während er an die endlosen gesellschaftlichen Veranstaltungen dachte, die seine Mutter so sehr liebte. Ihr Bekanntenkreis bestand aus den ungebildetsten und aufgeblasensten Leuten, die man in Wien finden konnte. Sie alle besaßen einen Titel, Geld und waren Angehörige der Oberschicht, aber das endlose dumme Geschwätz, das sie so liebten, bereitete ihm regelmäßig Kopfschmerzen.

»Ich freue mich darauf, Cousin Martin kennenzulernen. Ich frage mich, was für ein Mensch er ist. Also, sie alle, eigentlich.«

»Wir werden abwarten und uns überraschen lassen, nicht wahr?«

Kapitel Sieben

Die Herzogin von Darnsworth betrat Palais Schelling voller Anerkennung, während sie sich umsah. Jonathan hatte eine gute Wahl getroffen. Nicht, dass sie etwas anderes erwartet hätte. Das Palais entsprach durchaus ihrem Status und den Bedürfnissen ihrer Familie. Das Palais befand sich nicht nur mitten in der Stadt, es hatte außerdem einen Garten mit wunderbaren alten Bäumen. Diese gaben ausreichend Schatten, um darunter den Nachmittagstee einzunehmen, zu lesen oder einfach nur den Tag zu genießen.

»Es ist perfekt, Jonathan. Du hast dich wieder einmal selbst übertroffen.«

Er schenkte ihr ein zufriedenes Lächeln und zog sich wieder in die Bibliothek zurück.

Baron Schelling hatte erst vor kurzem das ganze Palais, um ein Vermögen, renovieren lassen. Unglücklicherweise hatten der Einbau aller erdenklichen Annehmlichkeiten und seine Liebe für kostspielige Soireen den Baron beinahe in den Ruin getrieben. Deshalb war er gezwungen gewesen sein Palais für gutes Geld, weit unter Preis, zu verkaufen. Sehr zur Freude der Herzogin.

Sie konnten hier den gleichen Komfort genießen, den sie von ihrem Heim in London gewohnt waren. Jonathan hatte sichergestellt, dass das große Haus tatsächlich alles hatte, was sie brauchten, angefangen von den Badezimmern mit Wasserklosetts, fließendem Warm—und Kaltwasser, einer Dusche, Elektrizität und einer Zentralheizung.

»Das ist wirklich wunderbar. Ich bin sehr zufrieden«, war Henry, der hinter seiner Frau stand, ebenso begeistert.

Contessa Silvestri folgte langsam am Arm ihres Enkels Philip. Charlotte und Martin hatten schon die Stufen erklommen, um sich ihre Zimmer auszusuchen. Die Dienerschaft war mit ihrem Gepäck beschäftigt und die geschäftige Aufregung rundherum hob auch Eleanors Stimmung. Vielleicht war die Entscheidung hierher zu kommen doch richtig gewesen.

Benson, der mit einigen anderen schon drei Tage im Voraus angereist war, um alles für ihre Ankunft vorzubereiten, begrüßte sie mit einem Glas Champagner.

»Eure Gnaden, ich hoffe Ihr findet alles zu Eurer Zufriedenheit«, verbeugte sich der Butler vor Eleanor.

»Danke, Benson«, Eleanor nahm ein Glas vom Silbertablett, »ich bin sicher Sie haben an alles gedacht.«

Der Butler bedachte das in ihn gesetzte Vertrauen mit einem Nicken und fuhr damit fort den Champagner herumzureichen.

Eleanor wandte sich um und sah ihre Großmutter an: »Was meinst du, Nonna?«

Die Contessa ließ Philips Arm los und gesellte sich zu Eleanor. Sie tätschelte ihren Arm zärtlich, während sie ihr mit einem Funkeln in den dunklen Augen antwortete: »Ich glaube, wir werden eine wunderbare Zeit hier verbringen.«

Der Samstag und der Sonntag brachte der Dienerschaft eine Unmenge an Arbeit. Obwohl einige von ihnen schon im Voraus für das Notwendigste Sorge getragen hatten, gab es noch immer viel zu tun. Die Größe des Palais gestattete es Eleanor und Henry jeweils einen Flügel des Hauses für sich zu beanspruchen, während die Contessa und die Kinder im ersten und zweiten Stock des Mittelteils residierten. Die Bibliothek war nicht nur sehr umfangreich, sondern auch ausgesprochen bequem und wurde schnell zum Lieblingsort der Herzogin.

Die Stallungen auf der Rückseite des Anwesens beherbergten wunderbare Reitpferde, sehr zum Wohlgefallen aller. Die Herzogin und ihre Kinder waren die Ersten, die von den Pferden Gebrauch machten. Sofort nach dem Frühstück machten sich Eleanor und die Kinder auf, ohne den Stallburschen die Möglichkeit der Vorbereitung zu geben. Diese hatten schließlich alle Hände voll zu tun, um die Pferde für einen Ausritt in den Prater zu zäumen und zu satteln.

Ein sehr zufriedener Henry sah ihnen vom Salon aus nach.

»Diese Reise war eine wunderbare Idee, mein lieber Henry«, erklärte die Contessa als sie den Salon mit einer Stickarbeit in der Hand betrat.

»Das hoffe ich inständig.«

»Wann hat Eleanor die Kinder das letzte Mal auf einem Ausritt begleitet?«

»Ich kann mich nicht erinnern. Das ist schon eine Weile her«, musste Henry nachdenklich zugeben. Er nahm eine Zeitung vom Tisch und gesellte sich zur Contessa auf das Sofa.

»In letzter Zeit erscheint sie mir lebendiger, zufriedener. Es hat fast den Anschein als würde sie das Leben wieder genießen.«

»Wahrscheinlich hast du Recht.«

Sie sahen sich freudestrahlend an.

»Sie bedeutet mir sehr viel, deshalb hoffe ich aufrichtig, dass sie wirklich wieder ins Leben zurückfindet,« meinte Giulia.

»Ja. Ja, das hoffe ich auch. «

Charlotte ließ ihr Pferd neben dem ihrer Mutter her trotten, gefolgt von Philip und Martin, klapperten ihre Hufe auf dem Weg zum Prater durch die Straßen. Hin und wieder warf sie einen unauffälligen Blick auf ihre Mutter und wunderte sich, was wohl der Grund für die spontane Entscheidung gewesen war sie heute zu begleiten. Sie bemerkte die rosigen Wangen ihrer Mutter, das kleine Lächeln, das um ihre Lippen spielte und das Funkeln in ihren himmelblauen Augen, als diese den Blick erwiderte.

»Was geht in deinem hübschen Kopf vor, mein Schatz?«, riss Eleanor ihre Tochter mit der gut gelaunten Frage aus ihren Gedanken.

»Entschuldige, Mama«, errötete Charlotte. »Ich wollte nicht unhöflich sein. Es ist nur so ungewöhnlich, dass du uns begleitest. Das hast du schon lange nicht mehr getan.«

»Ich weiß. In letzter Zeit habe ich es vorgezogen alleine zu sein. Es hat mir aber immer Freude bereitet, diese Aktivität mit euch zu teilen. In den letzten Jahren war mir aber nicht danach. Wenn ihr euch ausgeschlossen gefüllt habt, dann tut es mir leid. Es war nie meine Absicht gewesen euch zu verletzen.«

»Das wissen wir, Mama«, versicherte Charlotte, als sie über ihre Schulter nach hinten zu ihren spielerisch streitenden Brüdern sah. Philip bemerkte es und gab seinem Pferd die Sporen, um zu seiner Mutter aufzuschließen.

»Wärst du für eine kleine Herausforderung zu haben, Mama?«

»Woran hättest du dabei gedacht, junger Mann?«

Charlotte war geradezu begeistert, dass ihre Mutter an diesem Morgen wahrlich guter Laune war. Genauso wie offensichtlich Philip.

»Wie wäre es mit einem Wettrennen, wenn wir unser Ziel erreicht haben?«, schlug Philip vor.

Charlotte war bewusst, wie sehr sich Philip nach einer Herausforderung sehnte. Er hätte es nie gewagt einer anderen Frau einen solchen Vorschlag zu machen, aber er kannte die Fertigkeiten seiner Mutter und seiner Schwester und wusste, dass sie der Herausforderung mehr als gewachsen waren.

Sie sah wie ihre Mutter mit den Augen rollte. Wann würde er es endlich lernen? Philip hatte ihre Mutter noch nie in einem Wettrennen geschlagen, aber sie nahm an, dass es das Vorrecht der Jugend war, es doch gelegentlich zu versuchen. Eines Tages würde er wohl der beste Reiter in der Familie sein, oder auch nicht, denn unglücklicherweise war da noch seine Schwester. Philip war ein guter Reiter, Martin ebenso, aber keiner von beiden würde sie wahrscheinlich besiegen können. Diesbezüglich geriet sie absolut nach ihrer Mutter. Eine der vielen Eigenschaften, die Charlotte von ihr geerbt hatte.

»Tja, warum nicht«, stimmte Eleanor mit zusammengekniffenen Augen zu. »Was schlägst du vor?«

»Wir reiten auf der Prater Hauptallee bis zum Lusthaus. Wer zuerst dort ist, gewinnt?«

»Und was wird der Sieger bekommen, mein lieber Bruder?«, meldete sich Charlotte, die sich ihre Chancen ausrechnete.

»Ein neues Paar Reitstiefel vom besten Schuster Wiens. Gekauft von demjenigen, der als letzter ans Ziel kommt«, verkündete Philip mutig.

Charlotte wusste sehr gut, dass ihre verfügbaren Mittel und die ihrer Geschwister diese Ausgaben rechtfertigen würden. Es war also für niemanden ein so weither geholter Vorschlag.

»Gesprochen wie ein wahrer Lord, mein Sohn«, Eleanor fühlte schon die Aufregung. »Ich freue mich schon auf meine neuen Reitstiefel.«

Als sie den Prater erreichten kamen sie überein, dass sie wohl jemanden brauchten, der das Rennen starten würde, damit es auch fair zuging. Martin entdeckte ein Paar, das langsam auf sie zukam. Er blieb stehen und fragte die Dame, ob sie ihnen wohl den Gefallen tun würde, ihr Rennen zu starten.

Durch die sanften Überredungskünste des Herrn in ihrer Gesellschaft ermutigt, stimmte sie schließlich zu und Martin gesellte sich zu den anderen in die Mitte der Allee.

Das Frühlingswetter war zwar warm, aber der Sturm am Tag zuvor hatte in der ganzen Stadt für Verwüstungen gesorgt und nur wenige Leute waren unterwegs und auch die übliche Zahl an Kutschen fehlte. Abgebrochene Äste der Kastanienbäume lagen verstreut auf der Allee und machten den Kutschen eine Durchfahrt unmöglich. Allerdings war genau das für ihr Rennen die beste Voraussetzung, die Herausforderung war dadurch eine noch spannendere.

Die Reiter machten sich bereit und die Pferde, die die Aufregung ihrer Reiter fühlten, blähten ihre Nüstern in gespannter Erwartung. Die Dame, die sich am Rande der Allee positioniert hatte, hob das weiße Taschentuch, welches sie eisern in ihrer Hand hielt, um kurz darauf den Arm plötzlich fallen zu lassen und vollführte einen kleinen Hopser. Vier Pferde stoben davon und ließen nur eine Staubwolke zurück.

Philip übernahm sofort die Führung, dicht gefolgt von seinen Geschwistern und seiner Mutter. Er flog mit seinem Pferd geradezu über die heruntergefallenen Äste und fühlte sich seiner Sache ziemlich sicher, da er einen guten Start gehabt hatte. Die anderen waren ihm dicht auf den Fersen, aber als er einen Blick zurück riskierte, stellte er fest, dass Martin bereits zurückgefallen war. Ein paar Hürden noch, die letzte Gerade und er würde als Erster das Lusthaus erreichen, welches er schon in der Entfernung ausmachen konnte.

Gerade, als er dachte den Sieg schon sicher in der Tasche zu haben, sah er aus den Augenwinkeln das weiße Pferd seiner Mutter. Es überholte ihn schließlich und überwand lange vor ihm das letzte Hindernis. Eleanor musste im Laufe des Rennens ihren Hut verloren haben, denn ihr weißes Haar wehte im Wind, als ihr Pferd ins Ziel spornte.

Ihre Geschwindigkeit überraschte ihn dermaßen, dass er nicht einmal bemerkte, wie Charlotte an ihm vorbeiritt.

Wieder einmal musste er sich seiner Mutter geschlagen geben, wie schon so viele Male zuvor. Er hatte wirklich gedacht, dass er dieses Mal siegen würde. Das war allerdings eine Niederlage, die er gerne in Kauf nahm, weil es ihn so sehr an alte Zeiten erinnerte, als seine Mutter diese glückliche sorgenfreie Frau gewesen war.

Eleanor hielt ihr Pferd in Bewegung, während sie vor dem Lusthaus auf ihre Kinder wartete. Der verführerische Duft von Backwaren stieg ihr in die Nase. Das Lusthaus beheimatete nicht nur ein ausgezeichnetes Restaurant, es hatte auch den Ruf als eine der besten Konditoreien in Wien. Sie nahm sich vor, Henry und Jonathan zu bitten, in Bälde einen Tisch für sie zu reservieren.

Wie sie es vorhergesehen hatte, hatte Charlotte ihren Bruder wieder in die Schranken verwiesen und Philip und Martin beendeten als Letzte das Rennen. Gemeinsam ließen sie ihre Pferde in einem moderaten Tempo um das Lusthaus traben, um sie nach dem herausfordernden Rennen abzukühlen.

Philip wusste, was von einem guten Verlierer und Gentleman erwartet wurde, als er sein Pferd neben das seiner Mutter dirigierte und sich, im Sattel, vor ihr verbeugte.

»Gratuliere zu deinem Sieg, Mama«, sagte Philip höflich. »Er war wie immer wohl verdient.«

»Danke, Liebling«, erwiderte sie mit einem Nicken.

»Wann soll ich den Schuster ins Palais bestellen?«

»Ich denke, Mittwoch wäre gut«, schlug Eleanor mit einem Augenzwinkern vor, »und sorge bitte dafür, dass dein Bruder und deine Schwester auch anwesend sind. Ich glaube, ein neues Paar Reitstiefel für jeden von uns sind an der Tagesordnung.«

»Danke vielmals, Mama«, Philip war überrascht. »Soll das etwa heißen, du übernimmst die Kosten für die Stiefel für uns alle und damit meine Wettschulden?«

»Ja, das heißt es und ich mache es gerne. Warum macht ihr euch nicht alleine auf den Weg, während ich noch ein wenig durch den Prater trabe? Und wenn ihr genug habt, könnt ihr euch auf den Rückweg machen und Mrs Chambers um ein Glas kühle Limonade bitten.«

»Bist du sicher?«

Philip klang so besorgt, dass sie lachte. »Ich weiß, du lässt deine Mutter nicht gerne schutzlos zurück, aber glaube mir, ich bin nicht so leicht zu erwischen.«

»Immerhin ist das eine fremde Stadt, Mama.«

»Ich weiß deine Fürsorge sehr zu schätzen, aber mir passiert schon nichts.« Eleanor verabschiedete sich von ihren Kindern, bevor sie über eine Wiese davonritt.

Der Prater war eine wundervolle grüne Oase am Rande einer geschäftigen Stadt und das Gebiet war viel größer als Eleanor ursprünglich angenommen hatte. Etwas auf einer Karte zu sehen war etwas anderes als es dann selbst zu erleben. Sie erfreute sich an der

Natur ebenso wie an der Einsamkeit, als sie ihr Pferd immer wieder auf die Wiesen abseits der ausgetretenen Pfade lenkte.

Die Sonne schien sehr warm, was überraschend war nach dem Gewitter des vorigen Abends. Eleanors schwarzes Reitkostüm war sehr warm und sie suchte nach einem schattigen Platz, um sich ein wenig auszuruhen. Schließlich entdeckte sie eine Lichtung, auf der ein umgestürzter Baum sich als Sitzbank eignete. Hier konnte sie ihr Pferd ein wenig grasen lassen.

Eleanor stieg von ihrem Pferd und band den Zügel an einen Ast des umgestürzten Baumes, bevor sie sich ihrer Reithandschuhe entledigte, um ihr windzerzaustes Haar glatt zu streichen. Während ihres Rennes hatte sie ihren Hut verloren, aber nun war es zu spät danach zu suchen. Außerdem war er bestimmt in eine der vielen Matschpfützen, entlang der Allee, gefallen. Sie musste sich wohl oder übel einen neuen machen lassen, was ein guter Grund für einen Besuch in einem der Hutgeschäfte war.

Eleanor genoss die Stille und die sanfte Prise, als sie das deutliche Traben von Pferdehufen wahrnahm. Sie beschattete ihre Augen gegen die Sonne und entdeckte einen Reiter auf einem braunen Pferd, der auf sie zukam. Mit einem Seufzen musste sie zur Kenntnis nehmen, dass es mit der Ruhe und Einsamkeit wohl vorbei war.

Er trug schwarze Hosen, ein weißes Hemd, dessen Ärmel bis zum Ellbogen hochgekrempelt waren, darüber eine braune Weste, schwarze Handschuhe und eine Melone. Sich ihrem Schicksal und der kommenden Gesellschaft ergebend, erhob sich Eleanor und trat in die Sonne.

Der Reiter hob den Kopf und sah wie Eleanor aus dem Schatten trat. Im selben Moment scheute plötzlich sein Pferd und warf ihn ab.

Eleanor war so schockiert von dem, was gerade geschehen war, dass sie mit ihren Händen den Mund bedeckte, um den drohenden Schrei der Überraschung zu unterdrücken, ehe sie sich selbst unter Kontrolle hatte und sich zum Handeln anspornte. Das aufgescheuchte Pferd kam auf sie zu und mit der ganzen Autorität einer erfahrenen Pferdekennerin trat sie ihm entgegen, um es am Davongaloppieren zu hindern.

Sie hob die Arme und ihre ruhige Stimme brachte das verängstigte Tier dazu langsamer zu werden, um schließlich ganz vor ihr Halt zu machen. Eleanor ergriff die Zügel und streichelte beruhigend den Nacken des Pferdes, um das Tier zu seinem gestürzten Besitzer zurückzuführen.

Mit schnellen Schritten ging sie auf ihn zu und betrachtete den Sattel etwas genauer, da eine seltsame Vorrichtung dort herausragte. Sie hatte allerdings keine Gelegenheit es genauer unter die Lupe zu nehmen, da die gestürzte Person noch kein Lebenszeichen von sich gegeben hatte. Sie war besorgt, dass der Mann womöglich schwer verletzt war und als sie sich ihm näherte, konnte sie ihn vor Schmerzen stöhnen hören. Eleanor atmete erleichtert auf, da er zumindest nicht bewusstlos war.

Als sie den Gestürzten endlich erreicht hatte, blieb sie wie vom Donner gerührt stehen. Die Person auf dem Boden war nämlich keineswegs ein Mann. Die Melone war verloren gegangen und lange dunkelbraune Haare fielen um die Schultern einer Frau. Eleanor stand wie vom Donner gerührt da, denn aus der Entfernung hätte sie schwören können, dass ein Mann auf sie zukam, dabei handelte sich um eine Frau, die Männerkleider trug.

Eine Frau, die, wie sie feststellte, körperlich anziehend war, trotz ihres schmerzverzerrten Gesichts.

Nach einem unangenehmen Samstag, den Sophie gezwungenermaßen in der Gesellschaft ihrer Stiefmutter verbringen musste, die nichts anderes zu tun hatte, als pausenlos über die bevorstehende Hochzeit und den Besuch ihres Cousins und seiner Familie zu plappern, entschied Sophie am Sonntag zu warten bis sich alle auf den Weg in die Kirche gemacht hatten, bevor sie zum Frühstück erschien, um danach das Haus ebenfalls für einen Ausritt zu verlassen. Sie genoss die Stille am Frühstückstisch und als sie fertig war, zog sie sich sehr sorgfältig für ihren Ausritt um und verließ das Haus durch die Hintertür.

Peter, einer der Stallburschen, beeilte sich Capri zu satteln. Sophie wartete geduldig auf ihr Pferd, bis Peter das freudig wiehernde Tier aus dem Stall führte. Sie begrüßte ihre Freundin mit ihrer Lieblingsleckerei, einem Apfel. Während Capri freudig ihren Apfel kaute, verstaute Sophie ihren Gehstock in der Halterung an ihrem Sattel, bevor sie sich auf das Pferd hievte. Peter half ihr den rechten Fuß in den Steigbügel zu manövrieren, während Sophie die Zügel ergriff und Capris Nacken liebevoll tätschelte.

»Danke, Peter«, Sophie lächelte, spannte die Zügel und machte sich auf den Weg.

»Gern geschehen.« Peter zog seine Kappe und sah ihr nach, als sie durch das Tor ritt.

Sophie nahm ihren üblichen Weg zum Prater, mied aber die Hauptallee. Sie hatte heute keine Lust, all den heruntergestürzten Ästen auszuweichen, die ohne Zweifel den Weg versperren würden, besonders nach dem gestrigen Gewittersturm. Es würde zwar länger dauern, bis sie ihren Lieblingsplatz erreichte, aber das störte sie nicht. Es waren nicht viele Leute im Prater unterwegs und sie ging es langsam an, was ihr Zeit zum Nachdenken über ihr Leben und ihre Zukunft, gab.

Wenn sie in der Natur und mit Capri unterwegs war, fiel ihr das Nachdenken immer leichter. Weg vom ständigen Gezeter ihrer Stiefmutter und den Sorgen um ihre Geschwister. Vielleicht hatte Anton ja Recht, vielleicht sollte sie einfach alles hinter sich lassen. Wien und alle Verpflichtungen, die sie sich selbst auferlegt hatte, einfach hinter sich lassen. Ihre Geschwister hatten sie nie darum gebeten, dass sie sich für sie einsetzte und deren Kämpfe für sie ausfocht, aber sie fühlte sich dazu verpflichtet. Sie war schließlich ihre ältere Schwester, wer wenn nicht sie sollte sich für sie einsetzen?

Ihr Vater würde sich niemals gegen Helen stellen, das blieb ihr überlassen. Aber ihr Bruder hatte nicht ganz Unrecht, sie konnte das Angebot des British Museum annehmen. Das Erbe ihrer Mutter bot genug finanzielle Sicherheit, um in einer Stadt wie London ein bequemes Leben zu führen und ihren akademischen Interessen nach Herzens Lust zu folgen. Vielleicht sollte sie es einfach versuchen? Aber im Moment wollte sie einfach die Beschaulichkeit ihres Lieblingsplatzes genießen und Capri grasen lassen.

Als sie die große Weite der Wiese erreichten, spornte Sophie ihre Stute an und sie galoppierten über das feuchte Gras auf die Lichtung zu. Beide, Pferd und Reiterin, genossen diesen Moment der absoluten Freiheit. Sie erreichten die Spitze des Hanges und näherten sich den Bäumen, als Sophie ein anderes Pferd bei ihrem Lieblingsplatz entdeckte. Sie hätte ohne Halt zu machen einfach weiterreiten können, aber sie war nicht gewillt ihren sehr persönlichen Ort der Betrachtung einem Fremden zu überlassen.

Eine Frau trat plötzlich aus dem Schatten der Bäume. Capri war so überrascht wie Sophie und scheute, sie stellte sich auf die Hinterbeine und warf sie ab.

Sophie landete mehr als unsanft am Boden. Glücklicherweise konnte sie sich auf ihre linke Seite rollen, sodass ihre andere Körperhälfte vom Großteil des Sturzes verschont blieb. Der Boden war noch weich vom Regen, aber als sie sich auf den Rücken rollte, spürte sie einen stechenden Schmerz in der Hüfte. Sie schloss die Augen und verzerrte das Gesicht vor Schmerzen, ob der Unmittelbarkeit des Gefühls. Als sie ihre Augen wieder öffnete, sah sie die Frau von der Lichtung mit Capris Zügeln in Händen über sich stehen und auf sie hinunter starren.

Sophie seufzte über so viel Glück.

Die Frau hatte Capri daran gehindert davon zu galoppieren, was wirklich ein Glück war, denn Sophie wusste nicht, wie sie sonst nach Hause gekommen wäre. Gleichzeitig fühlte sie sich durch und durch beschämt vor dieser fremden Frau. Sie hätte wirklich darauf verzichten können und was noch schlimmer war, die Frau sah sie voll Sorge, Mitgefühl und einer großen Portion Überraschung an. Wahrscheinlich hatte sie sie für einen Mann gehalten, dachte Sophie. Kein Wunder. In ihrer männlichen Kleidung, mit dem langen Haar unter dem Hut, sah sie aus der Ferne wahrscheinlich wirklich wie ein Mann aus.

Während die Frau noch damit beschäftigt war, diese neue Information zu verarbeiten, hatte Sophie die Gelegenheit sie ebenfalls genauer zu betrachten. Ihr Haar war schneeweiß, kurz, mit einer eigensinnigen Strähne, die über ihr rechtes Auge gefallen war. Die Frau war eindeutig jünger als es die Farbe ihres Haares vermuten ließ. Ihre Haut war bleich und glatt, sie hatte eine lange Patriziernase, schmale Lippen und ihre Augen hatten die Farbe des Himmels an einem warmen Sommertag.

Eleanor wurde mit einem Mal bewusst, dass sie völlig erstarrt war und holte tief Luft.

»Wenn Sie dann mit Gaffen fertig sind, könnten Sie mir meinen Gehstock aus dem Sattel reichen, damit ich aufstehen kann?«, fauchte Sophie.

Der gereizte Ton in Verbindung mit der femininen Stimme riss die Herzogin mit einem Mal aus ihrem Traumzustand. Ohne nachzudenken machte sie einen Schritt auf die am Boden liegende Frau zu und war gerade dabei ihren Arm zu ergreifen, als ihre Hand weggestoßen wurde.

»Fassen Sie mich nicht an«, zischte die am Boden liegende Frau. »Geben Sie mir einfach meinen Stock!«

Eleanor schluckte ihre Antwort hinunter und holte besagten Gegenstand, über den sie schon beim ersten Blick gerätselt hatte. Es war also ein Gehstock. Sie reichte ihn der unhöflichen Frau, die sich mit seiner Hilfe auf die Füße kämpfte. Die Herzogin beging den gleichen Fehler nicht zweimal und verzichtete darauf, ihre unerwünschte Hilfe anzubieten. Stattdessen hob sie die Melone vom Boden auf und hielt sie der Frau entgegen.

Die Frau riss ihr den Hut, ohne ein Wort des Dankes, förmlich aus der Hand.

»Gern geschehen«, sagte Eleanor sarkastisch.

»Ich brauche ihr Mitleid nicht!«

»Ich bemitleide Sie nicht! Ich wollte nur behilflich sein.«

»Hören Sie auf behilflich zu sein!«, gab diese zurück. Sie ging um die Frau herum und schnappte sich Capris Zügel. Sie stellte einen Fuß in den Steigbügel und manövrierte sich in den Sattel. »Genau, was ich brauche«, brummelte sie. »Muss mein Glückstag sein. Fremde, die glauben sich überall aufdrängen zu müssen.«

»Das habe ich keineswegs getan!« Eleanor wurde jetzt ebenfalls ärgerlich. Sie stemmte ihre Hände in die Hüften und funkelte die Frau auf dem Pferd an.

»Warum sind Sie dann hier?«, fragte sie, auf die Lichtung deutend.

»Dieser Ort ist im Besitz des Kaisers, soweit ich weiß und großzügiger Weise ist es der Öffentlichkeit gestattet ihn zu nutzen. Es ist nicht *Ihr* Privatbesitz, es besteht also keinerlei Grund zu solch grobem und unhöflichem Verhalten.«

»Wenn Sie das sagen.« Die Reiterin dirigierte ihr Pferd in die entgegengesetzte Richtung, galoppierte davon und bewarf Eleanor dabei von Kopf bis Fuß mit Schlamm.

Eleanor war mit Schlamm und Schmutzwasser bedeckt und schäumte vor Wut. Ihr Blick durchbohrte den Rücken der davonreitenden Fremden. Ihre Hand zitterte vor Ärger, als sie sich eine nasse Strähne aus dem Gesicht strich. Sie drehte sich um und stampfte zu ihrem Pferd zurück. Mit einem Laut der Empörung begab sie sich in den Sattel und machte sich auf den Weg nach Hause.

Als sie davongaloppierten ließ Capri nicht eine einzige matschige Stelle aus und spritzte den Schlamm in alle Himmelsrichtungen. Sophie schauderte es zwar, dennoch ritt sie weiter anstatt umzukehren und sich zu entschuldigen. Wie denn auch, nachdem sie so unhöflich gewesen war zu der Frau, die ihrerseits ausgesprochen nett und hilfsbereit war. Sie bezweifelte, dass diese elegante Frau ihr glauben würde, dass sie es nicht mit Absicht gemacht hatte. Erst als

Capri in den Schlamm trat, wurde ihr klar, was passieren würde, aber da war es bereits zu spät.

Wenn so ihr Tag aussehen würde, beschloss Sophie, den Rest davon zu Hause zu verbringen.

Eleanor kehrte auf ihrer Schimmelstute zum Palais zurück. Sie wartete nicht einmal ab, bis der Stallbursche das Pferd im Griff hatte, als sie abstieg und stürmte ins Palais. Die Herzogin schlug wütend die Tür hinter sich zu und rief nach Benson. Ihre Wut war am Überkochen.

»Benson!«, rief Eleanor erneut.

Der Butler kam schließlich aus der Bibliothek gelaufen. Dicht gefolgt von seiner Lordschaft und der Contessa, die sich fragten, was diesen Ausbruch verursacht hatte. Eleanor riss sich geradezu die Handschuhe von den Händen, warf sie auf den Boden und starrte den Butler zornig an.

Er schluckte merklich ob der Wut in den Augen seiner Herrin. »Eure Gnaden?«, murmelte Benson verlegen. Niemals zuvor hatte der Butler die Herzogin dermaßen aufgebracht erlebt.

»Sagen Sie Rose, sie soll ein Bad vorbereiten«, presste Eleanor zwischen zusammengebissenen Zähnen hervor, in dem Versuch ihren Ärger im Zaum zu halten. Was ihr heute beim besten Willen nicht gelingen wollte. »Verbrennen Sie die verschmutzten Handschuhe und machen Sie das Gleiche mit dem Reitkostüm und den anderen Sachen, nachdem Rose mir geholfen hat sie loszuwerden.«

»Jawohl, Eure Gnaden.« Benson beeilte sich zu tun, wie ihm befohlen wurde. Nicht ohne sich zu wundern, was um Himmels willen, der Herzogin zugestoßen war. Ein Reitunfall zweifellos, so viel war klar, aber bei so viel Wut steckte wohl noch mehr dahinter.

»Eleanor, gute Güte, was ist denn los?«, frage Henry seine Frau.

Die Contessa runzelte die Stirn, als sie die Steifheit in Eleanors Haltung bemerkte und schnappte hörbar nach Luft, als sie sich umwandte, um die beiden anzusehen.

»Guter Gott«, Giulia legte entsetzt die Hand über den Mund, »was ist denn mit dir passiert?«

Eleanor spitzte die Lippen und neigte ihren Kopf, bevor sie tief Luft holte, um zu erklären, was genau die Zerstörung ihres Reitkostüms, ihrer Frisur und ihrer ganzen Erscheinung verursacht hatte. Noch einmal stemmt sie die Hände in die Hüften und merkte wie der Ärger und die berechtigte Wut zurückkehrten. »Ich hatte das Missvergnügen der unausstehlichsten, gröbsten, arrogantesten, unfreundlichsten und schrecklichsten Frau zu begegnen, die ich jemals getroffen habe.«

»Aber was um Himmels willen hast du getan?«, fragte Henry verständnislos.

»Was ich getan habe, war, ihr dummes Pferd, das sie abgeworfen hatte, daran zu hindern davon zu galoppieren. Außerdem war ich wohl zur falschen Zeit am falschen Ort. Kurz gesagt, mein Verbrechen bestand einzig darin höflich zu sein. Zu diesem dickköpfigen, görenhaften, unflätigen Frauenzimmer.«

Ihre Großmutter musste, bei dieser langen Liste an Beleidigungen aus Eleanors Mund, ein Lächeln unterdrücken. »Warum widmest du dich nicht wieder deiner Zeitung, Henry? Wir haben alles unter Kontrolle«, schlug die Contessa dem entgeisterten Lord vor.

An ihrer sauberen Hand führte sie ihre schmutzige Enkelin nach oben und versuchte dabei, die immer noch vor Wut schäumende Frau zu beruhigen.

Mit einem Kopfschütteln sah Henry den Frauen nach, wie sie die Stiegen erklommen. Er war froh darüber, dass Giulia hier war, um sich dieser Katastrophe anzunehmen.

Rose wartete beunruhigt im Badezimmer auf ihre Herrin. Sie fragte sich wie die Herzogin wohl wirklich aussah und wie es um ihre Laune bestellt war. Mr Benson hatte gezittert, als er in die Küche kam und ihr mitteilte, dass sie ein Bad für ihre Gnaden vorbereiten sollte.

Als sie die besänftigende Stimme von Contessa Silvestri hörte, die beruhigend auf ihre Herrin einredete, atmete Rose erleichtert auf.

Die Kinnlade der Zofe klappte nach unten als die beiden Frauen schließlich das Badezimmer betraten. Die Herzogin war schmutzig und nass. Ihr Reitkostüm war ruiniert und ihr sonst so strahlend weißes Haar war schlammig braun. Rose eilte ihr zur Seite um ihr dabei zu helfen die verschmutzten Kleider loszuwerden, während die Contessa auf einem Sessel neben dem Waschbecken Platz nahm.

»Rose, sorg bitte dafür, dass Benson die Kleider wirklich ehe baldigst verbrennt«, bat die Herzogin ruhiger als noch einige Momente zuvor.

Die Zofe nickte pflichtbewusst, während sie dabei half die Unterwäsche auszuziehen und auf den Haufen warf. Bevor sie ging, legte Rose noch Shampoo in die Dusche und die parfümierte Lieblingsseife der Herzogin auf einen Sessel neben der Wanne. Frische, flauschige Handtücher lagen bereits auf einer Bank bereit.

Eleanor drehte die Dusche auf und stellte sich unter den heißen Strahl. Sie stöhnte vor Erleichterung als das Wasser ihre Muskeln lockerte und den Schmutz auswusch, der in ihren Haaren klebte. Fürsorglich wusch sie ihr verschmutztes Haar und als sie fertig war, drehte sie das Wasser ab, schlang sich ein Handtuch um den Kopf und ging zur dampfenden Badewanne.

Die Contessa beobachtete ihre Enkelin, während diese sich mit einem seligen Lächeln in das schäumende Nass gleiten ließ. Sie rückte mit ihrem Sessel näher an die Wanne und betrachtete still die badende Frau.

Nie zuvor hatte sie Eleanor so erlebt. Die Herzogin verlor nie die Fassung, aber heute war sie komplett wutentbrannt gewesen. Diese Zufallsbegegnung hatte sie auf eine Art erschüttert, die Giulia äußerst seltsam erschien. Auf jeden Fall stachelte es ihre Neugier an.

»Also, meine Liebe, erzähl mir von deiner unangenehmen Begegnung«, forderte die Contessa sie sanft auf.

Eleanor fühlte sich zufrieden und träge, als sie so in dem warmen, wunderbar duftenden Wasser lag, froh diese schreckliche Erfahrung hinter sich lassen zu können. »Ist das wirklich nötig, Nonna?«

»Nicht nötig, aber doch sonderbar, findest du nicht?«

»Ja und nein«, erwiderte Eleanor mit geschlossenen Augen. Sie war wütend darüber, dass sie mit Schmutz bedeckt worden war wie so eine Art gewöhnlicher Landstreicher, aber mehr noch war sie von der Art verstört wie die Fremde ihre Hilfe verweigert hatte.

Eleanor war weder blind noch dumm. Sie wusste und verstand durchaus, wie beschämt sich die Frau gefühlt haben musste, aber das gab ihr nicht das Recht sie so zu behandeln.

»Wie meinst du das?«

Eleanor stieß einen Seufzer aus, bevor sie ihre Augen öffnete und sich aufrichtete. Sie nahm die Lavendelseife zur Hand, fing an einen Waschlappen damit zu bearbeiten und ordnete währenddessen ihre Gedanken, bevor sie antwortete.

»Als mir diese *Person*«, begann sie mit einem Hauch von Abscheu in der Stimme »entgegengeritten kam hielt ich sie für einen Mann.«

»Wie das?« Jetzt war die Contessa noch interessierter.

»Weil sie Männerkleider trug und ihr langes Haar unter einem Hut versteckt hatte.« Eleanor ließ den Waschlappen über ihre Arme und den Oberkörper gleiten »Sie schien durchaus eine fähige Reiterin zu sein. Doch völlig überraschend scheute das Pferd und warf sie ab.«

»Gute Güte!«

»Wahrhaftig.« Sie fing an auch ihre Beine mit der Lavendelseife zu waschen. »Ich hinderte das Pferd daran davon zu preschen und ging hinüber, um meine Hilfe anzubieten. Da erst wurde mir klar, dass der Reiter eine Frau war. Sie schien Schmerzen zu haben, aber als ich ihr meine Hilfe anbot wurde ich brüsk zurückgewiesen und sie verlangte nach ihrem Gehstock.«

Eleanor schäumte immer noch bei dem Gedanken an so viel Grobheit. War ein wenig Höflichkeit wirklich zu viel verlangt?

»Von dem Moment an wurde es nur noch schlimmer. Sie warf mir vor mich aufzudrängen und ihren privaten Platz zu beschlagnahmen, was übrigens nicht stimmt. Kein Wort des Dankes, nur Beschuldigungen, Grobheit und um dem noch die Krone aufzusetzen, wurde ich mit Dreck beworfen, als sie dann auf ihrem Pferd davonritt.«

»Vielleicht war sie beschämt«, gab Giulia zu bedenken.

»Ja, daran habe ich auch gedacht. Aber das ist doch kein Grund sich so abscheulich und furchtbar zu benehmen, oder?«

Eleanor stieg aus der Wanne und nahm das große flauschige Handtuch von ihrer Großmutter dankbar entgegen.

»Ich weiß auch nicht, warum sich Menschen manchmal so verhalten, wie sie es tun, meine Liebe. Manchmal greifen wir andere einfach an, weil wir uns verletzlich fühlen und glauben uns so vor Kränkungen schützen zu können. Manchmal tun wir es aus Gewohnheit, weil es die einzige Möglichkeit ist die wir kennen.«

»Aber ich kannte sie doch noch nicht einmal. Ich war eine komplett Fremde für sie.« Sie ging in ihr Ankleidezimmer und ließ das Badetuch, welches sie sich um den Körper geschlungen hatte, zu Boden fallen und zog die Unterwäsche und die bequemen Reformkleider an, die Rose für sie bereitgelegt hatte. »Wirklich sehr eigenartig.«

»Abgesehen davon wie sie gekleidet war, ist dir noch etwas an ihr aufgefallen?« Die Contessa war Eleanor in das Ankleidezimmer gefolgt und nahm vor dem Schminkspiegel Platz.

»Was zum Beispiel?«, fragte Eleanor überrascht, während sie in flache Schuhe schlüpfte.

»Nun ja«, lachte die Contessa, »war sie von mittlerem Alter oder eher jung? Welche Farbe hatte ihr Haar oder ihre Augen? War sie hübsch oder eher von gewöhnlichem Aussehen?«

Eleanor öffnete den Mund um zu antworten, als jedoch die Worte auf sich warten ließen schloss sie ihn wieder. Jetzt, wo sie darüber nachdachte, musste sie zugeben, dass die Frau durchaus hübsch gewesen war. Wenn sie ehrlich war musste sie sogar zugeben, dass das die zweitwichtigste Erkenntnis war, nachdem sie festgestellt hatte, dass der Reiter eine Frau gewesen war.

»Ja«, antwortete Eleanor mit gerunzelter Stirn, als sie sich neben ihrer Großmutter auf der schmalen Bank niederließ. »Ja, sie war sogar ziemlich hübsch.«

Sie war in Gedanken versunken, während sie ihre Haare von dem Handtuch befreite und sie ausbürstete.

»Und?«, stupste Giulia sie an.

»Nun ja—« Eleanor hielt inne und legte ihre Stirn in Falten, als ein weiteres Detail ihr ins Bewusstsein drang.

»Was?«

Eleanor schaute ihre Großmutter mit großen kummervollen Augen an. Sie berührte mit ihren Fingerspitzen ihre Stirn, einen halben Zentimeter über der rechten Augenbraue. Sie ließ sie über ihre Schläfe gleiten, über ihre rechte Wange bis zum Rand ihres Mundes. Dort angekommen flüsterte sie überrascht, »Eine Narbe. Sie hatte eine auffällige Narbe auf ihrer rechten Gesichtshälfte. Jetzt erinnere ich mich. Sie lief von der Mitte ihrer Stirn bis zum rechten Mundwinkel. Eigenartig. Es war wirklich auffällig, aber ich habe mich eben erst daran erinnert. Warum erst jetzt, was meinst du?«

»Wer weiß? Du warst wahrscheinlich so wütend über ihr Benehmen, dass es dir bis eben entfallen ist.«

Sie tätschelte Eleanors Hand beruhigend, bevor sie sich erhob und Eleanor ihren Gedanken überließ. Sie hatte so ihre eigene Meinung, warum ihre Enkelin diese Auffälligkeit vergessen hatte, aber behielt es besser für sich. Sie lächelte auf dem Weg in ihre Räumlichkeiten, wo sie Briefe an Freunde in London schreiben wollte. Die Contessa war davon überzeugt, dass Eleanor langsam aber doch wieder der Schönheit, die sie umgab, gewahr wurde. Wenn die Begegnung von heute Morgen ein Zeichen sein sollte, dann war sie wohl auch nicht länger weiblicher Schönheit gegenüber immun.

Sophie kämpfte immer noch gegen die wütenden Tränen der Erniedrigung, die sich mit Schmerzensträern von ihrem Sturz zu mischen drohten, als sie von Capri abstieg und durch die Hintertür zu ihren Räumlichkeiten hinkte. Nachdem sie die Tür sicher hinter sich geschlossen hatte, lehnte sie sich dagegen, um das Gewicht von ihrem schlimmen Bein zu nehmen. Sie musste zu Atem kommen und weder konnte noch wollte sie die Tränen länger zurückhalten. Der Morgen hätte nicht furchtbarer sein können. Alles was sie gewollt hatte, war ein wenig Zeit alleine, um nachzudenken und es war ein Alptraum daraus geworden.

Zuerst warf Capri sie ab und dann hatte sie selbst sich wie eine komplette Idiotin benommen. Sophie löste sich von der Tür und ging in ihr Schlafzimmer. Sie entledigte sich ihrer Reitstiefel und ihrer Kleidung, die sie in einem Haufen für ihre Zofe zum Reinigen zurückließ, bevor sie sich nackt vor den großen Spiegel stellte, um die Blutergüsse zu begutachten, die sich bereits auf ihrem Rücken und ihrer rechten Seite gebildet hatten. Sie würde wohl noch vor dem Abend etwas gegen die Schmerzen nehmen müssen, wobei sie hoffte, dass es nicht zu schlimm werden würde. Sophie hasste die Tabletten, sie fühlte sich damit immer seltsam und sie hatte auch Angst davor, von ihnen davon abhängig zu werden, wenn sie zu viel davon nahm.

Sie tappte ins Badezimmer, wo sie die Dusche aufdrehte und darauf wartete, dass das Wasser warm wurde, bevor sie sich unter den Strahl stellte. Seit sie dieser Erfindung gehört hatte, hatte sie darauf gedrungen, diese in ihrem Badezimmer installieren zu lassen und heute war sie wirklich froh darüber.

Sie war am Morgen und auch zu keiner anderen Zeit mehr auf Hilfe angewiesen, wenn sie sich waschen wollte. Eine Dusche war erfrischend und belebend. Manchmal vermisste Sophie die Möglichkeit ein Bad zu nehmen, aber in und aus der Badewanne zu kommen war einfach eine zu große Mühsal.

Sophie war entschlossen nicht mehr an die heutigen Ereignisse zu denken. Was geschehen war konnte sie ohnehin nicht mehr ändern und sie wollte keinesfalls mehr weinen.

Der Duft ihrer Zitronenseife erfüllte den Raum und als sie auch ihre Haare gewaschen hatte, trat sie aus der Dusche und hüllte sich in ein großes weiches Handtuch. Nachdem sie sich und ihre Haare gründlich getrocknet hatte, zog sie frische Kleider an und ließ ihr feuchtes Haar von alleine trocknen.

Der letzte Absatz einer Übersetzung für Professor Maierhofer wartete in ihrem Arbeitszimmer auf sie und Sophie fand es mehr als angebracht es zu Ende zu bringen, damit sie ihm die komplette Arbeit am Ende der Woche übergeben konnte. Sie setzte ihre Lesebrille auf und machte sich entschlossen ans Werk, aber die Ereignisse des Vormittags ließen ihr keine Ruhe, sie lenkten sie ab und machten es ihr unmöglich sich zu konzentrieren.

Sophie nahm ihre Brille ab und warf sie mit einem Ächzen auf den Tisch. Sie war schlicht und ergreifend von sich selbst angewidert, von der Tatsache, dass sie so auf jemanden losgegangen war, der nur behilflich und freundlich sein wollte. Sie selbst hingegen hatte sich grob, schrecklich und geradezu erbärmlich verhalten. Die Fremde hatte nicht nur Capri daran gehindert davon zu galoppieren, sie hatte auch eine helfende Hand angeboten und sie hatte sie so brüsk abgewiesen, dass es beschämend war. Sophies einzige Entschuldigung war ihr Gefühl der Verlegenheit und Erniedrigung, aber selbst das war keine echte Entschuldigung für ihre barschen Worte und für ihr grobes Verhalten. Sie konnte selbst nicht verstehen was sie sich dabei gedacht hatte.

Was war bloß aus ihr geworden, dass sie nicht einmal in der Lage war einen Akt der Freundlichkeit entgegenzunehmen? Sophie sinnierte darüber, dass die Frau wunderschön gewesen war. Sie war betörend, geradezu verführerisch und diese Erkenntnis hatte Sophie dazu gebracht loszuschlagen, bevor diese Frau ihr Mitleid entgegenbringen konnte. Ihr Gefühl der Unzulänglichkeit und Hässlichkeit in der Gegenwart einer solch wunderschönen Frau war überwältigend gewesen. Sophie wünschte sie könnte wieder gut machen was sie getan und gesagt hatte. Aber es war sinnlos über verschüttete Milch zu weinen, alles was sie tun konnte war daraus zu lernen und sich zu bessern.

Was würde sie nicht für die Möglichkeit geben sich erklären zu können. Aber es hatte keinen Sinn, ihre Zeit an das Unmögliche zu verschwenden. Sie setzte daher ihre Brille wieder auf und fuhr mit ihrer Arbeit fort.

Kapitel Acht

Die folgende Woche nach dem unglücklichen Vorfall war voller Aktivitäten und Eleanor hatte das Ereignis erfolgreich in die hinterste Ecke ihres Bewusstseins verbannt. Sie gab neue Reitstiefel für sich und ihre Kinder in Auftrag. Der Besuch bei Wiens Hutmachern und der bevorstehende Besuch bei Henrys Cousine am Donnerstag, ließen die Woche im Fluge vergehen.

Am Donnerstag kleidete sich Eleanor sehr sorgfältig für ihr erstes Treffen mit Cathleens Schwester. Einerseits freute sie sich darauf, andererseits hatte sie Bedenken, dass sie enttäuscht sein würde, falls Helen sich als das genaue Gegenteil von Cathleen entpuppen sollte.

Auf ihrem Weg zum Palais fragte sich Eleanor zum unzähligen Male, ob Helen auch nur entfernt ihrer Schwester ähnelte. Sie wusste schließlich, dass Helen und Cathleen sich nie nahegestanden hatten und Helen kein großes Interesse an einem Besuch bei hatte und Cathleen ging es genauso. Sie zog es stattdessen vor, gemeinsam mit Eleanor auf den Kontinent zu reisen. Wie sollten sie sich auch nur annähernd ähnlich sein?

Die Kutschenfahrt war sehr kurz und als sie ankamen wurden sie von dem Grafenpaar von Hagendorf an der Tür begrüßt. Die Cousins begrüßten sich mit einem unbeholfenen Kuss auf die Wange.

Die Zeit war nicht gnädig zu Helen von Hagendorf gewesen, dachte Eleanor betrübt. Helen musste ungefähr in Eleanors Alter sein, aber ihr verkniffener Gesichtsausdruck und das bereits ergraute Haar schmeichelten ihrem Aussehen in keinster Weise. Vielmehr erinnerte ihr Ausdruck Eleanor an jemanden der ständig an einem Zitronenbonbon lutschte. Er war nicht schmeichelhaft und zeugte nicht von Wärme. Im Gegensatz dazu erschien der Graf sehr distinguiert und außerdem von fröhlicherem Gemüt.

Nach dem Austausch von Höflichkeiten und der Vorstellung von Emma und Anton zogen sich alle in den Salon zurück, um Tee, Sandwiches und den vorzüglichsten Kuchen der Konditorei Demel zu genießen, die auch den Hof belieferte.

Helen nahm ihre Rolle als Gastgeberin offenbar sehr ernst. Eleanor war zuweilen der Anstrengungen, die die Leute auf sich nahmen um sich in der Gegenwart einer Herzogin keinerlei Blöße zu geben, wahrhaft überdrüssig. Eleanor wurde ihre Tasse von einer Frau gereicht, die alles daran setzte ihr genehm zu sein. Wohl wissend, dass Eleanor gesellschaftlich immer über ihnen stehen würde. Eleanor entschied sich einfach Helens nervöse Aufregung zu übersehen.

»Ich freue mich darauf, meinen Neffen kennen zu lernen«, sagte Helen, als sie Henry seine Tasse reichte.

»Er ist ein bemerkenswerter und wunderbarer junger Mann«, erwiderte Lord Edgewood stolz. »Ich darf dir versichern, dass er schon sehr gespannt ist, die Schwester seiner Mutter kennenzulernen.«

Helens strahlendes Lächeln verlieh ihrem Gesicht einen angenehmeren Ausdruck als zuvor. Eleanor beobachtete sie scharf, wusste aber nicht so recht, was sie von der Schwester ihrer verstorbenen Geliebten halten sollte. Sie schien eine gute Gastgeberin und leidenschaftliche Mutter zu sein, aber sie behielt sich ein endgültiges Urteil vor, ehe sie nicht mehr über sie wusste.

»Waren Sie bei der Hochzeit ihrer Schwester?«, fragte Eleanor.

»Bedauerlicherweise nicht. Cathleen hatte Lord Northcott, während meines Aufenthaltes auf Madeira, nach einem sehr ernsten Fall von Influenza, geheiratet. Als ich zurückkam, war sie schon verheiratet und war ihrem Mann auf sein Anwesen gefolgt. Wir hatten danach nur noch brieflichen Kontakt.«

»Oh je, wieso denn das?«

»Ich bedaure es zugeben zu müssen, aber als wir älter wurden, entfernten wir uns voneinander. Wir hatten unterschiedliche Interessen und einen sehr unterschiedlichen Freundeskreis. Und als wir beide schließlich geheiratet hatten und ich nach Wien zog, half das nicht dabei die persönliche Distanz zwischen uns zu verringern.«

»Das tut mir leid.«

Die Unterhaltung plätscherte angenehm dahin, bis der Butler eintrat und den Grafen nach jemandem namens Sophie fragte. Offenbar überraschte er seinen Herrn damit. »Ich weiß nicht wo sie ist, Guttmann. Warum?«

»Professor Maierhofer ist am Telefon, er fragt nach ihr, mein Herr.«

»Sagen Sie ihm sie ist schon auf dem Weg, Guttmann«, meldete sich Anton zu Wort.

»Sehr wohl.« Der Butler schloss die Tür hinter sich und ließ ein paar verwirrte Gäste zurück.

Graf von Hagendorf erkannte die Frage in den Gesichtern seiner Gäste und beeilte sich, diese zu beantworten. »Sophie ist meine Tochter aus meiner ersten Ehe. Ihre Mutter starb, als Sophie sieben Jahre alt war.«

»Das tut mir leid«, sagte Lord Edgewood mit aufrichtigem Bedauern. »Ich hoffe, Ihre Tochter ist wohlauf?«

»Oh, du meinst wegen des Professors?«, winkte Helen ab. »Er hält sich für Sophies Mentor. Er unterstützt ihre törichte Einbildung eine Gelehrte zu sein.«

Eleanor bemerkte, wie Anton sich über die herabwürdigen Worte seiner Mutter ärgerte. Sie hob ihre Braue und fragte sich, ob er es wohl wagen würde, der Gräfin zu widersprechen.

»Weder ist es töricht noch eine Einbildung, Mutter«, informierte Anton sie bestimmt, »Sophie ist gut in dem, was sie tut.«

»Und was genau ist es, was sie tut? Wenn ich fragen darf?«, wandte sich Eleanor an den leidenschaftlichen jungen Mann.

»Selbstverständlich, Eure Gnaden. Meine Schwester übersetzt antike Texte. Ihre Expertise ist Griechisch, Latein, Hebräisch und Koptisch.«

»Das ist wirklich beeindruckend«, rief Eleanor aus, beeindruckt vom Wissen der Gräfin. »Ihre Schwester scheint eine sehr kultivierte und faszinierende junge Frau zu sein.«

»Das ist sie.« Anton war stolz auf seine ältere Schwester, das konnte niemand leugnen. »Einmal hat sie sogar eine Anfrage vom British Museum erhalten, mit der Bitte um ihre Expertise.«

»Ich bin wirklich mehr als beeindruckt. Ich freue mich darauf Sophie kennenzulernen.«

»Ich fürchte, meine Tochter wird an dem Empfang am Samstag nicht teilnehmen«, sagte der Graf bedauernd.

»Wie schade.« Eleanors Stimmung sank. »Hat sie anderweitige Verpflichtungen?«

»Nein. Ich fürchte sie ist eine Einsiedlerin, wenn es um solche Dinge geht.«

»Sie war schon immer ein wenig seltsam«, sagte Helen geringschätzig. »Seit sie sich mit dem Professor abgibt, ist sie noch eigenartiger geworden. Ganz zu schweigen von ihren absurden Ideen Frauen betreffend. Zum Glück hat sie beschlossen uns die Peinlichkeit zu ersparen und nicht an dem Empfang Ihnen zu Ehren teilzunehmen.«

Eleanor warf einen Blick auf die zukünftige Braut und ihre Mutter. Sie wirkten sehr zufrieden ob dieser Tatsache. Die Herzogin wunderte sich allerdings über die seltsame Wortwahl. Weshalb würde die Teilnahme von Helens Stieftochter Peinlichkeiten verursachen?

Der Graf blickte in Eleanors Richtung. Hatte er ihren missbilligenden Blick auf seine Frau bemerkt? Eleanor beeilte sich wieder um einen neutralen Ausdruck. Der Graf lenkte die Unterhaltung in sicherere Gewässer. Er wollte kein Missverständnis bezüglich einer Person heraufbeschwören, die seine Gäste ohnehin nicht treffen würden. Eleanor konnte sich des Gedankens allerdings nicht erwehren, dass es schade war, dass diese Sophie nicht am Empfang teilnehmen würde. Sie hätte sie wirklich sehr gerne kennengelernt.

Sophie war mit der Straßenbahn zur Bibliothek gefahren und gerade als sie das Büro des Professors betrat, legte er den Telefonhörer auf.

»Du meine Güte, da sind Sie ja. Ich habe mir Sorgen gemacht, dass Sie sich wegen dem Unfall auf der Ringstraße zwischen einem Automobil und einer Kutsche verspäten würden.«

»Aber nein, Professor. Ich habe die Straßenbahn genommen und habe von dem Unfall nichts bemerkt.«

»Ja, ja, das ist gut. Ich wusste, dass Sie auf dem Weg sind, nachdem ich im Palais angerufen habe. Ich bin froh, dass Ihnen nichts passiert ist.«

Sophie verkniff es sich mit den Augen zu rollen. Sie hoffte nur, dass der Anruf ihren Vater nicht zu sehr aufregte. Ihre Stiefmutter war ganz außer sich wegen der Ankunft ihrer Gäste. Sophie hatte nicht schnell genug das Haus verlassen können, zumindest für eine Weile.

Der Professor bot ihr einen Platz und frisch gekochten Kaffee an, aber Sophie lehnte ab. Sie übergab ihrem Mentor das Paket mit ihrer Arbeit und konnte sich ein Lachen nicht verkneifen, als er es begierig öffnete, um einen ersten Blick darauf zu werfen. Zu behaupten, er wäre begeistert, wäre eine Untertreibung gewesen.

»Das ist wirklich ausgezeichnet. Ich bin überwältigt, Sophie.«

»Das freut mich zu hören, Professor.«

Sophie erhielt einen neuen Auftrag und verabschiedete sich sehr schnell wieder, sehr zum Missfallen ihres Mentors. Sie wusste, wie sehr er es liebte mit ihr zu sprechen und auch ein wenig zu tratschen, da sie nicht in die täglichen Angelegenheiten der Bibliothek involviert war und auch niemals sein Vertrauen missbrauchen würde, aber heute war kein solcher Tag.

Trotz aller Behauptungen des Gegenteils, war Sophie doch neugierig auf Helens Verwandte und obwohl sie sich nicht willkommen fühlte, so hatte sie doch das Recht in ihrem eigenen Zuhause zu sein. Sie hoffte, sie würde nicht zu spät sein um noch einen Blick auf die Herzogin und Lord Edgewood zu erhaschen.

Die Straßenbahn verspätete sich auf dem Heimweg. Als sie in ihre Straße einbog, sah sie eine Kutsche vor dem Palais und ihr Vater und ihre Stiefmutter begleiteten ein distinguiert aussehendes Paar nach draußen. Sophie blieb wie angewurzelt stehen.

Denn eine Person, die das Palais gerade verließ, hatte sie am allerwenigsten erwartet.

Selbst aus der Entfernung und nur im Profil erkannte sie sofort wer sich da gerade von ihrem Vater und ihrer Stiefmutter verabschiedete. Es war die Frau, die sie nach ihrem Sturz so schändlich behandelt hatte.

Sie hatte hoheitsvoll gewirkt, gefasst und eigensinnig, aber woher hätte Sophie denn wissen sollen, dass sie eine *Herzogin* wie eine Bürgerliche behandelt hatte, oder gar schlimmer?

Aber um all dem etwas Gutes abzugewinnen, wurde ihr klar, dass sie nun die Möglichkeit hatte sich für ihre furchtbaren Manieren zu entschuldigen. Vielleicht war die Herzogin ja großherzig und vergab ihr für ihr grauenhaftes Verhalten.

Auf dem Weg nach Hause waren Henry und Eleanor in ihre eigenen Gedanken versunken, als die Stimme der Herzogin plötzlich die Stille durchdrang.

»Wusstest du, dass der Graf eine Tochter aus erster Ehe hat?«

»Nein, Liebes. Ich hatte nicht die geringste Ahnung. Helen hat sie nicht ein einziges Mal in ihren Briefen erwähnt. Was doch sehr erstaunlich ist, findest du nicht?«

»Ja, das ist seltsam.« Eleanor widmete sich wieder der stillen Betrachtung ihres Besuchs. Helen war in keinster Weise wie ihre Schwester. Während Cathleen voller Wärme war, war Helen kühl. Während ihre Geliebte offen und einladend war, war ihre Schwester distanziert, geradezu arrogant. Helen fehlte Cathleens Charme, ihr Lachen, ihre Freundlichkeit und liebevolle Art. Außerdem mangelte es ihr an der Schönheit ihrer Schwester und deren Vitalität. Cathleen war, wunderschön und voll Leben gewesen. Ihr feuriges rotes Haar und ihre funkelnden grünen Augen, ihre bleiche sommersprossenübersäte Haut und ihr bezauberndes Lächeln waren noch immer sehr lebendig in Eleanors Erinnerung.

Helen war das genaue Gegenteil. Das war eine Erleichterung, aber auch eine Enttäuschung. Vielleicht hatte sie sich auch zu viel erhofft, nämlich das Helen mit einer Ähnlichkeit zu ihrer Schwester Eleanors Schmerz lindern würde.

Was sie bemängelte war Helens Verhalten, ihre Einstellung und ihre Meinung die Stieftochter betreffend. Das war etwas, das Eleanor nicht goutieren konnte, aber sehr wohl akzeptieren musste. Samstag würde sehr interessant werden. Sie war jetzt mehr als interessiert daran herauszufinden, welche Art von Leuten Helen und ihr Ehemann Freunde nannten und welche Art von Menschen sie zum Ehemann ihrer Tochter erkoren hatten.

Es war eindeutig, dass Anton weder mit der Wahl seiner Eltern bezüglich des Ehemanns seiner Schwester übereinstimmte., noch unterstützte er ihre Beschreibung seiner anderen Schwester. Vielleicht war ja Antons Halbschwester derselben Meinung und das war der Grund, weshalb alle in der Familie froh darüber waren, dass sie den Festivitäten am Samstag fernblieb.

Eleanor bedauerte diesen Umstand sehr. Sie hoffe auf eine andere Gelegenheit, um diese wahrscheinlich faszinierende Frau kennenzulernen.

Kapitel Neun

Den ganzen Samstag war Eleanor damit beschäftigt sich äußerst sorgfältig auf das abendliche Ereignis vorzubereiten. Rose war befohlen worden dafür zu sorgen, dass Unterwäsche, Strümpfe, Kleid, Handschuhe und Schuhe sich in einem dem Ereignis entsprechenden, angemessenen Zustand befanden und für sie bereit lagen, damit sie sich nach ihrem Bad in Ruhe ankleiden konnte. Sie saß, nach wie vor in ihren Bademantel gehüllt, vor ihrem Kosmetikspiegel und trug ein wenig Make-up auf, als Rose mit ihren Handschuhen den Raum betrat.

»Hast du den Saum in Ordnung gebracht?«, fragte Eleanor Roses Spiegelbild.

»Ja, Eure Gnaden.«

Die Zofe legt die Handschuhe neben das Abendkleid auf das Bett. Sie trat dann hinter die Herzogin und nahm eine Bürste, um die kurzen Haare ihrer Herrin sanft glatt zu bürsten und zu frisieren.

Danach reichte ihr Rose jedes Stück Unterwäsche einzeln, damit die Herzogin es in Ruhe anziehen konnte.

Als sie eine leichtere Art von Korsett anlegte, sorgte sie dafür, dass Rose es nicht zu fest schnürte. Eleanor hatte dieses Kleidungsstück in den letzten Jahren eher gemieden und wenn es der Anlass verlangte, dann entschied sie sich stets für die angenehmere Variante, wie auch an diesem Abend. Eleanor atmete tief ein, nachdem Rose den letzten Haken geschlossen hatte und war zufrieden, dass sie sich nicht zu eingeengt fühlte.

Rose reichte ihr die Seidenstrümpfe und Eleanor nahm auf dem Bett Platz, streifte sie über ihre Beine und befestigte sie an ihrem Strumpfgürtel. Danach schlüpfte Eleanor in ein dunkelblaues Abendkleid mit einer seidig schimmernden Mitte und einem knöchellangen Rock. Es offenbarte nicht zu viel, aber auch nicht zu wenig Dekolleté, während die Träger ihre Arme umschlossen und so ihre Schultern frei ließen.

»Hilf mir bitte mit der Halskette, Rose!«

Die Zofe nahm die Kette mit dem Medaillon und sicherte den Verschluss im Nacken der Herzogin. Das kühle Medaillon mit

Cathleens Ring lag auffällig über Eleanors Herz und lediglich ein Paar Perlenohrringe vervollständigten ihren Schmuck.

Zu guter Letzt legte sie noch die ellbogenlangen Handschuhe an, die von gleicher Farbe und gleichem Material wie das Kleid waren. Rose legte ihr ein Schultertuch um, reichte ihr eine kleine Tasche, die sie an ihrem Handgelenk tragen konnte und hielt schließlich die Tür für Eleanor auf.

Nachdem sie vor der Villa in Hietzing angekommen waren, ergriff Eleanor Henrys dargebotenen Arm und erklommen gemeinsam, gefolgt von Philip und der Contessa, hinter denen Martin und Charlotte folgten, die Stufen.

Der Butler verkündete der versammelten Gesellschaft ihre Ankunft, was mehr als nur eine Person in ihre Richtung blicken ließ. Henry und Eleanor waren ein eindrucksvolles Paar. Nicht nur, dass sie alle entsprechend der neuesten Mode gekleidet waren, sowohl Henrys Aussehen als auch das seiner Söhne standen der Schönheit der Damen um nichts nach. Die Herzogin und ihre Großmutter strahlten eine Vornehmheit aus, in die sie eindeutig hineingeboren waren, ganz zu schweigen von Wohlstand und Macht.

Eleanor warf einen Blick auf ihre Tochter, die Erbin ihres Titels und war zufrieden in der Erkenntnis, dass Charlotte durchaus ihrer Rolle würdig war. Sie war ebenso hoheitsvoll wie ihre Mutter und charmant, ohne zu vertraulich zu sein. Die zukünftige Herzogin von Darnsworth war genauso achtunggebietend wie die gegenwärtige. Eleanor lächelte ihre Tochter voller Stolz an und bemerkte wie Charlotte unter dem Blick ihrer Mutter leicht errötete.

Giulia hatte sich zu Eleanor gesellt und tätschelte ihr beruhigend die Hand. »Ist es nicht wunderbar, dass du dir um sie keine Sorgen machen musst, meine Liebe? Charlotte geht es gut. Du hast sie gut vorbereitet. Sie kommt genau nach ihrer Mutter. Jeder Zoll eine zukünftige Herzogin des Reiches.«

»So lange sie nicht *zu sehr* nach ihrer Mutter kommt«, erwiderte Eleanor reumütig.

»Papperlapapp. Sieh sie dir an! Charlotte weiß, wie sie sich zu benehmen hat. Du kannst stolz auf sie sein. Sie ist kultiviert, willensstark und sie ist sich dessen bewusst, dass Wohlstand mit Verantwortung einhergeht. Charlotte ist nicht flatterhaft und von sich eingenommen wie so viele andere ihrer Generation.«

Eleanor wusste, dass ihre Großmutter Recht hatte, aber ein glückliches Leben beinhaltete mehr als perfekte Erscheinung und ihnen beiden war das auch klar. Jetzt war aber weder die Zeit, noch war es der Ort um dies zu vertiefen.

Helen kam nämlich übereifrig auf sie zu, um sie ihren Freunden und Bekannten vorzustellen. Das `glückliche´ Paar stand natürlich an erster Stelle, dennoch war Eleanor aufgrund von Emmas Verhalten, von deren Glück, nicht ganz überzeugt. Emmas Lächeln schien gezwungen, wohingegen ihr Verlobter sehr zufrieden mit sich selbst schien.

Graf Friedrich von Bernthal war ein Mann mit graumeliertem blondem Haar, einem sorgfältig gepflegten Bart und Falten, die keinen Hehl aus seinem Alter machten. Seine Augen waren dunkelblau unter buschigen Brauen und Eleanor war alles andere als begeistert von der Art, wie er Charlotte anzüglich betrachtete, als sie ihm vorgestellt wurde. Der Gesichtsausdruck ihrer Tochter ließ darauf schließen, dass Charlotte gleichermaßen von dem Mann abgestoßen war, aber ihr Bestes gab, sich nichts davon anmerken zu lassen.

Eleanor fragte sich, was Graf von Hagendorf wohl dazu veranlasst hatte diesem Mann seine Tochter zur Frau zu geben. Wenn sein gegenwärtiges Verhalten ein Indiz für seinen gesamten Charakter war, konnte man Emma nur bedauern.

Bevor sie jedoch mehr Worte wechseln konnte, wurde die Herzogin auch schon von Helen fortgeführt, um einen anderen wichtigen Gast zu treffen.

Samstagnachmittag war Sophie spät von einem neuerlichen Treffen mit Professor Maierhofer zurückgekehrt, aber ihre Anwesenheit beim Empfang war ohnehin nicht erwünscht, das hatte ihr ihr Vater mehr als deutlich zum Ausdruck gebracht. Sie konnte ihn durchaus verstehen, denn er hatte Angst, dass sie in Gegenwart seiner Freunde eine Szene machen würde, was er unter allen Umständen vermeiden wollte. Sie entschied sich deshalb sich frisch zu machen und in bequemere Kleidung zu schlüpfen, bevor sie in die Stallungen ging und darum bat Capri für sie zu satteln, damit sie zur Villa nach Hietzing reiten konnte.

Als sie ankam, sorgte sie zunächst dafür, dass Capri nicht einfach davontraben konnte, bevor sie den Besitz durch eine versteckte Tür im hinteren Teil des Gartens betrat. Während sie durch die Büsche schlüpfte, konnte Sophie Musik aus der Villa hören, es war ein aufgeweckter fröhlicher Klang. Ein kleines Labyrinth führte nahe an die Rückseite der Villa heran, wo ein Brunnen in der Mitte des Schotterweges das letzte Hindernis zwischen der Terrasse der Villa und dem Garten bildete.

Das Licht der vielen Lampen erleuchtete einen Gutteil der Terrasse. Sophie ging zu einer Steinbank, nahm im Schatten Platz und beobachtete, wie ihre Familie, Verwandte und Gäste die Musik genossen. Sie erhaschte einen Blick auf ihre Schwester, lächelnd und scheinbar widerlich glücklich, am Arm ihres Verlobten. Sophie hielt auch nach der Herzogin Ausschau, aber nach einer Weile kam sie zu dem Schluss, dass sie wohl noch nicht anwesend war.

Mit kritischem Blick beobachtete sie Emmas zukünftigen Ehemann, der jede schöne Frau im Raum mit den Augen auszuziehen schien. Er verhielt sich schlimmer als ein Schwein. Sie konnte einfach nicht verstehen, weshalb ihre Schwester ihn heiraten wollte.

Der Butler gab die Ankunft der Herzogin von Darnsworth und ihres Ehemanns, Lord Edgewood, bekannt. Sie sah zum Eingang und da stand sie. Die Frau, die sie so schändlich behandelt hatte, betrat den Saal am Arm ihres Ehemanns und Sophie war sofort wie gefesselt. Die Herzogin war atemberaubend. Die Farbe des Kleides betonte ihre Augen und das Weiß ihres Haares ließen sie in dem Licht geradezu himmlisch erscheinen.

Sophie schüttelte den Kopf, um sich von dem Zauber zu befreien. Sie schalt sich, dass sie so leicht zu beeindrucken war. Aber die Frau *war* wunderschön. Sie konnte sie nicht anders beschreiben.

Sie beobachtete die ganze Familie und sie musste zugeben, dass die Herzogin und ihr Ehemann ein ziemlich schneidiges Paar waren. Die Kinder hatten das gute Aussehen und die elegante Erscheinung der Eltern geerbt. Sie schienen nicht im Geringsten unsicher zu sein, im Gegenteil, sie waren sich bewusst, wer und was sie waren und es spiegelte sich in ihrer Haltung wider.

Außerdem ahnte Sophie, dass die Herzogin nicht nur hoheitsvoll war, sie war auch reizend und eine von Herzen gütige Person und sie hoffte inständig, dass sie die Möglichkeit haben würde sich zu entschuldigen.

Eleanor hatte das Gefühl zu ersticken. Es war unnatürlich heiß, die Luft war schwer und der endlose Strom an stupidem Geschnatter unendlich öde. Ihre Unterhaltung mit dem Grafen von Bernthal hatte sie erschöpft. Er war das schlimmste Exemplar des männlichen Geschlechts, das sie sich vorstellen konnte. Auf den ersten Blick schien er charmant zu sein, aber je länger Eleanor gezwungen war ihm zuzuhören, umso mehr wurden ihre Vorurteile bestätigt. Konnte es eigentlich noch schlimmer werden? Sie hoffte nicht.

Als es nicht länger unhöflich war sich seiner Gesellschaft zu entziehen, entschuldigte sie sich und stellte sicher, dass stets einer ihrer Brüder an Charlottes Seite blieb. Denn sie hielt es durchaus nicht für ausgeschlossen, dass dieser Mann etwas Unangebrachtes versuchen würde. Sie selbst musste einfach für kurze Zeit allem entkommen. Ein wenig frische Luft würde ihr nach so einer unangenehmen Unterhaltung guttun.

Unbemerkt schlüpfte sie durch die Balkontüre am anderen Ende des Saales. Sorgsam schloss sie die Türe hinter sich, bevor sie langsam an den Rand der Terrasse schritt und die kühle Luft, des wolkenlosen frühen Sommerabends, einatmete.

Mit geschlossenen Augen, ihre Hände sanft auf dem Geländer ruhend, genoss sie die sanfte Prise, die den Duft der Kirschblüten vom Garten herüberwehte. Sie fühlte wie die Prise ihr erhitztes Gesicht kühlte und war mehr als froh dem leeren Geschwätz entkommen zu sein. Sie stieg die Treppe hinab und spazierte auf den Brunnen zu, weg von dem Geschnatter und der Musik, in die entspannende Ruhe des Gartens.

Eine weibliche Stimme riss sie aus ihrer Träumerei.

»Ihr solltet aus dem Licht treten, wenn Ihr ungestört sein wollt.«

Mit einer Hand über ihrem klopfenden Herzen wandte Eleanor sich der Stimme zu, konnte aber nur einen Schatten am Ende des Pfades ausmachen, der auf einer Bank vor einem Gebüsch saß.

»Das ist jetzt ja wohl überflüssig, oder etwa nicht?«, erwiderte sie kurz angebunden.

»Ihr habt absolut recht, selbstverständlich. Ich werde mich entfernen.« Die Besitzerin der Stimme kämpfte sich auf die Beine und trat kurz ins Licht.

»Sie! Von allen Menschen auf dieser Welt!« Eleanor fühlte wie ihr die Zornesröte ins Gesicht stieg, bevor sie sich umwandte um davonzustürmen.

»Wartet, bitte! Bitte!«

Eleanor hielt inne. Diese hinkende Schurkin, die vor kurzem so unverschämt ihr gegenüber gewesen war, überwand die Entfernung zwischen ihnen so schnell sie nur konnte. Sie legte ihre Hand sanft auf Eleanors Oberarm, um sie am Gehen zu hindern.

Die warme Hand auf ihrer kühlen Haut ließ ihr einen wohligen Schauer über den Rücken laufen. Eleanor atmete ob dieser Frechheit tief ein. Sie fuhr herum und funkelte diesen anmaßenden Flegel wortlos an.

Die andere Frau schien unter dem forschen Blick zusammen zu zucken, ließ sie aber nicht los.

»Sophie von Hagendorf, Eure Gnaden.« Sie ließ Eleanors Arm nun los und stützte sich auf ihren Gehstock.

»Üblicherweise würde ich ja sagen die Freude ist ganz auf meiner Seite, aber ich bin mir da nicht so sicher.«

»Und warum nicht, wenn ich fragen darf?«

»Ach, ich weiß nicht, vielleicht weil ich bei unserer letzten Begegnung versucht habe hilfsbereit zu sein und Sie ihre Dankbarkeit gezeigt haben, indem Sie mich mit Schlamm bedeckt haben.«

»Wirklich? Niemand hatte Euch um Hilfe gebeten. Und wenn wir schon dabei sind. War es reine Höflichkeit, dass Ihr so nett zu Abschaum wie Bernthal wart? Wenn das Euer Verständnis von nett ist, kann ich darauf verzichten, danke vielmals.«

Eleanor traute ihren Ohren nicht, das war unerhört. Sie fühlte, wie sich ihr Widerstand regte, ob dieser lächerlichen Anschuldigungen. Wer glaubte dieses Frauenzimmer, dass sie war um so mit ihr zu reden? Wie konnte sie es wagen?

»Nicht, dass es Sie auch nur das Mindeste angehen würde, aber im Gegensatz zu Ihnen hat der Graf immerhin den Hauch einer Ahnung von den Regeln eines solchen Ereignisses. Wie können Sie es wagen, so mit mir zu sprechen? Ich bin nicht irgendein dahergelaufener Niemand. Guten Abend!«

Schäumend vor Wut raffte sie ihr Kleid und stürmte in die entgegengesetzte Richtung davon.

Sophie sah ihr nach, ihre Augen hafteten an der Herzogin, bis sie die Türen hinter sich schloss. Sie taumelte rückwärts zur Bank und ließ sich fallen. Ihre Absichten waren ehrenhaft gewesen. Alles, was sie gewollt hatte, war sich für ihr unmögliches Benehmen zu entschuldigen. Aber das Einzige, das sie erreicht hatte, war die Frau noch mehr gegen sich aufzubringen.

Was für ein großartiges Ergebnis, dachte sie sarkastisch.

Die Contessa erhaschte einen Blick auf Eleanor, als diese gerade durch die Türen zum Garten wieder in den Saal schlüpfte und runzelte die Stirn, als sie den grollenden Ausdruck in Eleanors Augen sah. Sie fragte sich still, was wohl diesen Stimmungswechsel verursacht hatte. Giulia entschuldigte sich und trat an ihre Seite, wobei sie ihr eine beruhigende Hand auf den Arm legte. Sie fühlte, wie Eleanor vor Wut geradezu bebte, ihre Augen loderten und sie schien heißen Rauch auszuatmen.

»Warum suchen wir uns nicht einen ruhigen Ort und du erzählst mir, was dich so in Rage versetzt hat«, schlug Giulia sanft vor.

»Das habe ich schon versucht«, bemerkte Eleanor so gelassen, wie sie es vermochte. »So etwas gibt es hier nicht.«

»Wir werden sehen.« Giulia hakte sich bei Eleanor unter und führte sie unauffällig durch die Menge, auf der Suche nach einem unbenutzten Raum in der Villa. Sie fanden schließlich eine kleine Bibliothek am Ende des Korridors. Die Contessa schloss hinter ihnen die Tür und wies auf zwei Sessel. Beide nahmen mit einem Seufzer der Erleichterung Platz. Froh über die Stille und Einsamkeit.

»Nun?«

Eleanor gab sich geschlagen und schloss die Augen, wohl wissend, dass ihre Großmutter nicht lockerlassen würde, bevor sie ihr nicht von ihrer Auseinandersetzung im Garten berichtet hatte.

»Ich hatte soeben eine unangenehme Konfrontation mit Sophie von Hagendorf.«

»Wieso das?«

»Sie ist die Reiterin, die mich mit Dreck beworfen hat.«

»Oh.«

»Ja, genau«, empörte sich Eleanor verschnupft. »Ich ging nach draußen, um ein wenig frische Luft zu schnappen und bin über sie gestolpert. Sie warf mir die absurdesten Anschuldigungen an den Kopf und bevor ich mich versah, stritten wir und ich ließ sie einfach im Garten stehen.«

»Weißt du, weshalb sie da war?« Giulia fand das höchst sonderbar.

»Ich weiß es nicht und es kümmert mich auch nicht. Diese Frau hat sich furchtbar benommen! Wieder einmal.«

»Du warst auch nicht gerade in der besten Laune als du dich hinausgeschlichen hast. Nach deiner Unterhaltung mit dem Grafen war es nur verständlich.«

»Das ist nicht der Punkt!«

»Was ist der Punkt?«

»Ich weiß es nicht und offen gestanden ist es mir auch egal. Sie war grob und herausfordernd. Was sie sagte, war kompletter Unsinn und ich würde es vorziehen, wenn ich ihr nicht noch einmal über den Weg laufen müsste!« Eleanor ließ sich in ihrem Sessel zurückfallen.

»Na gut. Aber du kannst mir zumindest verraten was es genau ist, das dich so aus der Fassung bringt bei jeder eurer Begegnungen. Das ist so gar nicht deine Art, Eleanor.«

Obwohl sie einen Verdacht hatte, behielt die Contessa diesen wohlweislich für sich. Sie war sich bewusst, dass ihre Enkelin ihrer Meinung aufs Schärfste widersprechen und es als Unsinnigkeit abtun würde.

Die Frage ließ Eleanor aufseufzen. Sie hatte sich nämlich auch schon gefragt weshalb diese schreckliche Frau es so mühelos schaffte sie um ihre Contenance zu bringen.

Sie war der Ansicht, dass sie in der Lage sein müsste, Sophie von Hagendorf Verständnis entgegenzubringen und ihr für ihr furchtbares Benehmen zu vergeben, aber etwas an ihr ließ sie wieder aufbrausend werden.

»Ich verstehe es ja selbst nicht. Es ist einfach—ach, ich weiß auch nicht. Warum gesellen wir uns nicht zu den anderen und versuchen noch das Beste aus dem restlichen Abend zu machen?«

»Wie du meinst, meine Liebe.«

Sophie saß auf der Bank und ging hart mit sich ins Gericht. Sie hatte sich wieder wie ein absoluter Schwachkopf benommen. Sie hatte vor unerkannt zu bleiben und als die Herzogin die die Terrasse betrat, hatte sie die besten Absichten gehabt. Aber irgendwie hatte alles wieder in dem Moment in einem Desaster geendet, als sie ihren Mund aufgemacht hatte. Es war ja auch nicht so, als hätte sie es nicht versucht. Aber als die Herzogin ihren Versuch, das Richtige zu tun, abgelehnt hatte, war ihr Temperament mit ihr durchgegangen. Wie konnte sie sich mit Abschaum wie Bernthal so entgegenkommend unterhalten und ihr nicht einmal eine Chance geben?

Wenn sie ehrlich war, musste Sophie allerdings zugeben, dass die Herzogin keineswegs so beeindruckt vom Grafen schien, wie sie es ihr vorgeworfen hatte. Selbst ihr war klar gewesen, dass das Lächeln unecht war, auch wenn der Graf es nicht bemerkt hatte.

Sophie wurde bewusst, dass ihre dummen Unterstellungen völlig aus der Luft gegriffen waren und sie hätte einfach den Mund halten sollen. Die Herzogin hatte ihm und der Meute entfliehen wollen. Sie war auf der Suche nach ein wenig Erholung gewesen und Sophie hatte ihre Hoffnung zerstört.

Gut gemacht, wieder einmal. Konnte sie je etwas richtig machen?

Vielleicht sollte sie einfach ihren Stolz hinunterschlucken und es noch einmal versuchen. Was war schließlich das Schlimmste, das passieren konnte? Von der Frau noch einmal aufs Schärfste zurechtgewiesen zu werden? Von einem Diener am Kragen gepackt und hinausgeworfen zu werden? Es war ja nicht so, als würde sie es nicht verdienen.

Sophie entschied sich das Risiko einzugehen. Gleich morgen würde sie ihr Glück versuchen und vielleicht meinte die Vorsehung es doch gut mit ihr und die Herzogin würde dann nicht mehr so verärgert sein.

Sie durfte immerhin darauf hoffen.

Kapitel Zehn

Sehr zur Freude aller hatte man sich auf ein spätes Frühstück am Morgen nach dem Empfang geeinigt. Die Unterhaltung bei Tisch verlief lebendig und ließ Eleanor ihren Ärger nach der Begegnung mit der ältesten Tochter des Grafen vergessen. Ihre Kinder, so hatte es den Anschein, hatten sich gut unterhalten, ebenso wie Henry und Giulia. Selbst sie musste zugeben, dass Helen sich wirklich alle Mühe gegeben hatte, manchmal sogar ein wenig zu sehr, aber man durfte die Gastgeberin für das öde Geschwätz bei solchen Ereignissen nicht verantwortlich machen. Es schien überall das Gleiche zu sein, egal wo man sich befand.

»Was hältst du denn vom Grafen, Mama?«, unterbrach Charlottes Frage ihre Gedanken.

»Entschuldige, Liebling. Ich habe gerade nicht aufgepasst. Welchen meinst du denn?«

»Emmas Verlobten.«

»Ah. Diesen Grafen.« Etwas in ihrem Ton veranlasste Charlotte ihre Augenbraue zu heben. Es klang ein klein wenig angewidert, als ob ihre Mutter über eine hässliche kleine Kröte sprechen würde, dennoch blieb ihr Gesichtsausdruck neutral.

»Der Mann bereitet mir ein eindeutiges Unwohlsein. Er hat etwas an sich, das ich nicht im Mindesten ausstehen kann.«

»Ist das der Grund, weshalb du Philip und Martin gebeten hast unter keinen Umständen von meiner Seite zu weichen?«, fragte Charlotte belustigt.

»Ich habe nicht die geringste Ahnung, wovon du sprichst«, täuschte Eleanor komplette Unwissenheit vor, während sie einen Schluck von ihrem Morgentee nahm.

»Mama, bitte«, erwiderte Charlotte, »die beiden haben es mir gesagt.«

Eleanor warf ihren Söhnen einen missbilligenden Blick zu und sie hatten immerhin die Weitsicht sich ertappt zu fühlen. Sie seufzte, wissend, dass ihre Tochter es nicht ausstehen konnte, wenn sie zu sehr bemuttert wurde.

»Ja, habe ich. Ich bin deine Mutter und habe das Recht dazu und ich kann es nicht ändern, wenn es dir nicht gefällt.«

»Danke, Mama.« Charlotte legte ihre Hand auf die ihrer Mutter. Eleanor schaute überrascht auf. Das war nicht die Reaktion, die sie erwartet hatte. Zärtlich lächelte sie ihrer Tochter zu.

»Ausnahmsweise bin ich über deine Überfürsorglichkeit froh. Der Mann verursacht mir unangenehme Gefühle.« Ein Zittern überlief Charlotte. »Die Art und Weise, wie er mich ansah, war höchst verstörend.«

»Keine Sorge, Schwesterherz«, meldete sich Philip zu Wort, »wir hätten deine Ehre verteidigt.« Mit gespieltem Ernst ließ er seine Brust anschwellen und bekam dafür umgehend eine Serviette ins Gesicht.

»Kinder, bitte«, grummelte Henry gutmütig. »Ich bin sicher, Benson weiß es sehr zu schätzen, wenn ihr kein allzu großes Chaos verursacht. Solltet ihr euch nicht ohnehin langsam fertig machen?«

»Wohin geht ihr denn?«, fragte Eleanor überrascht. Schließlich hatten sie ihren sonntäglichen Ausritt wegen der langen Nacht abgesagt.

»Sie begleiten Jonathan und mich ins Naturhistorische Museum.« Henry hatte sich nun erhoben, um sich fertig zu machen. Jonathan stand ebenso auf und verließ als Erster das Frühstückszimmer.

»Du bist herzlich willkommen uns ebenfalls zu begleiten, meine Liebe.« Henry küsste sie und die Contessa auf die Wange.

»Nein, danke, das ist wirklich lieb von dir. Aber ich werfe besser einen Blick auf die Briefe von McIntosh. Ich fürchte, Mutter macht dem armen Mann das Leben extra schwer. Sie treibt den Mann wahrscheinlich in den Wahnsinn mit ihrer Art zu allem und jedem ihre Meinung kund zu tun, was den reibungslosen Betrieb des Schlosses betrifft. Ich kann nur hoffen, dass er mir nicht den Dienst quittiert.«

»Es tut mir leid das zu hören. Versteh mich nicht falsch, Liebes, aber deine Mutter hat das Talent in jedem das Schlimmste zum Vorschein zu bringen.« Henrys Worte verursachten einen Hustenanfall bei der Contessa, die verzweifelt versucht hatte ihr Lachen ob dieser treffenden Beschreibung zu unterdrücken. Als Henry ihr zu Hilfe eilen wollte, winkte sie ihn mit der Serviette ab.

»Geh nur, mir geht es gut. Lass die anderen nicht warten.« Giulia nahm einen Schluck Tee.

»Dein Ehemann hat ein ziemliches Talent für Untertreibungen. Findest du nicht auch?«

»Wie meinst du das, Nonna?«

»Mary, ich meine selbstverständlich Mary«, erklärte Giulia verzweifelt. »Deine Mutter ruft in anderen oft den entschiedenen Wunsch hervor, sie erwürgen zu wollen.«

»Nun ja«, Eleanor legte ihre Serviette auf den Tisch und erhob sich. Ihre Großmutter hatte ihr Frühstück ebenfalls beendet und sie überließen Benson und James die Aufgabe sich um das Geschirr zu kümmern.

Eleanor geleitete ihre Großmutter in gemächlichem Tempo in die Bibliothek. »Mutter ist kein sehr glücklicher oder zufriedener Mensch.«

»Das ist ja wohl die vornehmste Art des Schönfärbens, die ich jemals gehört habe«, schnaubte Giulia bei dieser sehr vorsichtigen Umschreibung für das Benehmen der Vicomtesse.

Nachdem sie die Bibliothek betreten hatten, half Eleanor Giulia in einem Ohrensessel am Fenster Platz zu nehmen, bevor sie sich hinter einen kleinen Schreibtisch in der Ecke zurückzog.

»Sie fühlt sich verraten«, erklärte Eleanor. »Seit Großmutter sie gezwungen hat auf ihr Recht auf den Titel und das Geld zu verzichten ist sie bitter und voller Verachtung.«

Die Contessa sah Eleanor unverwandt an. »Es ist nicht deine Schuld. Abgesehen davon, ist deine Mutter schon so gewesen, lange bevor meine geliebte Bridget von ihr verlangt hat die Verzichtserklärung zu unterschreiben.«

»Bist du sicher?«

»Ziemlich sicher. Vertrau mir, *Cara*, es hat nicht das Geringste mit dir, aber umso mehr mit den Entscheidungen, die sie selbst getroffen hat, zu tun.«

»Welche?«

»Etwa die, deinen Vater zu heiraten«, meinte Giulia ohne auch nur darüber nachdenken zu müssen. »Er war gutaussehend, aber seine Launen waren schrecklich. Er liebte die Frauen und das Kartenspiel, was letzten Endes zu seinem frühen Ende beitrug, wie wir beide wohl wissen. Mehr als nur einmal hat deine Großmutter seine Spielschulden beglichen, aber sie hatte Angst, er würde erst dann aufhören, wenn er das Erbe deiner Mutter durchgebracht hätte. Die einzige Möglichkeit, dafür zu sorgen, nicht alles zu verlieren, was Bridget aufgebaut hatte, war, dass deine Mutter auf ihre Rechte verzichtete.«

»Ich weiß.«

Sie wusste außerdem, dass ihre Mutter die Schuld für den Selbstmord ihres Vaters ihrer Großmutter gegeben hatte. Er hatte sich das Leben genommen, nachdem ihm bewusst geworden war, dass die letzte Zahlung seiner Schulden, wirklich die allerletzte sein würde. Die Zuwendungen, die seine Ehefrau von ihrer Mutter und später von ihrer Tochter erhalten würde, würde nur dafür reichen, ganz komfortabel leben zu können.

Nach seinem Tod war ihnen klar geworden, dass es noch schlimmer war, als sie ursprünglich angenommen hatten. Allein dem Vermögen ihrer Großmutter war es zu verdanken gewesen, dass ihre Mutter nicht alles verlor. Es hatte ihre Großmutter Unsummen gekostet, alle Schulden zu begleichen, die ihr Schwiegersohn angehäuft hatte. Es hatte ihre Mutter aber nicht daran gehindert, ihrer Großmutter die Schuld für den Tod ihres Ehemanns zu geben.

Mit einem schweren Seufzer setzte sie ihre Lesebrille auf und widmete sich ihren Briefen, während Giulia ihr Buch öffnete. Sie saßen in geselliger Stille, jede in ihre Beschäftigung vertieft, als Benson mit einem Silbertablett und einer Visitenkarte darauf die Bibliothek betrat. Er räusperte sich sanft, um die Aufmerksamkeit der Herzogin zu erhalten.

»Ja?«, fragte sie, ohne ihre Aufmerksamkeit von den Briefen abzuwenden.

»Besuch für Eure Gnaden«, teilte Benson mit einem Hauch von Missbilligung in der Stimme, ob dieses unangekündigten Eindringens, mit. Er hielt der Herzogin das Tablett zur Inspektion entgegen und sie sah fragend über den Rand ihrer Lesebrille. Sie nahm die Visitenkarte, las den Namen darauf und spürte, wie der Ärger wieder in ihr hochstieg.

»Was ist denn, Liebes?« fragte die Contessa.

»Diese Frau besitzt die *Frechheit* hier vorzusprechen! Unangekündigt und ohne Einladung!« Eleanor schäumte, als sie sich erhob und ihrer Großmutter die Karte reichte.

»Warum überlässt du es nicht mir, Liebes?«

Als Eleanor nicht darauf reagierte, wandte sich Giulia an Benson. »Führen Sie unseren Gast in den Salon und bitten Sie sie zu warten. Ich werde in Kürze bei ihr sein.«

»Eure Gnaden?«, fragte Benson nach der Zustimmung seiner Herrin. Sie nickte einfach zustimmend, da sie zu wütend war, um zu antworten. Er hatte ihre Erlaubnis zu tun, worum die Contessa bat.

»Nun denn!« Giulia erhob sich mit einem Ächzen aus dem bequemen Sessel. »Ich bin sehr neugierig auf die geheimnisumwobene Frau, die dich so zur Weißglut bringt. Du bist selbstverständlich willkommen zu uns zu stoßen, wenn du dich entsprechend beruhigt hast, meine Liebe.«

»Vielleicht mache ich das auch. Danke, Nonna.«

»Gern geschehen. Dann will ich mir deine Gräfin mal anschauen.«

»Sie ist nicht *meine* Gräfin!« Die entrüsteten Worte folgten Giulia in die Halle, wo der Butler auf sie wartete, um ihr seinen Arm zu bieten und sie in den Salon zu begleiten. Giulia lächelte verschmitzt über Eleanors aufgeregten Klang in der Stimme.

Benson öffnete die Tür für die Contessa, die ihm leise dankte. Da ihre Besucherin ihr Eintreten nicht bemerkt hatte, bot sich ihr die Gelegenheit ihren Gast ungestört zu betrachten. Die Frau stand mit dem Rücken zu ihr und sah in den Garten hinaus, doch selbst aus der Entfernung fiel ihr die Anspannung auf, allein durch ihre steife Haltung. Langes dunkles Haar lief frei über ihren Rücken und in ihrer rechten Hand hielt sie ihren Gehstock fest umklammert. Sie trug anliegende Männerhosen und einen dunklen Gehrock, sehr eigentümlich.

»Ich bin Contessa Silvestri. Was führt Sie hierher, Gräfin?« Giulia grinste, als ihr Gast ob der unerwarteten Gesellschaft erschrak.

Sophie wandte sich um und betrachtete die Frau, die ihr gegenüberstand, etwas unsicher. »Ich entschuldige mich für mein Eindringen. Ich hatte gehofft mit Ihren Gnaden sprechen zu können.«

»Und warum hatten Sie das gehofft?«, fragte die Contessa mit Erheiterung in der Stimme. Sie trat näher an die junge Frau heran, um einen genaueren Blick auf sie werfen zu können. »Haben Sie nicht schon mehr als ausführlich mit meiner Enkeltochter gesprochen?«

Sophie sah beschämt zu Boden und scharrte verlegen mit den Füßen, ausgelöst durch diese Zurechtweisung. »Ich denke schon.«

»Sie denken schon? Weshalb sind Sie dann gekommen?«

»Um mich zu entschuldigen«, murmelte Sophie.

»Sprechen Sie lauter, junge Frau, ich verstehe Sie nicht!«, forderte Giulia energisch, die die Situation zu sehr genoss.

»Um mich zu entschuldigen«, wiederholte Sophie mit kräftigerer Stimme und mit einem Hauch von etwas Unerklärbarem in den Augen, blickte sie die Contessa herausfordernd an.

»Ah, jetzt kommen wir der Sache langsam näher.«

»Tun wir das? Ich wüsste nicht wie. Vergeben Sie mir, aber die Person, bei der ich mich entschuldigen wollte, ist ja gar nicht da.«

»Sie haben nicht ganz Unrecht, aber ich versichere Ihnen, die Gelegenheit wird sich bestimmt ergeben.«

Ihr Gast warf ihr einen ungläubigen Blick zu, während die Contessa auf einem Sofa Platz nahm. Sie tippte auf den Platz neben sich und wartete, bis Sophie ihrer Einladung gefolgt war, ehe sie fortfuhr. »Ich fürchte meine Enkelin befindet sich im Moment nicht in der richtigen Verfassung, um Sie zu treffen, geschweige denn, sich Ihre Entschuldigung anzuhören.«

»Das habe ich befürchtet«, meinte Sophie zerknirscht. »Ich verstehe.« Für eine Weile saßen die beiden Frauen schweigend nebeneinander, tief in Gedanken wie sie wohl die Situation noch retten konnten, als plötzlich die Tür zum Salon aufflog und eine verärgert aussehende Herzogin hereinwehte.

»Also schön«, fauchte Eleanor und sah den Eindringling mit flammenden Augen an. »Raus damit! Weshalb sind Sie hier? Bringen wir es hinter uns, damit ich mich wieder meinen Briefen widmen kann.«

Sophie schluckte und sah die Contessa hilfesuchend an. Diese tätschelte aber nur beruhigend ihre Hand. Sie erhob sich und machte einen Schritt auf die Herzogin zu, blieb aber wie angewurzelt stehen, als Eleanor ihre Hand hob.

»Eure Ganden, ich bitte für mein Eindringen um Verzeihung. Aber ich hielt es für das Beste hierher zu kommen und mich für mein abscheuliches Benehmen letzten Sonntag und auch gestern zu entschuldigen.«

»Hmm—«

Eleanor sah sie gebieterisch an und Sophie musste sich wirklich sehr zusammennehmen, um nicht auf der Stelle kehrt zu machen und sich hier nie wieder blicken zu lassen.

»Sie klingen tatsächlich so, als ob sie es ernst meinten. Können Sie Ihr schwachsinniges Verhalten wenigstens erklären?«

Sophie zuckte bei den harschen Worten zusammen und spürte, wie sich ihre Wut wieder regte. Sie hielt sich aber zurück, als sie bemerkte, wie sich die Lippen der Herzogin zu einem Lächeln verzogen. Sie wurde zum Narren gehalten. Sie hatte es auch verdient, so wie sie sich benommen hatte.

»Am Sonntag war ich verärgert, weil ich eine Fremde an dem Ort vorfand, an dem ich mich zurückziehen kann, wenn ich alleine sein möchte. Und es war mir peinlich, dass ich wie eine Anfängerin vom Pferd gefallen bin. Gestern war ich gereizt, weil Ihr Bernthal ohne Bedingungen zugestanden habt, was Ihr mir verweigert habt.«

»Was wäre das?«

»Die Großzügigkeit sich anzuhören, was ich zu sagen hatte. Ich wollte mich schon gestern entschuldigen. Um offen zu sein, das war der einzige Grund, warum ich überhaupt bei der Villa war. Ich hatte gehofft alleine mit Euch sprechen zu können, aber wir wissen ja beide wie das geendet hat. Es tut mir leid. Ich bitte Euch meine aufrichtige Entschuldigung anzunehmen. Ich habe mich wie ein absoluter Volltrottel benommen.«

Der flehende Ausdruck in Sophies Augen brachte Eleanors Entschluss, eine Entschuldigung nicht zu schnell anzunehmen und standhaft zu bleiben, ins Wanken. So sehr sie sich auch bemühte, sie konnte so eine aufrichtig vorgebrachte Bitte um Verzeihung nicht ablehnen. Sie war erbärmlich und im Alter wurde sie auch noch weich. Die Herzogin rollte ein wenig mit den Augen. »Ach was soll's. Entschuldigung angenommen.«

»Danke vielmals. Das ist mehr als großzügig von Euch.« Sophie fiel ein Stein vom Herzen. Hierher zu kommen war die richtige Entscheidung gewesen.

»Ja, ja. Meine Großzügigkeit macht mich ganz krank«, erwiderte Eleanor sarkastisch, was ihr einen strengen Blick von ihrer Großmutter einbrachte. »Nehmen Sie bitte Platz.«

»Ich möchte nicht aufdringlich erscheinen. Ich wollte bloß—«

»Hinsetzen!«

Der Befehlston erlaubte keinen Widerspruch. Sophie tat wie ihr geheißen und nahm wieder neben der Contessa Platz, während sie alles daransetzte, nicht darauf zu achten, wie ihre Sitznachbarin über ihren verwirrten Ausdruck grinsen musste.

Die Contessa beugte sich ein wenig vor und tätschelte Sophies Knie. »Meine Liebe, ich glaube ich habe vergessen zu erwähnen, dass Eleanor sehr gebieterisch sein kann, wenn sie es möchte. Diese Eigenschaft hat sie von ihrer verstorbenen Großmutter geerbt.«

Eleanor ignorierte sie. »Ich würde gerne ein paar Dinge richtigstellen. Nicht, dass es Ihre Angelegenheit wäre, aber—«

»Selbstverständlich nicht.« Der vernichtende Blick, der ihr zugeworfen wurde, ließ Sophie unverzüglich verstummen. »Verzeihung?«

»Wie ich gerade eben versuchte zu sagen, ist es zwar nicht Ihre Angelegenheit, aber ich möchte dennoch festhalten, dass ich meine Unterhaltung mit dem Grafen *nicht* im Geringsten genossen habe. Offengestanden entzieht es sich völlig meinem Verständnis, warum Ihre Schwester Emma eine Heirat mit ihm überhaupt in Betracht zieht. Ich bin mir der gesellschaftlichen Verpflichtungen, die jungen Frauen auferlegt werden, durchaus bewusst. Es bedeutet aber nicht, diese auch genießen zu müssen, wie ihre Schwester es offenbar tut. Es ist mir ein komplettes Rätsel.«

»Mir leider auch«, stimmte Sophie kleinlaut zu.

Der Herzogin war ein kurzes schmerzvolles Aufflackern in den Augen ihres Gastes nicht entgangen und sie entschied, dass ein Themenwechsel wohl angebracht war. »Wie dem auch sei! Ihr Bruder erwähnte, dass sie eine versierte Übersetzerin altertümlicher Manuskripte sind.«

Das Lob ließ Sophie erröten. »Ich helfe hin und wieder dabei, ja.«

»Woher kommt es, dass Sie so viel über diese Sprachen wissen?«

»Meine verstorbene Mutter las mir immer griechische Sagen in der Originalsprache vor und übersetzte sie dann für mich. Ich war fasziniert von der Schönheit des Klangs der Worte. Sie hat dafür gesorgt, dass ich von den besten Lehrern in diesen Sprachen unterrichtet wurde und wie es schien, hatte ich auch ein Talent dafür.«

»Beeindruckend!« Eleanor war noch mehr fasziniert als zuvor. »Ich habe gehört die Bibliothek und das Museum, für das Sie gelegentlich arbeiten, hat eine sehr umfangreiche Sammlung dieser Manuskripte.«

»Oh, ja«, stimmte Sophie begeistert zu. Ihr Lieblingsthema war immer sicherer Unterhaltungsstoff. War die Herzogin am Ende gar jemand, der zu schätzen wusste was sie tat? »Seid Ihr daran interessiert? Wenn ich so kühn sein darf, darf ich Euch vielleicht durch das Kunsthistorische Museum und eventuell auch durch die Bibliothek führen?«

Die Herzogin sah ihre Großmutter mit der Bitte um Rat an, erntete aber nur ein Schulterzucken und keinerlei wie auch immer geartete Unterstützung.

»Warum nicht? Wir könnten es als ihre Buße betrachten«, meinte sie mit einem Funkeln in den Augen. »Wann wäre es denn am geeignetsten?«

»Dienstag. Ich könnte um ein Uhr mit der Kutsche hier sein?«

»Dienstag also.«

Sophie erhob sich mit einem Lächeln und nach einer herzlichen Verabschiedung verließ sie das Palais.

***

»Das war doch gar nicht schlimm, oder?«, neckte die Contessa Eleanor, nachdem ihr Gast die Tür zum Salon hinter sich geschlossen hatte.

»Wohl nicht«, Eleanor schnaufte hochmütig, um gleich darauf ein Lächeln zu unterdrücken.

»Ich bitte dich. Nachdem du die Unterhaltung auf ihre Arbeit gelenkt hast, war sie wie ausgewechselt. Ihre Augen haben geleuchtet wie ein Weihnachtsbaum und ihr Lächeln ließ einen förmlich erblinden, als du ihre Einladung zu einer Führung angenommen hast.«

»Sie scheint sehr leidenschaftlich bei der Arbeit zu sein.«

»Man fragt sich ja, was sie sonst noch mit Leidenschaft erfüllen kann«, sinnierte Giulia gedankenverloren.

»Was meinst du damit?«

»Sei doch nicht so begriffsstutzig. Du weißt genau, was ich meine, meine Liebe. Sie ist eine von uns.«

»Und?«

Die Contessa schüttelte leicht verzweifelt den Kopf. Begriffsstutzig war genau das richtige Wort, um Eleanor zu beschreiben, manchmal jedenfalls.

»Willst du vielleicht irgendetwas andeuten?«, fragte Eleanor verwirrt.

»Nein, Liebes, es war nur eine Feststellung.« Ihre Großmutter rollte die Augen und ließ eine verblüffte Herzogin zurück, während sie selbst zu ihrem Buch zurückkehrte.

Kapitel Elf

Bis Dienstag hatte sich Eleanor über die Bemerkungen ihrer Großmutter, die Gräfin betreffend, sehr viele Gedanken gemacht. Nicht, dass sie es jemals zugeben würde. Dennoch hatten Giulias Beobachtungen etwas für sich. Eleanor hatte noch nie zuvor jemanden wie Sophie von Hagendorf getroffen. Sie war ein wandelnder Widerspruch. Geradeheraus, keck und gleichzeitig sanft und verletzlich. Ihr Intellekt war gleichermaßen faszinierend, wie ihre Arbeit.

Eleanor freute sich sehr auf den Besuch des Museums, denn sie war davon überzeugt, dass Sophie alles tun würde, um es für sie so interessant wie nur möglich zu machen. Sie fragte sich, was wohl noch unter den vielen Schichten von Sophies Persönlichkeit verborgen lag. Sie würde es herausfinden und vielleicht würde sich ja eine Art Freundschaft entwickeln. Sophie war so viel aufregender als all die anderen Frauen, die sie seit Cathleens Tod kennengelernt hatte.

Auf die Minute genau, um ein Uhr, verkündete Benson die Ankunft eines Gastes. Giulia hatte sich bereit erklärt die Gräfin willkommen zu heißen und ihr Gesellschaft zu leisten, bis Eleanor so weit war.

»Contessa Silvestri bat mich, Sie in den Salon zu begleiten, bis Ihre Gnaden fertig ist«, teilte Benson der Gräfin mit, während er sie dorthin führte. Er öffnete die Tür mit einem gebieterischen Naserümpfen. »Gräfin von Hagendorf, Madam.«

»Willkommen, meine Liebe«, begrüßte Giulia sie herzlich.

»Guten Tag.«

»Eleanor wird in Kürze bei uns sein.«

Sophie fühlte sich neben der Contessa ein wenig fehl am Platz. Giulia, der ihr Unbehagen aufgefallen war, sah einfach darüber hinweg und nahm ihren Arm und führte sie zum Sofa, auf dem beide Platz nahmen.

»Warum erzählen Sie mir nicht, was sie für den Besuch geplant haben?«, versuchte sie ihren Gast auf andere Gedanken zu bringen.

»Da ich das Museum ja gut kenne, habe ich mir gedacht Ihre Gnaden sollte entscheiden, was wir uns ansehen wollen«, antwortete

Sophie und fuhr mit einem Stirnrunzeln fort. »Meine Expertise betrifft ja hauptsächlich die griechische und römische Sammlung, aber es gibt selbstverständlich noch viele andere faszinierende Kunstwerke.«

Giulia hätte sehr gerne mehr über die Vergangenheit der Gräfin erfahren, aber bevor sie tiefer dringen konnte, öffnete sich die Türe und Eleanor trat ein.

Sophie erhob sich, als die Herzogin den Raum betrat. Sie war sprachlos und förmlich atemlos. Eleanor sah in ihrem leichten Sommerkleid, mit dem dazu passenden Schirm und Handschuhen wundervoll aus. Sie trug einen dazu passenden zierlichen Sommerhut und ihr kurzes Haar war perfekt frisiert.

»Es tut mir leid, dass ich Sie warten ließ, aber ich konnte meine Handschuhe nicht finden.«

»Das macht doch nichts«, presste Sophie, nach Atem ringend hervor. Sie wollte mit dieser Frau alleine sein, um sie kennenzulernen und ihr nahe zu sein. Sie war hypnotisiert und verwirrende Gedanken rasten durch ihren Kopf. Der markanteste darunter war, dass sie besser jetzt gleich das Weite suchen sollte, denn wie auch immer sie es drehte und wendete, ihre aufkeimenden Gefühle und Hoffnungen würden zu nichts führen.

Sie würde bestimmt eine Ausrede finden, um den Museumsbesuch kurz zu halten. Auf lange Sicht würde es ihr bestimmt eine Menge Qualen ersparen. Die Herzogin war höflich und ausschließlich an ihrem Wissen interessiert. Wie könnte es auch anders sein?

Bei ihrem letzten Besuch hatten sie gemeinsame Interessen gefunden, durchaus. Sie hatte das Gefühl, dass die Herzogin sie respektierte, aber durfte sie sich noch mehr erhoffen? Vielleicht Freundschaft? Wen außer sich selbst wollte sie denn zum Narren halten? Freundschaft war, worauf sie hoffen durfte und das musste sie akzeptieren. Sophie war davon überzeugt, dass Eleanor für sie niemals mehr sein würde. Die Frau war verheiratet, hatte Kinder und Verpflichtungen. Sie hatte viel zu verlieren und war wahrscheinlich auch nicht auf diese Art interessiert.

Jemand in der Position der Herzogin würde es niemals wagen, mit einer anderen Frau in Verbindung gebracht zu werden, es sei denn als Freundin, Gefährtin oder Bekannte der platonischen Art.

Was hatte sie sich bloß gedacht? Sie hatte gar nichts gedacht, das war ja das Problem. Sophie war mit der Einladung einfach herausgeplatzt und jetzt kämpfte sie mit einem Strudel der Gefühle. Jetzt musste sie es wohl oder übel hinter sich bringen.

»Wollen wir?«, unterbrach die Herzogin ihre Gedanken.

»Ja, natürlich.«

Mit einem Kuss auf die Wange verabschiedete Eleanor sich von ihrer Großmutter und folgte Sophie zur wartenden Kutsche.

Eleanor hatte ihren Schirm gegen die Sonne aufgespannt, um ihre bleiche Haut vor einem Sonnenbrand zu schützen. Sophie hatte sich für eine offene Kutsche entschieden, damit sie die sanfte Prise und die schon wärmende Sonne auf der Fahrt genießen konnten. Obwohl es für verpönt war, wenn Damen der Gesellschaft gebräunt waren, musste sie zugeben, dass es ihrer Begleiterin sehr gut stand.

Eleanor ahnte außerdem, dass es Sophie auch nur im Mindesten kümmerte, was die anderen von ihr dachten. Es war ihr offensichtlich auch egal, wie ihre Art sich zu kleiden aufgenommen wurde.

Der Kutscher bog in die Ringstraße und ließ die Pferde in einem gemächlichen Trott die Prachtstraße entlanglaufen.

Eleanor durchbrach schließlich ihre kameradschaftliche Stille. »Ich weiß sehr wenig über diesen Teil der Stadt. Was sind das für Gebäude? Bei unserer Ankunft habe ich nicht wirklich auf meine Umgebung geachtet, weil ich einfach zu erschöpft von der Reise war. Ich muss gestehen, dass ich auch während unserer gelegentlichen Kutschfahrten dieser Straße nicht wirklich Beachtung geschenkt habe. Ich fürchte, das klingt sehr ignorant.«

»Nicht im Geringsten«, versicherte Sophie. »Die Gebäude sind ja sehr neu und haben somit keinerlei historische Bedeutsamkeit. Nachdem der Kaiser in den 1850er Jahren beschlossen hatte die Stadtmauern niederzureißen, wurden an ihrer Stelle wichtige Gebäude dort geplant und errichtet. Die aufstrebenden Bürger, wie mein Vater, ließen ihre Palais entlang der Ringstraße bauen. Diese neue Klasse der Fabrikbesitzer, Banker und Mäzene besitzt die meisten der Palais, während ganz wenige des alten Adels ihrem Beispiel gefolgt sind.«

Eleanor nickte nachdenklich.

»Wir fahren gerade an der neuen Universität vorbei«, deutete Sophie auf das Gebäude zu ihrer Rechten. »Die Stadt ist während der letzten hundert Jahre stetig gewachsen und trotz seiner zunehmenden Bevölkerung war die Hauptstadt noch immer in ihre mittelalterlichen Stadtmauern gepresst. Diesen Zustand noch länger aufrechtzuerhalten war einfach nicht mehr praktikabel. Aus diesem Grund wurde entschieden die Mauern oder `Basteien´, wie sie auch genannt werden, abzureißen. Um so den ältesten Teil der Stadt mit den Vorstädten zu vereinigen. An ihrer Stelle wurde diese Prachtstraße gebaut.«

»Was ist das für ein Gebäude?«, fragte Eleanor, als sie an einem Park vorbeifuhren, hinter dem ein Bauwerk stand, das mit seinen Türmen und Bögen wie eine gotische Kathedrale aussah.

»Das Rathaus«, antwortete Sophie und lenkte ihre Aufmerksamkeit auf das gegenüberliegende Bauwerk. »Und das ist das neue Hoftheater. Könnt Ihr die drei Statuen über dem Eingang erkennen?«

»Ja.«

»In der Mitte befindet sich Apollo, zu seiner Linken und zu seiner Rechten sind zwei der Musen dargestellt, Thalia und Melpomene.«

»Was wird auf dem Fries darunter gezeigt?«

»Dabei handelt es sich um Bacchus und Ariadne.«

Sie ließen Rathaus und Hoftheater hinter sich und kamen an einem Bauwerk vorbei, welches Eleanor schon eigenartig gefunden hatte, als sie das erste Mal daran vorbeigefahren war.

»Dieses hier sieht aus wie ein griechischer Tempel. Der Teil in der Mitte zumindest erinnert mich doch sehr an den Parthenon in Athen.«

»Ja, durchaus. Es ist der Sitz des Reichsrates oder Parlaments, der für den österreichischen Teil des Kaiserreiches zuständig ist.«

»Wen repräsentiert denn die Statue hinter dem Brunnen?«

»Athene, die Göttin der Weisheit.«

»Gibt es einen bestimmten Grund, weshalb sie dem Gebäude den Rücken zukehrt?«, fragte Eleanor mit einem verschmitzten Blick auf ihre Begleiterin.

»Die gleiche Frage habe ich mir auch schon gestellt, nachdem sie aufgestellt worden war.«

»Vielleicht will sie nichts mit alten debattierenden Männern zu tun haben.«

Über diesen trockenen Kommentar musste Sophie unweigerlich lachen. »Nun, was denkt Ihr bis jetzt?«

»Es handelt sich um die ungewöhnlichste Ansammlung architektonischer Stilrichtungen.«

»Das ist wohl wahr.«

Als sie an ihrem Ziel angelangt waren, half Sophie Eleanor aus der Kutsche. Sie entließ den Kutscher, der ins Palais zurückkehrte. Die Gräfin bot ihren Arm an und mit einem leichten Lächeln hakte sich die Herzogin unter. Sie hätte wissen müssen, dass Sophie sich wie eine wahre Dame benehmen würde.

In der Mitte des Platzes, zwischen zwei identischen Gebäuden befand sich das Denkmal der wohl berühmtesten Vorfahrin des jetzigen Kaisers.

»Maria Theresia«, erklärte Sophie, den fragenden Blick Eleanors deutend.

»Ah! Eure hochangesehene frühere Monarchin. Ich meine, gehört zu haben, sie sei nie eine Kaiserin gewesen. Stimmt das?«

»Ganz richtig. Ich bin wirklich überrascht, dass Ihr das wisst. Es ist eines der größten Missverständnisse.«

»Und warum?«

»Vielleicht, weil es ein wenig schwierig ist. Sie war eine Königin und Erzherzogin, aber nie eine Kaiserin. So lange das Heilige Römische Reich existierte, gab es so etwas wie ein österreichisches Kaiserreich nicht. Ihr Ehemann und danach ihr Sohn wurden zum Kaiser des Heiligen Römischen Reiches gewählt, aber nicht sie. Nichtsdestotrotz herrschte sie über Österreich und alle anderen Erblande weise und mit der Hilfe ihrer Berater. Viele wichtige Veränderungen fanden unter ihr statt, sehr zum Vorteil des Reiches.«

»Welches der beiden Museen werden wir nun besuchen?«

»Das zu unserer Linken.«

»Gehen Sie vor!«

»Bevor wir hineingehen, wollte ich noch fragen, welche Ausstellung Ihr sehen wollt. Das Gebäude ist groß und wir können schließlich jederzeit noch einmal kommen und uns jeden Teil ansehen, den Ihr wollt.«

»Ich würde gerne das Salzgefäß von Cellini sehen, von dem ich gelesen habe und natürlich die griechische und römische Sammlung, wenn es geht«, schlug Eleanor errötend vor.

»Aber natürlich«, strahlte Sophie und Eleanor dachte wie komplett ihre Erscheinung dadurch verändert wurde. Sophie war nun eine ganz andere, liebenswürdigere Person, nicht die für die Eleanor sie gehalten hatte.

Wie Eleanor nach dem Betreten der Eingangshalle feststellte, war das Gebäude selbst ein Kunstwerk für sich. Die Halle und die Treppe, die sie hinaufstiegen, waren mit Gemälden verziert, die in passender

Weise Hinweise auf die Sammlungen darstellten. Obwohl sie eine größere Anzahl von Stufen erklimmen mussten, schien es für Sophie kein Problem zu sein.

Eleanor hatte nach ihrem Rundgang nicht erwartet, dass Sophie so eine wunderbare Museumsführerin war. Es gelang ihr, Geschichte lebendig zu machen und sie hatte für jedes wichtige Ausstellungsstück eine kleine Anekdote parat. Für Eleanor war es der unterhaltsamste Besuch eines Museums, den sie je erlebt hatte. Sophies Gesellschaft war wohltuend, ihre einfache sanfte Anleitung und Nähe waren ausgesprochen angenehm. Eleanor fürchtete, dass ihre gemeinsame Zeit nun bald dem Ende zu ging, hoffte aber, dies noch hinauszögern zu können.

Gerade als Sophie auf das letzte Stück der Ausstellung, eine Bronzetafel mit dem ältesten erhaltenen Senatsbeschluss zeigte, bemerkten sie zwei Männer, die ihnen entgegenkamen. Der eine, älter, aufgeregt, mit widerspenstigem weißem Haar und der jüngere gelassener und akkurat gekleidet.

»Sophie, meine Liebe«, rief der ältere Herr durch den stillen Saal, »die Aufsicht sagte mir, dass Sie hier sind. Das müssen Sie sehen. Das Paket ist erst heute Morgen angekommen.«

Sophie musste über so viel Überschwang lächeln. Wenn etwas seine Aufmerksamkeit gefesselt hatte, vergaß Professor Maierhofer jegliches gute Benehmen.

» Professor Maierhofer, darf ich Ihnen Ihre Gnaden, die Herzogin von Darnsworth vorstellen«, versuchte Sophie auf nonchalante Art den Freund und Mentor an seine Manieren zu erinnern.

Verständnislos sah er sie an, bevor er verlegen hüstelte, um seinen Fauxpas zu überspielen.

»Eure Gnaden, bitte, vergebt mir meine Manieren oder besser das Fehlen solcher«, entschuldigte sich der Professor und beugte sich über die anmutig entgegengestreckte Hand.

»Es ist mir eine Freude Sie kennenzulernen, Professor. Ich bin sehr beeindruckt von dem Museum.«

»Sehr freundlich, Eure Gnaden«, erwiderte Maierhofer ungeduldig mit den Füßen scharrend. »Dürfte ich Sophie wohl für eine Minute entführen?«

»Selbstverständlich. Ich kann die Aufregung einer Entdeckung durchaus verstehen. Also, bitte, entführen Sie sie. Tun Sie mir nur den Gefallen und lassen Sie sie noch vor morgen zurückkehren.«

»Warum sollte ich—oh, ja, natürlich. Kommen Sie, meine Liebe«, der Professor war schon vorausgeeilt und erwartete von Sophie, dass sie ihm folgen würde.

»Es tut mir leid. Ich werde in *Kürze* wieder hier sein.«

»Gehen Sie!«, befahl Eleanor mit einem verständnisvollen Lächeln. »Ich werde auf Sie warten.«

Sie sah ihr eine Weile nach, ehe sie gewahr wurde, dass jemand hinter ihr stand. Natürlich, der Mann der gemeinsam mit dem Professor gekommen war.

»Ja?«, fragte sie knapp. »Kann ich etwas für Sie tun?«

»Mir wurde gesagt, ich solle Euch Gesellschaft leisten, bis die Gräfin zurück ist«, teilte ihr der junge Mann mit einem Stirnrunzeln mit.

»Ist das so? Seien Sie versichert, dass ich durchaus in der Lage bin mich in der Ausstellung auch ohne Hilfe zurechtzufinden.«

»Wie Ihr wünscht.« Er verbeugte sich, machte kehrt und stürmte in die Richtung, aus der er gekommen war, davon.

In seinem Büro gratulierte Sophie ihrem Mentor zu dem außergewöhnlichen Artefakt, das er ihr gerade gezeigt hatte. Es war das mit Abstand wichtigste Stück, das die Ausgrabungen in Ephesus bisher zu Tage gefördert hatten. Ihr war klar, weshalb er in seiner Aufregung alles und jeden um sich herum vergaß. Sophie versprach am nächsten Tag erneut vorbeizukommen, um sich die anderen Artefakte genauer anzusehen.

Als sie sein Büro verließ, stieß sie mit seinem Assistenten zusammen. Er murmelte etwas Unverständliches, sah sie verärgert an, wagte aber offensichtlich nicht, es ihr ins Gesicht zu sagen. Sophie wusste, er verabscheute sie, aber dagegen konnte sie nichts machen. Sie zuckte lediglich mit den Schultern und machte sich auf die Suche nach der Herzogin.

Sie fand Eleanor schließlich in der Gemäldegalerie auf einem Plüschsofa sitzend, in eingehender Betrachtung des Porträts einer der Vorfahren des Kaisers. Die Herzogin schien in Gedanken versunken, während Sophie von der Tür aus ihr Profil bewunderte. Ihre Hände lagen auf dem Griff ihres Sonnenschirms, ihr Kopf leicht zur Seite geneigt und ihr Rücken kerzengerade. Ein Lächeln huschte über ihr Gesicht, als Sophies näher kam. Sie schien ihre Gegenwart zu spüren, ohne sie überhaupt zu sehen.

»Haben Sie vor den Rest des Tages dort stehen zu bleiben und mich anzustarren oder wollen Sie mir Gesellschaft leisten?«

»Ich bitte um Verzeihung«, fühlte sich Sophie ertappt und errötete. Sie seufzte erleichtert, nachdem sie tat, wie ihr geheißen war und sie sich gesetzt hatte. Endlich sitzen zu können, fühlte sich gut an. Obwohl sehr leise, hatte Eleanor es gehört und warf ihr einen besorgten Blick zu.

»Warum haben Sie nicht gesagt, dass Sie eine Pause brauchen?«

»Bis gerade eben wusste ich es selbst nicht«, log Sophie. Dass Eleanor sie für schwach hielt, war das letzte was sie wollte.

»Lügnerin!« Der sanfte Ton nahm der Anschuldigung ihre Schärfe.

Sophie wirkte erregt. Fassungslos öffnete sie den Mund für eine Entgegnung, schloss ihn aber wieder, als die Antwort ausblieb. Eleanor legte ihre Hand auf Sophies und zwang sie so, ihr in die Augen zu sehen, damit sie wirklich verstand, was sie ihr zu sagen hatte.

»Ich wollte Sie nicht verärgern, nichts lag mir ferner. Aber die Art wie Sie gingen und die Linien um Ihre Augen verrieten mir, dass Sie müde waren und dennoch haben Sie sich hartnäckig geweigert sich auszuruhen.«

»Aus Mitleid habt Ihr mich also dazu gezwungen mich zu setzen«, reagierte Sophie verärgert.

»Nein! Herrgott nochmal, ich bemitleide Sie nicht! Zum einen bin ich selbst einigermaßen erschöpft. Langsam durch eine Ausstellung zu gehen, kann sehr ermüdend sein und das zuzugeben ist keine Schande. Es ist kein Zeichen von Schwäche, ganz im Gegenteil.«

Sophie schwankte, als sie die Ernsthaftigkeit in Eleanors Augen sah. Einmal mehr hatte sie sich schrecklich benommen. »Es tut mir leid. Wieder einmal.«

»Nicht jeder hat Hintergedanken, weißt du. Freunde sorgen sich um das gegenseitige Wohlbefinden. Das solltest du wissen.«

»Sind wir denn Freunde?«, fragte Sophie schüchtern.

»Ich hätte nichts dagegen.«

»Ich auch nicht.« Sophie lächelte freudig. »Ich habe mich gefragt, ob ich dich wohl dazu überreden könnte mit mir einen Kaffee trinken zu gehen und das beste Dessert zu probieren, das du je gekostet hast.«

»Wie könnte ich dazu nein sagen?«, stimmte Eleanor zu, froh darüber, dass sie eine weitere Hürde in ihrer Freundschaft überwunden hatten.

Zufrieden verließen sie das Museum, nachdem sie sich an den Kunstwerken ausgiebigst satt gesehen hatten und nahmen eine Kutsche zu dem Ort, an dem sie einer anderen köstlichen Kunst frönen konnten. Nach einer zehnminütigen Fahrt erreichten sie ihr Ziel, in einer Seitenstraße der Kärntnerstraße. Sophie öffnete die Tür und ließ Eleanor den Vortritt in das Café Frauenhuber, Wiens ältestes Kaffeehaus.

Die Einrichtung bestand aus der typischen Kombination von Tischen und Sesseln in der Mitte des Raumes und roten Sofas und Tischen entlang der Fenster. Aus dem Hinterzimmer drangen das Lachen und die Unterhaltung von Herren beim Billardspiel, während sich im vorderen Teil Paare oder Grüppchen beiderlei Geschlechts angeregt bei Kaffee und Mehlspeisen unterhielten.

Sophie führte sie zu einem Tisch am Fenster und sie sanken beide erleichtert auf das Sofa. Noch bevor Eleanor Gelegenheit hatte, sich zu dem behaglichen und bequemen Ambiente zu äußern, erschien ein Kellner bei ihrem Tisch.

Während Eleanor sich ihrer Handschuhe entledigte, gab sie ihre Bestellung auf. »Einen Kaffee, bitte.«

»Selbstverständlich, gnädige Frau«, nickte der Kellner gehorsam. »Großer Brauner, Kleiner Brauner, Melange, Einspänner—«

»Franz!«, unterbrach Sophie ihn. »Geben Sie uns einen Moment, bitte!«

»Wie Sie wünschen, gnädige Frau«, meinte der Mann verschnupft, drehte sich um und widmete sich anderen Gästen.

Eleanor spitzte die Lippen und meinte in einem gespielt anklagenden Ton, »Du hast das mit Absicht gemacht!«

»Entschuldigung«, zwinkerte Sophie gutmütig, »aber der Ausdruck auf deinem Gesicht war so wunderbar. Bitte verzeih, aber ich konnte einfach nicht widerstehen.«

»Du bist ein schrecklicher Plagegeist. Um es wieder gut zu machen, solltest du mir mit meiner Bestellung helfen.«

»Natürlich. Es gibt eine einfache Regel, die es zu befolgen gilt, wenn du in Wien in ein Kaffeehaus gehst.«

»Die da wäre?«

»Du darfst niemals einfach nur Kaffee bestellen«, antwortete Sophie feierlich. »Du hast gerade erlebt, was passiert, wenn du es trotzdem tust. Du musst schon genau sagen, was du möchtest, sonst wirst du mit Vorschlägen erschlagen. Schau dir die Speisekarte an und suche dir etwas aus und dann bestellen wir.«

Eleanor schmollte. »Mein Deutsch ist leider nicht so gut. Kannst du nicht für mich bestellen, bitte?«

Sophie rieb sich nachdenklich das Kinn. »Ich glaube, ich weiß, welcher der richtige Kaffee und welche die dazugehörige Mehlspeise für jeden von uns ist.« Sie hob kaum merklich die Hand, um Franz zu ihrem Tisch zu rufen.

»Jawohl?«

»Einen Einspänner für meinen Gast und für mich eine Melange und für jeden Kaiserschmarren mit Zwetschgenröster.«

»Sehr wohl, gnädige Frau!« Franz entschwand, um ihre Bestellung weiterzugeben.

Da Eleanor nicht die geringste Ahnung hatte, was ihre Begleiterin bestellt hatte, musste sie ihr schlicht vertrauen. Sophie lehnte sich nach vor und legte ihre Hand auf Eleanors, der ein leichtes Unbehagen anzusehen war.

»Keine Sorge! Du wirst es mögen, versprochen. Der Kaffee ist gut und die Mehlspeise ist ausgezeichnet.«

»Ich fühle mich ein wenig überwältigt«, gab Eleanor bereitwillig zu.

Allerdings war das Gefühl von Sophies Hand, auf der ihren, Entschädigung genug. Sie genoss die Berührung einer anderen Frau, auch wenn diese ganz unschuldig war. Es war schon so lange her, dass sie die Wärme und Zärtlichkeit einer weiblichen Berührung gespürt hatte. Bei dem Gedanken musste Eleanor seufzen, konnte diesen aber nicht verhindern. Seit Giulia ihre Beobachtung Sophie betreffend mit ihr geteilt hatte, schienen ihre Gedanken in regelmäßigen Abständen zu ihrem Gegenüber zu wandern.

Ihre Grübelei wurde unterbrochen, als Franz ihren Kaffee servierte. Sophie drückte ihre Hand, bevor sie sie losließ und zwinkerte ihr mit ihren warmen braunen Augen zu.

»Wie wird dieser Kaffee noch einmal genannt?«, fragte Eleanor, die ihre Bestellung beäugte.

»Einspänner ist ein Kaffee, der im Glas, mit Schlagobers, serviert wird. Meiner ist eine einfache Mischung aus Kaffee und heißer Milch.«

Eleanor gab ein wenig Zucker in ihren Kaffee, bevor sie einen vorsichtigen Schluck nahm, während Sophie sie ein klein wenig ängstlich beobachtete.

»Es ist köstlich.« Eleanor lächelte und sah Sophie mit entzückter Überraschung an. »Du hattest Recht.«

»Ich dacht mir, dass er dir schmecken würde, ganz besonders das Schlagobers. Warte, bis du die Mehlspeise gekostet hast.«

Während Sophie von den neuen Artefakten berichtete, die Professor Maierhofer ihr gezeigt hatte, wurde die Mehlspeise von einem der sogenannten Piccolos serviert. Eleanor fand, es sah aus wie Teller, gefüllt mit Flaum und dazu eine kleine Schüssel dunkelblaues Obst. Sie sah Sophie erwartungsvoll an, die beim Anblick ihres verlorenen Gesichtsausdrucks lachen musste.

»Kaiserschmarren mit Zwetschgenröster.«

»Bedeutet was?«

»Eine Mischung aus süß und sauer. Für den Kaiserschmarren werden Eier, Mehl, Milch, Zucker oder Honig verrührt, das Ganze wird dann in einer Pfanne herausgebacken und in Stücke zerteilt. Zwetschgenröster ist eine Art Pflaumenkompott. Probiere mal.«

Eleanor nahm den Löffel, lud ein Stück flaumigen Schmarren und etwas Kompott darauf und kostete es. Sophie hatte Recht, die Kombination aus diesen unterschiedlichen Geschmacksrichtungen war unglaublich. Sie schloss die Augen und summte anerkennend.

»Nun?«

»Sündhaft«, antwortete sie mit einem verträumten Lächeln auf den Lippen.

Sophie beobachtete in hingerissener Faszination den Ausdruck auf Eleanors Gesicht. Die Schönheit ihrer Begleiterin raubte ihr schier den Atem, ihre Sinnlichkeit, ihre—Sie versuchte diese unangemessenen Gedanken abzuschütteln und widmete sich stattdessen ihrer eigenen Mehlspeise.

Die Unterhaltung floss einfach und leicht zwischen ihnen dahin. Es gab so vieles, worüber sie reden und gemeinsam lachen konnten. Die Zeit schien wie im Flug zu vergehen und ehe sie es sich versahen, mussten sie sich auf den Weg nach Hause machen. Eine Kutsche brachte Eleanor zurück ins Palais. Sie verließ Sophie mit dem Versprechen, mit ihr am Freitag, einen Ausritt in den Prater zu machen.

<hr>

»Da bist du ja«, rief Henry, der gerade aus der Bibliothek trat, als seine Frau durch die Eingangshalle ging. Sie hatte das seltsamste Lächeln auf den Lippen, ihre Augen strahlten so, wie er es schon lange nicht mehr gesehen hatte.

»Du scheinst ja in außergewöhnlich guter Laune zu sein heute, meine Liebe. Hattest du einen netten Nachmittag?«

Eleanor hielt am Fuß der Treppe inne und wandte sich ihrem Ehemann zu. Abgesehen von dem kleinen Missverständnis im Museum, hatte sie, das musste sie zugeben, einen mehr als netten Nachmittag verbracht. Sophie war eine wunderbare Begleiterin gewesen – gebildet, witzig, voller interessanter Geschichten und die perfekte Dame.

»Ja. Ja, es war wirklich sehr schön.«

Voller Elan erklomm sie die Treppe, um sich für das Abendessen umzuziehen und mit ihrer Großmutter zu sprechen.

Sie fand die Contessa lesend in ihrem Wohnzimmer und bat sie, sie in ihre Räumlichkeiten zu begleiten. Was diese mit größtem Vergnügen tat, denn so sehr sie sich auch bemühte, dies nicht zu zeigen, war Giulia einfach zu neugierig, wie Eleanors Nachmittag verlaufen war.

Eleanor verzichtete auf die Hilfe ihrer Zofe beim Entkleiden und machte sich noch in ihrem Badezimmer frisch, bevor sie ins Schlafzimmer zurückkehrte, um ihr Abendkleid anzulegen. Währenddessen wurde sie von ihrer Großmutter mit Adleraugen und händeringend beobachtet, weil diese unbedingt herausfinden wollte, was geschehen war.

»Ach, bitte Eleanor, hör auf, mich auf die Folter zu spannen und erzähle!«, beschwerte sich die Contessa mit aufgesetztem strengem Blick.

»Das ist so untypisch für dich, Nonna. Diese Ungeduld«, zog Eleanor sie milde auf. Aber schließlich ließ sie Gnade walten und erzählte ihrer Großmutter von der Zeit mit Sophie.

»Ihr beide seid jetzt also Freundinnen«, meinte Giulia wissend.

»Ja, aber bei dir klingt das irgendwie unheimlich.«

»Ganz und gar nicht. Wann seht ihr euch denn wieder?«

»Am Freitag. Wir treffen uns zu einem Ausritt in den Prater.«

»Wie aufregend!«

»Das ist es«, stimmte Eleanor mit glühender Begeisterung zu. »Sie hat mir außerdem eine besondere Überraschung für Ende des Monats versprochen.«

»Warum überrascht mich das nicht?«, murmelte Giulia

»Unsere gemeinsamen Interessen machen sie einfach zur perfekten Begleiterin.« Ihre Worte überschlugen sich beinahe. »Ich habe unsere gemeinsame Zeit sehr genossen. Sie ist witzig und klug.

Du kannst dir gar nicht vorstellen, wie wohltuend es war. Du meine Güte, wie spät es geworden ist. Ich muss mich um meine Frisur kümmern, Nonna. Ich habe so viel Zeit mit ihr verbracht, dass ich spät dran bin. Ich werde dir auch von unserem Treffen am Freitag erzählen. Ich bin sicher, es wird ein Vergnügen.«

»Mm hmm, das glaube ich auch.«

»Bestimmt. Wo ist denn bloß Rose, wenn man sie braucht? Ach, du liebe Zeit!« Sie läutete nach der Zofe und hatte bereits vergessen, dass ihre Großmutter noch da war.

Giulia grinste als sie ihre Enkelin verließ. Oh ja, das versprach interessant zu werden. Vielleicht war Sophie von Hagendorf ja tatsächlich die richtige Person, die Eleanor dabei helfen konnte ihren Schmerz zu überwinden. Die Zuneigung war schon vorhanden, Eleanors Fröhlichkeit ließ sie das förmlich spüren. Blieb nur abzuwarten, ob eine der beiden mutig genug war, den ersten Schritt nach vorne zu wagen.

Kapitel Zwölf

Ein Ausritt am frühen Morgen an jenem Freitag war nur der Anfang. Es zeigte sich, dass Sophie, trotz ihres Missgeschicks am Beginn ihrer Bekanntschaft, durchaus eine versierte Reiterin war. Aufgrund ihrer Verletzungen ritt sie zwar nicht mit Damensattel, aber sie hegte die größte Bewunderung für Eleanor, die darin eine Meisterin war. Ihre Freundschaft vertiefte sich, je mehr Zeit sie miteinander verbrachten. Nicht nur das, es ließ sie auch ungezwungener in der gegenseitigen Gesellschaft werden. Eine Tatsache, die sich auch in ihren Gesprächsthemen widerspiegelte.

Sophie erzählte Eleanor von ihrer verstorbenen Mutter und auch von ihrem Unfall, der für ihr Hinken und die Narbe in ihrem Gesicht verantwortlich war. Eleanor wiederum sprach über ihre Kindheit, die Freundschaft zu Henry und Cathleen, jedoch vermied sie es genauer auf die Rolle einzugehen, die Cathleen in ihrem Leben gespielt hatte. Sie hatte bewusst noch nicht die ganze Wahrheit erzählt, denn zum einen wusste sie nicht wie Sophie darauf reagieren würde und zum anderen fiel es ihr immer noch alles andere als leicht darüber zu sprechen.

Eleanor hegte dennoch die Hoffnung, dass ihre Freundschaft irgendwann so stark sein würde, dass sie sich in der Lage fühlte über ihre verstorbene Geliebte zu reden. Eleanor wurde zudem bewusst, dass sie sich zu Sophie hingezogen fühlte. Je mehr Zeit sie miteinander verbrachten, umso schwerer fiel es ihr danach getrennte Wege zu gehen. Eleanor wusste nicht wann sie sich das letzte Mal so frei oder sicher in der Gesellschaft von jemandem gefühlt hatte, der nicht zur Familie gehörte.

Juni und Juli brachten Hitze und Feuchtigkeit nach Wien. Entweder man entfloh der Hitze, indem man die Stadt verließ oder man verbrachte die heißesten Tage an einem kühlen Ort. Eleanor und Sophie entschieden sich für Letzteres. Es gab keine Kirche, kein Museum und keinen Reitweg, den sie nicht gemeinsam aufsuchten.

Sophie ihrerseits musste nicht andauernd ihre Einschränkungen kompensieren. Sie wagte es sogar an einem sehr heißen Tag ihr Haar zu einem Zopf zu flechten, nicht nur um es aus dem Gesicht zu halten, sondern auch um sich etwas Abkühlung zu verschaffen.

Als sie Eleanor an diesem Tag traf, fühlte sie sich sehr unsicher, wie sie wohl auf ihr entstelltes Gesicht reagieren würde. Aber Eleanor lächelte nur und beglückwünschte sie zur Entscheidung, in der Hitze das Praktischste getan zu haben. In Eleanors Augen fand sie keinen Hinweis auf Abscheu oder ein verstörtes Blinzeln, das darauf hindeuten würde, dass sie von ihren Narben abgestoßen war.

Es schien, als wären sie gar nicht vorhanden und zum ersten Mal in ihrem Leben gelang es auch Sophie deren Existenz zu vergessen, zumindest so lange sie mit Eleanor zusammen war. Aber nachdem sie sich getrennt auf den Heimweg machten, wurde sich Sophie wieder der Blicke der anderen bewusst. Sie spornte ihr Pferd an, sie so schnell wie möglich nach Hause zu bringen.

Obwohl sie über alles Mögliche sprachen, gab es doch Themen, die beide zu meiden versuchten. Eines davon betraf ihre sich vertiefenden Gefühle füreinander und wie sie damit umgehen sollten. Das andere war die Tatsache, dass Eleanor trotz allem eine verheiratete Frau war.

***

Die Überraschung, die Sophie versprochen hatte, wurde am letzten Mittwoch im Juli schließlich Wirklichkeit. Sie holte Eleanor sehr früh am Morgen vom Palais ab. Als sie sich der Hofburg näherten, dachte Eleanor die Überraschung hätte etwas mit der Hofbibliothek zu tun, aber dann wehte ihr der Wind den unverkennbaren Geruch von Pferden entgegen. Sie sah ihre Begleiterin fragend an, die jedoch nur geheimnisvoll lächelte.

»Ahnst du schon, wo es hingeht?«, fragte Sophie mit einem Grinsen.

»Zu den kaiserlichen Stallungen?«, vermutete Eleanor mit einem Stirnrunzeln.

»Sozusagen.« Ihre Kutsche hielt vor einem unauffälligen Eingang und Sophie half ihr beim Aussteigen. »Wir befinden uns bei der Winterreitschule, dem Zuhause der Lipizzaner.«

»Bei den weltberühmten weißen Pferden?«

»Ja. Oder auch die kaiserlichen Weißen, wie sie genannt werden«, bestätigte Sophie stolz.

Ein Mann trat durch den Eingang und zog seinen Hut zur Begrüßung. »Willkommen in der Spanischen Hofreitschule, Eure

Gnaden.« Er küsste die ihm dargebotene Hand, bevor er Sophie wie eine alte Freundin begrüßte.

»Eure Gnaden, darf ich vorstellen? Oberbereiter Moritz Herold!«, stellte Sophie ihn vor.

»Freut mich. Es ist mir ein Vergnügen.«

»Die Freude ist ganz meinerseits!«, bekräftigte Herold. »Euer Ruf eilt Euch voraus. Es ist wirklich eine Ehre, Euch hier willkommen zu heißen und es wurde beschlossen, dass Ihr nicht nur dem Morgentraining beiwohnen sollt, sondern wir werden Euch auch die Hohe Schule der Klassischen Reitkunst präsentieren.«

Er führte sie in der Winterreitschule zu ihren Plätzen längsseits über der Arena. Die kaiserliche Loge befand sich an der Stirnseite der Halle und darunter hatte ein Kammerorchester Platz genommen. In der Mitter der Arena befanden sich zwei kurze Holzsäulen, die mit den kaiserlichen Flaggen in Gelb und Schwarz dekoriert waren.

»Eine dreihundertjährige Tradition liegt dieser Reitschule zugrunde«, ließ Herold sie stolz wissen als sieben weiße und ein schwarzer Hengst durch ein Tor gegenüber der Kaiserloge die Reitschule betraten. Die Uniform der Bereiter bestand aus weißen Hosen, einem braunen Frack, schwarzen Stiefeln und einem schwarzen Hut. In einer gut einstudierten Bewegung zogen sie gemeinsam den Hut. Eine Geste, die der Oberbereiter nicht unkommentiert ließ.

»Immer, wenn wir in die Arena reiten, erweisen wir dem Porträt Karls des Sechsten, der die Winterreitschule erbauen ließ, unsere Ehre. Was Ihr nun sehen werdet, ist ein Pferdeballett von äußerster Präzision, Eleganz und Anmut.«

Das Orchester fing an zu spielen und Eleanor war fasziniert von der perfekten Harmonie, mit der Pferde und Reiter sich bewegten. Sie konnte den Eifer der Hengste und den Stolz ihrer Bereiter förmlich spüren. Sie sah Sophie, die all das möglich gemacht hatte, warmherzig an.

Als die Pferde die Arena verließen, wurden sie von einer anderen Gruppe abgelöst.

»Jetzt folgt die Schule über dem Boden«, erklärte Herold. »Einige dieser Übungen haben ihren Ursprung in der militärischen Praxis. Ein Reiter konnte, wenn er diese Sprungübungen gut trainiert hatte, im Schlachtgetümmel einen Weg freimachen.«

Einige der Bereiter gingen hinter den Pferden und führten sie für diese Übungen an einem extralangen Zügel, während andere diese Übungen im Sattel vollführten.

»Die Capriole, oder man könnte auch sagen der Geißsprung, ist die schwierigste Übung. Das Pferd springt und gleichzeitig schlägt es mit den Hinterbeinen aus.«

»Alles wirkt so natürlich. Wie schaffen Sie das?«, war Eleanor erstaunt.

»Das ist es auch«, erklärte der Oberbereiter. »Wir fördern nur Bewegungen, die die Pferde gemäß ihrer Natur auch von selbst ausführen. Vom Beginn ihrer Beziehung ist es die Aufgabe des Bereiters Vertrauen zwischen sich und seinem Pferd aufzubauen. Es bedarf einer unermüdlichen geduldigen Arbeit, Ruhe und Belohnung.«

»Ich bin wirklich beeindruckt«, betonte Eleanor, ohne ihren Blick von den Pferden abzuwenden. »Wie lange dauert es, bis ein Pferd bereit ist, hier sein Können zu zeigen?«

»Bis es vollständig ausgebildet ist, dauert es zwischen sechs und acht Jahre. Ein junger Hengst lernt von einem erfahrenen Bereiter und ein unerfahrener Bereiter lernt von einem ausgebildeten erfahrenen Hengst.« Um das wirklich einschätzen zu können, beobachteten sie die Einzeldarbietung eines Pferdes, dessen einzige Verbindung zu seinem Bereiter der extralange Zügel war.

Es war eine Freude ihnen zuzusehen und als Eleanor den Bereiter stolz über seine mehr als gelungene Darbietung lächeln sah, musste sie ebenfalls begeistert klatschen. Sie war gefesselt von diesen wunderschönen und anmutigen Pferden. Sie waren der Traum jedes leidenschaftlichen Reiters.

Nach der Vorstellung führte sie der Oberbereiter in die Stallungen auf der gegenüberliegenden Straßenseite, wo sie Bereiter und Pferde trafen. In der ersten Box stand der schwarze Hengst, den Eleanor mit großer Aufmerksamkeit beobachtet hatte.

»Was hat es mit ihm auf sich?«, fragte sie den Oberbereiter. Diese Anderfarbigkeit hatte ihre Neugier geweckt.

»Ah, selbstverständlich«, nickte er vielsagend. »Ein Rappe ist immer mit dabei als lebendige Erinnerung daran, dass nicht alle Lipizzaner immer weiß waren.«

»Ich hatte ja keine Ahnung.«

»Sie werden mit einem schwarzen Fell geboren und im Alter zwischen fünf und acht Jahren werden sie weiß.«

»Wann beginnen sie mit dem Training?«

»Mit drei Jahren kommen sie nach Wien, um hier mit der Ausbildung zu beginnen. Bis dahin lernen sie alles, was sie wissen müssen in der Herde, an der Seite ihrer Mutter.«

Der Oberbereiter ging neben Eleanor durch die Stallungen und am Ende reichte er ihr eine Leckerei, ein Stück Zucker, für das letzte Pferd. Sie bot dem wiehernden Pferd den Würfelzucker an und wurde mit einem sanften Stoß gegen ihre Schulter belohnt. Der Oberbereiter geleitete sie schließlich zu ihrer Kutsche, wo Eleanor ihm noch einmal für die wundervolle Vorführung dankte.

Sie bestiegen die Kutsche um ins Palais für Erfrischungen zurückzukehren. Eleanor war von dem Ausflug noch immer völlig überwältigt, während sie schweigend neben Sophie in der Kutsche saß. Ehe sie es sich versah, wandte sie sich Sophie zu und küsste sie auf die Wange. Sophie Augen weiteten sich überrascht und Eleanor sah wie Tränen, bei dieser unerwartet zärtlichen Geste, in ihren Augen aufstiegen.

Eleanor war bewusst, dass sie gerade eine weitere Hürde überwunden hatte, eine intime Grenze und sie ergriff einfach Sophies Hand und ließ sie erst los, als sie ihr Ziel erreicht hatten.

Eleanor hätte sie zu gerne auf den Mund geküsst, hatte es aber doch nicht gewagt. Es gab noch vieles, worüber sie reden mussten, was sie noch nicht voneinander wussten. Aber so schnell wie sich ihre Freundschaft entwickelte, war ihr klar, dass sie dieses Gespräch ehe baldigst führen mussten.

Als sie sich am darauffolgenden Sonntag wieder zu einem Ausritt in den Prater trafen, überraschte Sophie Eleanor mit einem Picknick bei ihrem Lieblingsplatz, genau dort, wo sie sich zum ersten Mal getroffen hatten. Als sie sich der Stelle näherten, konnte sie schon erkennen, dass alles für sie bereit war. Eine Decke war im Schatten eines Kastanienbaumes ausgebreitet worden, Teller und Gläser warteten ebenso auf sie wie ein leichter Weißwein, der neben einem Korb voll mit Essen eingekühlt war.

»Wie hast du das gemacht?«

»Das ist ein Geheimnis«, erwiderte Sophie. Als sie Eleanors strengen Blick auffing, gab sie klein bei, »Na schön, ich habe Guttmann gebeten einen der Diener herzuschicken, um alles vorzubereiten. Ich musste dafür zwar meinen Geheimplatz preisgeben, aber das war es mit wert.«

»Es ist einfach wunderbar. Danke schön«, Eleanor war von der Geste zutiefst gerührt.

»Gerne. Lass uns nachschauen, was die Köchin Köstliches für uns zubereitet hat, während die Pferde grasen.«

Alles war köstlich, ebenso der Nachtisch, den sie gemeinsam mit dem Wein genossen. Es war genau das richtige Wetter für ein Picknick und eine sanfte Prise machte diesen wolkenlosen Tag vollkommen. Nach dem Essen packten sie alle Utensilien in den Picknickkorb und Sophie streckte sich auf der Decke aus. Sie überlegte, ob sie Eleanor endlich all das fragen sollte, was ihr schon lange auf der Seele lag. Wenn sie ehrlich war, musste sie jedoch zugeben, dass ihr der Mut fehlte, außerdem fürchtete sie sich ein wenig vor der Antwort.

Auf einen Ellbogen gelehnt beobachtete Sophie, wie sich Eleanor auf die Polster legte. Sie genoss offensichtlich die Sonne und die sanfte Prise. Sophies Herz befand sich in Aufruhr, aber sie wollte die Stimmung nicht durch eine Unbedachtheit trüben. Sie gab einen großen Seufzer von sich, der Eleanor veranlasste ihre Augen zu öffnen und sie fragend anzusehen. »Was ist los?«

»Nichts. Ich habe nur nachgedacht.«

Eleanor wandte sich ihr zu und mit ihrem Kopf auf eine Hand gestützt meinte sie, »Du runzelst die Stirn und siehst besorgt aus. Sag mir was los ist.«

Anstatt eine Antwort zu geben, fing Sophie an, an einem losen Faden auf der Decke zu zupfen und Eleanors Blick auszuweichen. Als sich eine sanfte Hand über die ihre legte, sah sie auf und in bezaubernde blaue Tiefen. Wie um alles in der Welt sollte sie ihre Fragen stellen und dabei zusehen müssen, wie diese wunderschönen Augen von Schmerz verdüstert wurden.

»Sag schon!«, ermutigte Eleanor sie sanft.

»Du musst nicht antworten, wenn du nicht möchtest«, beeilte Sophie sich zu versichern.

»Ich weiß, aber irgendetwas bereitet dir Kummer. Was ist es?«

»Die Halskette, die du trägst—«, Sophie verwünschte ihre Neugier, als sie spürte, wie die Hand auf der ihren sich versteifte und ein distanzierter Ausdruck in Eleanors Augen trat bei der bloßen Erwähnung des Schmuckstücks. »Vergiss es, entschuldige, ich wollte nicht aufdringlich sein. Ich war neugierig, weil ich dich noch nie ohne sie gesehen habe. Du hast sie sogar bei dem Empfang getragen.«

Eleanor musste Abstand gewinnen, also stand sie auf und entfernte sich ein Stück. Sie musste ihre Gedanken ordnen und ihre Emotionen unter Kontrolle bringen. Sophie war eine einfühlsame Frau, ihr war klar gewesen, dass sie früher oder später nach der Kette fragen würde. Ihre Angewohnheit, immer dann, wenn sie einen Rettungsanker brauchte, nach der Kette zu greifen, lenkte erst recht die Aufmerksamkeit darauf. Sie wusste, dass Sophie mehr über ihre Vergangenheit erfahren wollte. Es war das Natürlichste auf der Welt, schließlich waren sie sich in den letzten Wochen immer nähergekommen.

Sophie fühlte sich um Eleanors Nähe beraubt und hätte sich für ihren Mangel an Sensibilität in den Hintern treten können. Mühsam erhob sie sich und folgte ihrer Gefährtin. Nur ein Schritt trennte sie noch von Eleanor, aber es kam ihr vor wie ein ganzer Kontinent. Sie streckte den Arm aus und legte Eleanor zärtlich eine Hand auf die Schulter.

»Es tut mir leid. Ich hätte nicht fragen sollen. Ich hatte kein Recht. Bitte, verzeih mir.« Ihre Stimme klang rau, da sie Angst hatte eine unüberbrückbare Kluft zwischen ihnen geschaffen zu haben.

Wortlos wandte Eleanor sich Sophie zu, nahm die Halskette ab und reichte sie Sophie. Sie war von sich selbst überrascht, denn bis zum heutigen Tag hatte die bloße Frage ein schmerzhaftes Zusammenschnüren ihres Herzens verursacht. Aber jetzt hatte sie weder Kummer oder Schmerz verspürt. Seit Cathleens Tod waren Tränen ihr ständiger Begleiter gewesen, wenn deren Name auch nur erwähnt wurde. Aber jetzt war dies keineswegs der Fall. Ein Gefühl des Verlusts hatte sich zwar bemerkbar gemacht, aber nur als schwache Erinnerung an die Frau, die so lange ihr Herz in ihren Händen gehalten hatte.

»Öffne es!«

»Ich kann das nicht—Ich wollte nicht—«, stammelte Sophie unsicher. Zum einen wollte sie unbedingt die Wahrheit erfahren, aber zum anderen hatte sie das Gefühl, sie hatte kein Recht dazu.

Eleanor drückte ermutigend ihre Hand, »Ich möchte, dass du es aufmachst. Bitte!«

Vorsichtig öffnete Sophie das Medaillon und sah, was darin verborgen war. Darin befand sich ein graziler Goldring und das schwarzweiße Foto einer bildschönen Frau. Die Bedeutung dieser Erinnerungsstücke schnürten Sophie förmlich die Kehle zu.

»Sie ist wunderschön.« Was sonst konnte sie sagen? Es klang selbst in ihren Ohren leer, als sie das Offensichtliche feststellte, aber was gab es noch zu sagen? Sie hatte Recht, was Eleanor betraf, ihre Angst war berechtigt gewesen. Eine verheiratete Frau mit einer Gefährtin, die offenbar auch ihre Geliebte war, war unerreichbar für sie. Sie war eine Närrin, wider besseres Wissen zu hoffen, dass vielleicht—Was? Es war weder der Ort noch die Zeit für eine Frau wie Eleanor.

Mit zittrigen Händen schloss sie das Medaillon und legte es in Eleanors Hand. »Wir sollten zurückkehren. Ich habe Professor Maierhofer versprochen ihm am Nachmittag mit einigen Manuskripten zu helfen.«

Sophie machte kehrt und ließ Eleanor verblüfft zurück. Während Eleanor dabei war, sich die Halskette wieder umzuhängen, hatte Sophie schon ihre Pferde geholt. Sophie stieg in den Sattel und wartete, dass Eleanor es ihr gleichtat. Sobald diese ebenfalls zu Pferd saß, lenkte Sophie Capri auf den Weg zurück, auf dem sie gekommen waren.

⚔

Eleanor lag gemütlich im warmen wohlduftenden Schaumbad und ließ die Geschehnisse zwischen sich und Sophie noch einmal Revue passieren. Sie hatte Sophie genau dabei beobachtet, als sie die Kamee geöffnet hatte. Eine Unzahl an Gefühlen waren ihr beim Anblick des Inhalts ins Gesicht geschrieben gewesen. Keines gab ihr Aufschluss über Sophies Gemütszustand, denn so schnell wie sie aufgetaucht waren, waren sie auch wieder verschwunden. Außer der Bemerkung Cathleens Aussehen betreffend stellte sie keine Frage, sagte nichts dazu.

Jeglicher Versuch einer Unterhaltung auf dem Nachhauseweg wurde abgeschmettert. Sophie war dabei nicht unhöflich gewesen, überhaupt nicht. Sie war so herzlich wie immer, allerdings war die Distanz zwischen ihnen deutlich spürbar. Da Sophie es nicht gestattete, war auch keine Zeit gewesen, auch nur irgendetwas zu erklären.

Die Erkenntnis traf sie wie ein Blitz und sie fuhr in der Badewanne hoch, sodass Wasser über den Rand der Wanne schwappte. In aller Eile stieg Eleanor aus der Wanne, trocknete sich ab und verzichtete beim Ankleiden auf die Hilfe ihrer Zofe, weil sie einfach nicht warten wollte. Zeit war in diesem Fall von essentieller Bedeutung und je eher sie dieses Missverständnis aus dem Weg schaffte, umso früher konnten sie und Sophie den nächsten Schritt wagen. Auf ihrem Weg nach unten rief sie nach Benson, damit er Parker beauftragte die Kutsche unverzüglich vorzufahren.

Eleanor ging in der Eingangshalle auf und ab, während sie darauf wartete, dass ihre Befehle ausgeführt wurden. Als Benson sie von der Ankunft der Kutsche informierte, eilte sie aus der Tür und mahnte Parker zur Eile.

Mit einem Schnalzen der Peitsche setzten sich die Pferde in Bewegung, aber auf den Straßen herrschte ein reges Treiben. Es schien beinahe, als wäre ganz Wien auf dem Weg: Kutschen, Automobile, Straßenbahnen, Fußgänger und Radfahrer verstopften die Straßen. Es dauerte wesentlicher länger als üblich Palais Hagendorf am anderen Ende der Ringstraße zu erreichen. Als sie endlich ankamen, half Parker ihr aus der Kutsche. Sie erklomm die Stufen zum Eingang, läutete und wartete ungeduldig, dass Guttmann öffnete.

»Eure Gnaden«, verbeugte sich der Butler, als er die Tür öffnete, um sie eintreten zu lassen.

»Guten Tag, Guttmann«, grüßte ihn Eleanor heiser, »Ich würde gerne mit Gräfin Sophie sprechen.«

»Es tut mir leid, Madam, aber die Gräfin ist vor einer halben Stunde abgereist.«

»Wissen Sie, wann sie zurück sein wird?«

»Ich weiß es nicht, Eure Gnaden«, Guttmann schüttelte entschuldigend den Kopf, »aber das Gepäck lässt wohl auf einen längeren Aufenthalt schließen.«

»Verstehe. Nun, dann will ich Sie nicht länger von Ihren Pflichten abhalten. Auf Wiedersehen.«

Benommen verließ Eleanor das Palais. Sophie war einfach ohne ein Wort des Abschieds abgereist. Hatte sie womöglich mehr in ihre Freundschaft hineininterpretiert als es tatsächlich war?

Eleanor war dabei sich in Sophie zu verlieben und das war auch der Grund, weshalb sie ihr das Medaillon gezeigt hatte und ihr von Cathleen erzählen wollte. Sie wollte eine ehrliche Unterhaltung über die Vergangenheit und über ihre Gefühle führen, aber sie war wohl falsch gelegen. Sophie hatte sie mit ihrer Abreise wissen lassen, dass sie nichts weiter mit ihr zu tun haben wollte. Besser es jetzt zu wissen, als später. Dennoch konnte sie die Tränen, die ihr über die Wange liefen, nicht zurückhalten.

Kapitel Dreizehn

Therese von Hochstetten gesellte sich zu ihrer Tochter, die bei der Tür zum Garten stand. Der ausgedehnte Garten bestand aus einer Unzahl von Bäumen und einem Teich, an dem Enten ihre Küken aufzogen und Frösche und Fische einen mannigfaltigen Bestand ausmachten. Sie folgte Adeles Blick und runzelte die Stirn, als sie die einsame Gestalt im Pavillon unter der großen Weide ausmachte. Ihre Nichte Sophie war in ihre Unterlagen vertieft, sie schrieb mit grimmiger Entschlossenheit und war für ihre Umgebung blind. Seit ihrer Ankunft vor zwei Wochen verhielt sie sich nun so und es war ihnen nicht gelungen zu ihr durchzudringen, um herauszufinden, was sie so offensichtlich quälte.

»Hat sie heute schon etwas gegessen?«

»Ich weiß es nicht, Mami«, raunte Adele entmutigt. »Ich habe die Köchin gebeten eine der Küchenmägde mit Frühstück hinaus zu schicken, aber ich habe es noch nicht gewagt nachzusehen.«

»Nun«, sie richtete sich entschlossen auf, »ich nehme an, dass es wohl an mir ist. So kann das nicht weitergehen. Das gestatte ich nicht.« Sie raffte ihren Rock und mit entschlossenen Schritten machte sie sich auf den Weg zum Pavillon, um endlich herauszufinden, was mit ihrer Nichte los war.

Seit dem Tod ihrer Schwester war ihr Sophie immer stärker ans Herz gewachsen. Karolines früher Tod war für alle ein Schock gewesen und Sophies Vater hatte sie kurz danach zu ihr geschickt. Er hatte keine Ahnung, wie er für ein gerade einmal siebenjähriges Mädchen sorgen sollte, genauso wenig wie er wusste, wie er ein kleines Mädchen trösten sollte, die ihre Mutter so sehr geliebt hatte. Therese versuchte für Sophie da zu sein, was nicht immer einfach war, aber mit Cousinen im gleichen Alter fiel es Sophie schließlich leichter sich zu öffnen.

Therese würde sich selbst aber niemals verzeihen, was in diesem Sommer geschehen war, als Sophie gerade einmal vierzehn Jahre alt gewesen war. Sie fühlte sich verantwortlich für Sophies Unfall, obwohl sie wusste, dass sie nichts hätte tun können, um es zu verhindern. Sophie war schon immer ein Wildfang gewesen, aber ohne Karolines beruhigendem Einfluss gab es nichts und niemanden, der sie daran hindern konnte auf einem ungezähmten Pferd auszureiten.

Als sie sie verletzt in ihrem eigenen Blut liegend fanden, hatte Therese befürchtet sie würde es nicht überleben, aber die Ärzte im Krankenhaus gaben ihr Bestes, um Sophie am Leben zu halten und sie zu heilen. Es dauerte Monate. Ihre Nichte verbrachte den Rest des Sommers und einen Gutteil des Herbstes im Krankenhaus, in einem Gipskorsett ans Bett gefesselt, um Rücken und Hüfte zu heilen. Ihr rechtes Bein, das an drei Stellen gebrochen war, war ebenfalls eingegipst gewesen.

Glücklicherweise gelang es den Ärzten ihr rechtes Auge zu retten, aber es hinterließ eine große Narbe. Sie mussten allerdings die Gebärmutter entfernen, aufgrund einer schrecklichen Verletzung durch eine Metallstange.

Nachdem sie das Krankhaus verlassen durfte, war Sophie noch mehr in sich gekehrt als jemals zuvor. Es erforderte von allen eine große Portion Geduld, als Sophie sich bemühte wieder zu Kräften zu kommen und dabei immer wieder das Temperament mit ihr durchging. Mit einer Sturheit und Entschlossenheit, die Therese an ihre Schwester erinnerte, gelang es Sophie schließlich, ohne eine Stütze für ihr rechtes Bein, nur mit Hilfe eines Gehstocks, zu gehen.

Jahre später, als Erwachsene, war es Sophie dennoch nicht gelungen, ihre Spontanität gegenüber dem Leben wieder zurückzugewinnen. Therese stand zögernd am Eingang zum Pavillon, sie wollte die Konzentration ihrer Nichte nicht stören und schwankte in ihrer Entschlossenheit, als sie eine amüsierte Stimme aufschreckte.

»Hast du vor, zu sagen, weswegen du gekommen bist oder hast du vor, dich zurückzuhalten?«

»Es gibt keinen Grund respektlos zu sein, junge Dame«, gab Therese zurück.

Sophie lehnte sich im Sessel zurück, nahm ihre Brille ab und ließ ihren Kopf beschämt hängen. »Entschuldige, Tante! Verzeih mir!«

Therese ging zu ihrer Nichte und strich ihr zärtlich übers Haar, ehe sie ihren Kopf küsste.

»Ich vergebe dir, Liebes.«

Sie nahm in dem Sessel rechts von Sophie Platz und legte liebevoll eine Hand auf Sophies Hand, was ihre Nichte dazu brachte sie anzusehen.

»Ich mache mir Sorgen um dich, Sophie. Irgendetwas bereitet dir großen Kummer und bevor du versuchst es zu leugnen, denk bitte daran, mit wem du sprichst. Ich kenne dich. Ich weiß, dass etwas ganz und gar nicht stimmt.«

Sophie blickte in das Gesicht ihrer Tante. Sorgenfalten überzogen ihre ansonsten noch immer glatte Stirn. Die Fältchen um die Augen schienen stärker ausgeprägt und ihre grünen Augen waren voll Sorge. Alles ihretwegen. Ihre Tante war ihrer Mutter nicht nur im Aussehen sehr ähnlich, sondern auch in ihrem Wesen.

Tante Therese war immer für sie da gewesen, immer wenn sie einen Rückzugsort brauchte, konnte sie auf ihre Tante zählen. Wenn sie sich mit ihrem Vater überwarf, was nach dem Tod ihrer Mutter öfters der Fall war, spendete ihre Tante Trost. Maria und Adele waren mehr Schwestern als Cousinen. Sophie sah ihrer Tante in die Augen und fühlte, wie ihre Entschlossenheit zu bröckeln begann.

Therese strich ihr sanft eine Strähne hinter das Ohr, bevor sie ihr die Hand auf die Wange legte.

Sophie wich nicht zurück, sie schloss die Augen und still liefen ihr die Tränen, die sie nicht länger zurückhalten konnte, über die Wangen. Sie spürte, wie ihre Tante sie liebevoll in den Arm nahm.

»Ich lass dich nicht los, mein Liebling«, flüstere Therese, während sie zärtlich über Sophies Haar strich.

Sophie war eine glänzende Sprachwissenschaftlerin, aber sie versagte komplett, wenn es um ihre Gefühle ging. Sie konnte jeden antiken Text übersetzen, aber sie war verloren, wenn es darum ging ihren Emotionen Ausdruck zu verleihen.

Nachdem Sophie wieder ruhiger geworden war, erzählte sie ihrer Tante alles über ihre Freundschaft mit der Herzogin von Darnsworth. Es gab nichts, worüber sie nicht sprach, sie erwähnte auch ihre Gefühle für Eleanor und, dass sie gedacht hatte, sie würden erwidert. »Aber ich mache mich damit lächerlich, denn die Herzogin ist nicht nur verheiratet, sie hat mir auch das Bild, einer wunderschönen Frau, in ihrem Medaillon gezeigt. Dabei handelt es sich wohl um eine ganz besondere Gefährtin.«

»Manchmal sind die Dinge nicht so, wie sie scheinen, Sophie«, gab Therese sanft zu bedenken. »Was hat sie dir denn über ihre Ehe oder die Fotografie erzählt?«

»Nichts, weil ich ihr keine Gelegenheit dazu gegeben habe«, gab Sophie reumütig zu. »Was für einen Sinn hätte es auch gehabt? Sie ist eine verheiratete Frau mit drei Kindern. Was könnte schon daraus werden?«

Therese seufzte. Sie hatte immer schon gewusst, dass ihre Nichte Frauen liebte, genauso wie ihre Tochter Adele. Unglücklicherweise war die Gesellschaft dieser Wahl nicht wohlgesonnen, besonders dann nicht, wenn sie ihre Liebe offen lebten.

Manche Frauen hatten immer Wege gefunden, die Konventionen zu umgehen und ihr Leben nach ihren eigenen Regeln zu führen. So lange sie es diskret und im Rahmen der Grenzen taten, die ihnen von der Gesellschaft auferlegt wurden, sah man darüber hinweg. Ihre Nichte war mutig genug diesen Konventionen, in der Art wie sie sich kleidete und mit ihrer Tätigkeit, die Stirn zu bieten und Therese bewunderte sie dafür. Aber es war eine Sache für das Tragen von Männerkleidung als Exzentrikerin abgetan zu werden. Mit einer Frau als Paar zusammenzuleben, war etwas völlig anderes. Die Gesellschaft war heuchlerisch und nicht einmal Sophies Geld würde sie schützen können, sollte jemand die Vertreter des Gesetzes auf sie hetzen. Sophies kompromisslose Art hatte ihr schon genug Kummer beschert und Therese wünschte, sie würde auf die Vernunft hören und sich Eleanors Seite der Geschichte anhören.

»Du bist in sie verliebt«, stellte Therese fest, ohne lange um den heißen Brei zu reden. Sophie wollte dem widersprechen, aber ihre Tante legt ihr einen Finger auf den Mund und so schloss sie ihn wieder.

»Versuch gar nicht erst es zu leugnen. Ich weiß, dass dem so ist. Deshalb bist du hier. Du bist so schnell und so weit gelaufen, wie du nur konntest. Aber lass dir gesagt sein, deine Gefühle werden nicht einfach so verschwinden. Es ist diesmal anders, da bin ich mir sicher. Es ist überhaupt nicht so wie mit Elisabeth. Ich glaube dieses Mal ist es echt und du bist dir dessen bewusst. Das ist auch der Grund, weshalb du dich so hartnäckig geweigert hast darüber zu sprechen.«

»Es spielt keine Rolle, so oder so«, beharrte Sophie. »Selbst, wenn wir uns unsere Gefühle eingestehen, die, so meine ich, nicht komplett auf Gegenseitigkeit beruhen, wäre es sinnlos. Wenn der Sommer vorbei ist, werden sie nach England zurückkehren. Es ist also besser gar nicht erst etwas anzufangen, was ohnehin enden wird.«

»Du könntest sie aber auch begleiten.« Therese verzweifelte über Sophies Sturheit.

»Das kann ich nicht.«

»Warum denn nicht, zum Kuckuck?«

»Weil ich sie nicht alleine zurücklassen kann.«

»Wovon redest du? Wen?«, fragte ihre Tante verständnislos.

Therese begriff plötzlich, worum es sich handelte. Sophie fühlte sich für ihren Stiefbruder und ihre Stiefschwester verantwortlich, die sie innig liebte.

»Du bist nicht ihre Mutter. Du bist nicht für sie verantwortlich.«

»Doch, versteh das doch«, widersprach Sophie leidenschaftlich. »Emma wird diesen Mistkerl heiraten und wer wird für sie da sein, wenn sich das Ganze als Fehler herausstellt?«

»Ihre Eltern.«

»Wohl kaum«, für Sophie war die bloße Vorstellung Hohn, »Vater hört auf kein Argument und Helen fiebert schon der Einladung zum nächsten Kaiserball entgegen, die Graf von Bernthals Verbindungen bietet.«

»Trotzdem—«

»Nein.«

Ihre Nichte blieb hartnäckig. Es hatte keinen Sinn noch länger darüber zu diskutieren.

Zwei Wochen war es her, dass Eleanor darum gebeten hatte, einen Brief an Sophie weiterzuschicken, aber als keine Antwort kam, wurde ihr klar, dass es keinen Sinn hatte länger zu warten. Ihre Freundschaft war vorbei und die Hoffnung auf mehr war ebenso gestorben. Sie hoffte, dass es Sophie gut ging und für sich selbst hegte sie die Hoffnung, die ganze Angelegenheit bald hinter sich lassen zu können. Eleanors Gefühle für Sophie waren tiefer als sie bereit war zuzugeben. Für ihre Familie versteckte sie sich hinter einer wackeren Maske, während sie um den Verlust einer unerwiderten Liebe trauerte. Der gelegentliche Besuch von Helen und ihrer Familie war dabei auch keine Hilfe.

Als die Hagendorfs wieder einmal zum Abendessen da gewesen waren, gab Emma ihr einen Brief von Sophie, auf den sie sehnsüchtig gewartet hatte. Eleanor entschuldigte sich und ging in die Bibliothek, um ihn ungestört lesen zu können. Sie brach das Siegel auf und schon nach den ersten drei Zeilen wurde ihre klar, dass Sophie zwar sanft aber bestimmt ihre Freundschaft beendete und ihr mitteilte, dass ihre Zuneigung zu nichts führen würde.

Eleanor sank in einen Sessel und bedeckte ihren Mund, um ein drohendes Schluchzen zu unterdrücken. Sie fühlte sich wie eine törichte alte Frau, die dabei war sich zum Gespött zu machen, weil sie einer lebhaften jungen Frau nachjagte. Wem außer sich selbst machte sie etwas vor?

Die ganze Angelegenheit war von Anfang an ein Fehler gewesen. Sie hatte bereits eine Liebe erlebt, die andere nie erfahren würden. Es musste genug sein. Eleanor hatte sehr viel Glück gehabt, dessen war sie sich bewusst. Seit sie eine junge Frau war, hatte sie gewusst, wer sie war und wonach sie sich sehnte. Die Beziehung, die ihre Großmutter und Giulia hatten, war eine große Hilfe gewesen, sich dessen gewahr zu werden. Henrys Liebe und sein eigenes Bedürfnis nach Schutz hatten ihr Möglichkeiten eröffnet, die sie, ohne einen zweiten Gedanken daran zu verschwenden, entschlossen ergriffen hatte.

Als sie Cathleen zum ersten Mal getroffen hatte, wusste sie, sie würde alles in ihrer Macht Stehende tun, damit diese ein Teil ihres Lebens blieb. Eleanor war über alle Maßen beglückt gewesen, als Cathleen ihr versicherte, dass ihre Gefühle erwidert wurden. Ihre Beziehung war wundervoll gewesen, voller Liebe und gegenseitiger Fürsorge. Nie wieder hatte sie eine andere Frau so angesehen, wie ihre Geliebte. Nach Cathleens Tod war ihre Trostlosigkeit unendlich gewesen. Sie hatte die Liebe ihres Lebens verloren, ihre Gefährtin, beste Freundin, die andere Mutter ihrer Kinder. Niemals hätte sie es für möglich gehalten, noch einmal eine romantische Liebe zu finden und dennoch betrauerte sie erneut den Verlust einer Geliebten und dabei hatten sie sich nicht einmal geküsst.

»Törichtes Weib«, schalt Eleanor sich, als sie den Brief in die oberste Schublade warf und diese zuschlug. Sie nahm ihre Lesebrille ab und drückte ihren Nasenrücken in dem verzweifelten Versuch die Kopfschmerzen abzuwehren, die sich schon den ganzen Tag angekündigt hatten. Sie würde es überleben, sicher, aber sie würde ihr Herz dem nicht wieder aussetzen. Es war Zeit weiterzumachen. Es stand einfach nicht in ihren Sternen, so etwas passierte nur einmal im Leben, je eher sie das zur Kenntnis nahm umso besser. Ihr Herz hatte vergebens gehofft. Es war besser die Vergangenheit ruhen zu lassen.

»Bitte, sag mir, dass du jetzt nicht vor hast auszureiten«, Adeles Stimme ließ Sophie wie angewurzelt stehen bleiben. Sie drehte sich langsam um, um ihre Cousine anzusehen, die ihre Arme über der Brust verschränkt hatte.

»Warum nicht?«

Adele rollte bei Sophies Ton ihre Augen. »Weil es regnen wird. Wahrscheinlich wird es ein Gewitter geben und auf deinem üblichen Weg ist nirgendwo ein Unterstand.«

Sophie lachte über die Wettervorhersage ihrer Cousine. »Mach dich nicht lächerlich. Es ist ein wunderbarer Tag. Die Sonne scheint und es ist keine einzige Wolke zu sehen.«

»Sophie, ich scherze nicht«, Adele legte ihrer Cousine die Hand auf den Arm, ihre Augen so ernst wie nie. »Hör auf mich! Es kann sehr schnell gehen. Einen Moment scheint die Sonne und im nächsten schüttete es und die Temperatur fällt um zehn Grad.«

»Unsinn.« Sophie schüttelte die Hand ab und stolzierte aus dem Haus. Sie schüttelte den Kopf über ihre Cousine, verwundert darüber, dass eine so vernünftige Frau wie Adele solch einen abergläubischen Unsinn erzählen konnte. Sophie stieg auf ihr Pferd und galoppierte aus dem Stall. In Salzburg konnte es ziemlich schütten, das wusste sie, oftmals tagelang, aber das war lächerlich. Seit Jahren war das der trockenste Sommer in diesem Teil des Landes.

Solch plötzliche Wetteränderungen, wie Adele sie vorhergesagt hatte, schienen völlig absurd, aber nach einer Stunde Ausritt wurde aus einer leichten Prise ein rauer Wind gefolgt von Donner. Sie hielt ihr Pferd an und sah in den Himmel. Der Wind peitschte dunkle Wolken westwärts. Das Gewitter, das Adele vorhergesagt hatte, kam sehr schnell auf sie zu. Sophie gab ihrem Pferd die Sporen, in der Hoffnung dem Regen zu entkommen. Als die ersten schweren Regentropfen fielen, wurde ihr aber klar, dass es keinen Sinn hatte weiterzureiten. Es gab aber auch keinen Unterstand, wo sie hätte warten können, bis das Gewitter vorbeigezogen war.

Mit dem Regen wurde auch der Wind kühler. Sophie trug nur ein leichtes Hemd, das bereits völlig durchnässt war und sie fröstelte, als sie ihr Pferd antrieb. Als sie die Umrisse des Anwesens ihrer Tante durch den Regen ausmachte waren sie und ihr Pferd erschöpft. Sie leitete das Pferd zu den Stallungen, wo ein Stallbursche gelaufen kam, der ihr vom Pferd half. Sie schwankte zum Haus, wo sie ihrer Tante förmlich in die Arme fiel.

»Gute Güte«, Therese fing sie auf und brachte sie zu einem Sessel. »Elsie! Mach für meine Nichte ein heißes Bad fertig und sag der Köchin, wir brauchen einen großen Topf mit heißem Tee und Hühnersuppe, so schnell wie möglich. Auch eine Wärmflasche für das Bett.«

Die Zofe eilte davon und tat wie ihr geheißen. Adele half ihrer Mutter dabei Sophie in ihr Zimmer zu bringen, um die nassen Kleider loszuwerden und in die Badewanne zu steigen.

»Hast du ihr denn nicht gesagt, dass ein Gewitter kommt?«

»Natürlich«, antwortete Adele voller Empörung, »aber sie hat nicht auf mich gehört.«

Ihre Mutter seufzte. »Tut sie das jemals?«

Gemeinsam manövrierten sie Sophie in die Wanne. Obwohl das Wasser heiß war, konnte sie nicht aufhören zu zittern. Ihre Zähne klapperten so stark, dass sie kaum sprechen konnte.

»Es—es—t-tut mir leid«, entschuldigte sich Sophie bei ihrer Cousine.

»Ist schon gut. Werde bitte nicht krank, du Dummkopf.«

»W-Woher?«

»Ich bin hier aufgewachsen«, erklärte Adele, »wir wissen so etwas. Manchmal, so wie heute, kann man den Regen förmlich riechen.« Adele zuckte einfach mit den Schultern.

Sophie nickte bestätigend, verzweifelt bemüht sich aufzuwärmen. Sie würde sich am liebsten in den Hintern treten für ihre eigene Blödheit.

Tante Therese hatte gehofft, dass das Bad verhindern würde, dass ihre Nichte krank wurde, aber als Sophie Fieber gefolgt von einem schrecklichen Husten bekam, wurde diese Hoffnung enttäuscht. Sie versuchten jede Behandlung, die ihnen einfiel, aber als nichts half, rief Therese Doktor Wagner, einen äußerst fähigen Arzt und Freund der Familie.

»Es ist eine Lungenentzündung«, stellte Doktor Wagner fest, nachdem er sein Stethoskop abgenommen und Sophies angestrengtes Atmen gehört hatte. »Ich werde ein paar Mittel aufschreiben, die sie wirklich regelmäßig nehmen muss und wir können nur hoffen, dass sie stark genug ist, um sich zu erholen.«

»Danke, Doktor.«

»Isst sie? Sie ist sehr dünn. Sie muss auch ausreichend trinken!«, riet der Arzt, während er das Rezept für die Apotheke ausstellte.

»Ich werde mich darum kümmern«, versicherte Therese, als sie Sophie im Delirium murmeln hörten. Es war unverständlich und der Arzt sah die Gräfin fragend an.

»Verstehen Sie, was sie sagt?«

»Es ist ein Name«, seufzte sie, »Eleanor.«

»Wo ist diese Eleanor? Vielleicht könnte ihre Anwesenheit ihre Nichte bei der Rekonvaleszenz unterstützen.«

»Unglücklicherweise teilt besagte Dame diese Meinung nicht«, sagte Therese bitter. Sie bereute es bereits, dass sie Sophie geraten hatte Eleanor doch eine Chance zu geben. Als Sophie mit ihrem fiebrigen Gemurmel begonnen hatte, hatte Therese einen Brief nach Wien geschickt, in dem sie Anton bat die Herzogin von Sophies Zustand in Kenntnis zu setzen. Als von besagter Dame keine Antwort kam, musste sie sich eingestehen, dass Sophie vielleicht doch Recht gehabt hatte und diese Eleanor die Mühe nicht wert war.

»Versuchen Sie es noch einmal«, beharrte Doktor Wagner. »Es könnte zu spät sein, wenn Sie zu lange warten. Wenn Sie den Ernst der Lage betonen, ändert sie vielleicht ihre Meinung.«

»Ich werde es mir durch den Kopf gehen lassen, Doktor«, sagte sie nachdenklich.

Die zweite Post war gerade angekommen, als Emma die Treppe herunterkam. Sie erwartete einen Brief von ihrem Verlobten. Trotz seiner zur Schau gestellten Überlegenheit schien der Graf ehrlich an ihr interessiert zu sein. Sophie tat ihm völlig unrecht. Er war charmant und keineswegs der Rohling, für den ihre Schwester ihn hielt. Emma sah die Post durch, die hauptsächlich Briefe für ihre Eltern enthielt, als es an der Tür läutete. Sie wartete nicht auf den Butler, sondern öffnete die Tür selbst. Ein Bote stand auf der anderen Seite, der nervös von einem Fuß auf den anderen trat.

»Ein Telegramm, Fräulein«, hielt er ihr den Umschlag entgegen.

Emma riss den Umschlag auf. Die kurze Botschaft war von Sophies Tante. Sie drängte Anton, die Herzogin von Darnsworth darüber zu informieren, dass Sophies Zustand ernst sei und falls sie auch nur den Hauch von Liebe für ihre Nichte empfand, sollte sie unverzüglich kommen. Emma zerknüllte das Telegramm und schloss die Tür mit einem Knall.

»Wer war das?«, fragte ihr Bruder auf dem Weg durch die Eingangshalle.

Anton entledigte sich seiner Reithandschuhe während er auf den Tisch mit der Post zuging, um sie durchzusehen.

»Niemand.«

Anton dachte, dass sie sich seltsam verhielt und sein Verdacht wurde bestätigt, als sein Blick auf den Umschlag in ihrer Hand fiel.

Als ihr klar wurde, was sein Blick erspäht hatte, versuchte sie ihn hinter ihrem Rücken zu verstecken, aber es war zu spät.

»Was versteckst du vor mir, Emma?«, fragte er und kam näher.

»Nichts.«

Emma versuchte ihm zu entkommen, aber Anton war schneller und fasste sie am Arm. Er öffnete ihre Faust und strich das Telegramm glatt. Er las es nicht ein Mal, sondern drei Mal, als ihm klar wurde, was vorging und was seine Schwester zu verbergen versuchte.

»Wie lange weißt du schon Bescheid?«, fauchte Anton sie wütend an, während er Emma einen Schritt zurück drängte. Sie hatte ihn noch nie so wütend gesehen. »Egal!«

Er drehte sich um und verließ das Haus auf demselben Weg, wie er es betreten hatte. Draußen hielt er den Stallburschen davon ab, sein Pferd wegzuführen. Er schwang sich in den Sattel und beeilte sich, die Botschaft zu übergeben.

»Ich sage Ihnen doch, ich muss mit Ihrer Gnaden sprechen. Es ist dringend«, hallte Antons Stimme durch die Halle.

Benson hinderte ihn am Eintreten, entnervt von der Beharrlichkeit des jungen Grafen. »Und ich habe Ihnen schon mehr als zwei Mal gesagt, dass Ihre Gnaden nicht abkömmlich ist.« Der Butler blieb standhaft. Wenn Ihre Gnaden kein Interesse daran hatte Besucher zu empfangen, würde er es dem Grafen keinesfalls gestatten, sich aufzudrängen.

»Was ist das für ein Aufruhr, Benson?«

Der Butler drehte sich zu der Stimme um und erblickte die Herzogin auf dem ersten Treppenabsatz. Sie verlangte eine Erklärung.

»Ich bitte für die Störung um Verzeihung, Eure Gnaden«, entschuldigte sich Benson.

Anton ging um den Butler herum, dessen Figur ihn erfolgreich vor dem Blick der Herzogin verborgen hatte.

»Ich bitte um Entschuldigung, Eure Gnaden. Ich wollte keine Unannehmlichkeiten verursachen, aber es ist wirklich dringend.«

Eleanor kam die Treppe herunter. »Danke, Benson.«

Der Butler verbeugte sich bescheiden und schloss die Tür hinter Anton, bevor er geräuschlos die Halle verließ.

»Was ist so dringend, Graf, dass sie auf diese Art hier eindringen müssen?« Eleanor war verstimmt, ob der Dreistigkeit des jungen Mannes.

»Es geht um Sophie. Sie ist krank«, kam Anton gleich zur Sache, bevor die Herzogin doch noch ihre Geduld verlor und ihn hinauswarf.

»Kommen Sie!« Eleanor wartete nicht, dass er ihr folgte, sondern marschierte flott in die Bibliothek, wo sie sich einen doppelten Whiskey eingoss und einen großen Schluck nahm, ehe sie Anton ansah. Er stand nur ein paar Schritte von ihr entfernt und hatte die Tür hinter sich geschlossen.

»Ich höre!«

Anstelle es ihr zu sagen, hielt er ihr das Telegramm von Sophies Tante entgegen. Eleanor las es und sank in einen Sessel neben dem Tisch mit den Getränken.

»Was soll das heißen? Welcher Brief? Ich hatte keine Ahnung, dass Sophie krank ist.«

»Ich weiß«, sagte Anton mit Bedauern, »ich auch nicht.« Er sah sie flehentlich an. »Bitte, fahrt zu ihr. Sie braucht Euch. Ihr werdet Euch niemals vergeben, wenn sie sich nicht erholt und Ihr sie nicht noch ein letztes Mal gesehen habt.«

Die Herzogin sah ihn seltsam an, es war Ärger gepaart mit Verzweiflung und Trauer.

»Warum ist das wichtig für Sie?«

»Sie ist meine Schwester, ich liebe sie und obwohl es schmerzt, dass sie nicht nach mir fragt, verstehe ich, warum sie nach Euch verlangt. Bitte, ich flehe Euch an, fahrt zu ihr. Ihr zuliebe und Euch selbst zuliebe«, bat Anton sie inständig, als er Schmerz in ihren Augen aufflackern sah.

»Ich kenne mich mit Verlust aus, junger Mann«, sagte Eleanor traurig.

»Das bezweifle ich nicht. Umso wichtiger ist es Sophie zu sehen, würdet Ihr nicht zustimmen?«

Eleanor schloss ihre Augen und horchte auf ihr Herz. Sie wusste was sie wollte, aber ob sie es auch tun sollte war eine andere Frage. Sie atmete tief durch, bevor sie eine Entscheidung traf.

»In der Schublade des Tisches finden Sie Papier und Bleistift. Schreiben Sie die Adresse der Hochstettens auf und dann gehen Sie!«

Ohne ein weiteres Wort tat Anton wie ihm geheißen. Er schrieb alle Informationen auf die sie brauchte und ging zur Tür. Die Stimme der Herzogin ließ ihn mitten in der Bewegung innehalten, als er die Tür öffnen wollte.

»Danke! Egal was geschieht, betrachten Sie mich für immer in Ihrer Schuld stehend.«

Anton war verblüfft, er wusste nicht was er sagen sollte. Also nickte er nur und verließ die Bibliothek.

Eleanor wusste nicht, wie lange sie grübelnd dagesessen hatte, nachdem Sophies Bruder gegangen war. Sie hatte die Nachricht wieder und wieder gelesen. Schweren Herzens ging sie zum Kamin, um nach Benson zu läuten. Der zuverlässige Butler erschien geräuschlos wie immer in der Bibliothek und erwartete die Befehle seiner Herrin.

»Bitte informieren Sie Seine Lordschaft und Mr Carstairs, dass ich sie zu sprechen wünsche, Benson.«

»Jawohl, Eure Gnaden.«

»Danke. Und sagen Sie Charlotte, dass sie auch kommen soll.«

»Selbstverständlich, Madam.«

Er verließ sie lautlos und Eleanor plante bereits ihre nächsten Schritte, während sie darauf wartete, dass die anderen erschienen. Zum Glück traten die drei gemeinsam ein und sie musste sich nicht wiederholen.

»Jonathan, würdest du bitte ein Abteil in der ersten Klasse im nächsten Zug nach Salzburg buchen?«

»Selbstverständlich. Noch etwas?«

»Sorge dafür, dass eine Kutsche am Bahnhof wartet, wenn wir ankommen. Eine Suite in einem Hotel in der Stadt muss gebucht werden und eine weitere Kutsche soll uns zur Verfügung stehen.«

»Natürlich. Noch etwas?«

»Nein.« Jonathan machte sich mit seiner Aufgabe auf den Weg. Sie wusste, dass er nicht nach dem Warum fragen musste. Sie bat ihn so selten um etwas, dass er nur allzu glücklich war, ihr diese Unterstützung zukommen zu lassen.

»Charlotte, würdest du mich bitte nach Salzburg begleiten?«, fragte Eleanor.

Ihre Tochter war zwar überrascht, aber stimmte bereitwillig zu. »Natürlich, Mama.«

»Immer langsam mit den jungen Pferden«, unterbrach sie Henry. »Ich bin es nicht gewohnt, dass du Befehle ausgibst und einfach so nach Lust und Laune irgendwohin reist. Was geht hier eigentlich vor? Warum musst du so plötzlich nach Salzburg?«

»Weil die Frau, in die ich mich törichterweise in den letzten Monaten verliebt habe, in Salzburg ist und sie ist furchtbar krank«, erklärte Eleanor ruhig, obwohl sie sich keineswegs so fühlte. »Es besteht die Gefahr, dass sie nicht wieder gesund wird und sollte das geschehen, ohne dass ich sie ein letztes Mal gesehen habe, könnte ich mir das niemals verzeihen.«

»Es ist also wahr«, flüsterte Henry.

Er beobachtete sie genau, ihr ganzes Verhalten erschien ihm seltsam. Sie ging unentwegt auf und ab. Ihre linke Hand hatte sie in ihre Hüfte gestemmt, während sie sich aufgebracht das Haar aus der Stirn strich. Ihr war übel und sie hatte keine Zeit, sich um Henrys Sorgen zu kümmern. Sie war lediglich froh, dass Charlotte keine Fragen stellte.

»Wie und wann ist das passiert?«, fragte er. »Ich dachte du magst sie nicht besonders?«

»Ach, Henry, sei doch nicht albern!«, rief Eleanor aus und ihre Augen brannten sich in die ihres Ehemanns. »Weshalb sollte ich so viel Zeit mit jemandem verbringen, den ich nicht mag?«

»Höflichkeit?« Er strich sich verlegen über seine Glatze. »Warum sie? Ich meine, ich weiß nicht. Ist sie nicht zu jung? Sie ist auf jeden Fall nicht der Typ Frau, zu dem du dich normalerweise hingezogen fühlst.«

»Ach bitte, Henry! Kläre mich auf! Zu welchem Typ Frau fühle ich mich denn hingezogen?« Sarkasmus, so zähflüssig wie Honig, schien förmlich von ihren Lippen zu tropfen. »Und was das zu jung betrifft, sie ist es nicht. Sophie ist zweiunddreißig Jahre alt, was wohl kaum zu jung ist. Die meisten würden sie eher für zu alt halten und sie würden sie eine alte Jungfer nennen, oder etwa nicht?«

»Ich meinte nur, dass sie nicht wie Cathleen ist.«

»Niemand ist, war oder wird jemals so sein. Cathleen ist tot und ich habe gelernt diese Tatsache zu akzeptieren. Es war schwer genug und du weißt besser als irgendjemand anderes, wie sehr ich sie geliebt habe und gedacht habe, dass ich nie wieder jemanden so lieben könnte. Aber ich glaube, ich habe jetzt den Menschen gefunden, für den ich diese Liebe empfinden kann.«

Sie wischte sich die Tränen aus den Augen und wandte ihrem Ehemann und ihrer Tochter den Rücken zu. Sie hatten immer gehofft, dass sie ihre Trauer überwinden und wieder glücklich sein könnte. Doch jetzt, wo sie es versuchte hatte, waren sie enttäuscht. Vielleicht bestand dazu ja kein Grund mehr, dachte Eleanor traurig, denn das

Telegramm von Sophies Tante klang sehr ernst. Es könnte schon zu spät sein.

»Was Papa meinte, war«, Charlotte legte ihrer Mutter sanft eine Hand auf die Schulter, »dass wir nicht wollen, dass du verletzt wirst. Du hast schon so viel durchgemacht und wir wollen, dass du glücklich bist.«

»Ach, Liebling, glaubst du etwa, ich weiß das nicht?«

Eleanor sah in das viel zu ernste Gesicht ihrer Tochter. Sie legte Charlotte eine Hand an die Wange und küsste sanft ihre Stirn.

»Ich weiß das doch und dafür liebe ich euch, euch alle. Wir suchen uns nicht aus, in wen wir uns verlieben. Sophie ist eine besondere Frau. Sie ist galant und fürsorglich, aber ängstigt sich zu Tode. Sie hat Wien verlassen, weil sie Angst hat und verletzt ist. Ich muss ihr so viel erklären, bevor es zu spät ist.«

»Also gut, Mama. Ich werde dich gerne begleiten.«

»Und ich werde Jonathan helfen«, meinte Henry und eilte zur Tür.

Kapitel Vierzehn

Der früheste Zug von Wien nach Salzburg fuhr um sieben Uhr am nächsten Morgen. Henry brachte Eleanor, Charlotte und die Zofe Rose zum Bahnhof und nachdem Parker dafür gesorgt hatte, dass ihr Gepäck sicher verstaut war, bestiegen sie den Zug. Ein Pfeifen signalisierte die Abfahrt und Henry schloss die Tür ihres Abteils und stieg aus, bevor der Zug langsam aus dem Bahnhof rollte.

Die erste Klasse war ausgesprochen bequem. Ihr Abteil war mit eleganten weißen Sitzen ausgestattet und der Speisewagon, den sie für ein spätes Frühstück und ein Mittagessen nutzen würden, war geräumig und ebenfalls gut ausgestattet. Die neunstündige Fahrt nach Salzburg führte durch Nieder—und Oberösterreich und wäre ein wunderbares Erlebnis gewesen, wenn sie sich auf die Landschaft hätte einlassen können. Unglücklicherweise war Eleanor viel zu sehr um Sophies Gesundheit besorgt, als dass sie sich auf etwas anderes hätte konzentrieren können. Außerdem hoffte sie inständig, noch rechtzeitig anzukommen.

Während Rose mit Handarbeit beschäftigt war, war Charlotte in das Buch vertieft, das sie kurz vor Abfahrt des Zuges erstanden hatte. Eleanor beneidete sie um die Ablenkung. Wenn es möglich gewesen wäre, dann wäre sie den Gang auf und ab gelaufen, nur um ihre Nerven zu beruhigen. Aber da dies nicht möglich war, seufzte sie tief und entschied sich doch für die Betrachtung der Landschaft. Ihr Blick flog über die Hügel, Wälder und Seen. In Niederösterreich konnte sie die Bauern auf den Feldern sehen, die damit beschäftigt waren die Ernte einzubringen. Als das Landschaftsbild in Oberösterreich sich in Berge und Seen verwandelte, fühlte sie Müdigkeit in sich aufsteigen. Nach dem Mittagessen entschied sich Eleanor, ihre Augen für einen kurzen Mittagsschlaf zu schließen. Sie erwachte aber erst wieder, als Charlotte sie sanft wachrüttelte.

»Mama, Mama! Wir sind in Salzburg.«

Sie öffnete langsam die Augen und sah sich verwirrt um, bis ihr gewahr wurde, wo sie war.

»Entschuldige, ich muss wohl eingenickt sein.«

»Macht doch nichts, Mama«, Charlotte lächelte über die Verlegenheit ihrer Mutter, »Rose kümmert sich um unser Gepäck und hält Ausschau nach der Kutsche zum Hotel.«

»Gut, gut.« Eleanor setzte ihren Hut auf, zog ihre Handschuhe an und folgte ihrer Tochter auf den Bahnsteig, wo sie Rose am hinteren Ende des Zuges erspähten. Sie war gerade dabei, einen Dienstmann damit zu beauftragen, ihr Gepäck zur Kutsche zu bringen. Der Mann hob seine Dienstkappe, nickte zustimmend und lud alles auf einen Wagen, um es zur Kutsche zu bringen.

Sie gingen, gefolgt von Rose, zur Kutsche. Sie bezahlten den Dienstmann und baten den Kutscher sie zu ihrem Hotel zu fahren. Es war vier Uhr am Nachmittag, als sie im Hotel ankamen und in die Suite geführt wurden, die Jonathan für sie gebucht hatte. Obwohl Eleanor von der Reise erschöpft war, konnte sie einfach nicht bis morgen warten, um Sophie zu sehen. Deshalb überließ sie alles Weitere Rose.

Gemeinsam mit Charlotte begab sie sich wieder nach unten, um zum Anwesen von Therese von Hochstetten zu fahren, das in einem Vorort von Salzburg lag.

»Erwartest du Besuch, Mami?«, fragte Adele, als sie aus dem Fenster im Arbeitszimmer ihrer Mutter blickte.

»Nein. Nicht, dass ich wüsste. Warum?« Die Gräfin sah von den Unterlagen auf, mit denen sie beschäftigt war.

»Eine Kutsche fährt gerade die Auffahrt herauf.«

»Höchst seltsam.«

Gemeinsam verließen sie das Arbeitszimmer, um ihren unerwarteten Besuch zu begrüßen. Sie warteten an der Eingangstür darauf, dass der Kutscher die Tür des Gefährts öffnete, damit sie für eine richtige Vorstellung und ein herzliches Willkommen hinaustreten konnten.

Zuerst entstieg der Kutsche eine junge Frau in einem roten Reisekleid, mit strohblondem Haar und himmelblauen Augen. Adele konnte ein hörbares Einatmen beim Anblick der Frau nicht unterdrücken. Zu sagen sie war schön, wäre eine Untertreibung gewesen. Sie war groß und schlank, ihre Haut sehr hell und makellos und ihr Lächeln verursachte bei Adele weiche Knie. Adele spürte, wie sie unter dem prüfenden Blick aus diesen strahlenden blauen Augen errötete.

Ihr Besuch war nach der neuesten Mode gekleidet und ihre Frisur war ebenso sorgfältig zurechtgemacht wie ihr leichtes Make-up. Als die junge Frau zur Seite trat, um einer weiteren Insassin der Kutsche das Aussteigen zu ermöglichen, waren Adele und ihre Mutter wie gebannt von der Würde, die diese Frau ausstrahlte. Bei den beiden handelte es sich unverkennbar um Mutter und Tochter. Ihr elegantes Aussehen, die blauen Augen und die feingliedrigen Züge verrieten es. Aber während die Augen der jüngeren Frau Offenheit ausdrückten und funkelten, waren die ihrer Mutter zurückhaltend, distanziert und kühl. Sie war von gleicher Größe wie ihre Tochter, aber ihr Haar war kurz und schneeweiß. Eine Strähne fiel dabei kühn über die Stirn in ihre Augen.

Die Frau war keineswegs so alt wie die Farbe ihres Haares vermuten ließ, denn ihre Haut war glatt und blass. Ihr Kleid war hellblau und betonte die Farbe ihrer Augen aufs vortrefflichste. Für Gräfin von Hochstetten erschien es ohne Frage, dass ihre Besucher von hohem Rang waren. Sie strich ihr Kleid glatt und schritt auf sie zu, um sie gebührend zu begrüßen.

»Willkommen auf Hochstetten! Ich bin Therese von Hochstetten und das ist meine Tochter Adele.«

»Guten Tag.«, Charlotte kam mit ausgestreckter Hand zur Begrüßung auf sie zu, was Therese sehr seltsam fand. Die Mutter der jungen Frau wirkte nervös und in sich gekehrt, also war die Tochter eingesprungen, um die Vorstellung zu übernehmen.

»Wir bitten für unser Eindringen vielmals um Entschuldigung. Es war keine Zeit unser Erscheinen anzukündigen. Meine Mutter war darauf bedacht, nach unserer Ankunft aus Wien, so schnell wie möglich hierher zu kommen.«

»Nicht der Rede wert«, Therese winkte ab. Ihr Interesse wurde bei der Erwähnung der Hauptstadt geweckt. »Ihr seid aus Wien angereist?«

»Verzeihung, wie töricht von mir«, lächelte Charlotte entschuldigend. »Ich bin Lady Charlotte Edgewood und das ist meine Mutter, Eleanor Edgewood, die Herzogin von Darnsworth.«

»In der Tat!«, stellte Therese knapp fest.

Die Temperatur war merklich kühler geworden, nachdem sich ihre Gäste vorgestellt hatten. Therese dachte an ihre Nichte und was sie alles durchgemacht hatte; den Kummer, den Schmerz, die Fieberfantasien, die Traurigkeit. Obwohl sie die Formen der

Höflichkeit wahren wollte, entschlüpften ihr doch harte Worte. »Weshalb glaubt Ihr willkommen zu sein?«

Die Bitterkeit der Worte schien die Verwirrung, die die Herzogin von Darnsworth umgab, durchdrungen zu haben. Sie schreckteförmlich auf und ihr Gesicht war noch bleicher als zuvor. Sie wirkte voller Qual, als stockte ihr der Atem und sie legte vor Schreck eine Hand auf die Brust.

»Bitte, sagen Sie mir nur, ob sie noch lebt! Bin ich zu spät? Wir werden Sie umgehend wieder verlassen, aber bitte sagen Sie mir die Wahrheit! Das ist alles, was ich wissen möchte.«

Das Auftreten der Herzogin hatte sich von einem Moment auf den anderen vollkommen verändert. Eine Unzahl von Gefühlen war mit einem Mal in den Augen der Herzogin zu erkennen. Sie sah, wie ihre Schutzmauer gefallen war, nicht ganz beabsichtigt, aber Therese war sicher, dass ihre Worte sie tief getroffen hatten. Sie konnte Schmerz erkennen, Bedauern, Sehnsucht und Angst spiegelten sich im Gesicht der Herzogin wider und ließen sie zugänglicher und menschlicher erscheinen. Sie war also *doch* zu tiefen völlig einnehmenden Gefühlen fähig, von denen ihre Nichte bei der Erwähnung dieser Frau gesprochen hatte.

Therese fühlte mit ihr, war aber dennoch entschlossen es ihr nicht zu leicht zu machen. Sie hatte einiges zu verantworten.

»Ihr habt kein Recht, das zu fragen«, erklärte Therese.

»Ich weiß, aber seien Sie versichert, dass ich nur wissen möchte, ob ich zu spät bin.«

»Seid Ihr nicht«, gab Therese schließlich nach, »es geht ihr sogar besser. Kurz nachdem ich das Telegramm geschickt hatte, fing das Fieber an zu fallen und sie befand sich auf dem Weg der Besserung. Sie ist wieder auf den Beinen, immer noch schwach und hustend, aber es geht ihr merklich besser.«

Eleanor bedeckte ihren Mund, um ein Schluchzen zu unterdrücken. Sie spürte Tränen aufsteigen, weigerte sich aber standhaft sie zu vergießen.

»Danke schön. Komm Charlotte, wir wollen nicht lästigfallen.«

Nachdem sie sich umgewandt hatte und im Begriff war wieder in die Kutsche zu steigen, hinderte Therese sie daran, indem sie Eleanor am Arm ergriff.

»Oh, nein, ganz bestimmt nicht«, sie war entrüstet. »Ihr seid hierhergekommen und habt eine Antwort verlangt, die Ihr ganz leicht auf postalischem Weg bekommen hättet. Aber Ihr seid hier, aus welchem Grund auch immer und ich würde verdammt noch eins gerne wissen, warum das so lange gedauert hat. Ich habe einen Brief geschrieben, als Sophie krank wurde, der nie beantwortet wurde. Warum also jetzt?«

Charlotte sah, wie die Anschuldigung und die unerlaubte Berührung ihre Mutter verärgerten. Also trat sie zwischen die beiden Frauen und fasste ihre Mutter am Arm, um sie zu beruhigen. Sie war froh, als sie sah, dass Adele dasselbe bei ihrer Mutter tat.

»Ich glaube, es gab einige Missverständnisse, die zu dieser unglückseligen Situation geführt haben. Mit Ihrer Erlaubnis, Gräfin, lassen Sie uns hinein gehen und wir erzählen Ihnen, wie und wann wir von Sophies Erkrankung erfahren haben.« meinte Charlotte.

»Das klingt vernünftig, Mutter«, stimmte Adele, mit einem dankbaren Blick auf Charlotte, zu.

»Nun, also«, stammelte Therese, »ich war wohl etwas voreilig und etwas forscher, als ich beabsichtigt hatte. Ich denke es ist eine gute Idee, wenn wir uns setzen und wie vernünftige Menschen die Angelegenheit besprechen.«

Adele führte die Gäste in den Salon und schickte nach Tee, der helfen sollte die Nerven aller zu beruhigen. Die Herzogin und ihre Tochter saßen auf einem Sofa, während sie und ihre Mutter auf Fauteuils gegenüber Platz nahmen. Die Kampflinie war festgelegt, aber Adele wusste, dass ihre Mutter es nicht so gemeint hatte, wie es geklungen hatte und sie lediglich entschlossen war Sophie unnötigen Schmerz zu ersparen.

»Also«, meinte Therese schließlich. »Ich bin ganz Ohr. Was genau ist passiert?«

Adele rollte die Augen, als sie den ungeduldigen Ton ihrer Mutter hörte und sich währenddessen wunderte, wann sie wohl Sophie von der Ankunft ihrer Gäste in Kenntnis setzen würde.

»Zuvor aber«, sagte Eleanor, »lassen Sie mich sagen, dass ich froh bin, dass es Sophie wieder besser geht. Ich versichere Ihnen, dass ich bis gestern absolut nichts von Sophies Krankheit wusste. Erst als Anton von Hagendorf mich aufsuchte, um mir Ihr Telegramm zu zeigen, wurde ich davon in Kenntnis gesetzt.«

»Aber wie kann das sein?« Therese war verwirrt. »Was ist mit meinem Brief geschehen?«

»Ich habe nicht die geringste Ahnung und er auch nicht, fürchte ich. Die einzige Korrespondenz, die ich seit Sophies Abreise erhalten habe, war ein Brief, in dem sie mir unmissverständlich mitteilte, dass sie unsere Freundschaft für beendet betrachtet.«

»Seid Ihr sicher?«, fragte Adele ungläubig. Das klang nicht nach ihrer Cousine, ganz besonders nachdem sie sie im Fieberwahn nach dieser Frau rufen gehört hatte.

»Sehr sicher. Ich habe den Brief hier.«

»Der langen Rede kurzer Sinn«, beharrte Therese, »Ihr hattet bis gestern nicht die geringste Ahnung, dass meine Nichte um ihr Leben kämpfte?«

»Nein. Sie haben mein Wort!«, schwor Eleanor feierlich.

Die Tür zum Salon flog plötzlich auf und die Quelle ihrer Verzweiflung wurde offenbar. Sophie sah bleicher aus als gewöhnlich, aber sie war am Leben und wütend. »Und wann hattest du vor mir von unseren Gästen zu erzählen, Tante Therese?«

»Ich wollte sicher sein, dass—«

»Was? Wessen wolltest du sicher sein? Dass sie ehrenvolle Absichten hat? Mach dich nicht lächerlich! Das ist kein Kitschroman. Ich bin sehr gut in der Lage für mich selbst zu sprechen.«

Sophie war wütend auf ihre Tante. Nicht einmal in ihren kühnsten Träumen hatte Sophie zu hoffen gewagt Eleanor im Salon ihrer Tante vorzufinden und dabei so wunderschön auszusehen. Während sie selbst sich schwächer und unzulänglicher fühlte als je zuvor.

»Und was Euch betrifft, Eure Gnaden, danke für Eure Sorge. Es geht mir wieder gut und Ihr könnt mit gutem Gewissen nach Wien zurückkehren.«

Sophie machte kehrte und schlug die Tür hinter sich zu. Die bitteren Worte und der Knall ließen sie alle zusammenzucken.

Sophie stürzte aus dem Haus und lief hinunter zum Teich, wo sie auf einer Bank zusammenbrach. Ihr Atem war flach und ihre Brust schmerzte von der Anstrengung. Doktor Wagner hatte ihr klar gemacht, dass sie es langsam angehen sollte, denn sonst bestünde die Gefahr eines Rückfalls. Sie hatte sich daran gehalten, aber sie musste der Person entkommen, die jede wache Minute und selbst ihre Träume beschäftigte.

Eleanor war nicht nur in Salzburg, sie war im Haus ihrer Tante. Es war unglaublich. Langsam fing sie wieder an normal zu atmen, ihr Herz schlug wieder langsamer und als sie aufsah, stand besagte Frau mit besorgtem Blick vor ihr.

»Darf ich mich setzen oder läufst du dann wieder weg?«, fragte Eleanor sanft.

Sophie atmete hörbar aus, »Ich bin im Moment noch viel weniger dazu in der Lage als sonst. Also, ganz wie du möchtest.«

»Danke.« Eleanor nahm behutsam neben Sophie Platz, hielt aber Abstand. Sie war sehr darauf bedacht keinen Druck auszuüben. Sie saßen eine Weile schweigend nebeneinander und sahen einer Entenfamilie zu, wie sie über den Teich schwamm.

»Warum bist du gekommen?«, fragte Sophie.

»Ich musste dich sehen. Das Telegramm deiner Tante war sehr direkt, deinen Gesundheitszustand betreffend.«

»Es sah eine Weile nicht gut aus«, gab Sophie sanft zu. »Aber es geht mir besser.«

»Darüber bin ich froh.«

»Es besteht also kein Grund länger zu bleiben, jetzt wo du dich davon überzeugt hast, dass ich noch am Leben bin.«

»Nein, wohl nicht«, stimmte Eleanor traurig zu. Sie hatte gehofft, dass Sophie ihre Meinung ändern würde. »Ich nehme an, was in deinem Brief steht, gilt also immer noch?«

»Welcher Brief?«

»Dein Brief. Der, den ich als Antwort auf den meinen erhalten habe, in dem ich dir alles über die Halskette erzählt habe.«

»Ich habe keinen Brief erhalten, geschweige denn einen geschrieben«, Sophie war verwirrt. »Hast du diesen angeblichen Brief von mir noch?«

»Ja.«

»Darf ich ihn sehen?«

Wortlos griff Eleanor in ihre Handtasche und entnahm den Brief. Sophie zog ihre Lesebrille aus der Innentasche ihrer Jacke und las die zwei Seiten mit ungläubigem Kopfschütteln. Nachdem sie fertig war, nahm sie ihre Brille ab und sah Eleanor verständnislos an. Sie hatte eine Ahnung, um wessen Handschrift es sich dabei handelte, hoffte aber, dass der Verdacht bestätigt werden konnte.

»Wer hat dir diesen Brief gegeben?«

»Deine Schwester Emma. Weshalb?«

»Ich habe das nicht geschrieben und du hast meine Befürchtung gerade bestätigt«, erklärte Sophie traurig. »Ich kann nicht glauben, dass sie das getan hat. Ich verstehe auch nicht warum.«

»Mach dir keine Sorgen, es spielt keine Rolle.« Eleanor griff nach Sophies Händen und drückte sie beruhigend.

»Es spielt für mich eine Rolle!«

»Du stimmst also mit dem Inhalt überein? Ich hatte gehofft, dass unsere Freundschaft mehr wert sei.«

»Eleanor, ich kann nicht deine Freundin sein«, in Sophies Stimme schwang große Traurigkeit.

»Warum nicht?«, fragte Eleanor heißer. Sie hatte gehofft, dass zumindest Freundschaft zwischen ihnen möglich wäre, und sie war zutiefst unglücklich darüber, dass selbst die unerreichbar schien.

»Weil meine Gefühle für dich über Freundschaft weit hinausreichen«, erklärte Sophie mit rauer Stimme. »Ich bin in dich verliebt. Ich begehre dich. Ich sehne mich, dir nahe zu sein, dich zu berühren und zu küssen.«

Nun hatte sie es ausgesprochen, offen und ehrlich. Sie hatte Eleanor ihr Herz offenbart und diese konnte sich jetzt in Empörung und Abscheu abwenden. Sophie hatte geglaubt, die Anziehung beruhte auf Gegenseitigkeit, aber da sie kaum Erfahrung darin hatte, konnte sie nicht sicher sein. Sie konnte Eleanor nicht in die Augen sehen, konnte es nicht ertragen, etwas anderes in den himmelblauen Augen zu entdecken als zärtliche Heiterkeit, die sie Tag und Nacht verfolgten.

Als sie die sanfte Berührung einer warmen Hand auf ihrer rechten Wange spürte, schnappte sie überrascht nach Luft. Eleanor drehte ihren Kopf zu sich um in ihre Augen zu schauen und fand dort in den braunen Tiefen ihrer Augen die Wahrheit. Mit ihrem Daumen strich sie zärtlich die Träne weg, die entkommen war.

»Ich liebe dich auch, du törichte Frau«, Eleanor lächelte freudestrahlend. »Ich begehre dich auch und würde liebend gerne alles mit dir teilen. Es gibt noch so viel, worüber wir reden müssen. So vieles, was du nicht weißt, aber ich dir sagen möchte.«

»Dann bleib«, drängte Sophie mit neuem Mut. »Ich bin sicher, Tante Therese wäre erfreut, wenn du bleiben würdest.«

»Ich möchte mich nicht aufdrängen.«

»Tust du nicht. Ich muss mich noch erholen und wir könnten mehr Zeit miteinander verbringen und du könntest mir das erzählen, von dem du meinst, dass ich es wissen sollte.«

»Das wäre schön.«

»Dann ist es entschieden.« Sophie war begeistert von der Aussicht, etwas ungestörte Zeit mit Eleanor verbringen zu können. Sie fühlte sich mutig genug das Versprechen mit einem sanften Kuss auf Eleanors Lippen zu besiegeln. Eleanor war die Berührung mehr als willkommen und sie dehnte den Kuss aus, indem sie Sophie weiter fest umarmte.

»Deine Mutter weiß zweifellos, was sie will«, sagte Adele anerkennend zu ihrer Begleiterin. Sie hatten die beiden Frauen beim Teich von der Rückseite des Hauses aus beobachtet. Charlotte machte sich Sorgen um ihre Mutter und Adele hatte ihr vorgeschlagen sie an eine Stelle zu führen, von der aus sie ein Auge auf die beiden haben konnten. Ein kurzer Blick auf Charlotte und der leichte rosa Teint auf ihren Wangen verriet ihr, dass sie ein wenig verlegen war bei dem unerwarteten Zeichen der Zuneigung zwischen ihrer Mutter und Sophie.

Es war ja nicht so, dass Charlotte ihre Mutter noch nie jemanden hatte küssen sehen, im Gegenteil. Ihre Mutter und Cathleen waren immer sehr liebevoll miteinander gewesen, was dazu geführt hatte, dass ihre Kinder sie des Öfteren beim Küssen oder Händehalten überrascht hatten. Sie fühlte sich im Moment allerdings wie ein Eindringling und wenn sie ehrlich war, war sie auch ein wenig verlegen, ihrer Mutter dabei zuzusehen, wie sie jemand anderen als Cathleen küsste.

»Ja, nun, ich nehme an, wir wären ansonsten nicht hier«, musste Charlotte zugeben.

»Es stört dich nicht?«

»Nein, nicht wirklich«, zuckte Charlotte mit den Schultern, »es wird eine Zeit dauern mich daran zu gewöhnen, aber unsere Familie ist alles andere als konventionell. Meine Eltern haben eine besondere Beziehung, die sich auf Vertrauen, Respekt und gemeinsamen Zielen gründet.«

»Das klingt keineswegs nach Ehen des Adels, wie ich sie kenne«, stimmte Adele nachdenklich zu.

»Was noch viel außergewöhnlicher ist, ist wohl die Tatsache, dass sie mit ihrer Liebe für ihre Kinder nicht hinter dem Berg halten. Meine Brüder und ich haben sich immer geliebt und umsorgt gefühlt. Sie haben uns nie das Gefühl gegeben wir seien bloß eine Verpflichtung oder ein notwendiges Ärgernis. Wir hatten wirklich

Glück, solche Eltern zu haben und das Beste daran war, wir hatten sie im Doppelpack.«

Adele blickte erstaunt und fragte sich, was Charlotte wohl damit meinte. Charlotte sah die Überraschung in Adeles Gesicht und konnte nicht anders als laut über diesen verblüfften Ausdruck zu lachen. Sie schnappte sich ihren Ellbogen und führte sie den Pfad entlang auf die andere Seite des Teiches, während sie ihr die ungewöhnliche Familienkonstellation erklärte. Es machte ihr nichts aus, denn mehr Zeit in der Nähe von Adele von Hochstetten zu verbringen bereitete ihr große Freude.

Kapitel Fünfzehn

Mit Thereses Erlaubnis organsierte Sophie, dass Eleanors und Charlottes Gepäck unter der strengen Aufsicht von Rose aus dem Hotel gebracht wurde. Rose wurde in einem geräumigen Zimmer mit Adeles Zofe Josefine untergebracht.

Gräfin von Hochstetten war ihren Gästen gegenüber anfangs nach wie vor distanziert, besonders der Herzogin gegenüber. Sie änderte ihre Einstellung allerdings, als ihr klar wurde, dass ihre Absichten ehrenhaft waren.

Auf Charlotte, die ebenso charmant aber weniger selbstbewusst als ihre Mutter war, konnte sie sich allerdings nicht wirklich einen Reim machen. Therese kannte aber ihre Tochter und wie es schien war Adele von Charlotte absolut hingerissen. Sie verbrachten so viel Zeit miteinander, dass es durchaus angebracht schien sie als unzertrennlich zu bezeichnen. Die Gräfin hoffte inständig, dass für ihre Tochter der Trennungsschmerz nicht zu groß sein würde, wenn Charlotte wieder nach Wien zurückkehrte.

Sophie erholte sich unter der fortwährenden strengen Fürsorge Eleanors schneller als erwartet. Es war bezaubernd den beiden dabei zuzusehen, wie sie sich gegenseitig den Hof machten. Sie hoffte inständig, dass Sophie endlich die Liebe gefunden hatte, die sie so verzweifelt ersehnt und verdient hatte. Ihre Nichte würde es zwar gar nicht zu schätzen wissen, wenn sie sich in ihre Angelegenheiten mischte, aber sie musste sicher sein, dass die Herzogin tatsächlich bereit war einen genauso aktiven Teil in dieser Beziehung zu übernehmen wie Sophie.

»Eure Gnaden?« Therese war nervös als sie den Salon betrat, wo sie sicher war, Eleanor nach dem Mittagessen vorzufinden, während Sophie sich ein wenig ausruhte. »Würde es Euch stören, wenn ich Euch ein wenig Gesellschaft leiste?«

»Ganz und gar nicht.«

Die Herzogin klappte das Buch zu, das sie gerade las und nahm ihre Brille ab. Sie legte beides auf den kleinen Tisch neben ihrem Sessel. Sie wartete, bis die Dame des Hauses in dem Ohrensessel ihr gegenüber Platz genommen hatte und sich von der Seele reden konnte, weshalb sie gekommen war.

»Auf die Gefahr hin wie eine überfürsorgliche Glucke zu klingen oder schlimmer, eine fürchterliche Wichtigtuerin, möchte ich versichern, dass ich sehr wohl weiß, dass Ihr meiner Nichte sehr zugetan seid. Nach dem Tod meiner Schwester hat Sophie sehr viel Zeit bei uns verbracht und ich liebe sie wie eine eigene Tochter.«

»Ich bin mir dessen durchaus bewusst«, bestätigte Eleanor mit einem verständigen Nicken. Seit dem Augenblick, als sie aufeinandergetroffen waren, war es Eleanor klar gewesen, dass die Gräfin sich mehr wie ein Elternteil und nicht wie eine Verwandte verhielt und es wurde Eleanor warm ums Herz bei dem Gedanken, dass ihre Liebste von solch liebevoller Fürsorge umgeben war.

»Nun, ja, das weiß ich zu schätzen«, murmelte Therese, verunsichert wie sie weitermachen sollte ohne Gefühle zu verletzen oder sich den Zorn ihrer Nichte, wegen ihrer Einmischung, zuzuziehen. Sie musste einfach sicher sein, dass Eleanor der richtige Mensch für Sophie war und nicht eine Elisabeth von Meiningen.

»Ich möchte nur, dass meine Nichte glücklich ist und genau die Beziehung hat, die sie sich schon immer ersehnt hat, seit sie weiß, dass sie Frauen liebt.«

»Das ist sehr fürsorglich und aufgeklärt von Ihnen. Wenige Leute würden diese Einstellung teilen.«

»Ich weiß. Ich weiß. Ich fürchte es war nicht immer so, aber ich habe viel gelesen und viele Gespräche mit meiner Nichte und meiner Tochter geführt. Und mir ist klar geworden, dass die Vorstellung von weiblicher Kameradschaft als Vorbereitung auf die Ehe eine völlig falsche ist. Mit einer Frau zusammen zu sein und das in jeglicher Hinsicht, ist nicht weniger real, als es mit einem Mann wäre.«

Eleanor dachte über Thereses seltsame Art von Segen—denn nichts anderes war es—nach. Sie erhob sich und ging zum Fenster, um in den Garten hinaus zu sehen, wo ihre Tochter und Adele auf einer Decke unter einer großen Weide saßen, miteinander plauderten und lachten. Diese Unterhaltung, so wurde ihr mit einem Mal klar, betraf nicht nur sie selbst und Sophie, nein, sondern es ging auch um Charlottes und Adeles sich anbahnende Beziehung. Denn für sie bestand kein Zweifel, dass ihre Tochter dabei war, sich in die schöne und gebildete junge Frau zu verlieben, mit der sie jede freie Minute verbrachte. Wenn Adeles Art und Weise Charlotte anzusehen ein

Hinweis war, dann beruhte das Gefühl wohl gänzlich auf Gegenseitigkeit.

»Was möchten Sie wissen?«, fragte Eleanor mit dem Rücken zu Therese.

»Ihr seid verheiratet.«

Es war keine Frage. Eleanor hatte gewusst, dass es zur Sprache kommen würde und wie könnte es das nicht.

»Das bin ich. Wenige Menschen haben den Mut so zu leben, wie sie es gerne würden und die gesellschaftlichen Konventionen zu ignorieren. Henry ist ein entfernter Verwandter. Wir kennen uns seit unserer Kindheit und so seltsam es auch klingen mag, ich liebe meinen Ehemann. Ich war nie in ihn *verliebt*, wohlgemerkt, aber er war immer mein bester Freund und Vertrauter, während meiner Kindheit und danach.«

»Was meint er denn zu diesem Verhältnis?«

Sie hatten nicht wahrgenommen, dass Sophie den Salon betreten und Eleanors letzte Worte aufgeschnappt hatte.

»Das geht dich nichts an, Tante.«

Sophies Stimme ließ sie beide hochschrecken und sie wandten sich zur Tür, an der Sophie stand und wutentbrannt ihre Tante anstarrte. Eleanor hatte sich in dem Moment vom Fenster abgewandt, als ihr klar wurde, dass ihre Liebste zu ihnen gestoßen war. Sie legte Sophie beruhigend die Hand auf den Arm. »Das ist schon in Ordnung, mein Liebling.«

»Ist es nicht«, widersprach Sophie leidenschaftlich. »Sie hat kein Recht, dir solche Fragen zu stellen.«

»Im Gegenteil! Deine Tante liebt dich sehr und sorgt sich um dich. Sie hat das Recht zu wissen, was für einen Menschen ihre Nichte sich auserkoren hat.«

Die Tür auf der anderen Seite des Salons flog plötzlich auf und zwei kichernde junge Frauen blieben jäh stehen. Das Bild, das sich ihnen bot, ließ sie von einem Gesicht zum anderen blicken und sie bemerkten umgehend die Spannung im Raum.

»Entschuldigung! Wir wussten nicht, dass jemand hier ist«, entschuldigte sich Adele errötend, während ihre Hand Charlottes in stiller Unterstützung festhielt.

»Macht nichts«, beruhigte Eleanor. »Ich schlage vor, ihr Zwei kommt einfach herein. Ich habe nämlich den Verdacht, dass das was ich Sophie und ihrer Mutter erzählen muss, euch auch interessieren könnte.« Sie sah Sophie mit einem wissenden Lächeln an.

Woraufhin Adele noch stärker errötete. Sie schluckte merklich, so als wäre sie verunsichert, aber sie hielt ihren Kopf hoch und ihre Augen schweiften nicht unruhig ab. Eleanor gefiel was sie sah, denn sie nickte anerkennend, bevor sie sich wieder Sophie zuwandte. »Warum nehmen wir nicht alle Platz und beruhigen uns, bevor wir unsere Unterhaltung fortsetzen?« Sie kehrte zu ihrem Sessel zurück und wartete, bis die anderen es ihr gleichgetan hatten, bevor sie mit ihrer Geschichte anfing und prompt von Sophie unterbrochen wurde.

»Du musst das nicht tun.«

»Doch, muss ich und es ist an der Zeit, dass du alles erfährst. Ich schäme mich nicht für meine Vergangenheit, aber bis jetzt habe ich noch nie darüber gesprochen. Das Missverständnis zwischen uns war deinem Nichtwissen geschuldet und das kann ich nicht länger dulden.«

»Nun gut, fahr bitte fort.«

Eleanor sah sie liebevoll an, dann ließ sie ihren Blick über ihre Tochter und ihre neue Freundin gleiten. Die beiden saßen so eng aneinandergepresst, dass es schwer fiel zu sagen, wo die eine aufhörte und die andere anfing.

Sie atmete tief durch und begann die Geschichte mit der Liebe ihrer Großmutter zu deren Gefährtin. Sie erzählte von ihrem ersten Zusammentreffen mit Cathleen und ihrem gemeinsamen Leben. Sie sprach von ihrer Ehe, die auf Freundschaft und Sicherheit gegründet war und ihr die Freiheit schenkte, mit der Person zu leben, die sie liebte. Sie verschwieg nichts. Sie erzählte von der Geburt ihrer Kinder und wie sie sie gemeinsam mit ihrer Geliebten aufgezogen hatte. Eleanor erzählte ihnen von der traurigsten Zeit in ihrem Leben, als Cathleen unheilbar erkrankte und starb. Sie sprach über ihre Trauer, mit der sie nicht fertigzuwerden schien und wie lebendig sie sich seit der Begegnung mit Sophie fühlte, weil sie sich wieder verliebt hatte.

Nach dieser Tour-de-Force ihres Lebens ließ sich Eleanor in ihren Sessel fallen, erschöpft von dem Aufruhr, den die Erinnerung mit sich gebracht hatte. Die anderen hatten Tränen in den Augen und eine gute Portion mehr Respekt für die Frau, die soeben ihr Herz vor Fremden offenbart hatte. Selbst ihre Tochter hatte von einigen Umständen ihrer Vergangenheit keine Ahnung gehabt.

Charlotte war die Erste, die wieder das Wort ergriff, nachdem ihre Mutter geendet hatte. Sie ging zu ihrem Sessel, beugte sich hinunter und flüsterte: »Danke, Mama, dass du uns das erzählt hast. Ich bin so stolz auf dich.«

Eleanor lächelte ihre Tochter zittrig an, ihre Augen voller Tränen. »Danke, Liebling.«

Charlotte drückte die Hand ihrer Mutter ermutigend, bevor sie sich zu Adele umwandte und die Hand nach ihr ausstreckte. »Du brauchst sicher etwas Zeit für dich, also werden Adele und ich uns wieder auf den Weg machen.«

Therese meinte, mit einem Seitenblick auf Sophie, »Ich muss mich um einige Haushaltsangelegenheiten kümmern, also werde ich euch auch verlassen.« Sie erhob sich und folgte den beiden jungen Frauen.

Nachdem sich die Tür hinter ihnen geschlossen hatte, setzte Eleanor sich neben Sophie, die komplett still und wie es schien, tief in Gedanken versunken war.

»Sag etwas!«, drängte Eleanor sanft. Sie war erleichtert, als sie Sophies Hand zärtlich auf den ihren spürte, die sie nervös in ihrem Schoß knetete. Sie hob ihren Blick und fand gefühlvolle braune Augen, die sie mit so viel Zärtlichkeit und Liebe ansahen, dass es ihr schier den Atem raubte.

»Ich liebe dich, Eleanor, mehr als es Worte je ausdrücken könnten.«

Sophie lehnte sich zu ihr und bedeckte Eleanors Lippen mit den ihren. Eleanor legte ihr die Hände auf die Wangen, um sie festzuhalten, um den Kuss noch inniger werden zu lassen. Erst als sie um Atem rangen trennten sie sich wieder. Eleanor ließ sie aber nicht los, sondern drückte sich in Sophies langes dunkles Haar, das nach Rosen, Sommer und einzigartig nach Sophie roch.

»Bleib heute Nacht bei mir, Liebling«, bat Eleanor heiser. Sie wollte nichts übereilen, aber sie wollte ihr nahe sein, sie festhalten und von ihr gehalten werden. Es war schon zu lange her, dass sie das Bett mit einer anderen Frau geteilt und die Sanftheit eines weiblichen Körpers gefühlt hatte, die zärtlichen Berührungen und liebevollen Umarmungen.

»Liebend gerne.«

Sie waren beide noch nicht für den nächsten Schritt in ihrer Beziehung bereit, aber trotzdem konnte sie sich keinen Ort vorstellen, wo sie lieber gewesen wäre, ganz besonders nach diesen emotionalen Enthüllungen.

Charlotte und Adele waren wieder in den Garten, auf ihre Decke, zurückgekehrt. Jede war tief in Gedanken versunken. Sie waren nicht bereit ihre Nähe aufzugeben und Charlotte hatte ihren Kopf in Adeles Schoß gelegt, die sanft ihr Haar streichelte. Die Bewegung machte Charlotte schläfrig und sie schloss zufrieden die Augen.

Adele räusperte sich sanft um sie nicht zu erschrecken. Charlotte öffnete träge die Augen und schaute ihre Gefährtin erwartungsvoll an. Aber Adele war nicht mitteilsam, sondern kaute nervös auf ihrer Unterlippe und wich Charlottes Blick aus.

»Sag schon!«, drängte Charlotte.

Adele schüttelte den Kopf. Allzu bald würde Charlotte abreisen und sie würden sich sehr wahrscheinlich nicht wiedersehen. Adele war keine Närrin, es würde niemals zu einer engen Beziehung zwischen ihnen kommen. Charlotte war die Tochter einer Herzogin, weltgewandt und gewohnt sich in Kreisen zu bewegen, die weit über den ihren standen. Wie konnte sie auch nur auf die Idee kommen, dass sie eine Beziehung mit so jemandem haben konnte?

»Ich glaube, ich bin dabei mich in dich zu verlieben«, brach es aus ihr heraus, ehe sie es sich versah. Sie schloss ihre Augen und fühlte den Drang davonzulaufen. Als Charlotte sich aufsetzte, sprang Adele auf und rannte Richtung Wald.

Sie konnte Charlotte rufen hören, »Adele, warte!« Aber sie wartete nicht, sie lief weiter, stolperte durch das Wäldchen, als sie ihre Hand an ihrem Ellbogen spürte, da Charlotte sie eingeholt hatte.

»Würdest du bitte stehen bleiben!« Charlotte hinderte sie daran weiter zu laufen, ihre Hand fest auf Adeles Arm. »Du hast mir nicht einmal die Möglichkeit gegeben zu antworten.«

»Es ist ja ohnehin sinnlos, oder etwa nicht?«

»Was ist sinnlos?«

»Mich in dich zu verlieben.«

Charlotte legte ihr die Hände auf die Wangen und küsste sie. Einmal, zweimal, sie strich mit ihrer Zunge über Adeles Unterlippe, bat um Einlass, der mit einem Stöhnen gewährt wurde. Sie küssten sich, bis sie außer Atem waren und Charlotte lehnte ihre Stirn keuchend gegen Adeles.

»Ich glaube, ich bin auch dabei mich in dich zu verlieben«, flüsterte Charlotte.

»Liebe ist manchmal nicht genug.« Adele schüttelte den Kopf und befreite sich aus Charlottes Armen Sie küsste sie auf die Wange und kehrte ins Haus zurück, wobei sie eine verwirrte Charlotte zurückließ.

Eleanor hatte sich im Pavillon zu Sophie gesellt. Sie musste ihre Gefühle unter Kontrolle bringen und der beste Weg war Ablenkung. Deshalb bat sie Sophie, ihr ihr jüngstes Projekt zu zeigen. Gerade als Sophie dabei war, ihr eine schwierige Stelle im Manuskript zu zeigen, sah Eleanor wie Adele ins Haus zurückkehrte. Ihre Schritte waren bestimmt. Ihr Kinn war entschlossen nach vorn gestreckt, aber in den Augen der jungen Frau tobte ein Sturm. Eleanor hatte ihre Tochter und Adele im Auge behalten, seit sie in den Garten gekommen waren und sie hatte sich gefragt was wohl los war, nachdem sie beide in den Wald laufen sah. Nach dem Ausdruck auf Adeles Gesicht zu urteilen und der Tatsache, dass sie einander liebgewonnen hatten, hatte Eleanor eine ziemliche gute Vorstellung davon, was vor sich ging. Sie sah Adele ins Haus marschieren und entschied ihr zu folgen.

»Wohin gehst du?« Sophie runzelte die Stirn. Die Verwirrung in ihrem Gesicht brachte Eleanor zum Lächeln und sie küsste liebevoll ihr Haar.

»Ich glaube, ich sollte mit deiner Cousine sprechen.« Sophie ergriff sie am Handgelenk, bevor sie gehen konnte.

»Komm bitte wieder!«

»Natürlich.« Sie legte Sophie einen Finger unter das Kinn und hob ihren Kopf, bevor sie sie zärtlich küsste. Sie lächelte, als Sophie ihre Augen geschlossen hielt und sich ein verträumter Ausdruck auf ihrem Gesicht abzeichnete.

Adele war bereits in ihrem Zimmer, als Eleanor ins Haus kam. Sie traf eine besorgte Therese, die am Fuß der Treppe stand. Die Gräfin hielt das Geländer fest umklammert, sie war zerrissen zwischen mütterlicher Sorge und dem Bedürfnis ihrer Tochter nach Trost.

Eleanor legte ihr beruhigend die Hand auf die Schulter. »Gestatten Sie! Ich denke, ich weiß, was vorgeht und selbst auf die Gefahr hin anmaßend zu klingen, so glaube ich doch besser zu verstehen, weshalb sie so aufgebracht ist.«

»Nur zu!« Therese wies die Treppe hinauf und gab Eleanor ihr Einverständnis.

Eleanor raffte ihr Kleid und erklomm die Treppe zu Adeles Zimmer. Oben angelangt strich sie es glatt und ging zur geschlossenen Tür, an die sie schließlich sanft anklopfte.

»Wer ist da?«, fragte eine gedämpfte Stimme.

»Charlottes Mutter. Darf ich eintreten?«

»Wenn Ihr müsst«, antwortete Adele etwas verdrießlich.

Eleanor trat ein und fand Adele an einem Schreibtisch beim Fenster. Papier lag über den ganzen Tisch verteilt. Bücher lagen auf mehreren Sesseln gestapelt. Der einzige—vom kreativen Chaos—unberührte Ort war das Bett. Sie ging zum Bett und nahm darauf Platz. Sie wartete, bis Adele das Wort ergriff.

»Was kann ich für Euch tun, Eure Gnaden?« Adele hatte sich in ihrem Sessel umgedreht und sah ihren Gast erwartungsvoll und auch ein klein wenig trotzig an.

»Darf ich fragen, woran Sie arbeiten?« Eleanor entschied sich für die indirekte Route bei der Lösung des Problems.

Adele war von der Frage sichtlich überrascht, denn sie sah völlig verblüfft drein. »Nur ein paar törichte Abhandlungen, die nie irgendjemand lesen wird.« Adele deutete auf ihren Schreibtisch und die nicht unbeachtliche Menge an Papier die sich dort angesammelt hatte.

»Worüber?«

Adele tippte sich mit ihrem Bleistift nachdenklich auf die Lippen. »Ich weiß nicht, ob ich die Wahrheit sagen soll oder nicht. Nicht viele Frauen teilen meine Ansichten.«

»Versuchen Sie es. Vielleicht bin ich unkonventionellen Ideen gegenüber aufgeschlossener, als sie es für möglich halten. Worum geht es in Ihren Abhandlungen?«

»Frauenrechte, das Wahlrecht und soziale Fragen.«

»Interessant. Würde es Ihnen etwas ausmachen, sich mit mir darüber zu unterhalten?«

»Ihr müsst nicht so höflich sein.«

Eleanor lachte über die Feststellung. »Seien Sie versichert, das hat nichts mit Höflichkeit zu tun. Ich würde nicht fragen, wenn ich kein Interesse daran hätte. Ich bin nicht dafür bekannt, meine Zeit mit Dingen zu verschwenden, die mir nichts bedeuten.«

»Meinetwegen. Und warum seid Ihr wirklich hier?«, fragte Adele schließlich, obwohl sie sicher war, die Antwort schon zu kennen.

»Was ist zwischen Ihnen und meiner Tochter vorgefallen?«

»Wir haben uns geküsst«, gab Adele unverblümt zu. »Ich bin dabei mich in sie zu verlieben, aber ich weiß, dass das nicht genug ist.«

»Warum nicht?«

»Weil es zu nichts führt. Ihr werdet eher früher als später abreisen und es gibt nichts, was ich Charlotte bieten könnte. Ich besitze kein Vermögen, wie meine Cousine, keine eigene Karriere und seien wir ehrlich, ich bin bloß die Tochter einer Landadeligen. Nichts von Bedeutung. Charlotte ist unerreichbar für mich.«

»Stellen Sie ihr Licht nicht unter den Scheffel, meine Liebe«, schalt Eleanor sie sanft.

»Das tue ich nicht. Das sind schlichte Tatsachen. Was könnte sie schon mit mir wollen? Ich bin sicher, in London gibt es genug Frauen, die liebend gerne Charlottes Gefährtin wären.«

»Das vermute ich. Aber wie ich meine Tochter kenne sind diese Frauen für sie nicht von Interesse. Sie haben ihren eigenen Kopf, wie Ihre Cousine, und das war der Grund, weshalb sich Charlotte von Anfang an zu Ihnen hingezogen fühlte. Sie haben natürlich Recht, sie hat keinen Mangel an weiblichen Verehrerinnen, aber keine konnte sie je so fesseln wie Sie.«

Adele starrte wortlos ins Leere.

»Die Frage ist, sind Sie bereit, das Risiko auf sich zu nehmen und ihrer Beziehung eine Chance zu geben? Ich würde mich freuen meine Tochter glücklich zu sehen, mit der Frau die sie liebt. Unser Gespräch über Frauenrechte verschieben wir auf einen anderen Zeitpunkt.«

Eleanor wartete nicht auf eine Antwort, sondern erhob sich und überließ Adele ihren Gedanken. Sie hoffte, Adele würde den Mut zurückgewinnen, den sie in den letzten Tagen gezeigt hatte, als sie Charlotte den Hof gemacht hatte.

Als sie in den Garten zurückkkam, fand sie Charlotte in einem intensiven Gespräch mit Sophie, das aber in dem Moment verstummte, als sie sie bemerkten.

»Nun?«, fragte Charlotte ängstlich.

»Gib ihr ein wenig Zeit, Liebling. Sie war wohl etwas von ihrem eigenen Mut überwältigt. Aber ich denke, sie wird dich aufs Neue überraschen.«

»Ich hoffe du hast Recht, Mama.« Charlotte sah ihre Mutter entmutigt an. Eleanor legte ihrer Tochter den Arm um die Schulter und diese ließ ihren Kopf auf die Schulter ihrer Mutter sinken. Sie kicherte ein wenig zittrig, als sie spürte wie ihre Mutter ihr Haar küsste.

»Ich bin mir ziemlich sicher. Du wirst sehen.«

***

Ihre Mutter sollte in der Tat Recht behalten, denn nach dem Abendessen bat Adele Charlotte, sie auf einen Spaziergang durch den Garten zu begleiten, damit sie reden konnten. Angespornt von

Eleanors ermutigendem Blick verließen sie den Tisch, um ungestört zu sein.

Die anderen zogen sich zum Kaffee in den Salon zurück. Therese reichte Sophie und Eleanor ihre Tassen, ehe sie sich selbst eingoss. Dabei beobachtete sie ihre Nichte und deren Geliebte aufmerksam. Sie waren ein bemerkenswertes Paar. Der einzige Wermutstropfen lag in der Tatsache, dass sie die Liebe, die sie so offensichtlich füreinander empfanden, nicht auf die Art und Weise leben konnten, wie es ihnen beliebte. Der traurige Gedanke ließ sie seufzen und die beiden sahen sie fragend an.

»Geht es dir gut, Tante Therese?«, fragte Sophie voll Sorge.

»Es geht mir gut, Liebes.«

»Ich wollte dir noch sagen, dass es für mich an der Zeit ist, nächste Woche nach Wien zurückzukehren.«

»Schon?« Therese war enttäuscht. Sie hatte ihre Nichte gern bei sich. Aber sie wusste, dass Wien der Ort war, wo sie jetzt sein musste. Ihr war ebenso klar, dass Adele mit Charlotte gehen würde. Sie war über alle Maßen glücklich, dass beide junge Frauen endlich gefunden hatten, wonach sie so lange gesucht hatten. Aber es erfüllte sie auch mit großer Traurigkeit, ihre Tochter ziehen lassen zu müssen. London war jedoch nicht aus der Welt. Sie konnte sie besuchen und sie würde jederzeit willkommen sein. Dieser Gedanke machte es ein wenig leichter.

Therese wurde aus ihren Betrachtungen gerissen, als die Tür zum Salon von zwei kichernden jungen Frauen aufgestoßen wurde. Adele und Charlotte waren erhitzt und ihr Haar war einigermaßen zerzaust. Sie hatten immerhin den Anstand, bei ihrem Anblick zu erröten.

»Tut mir leid«, murmelte Adele bei dem missbilligenden Blick ihrer Mutter und dem wissenden Lächeln ihrer Cousine.

»Ich hoffe nicht«, grinse Eleanor.

»Mama!«

Eleanor rollte ihre Augen bei dem entrüsteten Ausruf ihrer Tochter. »Wie dem auch sei. Wenn ihr mich entschuldigen würdet? Ich werde zu Bett gehen. Gute Nacht.«

Sophie erhob sich ebenfalls und folgte ihr zur Tür. Sie hielten inne, als sie Charlottes Stottern hörten.

»Seid ihr zwei—Du weißt schon—Ich meine—Ihr könnt doch nicht—«

»Das, mein liebes Kind, geht dich nicht das Geringste an. Gute Nacht!«

Eleanors Worte duldeten keinen Widerspruch. Außerdem klang sie ein wenig verletzt. Charlotte verdammte ihre Dummheit und hastete hinterher, um sich bei ihrer Mutter zu entschuldigen. War das denn nicht der Sinn ihrer Reise gewesen? Damit ihre Mutter mit Sophie zusammen sein konnte? Charlotte umarmte ihre Mutter fest.

»Es tut mir leid, Mama. Das war unangebracht.« Sie spürte wie eine Last von ihren Schultern fiel, als ihre Mutter die Umarmung erwiderte.

»Gute Nacht, Liebling!«

Eleanor ergriff Sophies linke Hand und gemeinsam verließen sie den Salon. In mäßigem Tempo erklommen sie die Treppe zu ihren Zimmern. Sie hielten vor Sophies Zimmer und küssten sich langsam, ehe Eleanor in ihr eigenes Zimmer ging. Beide zogen ihr Schlafgewand an und als Eleanor ein sanftes Klopfen an ihrer Tür hörte, musste sie nicht zwei Mal überlegen, ehe sie Sophie Einlass gewährte. Sie saß gerade vor dem Schminkspiegel und bürstete sich die Haare, als Sophie ein wenig verunsichert den Raum betrat. Sie fühlte wie ihr Herz bei dem Anblick überquoll, legte ihre Bürste beiseite und streckte ihre Hand nach Sophie aus. Sophie machte einen Schritt auf sie zu, um sie zu berühren und wurde in eine feste Umarmung gezogen. Sie ließ ihren Gehstock fallen und schlang ihre Arme um Eleanor.

Durch den dünnen Stoff ihres Schlafgewandes konnte sie die warme Haut und das wunderbare Gefühl von weiblichen Formen an ihrem eigenen Körper spüren. Sophie presste ihren Kopf an Eleanors Schulter und atmete den Duft ihres Haares und ihrer Haut ein. Es war berauschend. Mit ihren Lippen zeichnete sie die Konturen von Eleanors Hals nach, wanderte über ihr Kinn bis zu ihren Lippen, die sie in einem leidenschaftlichen Kuss, der viel zu schnell zu Ende ging, liebkoste.

Eleanor atmete tief, als sie sich aus der Umarmung löste. Keine von ihnen war schon bereit für mehr, dafür war es noch zu früh. Sie bückte sich, um den Gehstock aufzuheben und erhaschte einen Anflug von Schmerz in Sophies Augen. Sie nahm sie einfach bei der Hand und führte sie zum Bett, wo sie nebeneinander Platz nahmen.

»Bitte, keine Verlegenheit«, Eleanor umfasste Sophies Kinn und drehte ihren Kopf zu sich, damit sie ihr in die Augen sah. »Ich gestatte es nicht. Ich weiß, wer du bist und das«, sie deutete auf den Stock in Sophies Hand, »ändert nichts daran, was ich für dich empfinde.«

»Aber—«

»Nein. Ich werde nicht überdrüssig werden, ihn für dich zu holen. Nichts kann davon ablenken, was für eine wunderschöne Frau du bist.« Eleanor legte ihre Hand auf Sophies Wange mit der Narbe, um ihren Worten noch mehr Wirkung zu verleihen. »Wenn wir bereit sind uns zu lieben, möchte ich alles von dir sehen. Ich möchte, dass du dich wohl fühlst dabei, mich deinen Körper sehen zu lassen. Bis es so weit ist, werde ich dich davon überzeugen, dass ich dich unwahrscheinlich begehre.«

»Ich glaube dir«, widersprach Sophie sanft.

»Nein, tust du nicht, noch nicht, aber das wirst du, mein Liebling.« Eleanor küsste sie erneut und versuchte alles, was sie fühlte, in diesen einen Kuss zu legen. Sie machten es sich schließlich in dem großen Bett bequem und ineinander verschlungen, mit einem zufriedenen Lächeln auf dem Gesicht, schliefen sie ein und träumten von dem Moment, wo sie zu wahrhaft Liebenden würden.

Kapitel Sechzehn

Der Tag von Charlottes und Adeles Abreise kam schneller, als es Therese von Hochstetten lieb war. Eine ausführliche Unterhaltung mit ihrer Tochter und Charlotte konnte den aufkommenden Trennungsschmerz ein wenig erleichtern. Charlottes aufrichtige Worte und ihre fühlbare Liebe zu Adele hatten ihre mütterliche Sorge einigermaßen besänftigt, aber es machte es nicht einfacher, sie gehen zu lassen.

Sophie andererseits fühlte erneut Ärger in sich hochkochen, wenn sie an die bevorstehende Auseinandersetzung mit ihrer Schwester dachte. Es war unausweichlich. Emmas gemeine Taten hatten Eleanor und ihr unnötigen Schmerz verursacht. Sie hatte das dumme Missverständnis zwischen ihnen befeuert und sie voneinander entfernt. Beinahe hätte Emma sie um jegliche Möglichkeit der Wiedervereinigung gebracht.

Sie war sich nicht sicher, ob sie Emma jemals dafür vergeben konnte. Sie wollte unbedingt wissen, warum sie es getan hatte.

Sophie sah von ihren Unterlagen hoch und bemerkte Eleanor, die gerade mit ihrer Tochter und Adele von einem Ausritt zurückkehrte. Sie konnte gar nicht anders, als den Anblick dieser Frau zu bewundern, wie sie so majestätisch zu Pferd saß, ihr weißes Haar vom Wind zerzaust und mit einem leichten rosa Teint.

Eleanors Blick suchte und fand Sophie genau an der Stelle, wo sie sie vermutet hatte und sie war nicht im Mindesten überrascht, dass diese aufmerksam zu ihr herübersah. Sie lächelte und ihr Mund formte ein leises 'Ich liebe Dich´ für die Frau, die so unerwartet und vollständig ihr Herz erobert hatte. In ihren kühnsten Träumen hätte sie sich nicht vorstellen können, dass nach dem, was sie mit Cathleen erlebt hatte, sie eine zweite Chance für solch starke und wunderbare Gefühle haben würde.

Sophie ließ ihre Unterlagen zurück und gesellte sich zu den drei Frauen. Das feuchte Wetter der letzten Tage tat ihrem Bein nicht gut und sie stützte sich schwer auf ihren Gehstock, als sie zu ihnen hinüberging, ehe sie die Pferde in den Stall zurückführten.

»Eure Gnaden«, grüßte Sophie neckisch, als sie sich Eleanor näherte.

»Gräfin«, gab Eleanor ebenso gut gelaunt zurück.

»Hey, Cousinchen«, Adele setzte ihr Pferd schneller in Gang, »warum hast du uns nicht begleitet? Es war großartig nach vier Tagen Dauerregen.«

»Da bin ich mir sicher, aber ich wollte mit der Übersetzung fertig sein, bevor wir abreisen.«

Eleanor widersprach nicht, wusste sie doch, dass es eine kleine Schwindelei war. Ihr war klar, dass das Bein Sophie Schmerzen bereitete und dass das der wahre Grund war, weshalb sie die Einladung zum Ausritt abgelehnt hatte. Nicht, dass Sophie es jemals zugeben würde, aber die Art wie sie ging, wie sie sich schwer auf ihren Stock stützte, waren für Eleanor ein klares Zeichen dafür, was vorging. Diese Strapazen hinterließen tiefe Linien um ihre Augen. Aber es gab nichts, was sie dagegen tun konnte.

Es tat weh, dass Sophie es nicht einmal ihr gegenüber zugeben konnte, aber nach so vielen Jahren, in denen sie sich immer hinter einer Maske versteckt haben musste, war diese Gewohnheit offensichtlich schwer zu überwinden. Eleanor, die selbst jahrelang, nach dem Tod von Cathleen, ihr Gefühle versteckt hatte, musste Geduld haben, bis Sophie bereit war, ihr ganz zu vertrauen und ihre Hilfe anzunehmen. Das schien aber bei weitem nicht alles zu sein, was das dauerhafte Runzeln auf Sophies Stirn verursachte.

»Was bereitet dir solches Kopfzerbrechen?«, fragte Eleanor, als sie vom Pferd stieg und gemeinsam mit Sophie zum Stall ging.

»Bin ich so durchschaubar?«

»Nicht wirklich, aber du grübelst jetzt schon seit Tagen vor dich hin. Außerdem hast du eine Falte auf der Stirn, wenn du dir über irgendetwas Sorgen machst.«

»Also bin ich doch durchschaubar«, seufzte Sophie in gespielter Verzweiflung. Sie ergriff Eleanors Hand, während sie nebeneinander hergingen. »Es geht um meine Schwester und ihre Rolle in dieser unglücklichen Angelegenheit.«

»Es tut mir leid.«

»Das muss es nicht. Es ist ja nicht *deine* Schuld. Ich hatte keine Ahnung, dass sie zu so etwas Schrecklichem und Verletzendem fähig ist. Ich kenne sie nicht mehr.« Sophie schüttelte traurig ihren Kopf. »Ich bin so wütend, wenn ich daran denke, was sie getan hat. Ich fürchte, dass ich bei unserem Wiedersehen meine Gefühle nicht unter Kontrolle haben und auf sie losgehen werde.«

»Das wäre durchaus verständlich«, Eleanor drückte sanft ihre Hand.

»Aber das wäre nicht hilfreich.«

Sophie hoffte inständig ihr Temperament im Zaum halten zu können, wenn sie mit ihrer Schwester sprach. Aber sie fürchtete, dass Emma alles abstreiten würde und das würde sie in Rage bringen.

Als es an der Zeit war, Salzburg endgültig zu verlassen und nach Wien zurückzukehren, begleitete Therese von Hochstetten ihre Tochter und ihre Gäste zum Bahnhof. Nach einem tränenreichen Abschied bestiegen sie schließlich den Zug und winkten, bis sie außer Sicht war. Sie alle seufzten schwer, als sie in ihre Sitze sanken. Die Herzogin sah ihre Reisebegleitung zufrieden an, aber als ihr Blick auf Adeles Zofe fiel, nahm sie den trostlosen Ausdruck des Mädchens etwas missbilligend zur Kenntnis.

Eleanor wusste es besser und würde sie nicht einfach danach fragen, was denn der Grund für diesen Ausdruck war, wo sie doch ohnehin von ihrer bloßen Gegenwart vollkommen eingeschüchtert und nervös erschien. Sie gehörten zwar völlig unterschiedlichen Gesellschaftsschichten an, aber sie hatte immer ein harmonisches Verhältnis zu ihrer Dienerschaft gehabt. Gegenseitiger Respekt war die Grundlage ihrer Beziehung und es hatte sich für beide Seiten als Vorteil erwiesen. Rose war das beste Beispiel. Obwohl sie noch sehr jung war, arbeitete sie bereits seit einem Jahr als ihre Zofe und Eleanor war mit ihr mehr als zufrieden. Rose schien mit ihrer Stellung ebenfalls sehr zufrieden zu sein, wie eigentlich alle Bediensteten in ihrem Haushalt.

Eleanor fing den Blick ihrer Zofe auf und deutete ihr ihr nach draußen zu folgen. »Entschuldigt mich bitte für einen Augenblick,« meinte sie und ging vor Rose zur Tür hinaus.

Rose folgte ihrer Herrin aus dem Abteil. Ein paar Schritte von ihrem Abteil entfernt blieb Eleanor stehen und wandte sich ihr zu.

»Ich muss dich um einen Gefallen bitten, Rose.«

»Selbstverständlich, Eure Gnaden«, war die Zofe ohne zu zögern bereit.

»Du hast Geld?«

»Ja, Madam.«

»Geh mit dem zitternden Ding in den Speisewagen auf einen Kaffee und Kuchen, ehe sie einen Schlaganfall oder Herzinfarkt erleidet«, meinte Eleanor etwas verdrießlich.

»Möchtet Ihr, dass ich herausfinde, was vorgeht?«, fragte Rose. »Wollt Ihr deshalb, dass ich mit Josefine einen Kaffee trinke?«

»Ich wusste, es gibt einen Grund, weshalb ich dich zu meiner Zofe gemacht habe.«

Eleanor lächelte und schickte Rose voraus in das Abteil, ehe sie sich wieder zu den anderen gesellte. Die fragenden Blicke wurden von ihr lässig weggewinkt, als sie sich wieder setzte. Charlotte und Adele setzten ihre leise Unterhaltung fort und Sophie legte ihren Kopf auf Eleanors Schulter, während sie zum Fenster hinausblickte.

Rose flüsterte Josefine etwas zu und gemeinsam verließen sie mucksmäuschenstill das Abteil.

»Bist du verärgert über Josefine?«, fragte Sophie nach einer Weile.

»Überhaupt nicht. Ich vermute nur, dass sie sich in der alleinigen Gegenwart von Rose ein wenig wohler fühlt.« Sie griff nach einer von Sophies Händen.

»Das Leben war hart für sie.«

»Das hatte ich schon vermutet, aber ich möchte nicht, dass sie sich die ganze Zeit wie ein verschüchtertes Reh verhält. Sie wird ein Teil unseres Haushaltes sein und während der Arbeit kann sie sich nicht die ganze Zeit vor ihrem eigenen Schatten fürchten.«

»Verstehe. Deshalb hast du Rose gebeten sie zu beruhigen und herauszufinden, was los ist«, vermutete Sophie.

»Ja.«

»Ich könnte dir ein wenig über ihre Vergangenheit erzählen, wenn du möchtest.«

»Oh?« Eleanor hob fragend eine Augenbraue. »Nun, dann bitte gern.«

Sophie setzte sich auf und begann Josefines Geschichte zu erzählen. Angefangen damit, dass sie mit dreizehn Jahren als Bedienstete in das Haus ihres Vaters kam, über die Vergewaltigung durch den Grafen von Bernthal, bis zu dem Zeitpunkt als sie Josefine wiedergetroffen hatte, als diese versucht hatte, als Prostituierte zu überleben. Sie berichtete, wie sie die junge Frau daraus gerettet hatte und ihr dabei behilflich war, die Stellung als Zofe bei ihrer Cousine zu bekommen. Josefine war eine gute Bedienstete, aber unaufhörlich in Angst, dass sie ihre Stellung verlieren und wieder auf der Straße landen würde.

Charlotte und Adele hörten Sophie aufmerksam zu. Sophie hatte den Eindruck, dass die beiden genauso empört waren wie Eleanor, als sie die ganze Wahrheit erfuhren.

»Jetzt verstehe ich die Verlobung deiner Schwester, mit diesem verabscheuungswürdigen Mann, noch viel weniger«, meinte Eleanor.

»Ich auch nicht«, stimmte Charlotte von ganzem Herzen zu.

Josefine saß bedrückt an ihrem Platz und beantwortete kaum hörbar Roses Fragen. Sie starrte auf den Tisch, aber ihre Augen wurden tellergroß, als Rose die Visitenkarte ihrer Herrin zückte, ehe der Kellner die Gelegenheit hatte auch nur ein Wort über ihre Anwesenheit zu verlieren.

»Ihre Gnaden wird, sollte es unumgänglich sein, gerne bestätigen, dass wir auf Ihren ausdrücklichen Wunsch hier sind«, informierte Rose den Mann mit dem gleichen hochmütigen Ton, den sie schon so oft bei ihrer Herrin vernommen hatte. »Allerdings würde ich davon abraten. Sie würden doch niemals auf die Idee kommen den Befehl einer Herzogin des britischen Reiches in Frage zu stellen, oder?«

»Wenn Sie das sagen, Fräulein«, erwiderte der Mann verschnupft, ehe er sich um ihre Bestellungen kümmerte.

»Ist das wahr?«, flüsterte Josefine.

»Was?«

»Dass Ihre Gnaden uns hergeschickt hat?«

»Natürlich«, meinte Rose und grinste dabei wie ein frisch lackiertes Schaukelpferd. »Sie war nicht besonders erfreut, dass du in ihrer Gegenwart so angespannt warst. Sie kann es nicht ausstehen, wenn die Bediensteten so unruhig sind und sich wie Angsthasen benehmen.«

»Aber sie ist eine Herzogin«, warf Josefine schockiert ein. »Weshalb sollte es sie kümmern, wie ich mich fühle?«

»Weil du jetzt ein Teil ihres Haushalts bist und sie es nicht mag, wenn du dich jedes Mal in eine Ecke verkriechst, wenn sie den Raum betritt oder auf der Treppe an dir vorbeigeht.«

»Aber ich dachte—«

»Was? Was hast du gedacht?« Rose wurde ungeduldig. Sie musste allerdings noch länger auf ihre Antwort warten, da gerade in diesem Moment ihr Kaffee und Kuchen, von einem immer noch nicht überzeugten Kellner serviert wurden. Als sie wieder unter sich waren, gab sie Josefine erneut einen Anstoß. »Also?«

»Ich dachte, Gräfin von Hochstetten würde im Palais Hagendorf wohnen.«

»Weshalb sollte sie das? Sie möchte mit der Tochter der Herzogin zusammen sein und ich weiß bestimmt, dass ihr beide im Palais bei Charlotte und ihrer Familie bleiben werdet.«

»Gott sei Dank«, war Josefine sichtlich erleichtert.

»Du kannst dich beruhigen. Ich weiß du bist aufgeregt, in der Gegenwart einer solch eindrucksvollen Frau wie der Herzogin, aber sie ist wirklich gütig. Besonders zu uns, die wir für sie arbeiten.« Rose langte über den Tisch und legte eine Hand auf die ihre. »Es wird dir gefallen, du wirst sehen. Es ist ein ehrbarer Haushalt, ein guter Arbeitsplatz! Nette Menschen, die Herrschaft und die Dienerschaft.«

»Sicher«, murmelte Josefine, nicht im Geringsten überzeugt.

Rose hatte Gerüchte gehört, dass Josefine schon zu viel gesehen, gehört und selbst erlebt hatte, als dass sie noch an glückliche Fügungen glauben konnte. Sie war der Dinge überdrüssig und hatte wohl allen Grund dazu.

»Schau, die Herzogin ist streng aber gerecht. Sie erwartet eine akkurate Arbeitshaltung, aber sie und ihre Familie behandeln uns anständig. Besser als man es von anderen Arbeitgebern sagen kann und das Gleiche gilt für seine Lordschaft und die Kinder. Die Dienerschaft ist eine ziemlich bunte Mischung. Was immer es auch gewesen ist, das dich so skeptisch macht, hier wird es dir nicht passieren.«

»Wer's glaubt! Diese Leute nehmen sich, was sie wollen und dann behandeln sie dich wie Dreck. Sie nehmen dir deinen Stolz, deine Würde und lassen dir gerade mal die Lumpen, die du trägst.«

Rose konnte die Bitterkeit in Josefines Stimme hören. Sie kannte ihren Platz in der Gesellschaft, aber die ungerechte Behandlung, die man ihr hatte zuteilwerden lassen, hatte ihre Spuren hinterlassen.

»Manche sind so,« stimmte Rose zu. »Ich bin die Letzte, die das abstreiten würde, aber diese Familie ist keineswegs so.«

Rose hatte das Bedürfnis ihre Herrin zu verteidigen, denn als ihr aller Schicksal niemanden sonst gekümmert hatte, hatten die Herzogin und seine Lordschaft nicht die Augen gegenüber ihrem Leid verschlossen. Sie hatten sie aufgenommen, ihnen eine Aufgabe gegeben und damit die Würde zurückgegeben, von der Josefine gesprochen hatte. Als sie sah, dass Josefine immer noch nicht überzeugt war, entschied Rose ihr ein bisschen etwas über die Dienerschaft zu erzählen. Sie würde kein Vertrauen missbrauchen, da keiner von ihnen ein Geheimnis aus seiner Vergangenheit machte und wenn Josefine die Geschichten hörte, würde sie sich in ihrer neuen Umgebung vielleicht eher wohl fühlen. Roses Mitbedienstete hatten überlebt, was das Leben und übelwollende Menschen ihnen angetan hatten und sie würde es jedem erzählen, der bereit war zuzuhören.

Nachdem sie Josefines Geschichte gehört hatten, waren Charlotte und Eleanor einmal mehr davon überzeugt, dass sie wunderbar zum Rest der Dienerschaft passen würde. Sie waren entschlossen alles in ihrer Macht Stehende zu tun, damit sie sich willkommen fühlte und ihren Platz finden würde.

»Meine Bediensteten sind vielleicht ein wenig gewöhnungsbedürftig, aber sie sind gute Menschen«, sagte Eleanor. »Angesichts ihrer eigenen Vergangenheit wird niemand schlecht von Josefine denken.«

»Was sind ihre Geschichten, wenn ich fragen darf?«, erkundigte sich Adele interessiert. Sie wusste, Sophie ging es ähnlich, aber sie war zu höflich, um zu fragen. Sie waren beide in Organisationen tätig, die es sich zur Aufgabe gemacht hatten, die Möglichkeiten der unteren Schichten zu verbessern. Aus diesem Grund war sie mehr als interessiert zu erfahren, was für eine Art Mensch die Mutter ihrer Liebsten war und wie sie ihre Bediensteten behandelte. Bis jetzt, so musste Adele zugeben, behandelte die Herzogin ihre Zofe besser als so manche Angehörige des niedrigen Adels, die Adele aus dem Bekanntenkreis ihrer Mutter kannte.

»Benson, unser Butler, war bei der Familie meines Ehemannes seit er als Diener begann«, erläuterte Eleanor stolz. »Auf den ersten Blick erscheint er wahrscheinlich auf Grund seiner Augenklappe etwas furchteinflößend. Es verleiht ihm ein raues Aussehen.«

Charlotte lachte über die Beschreibung, »Großmutter würde dem zustimmen.«

»Wie ist das passiert?«, fragte Sophie.

»Mein verstorbener Schwiegervater hatte ein, sagen wir einmal, aufbrausendes Naturell und Henry musste es immer mit ganzer Wucht ertragen. Er konnte es seinem Vater nie recht machen und eines Tages war es so schlimm, dass er ihn beinahe zu Tode geprügelt hätte, wenn Benson ihn nicht daran gehindert hätte. In seiner Rage wandte sich mein Schwiegervater dem Diener zu. Das kostete ihn ein Auge.«

»Du meine Güte«, rief Adele schockiert aus.

»Benson verließ die Stellung, aber nach dem Tod seines Vaters stellte Henry sicher, dass Benson wieder in seine Dienste eintrat, sehr zum Vorteil unseres Haushaltes wie ich betonen möchte.« Eleanor würde dem Mann, der Henrys Leben gerettet hatte und so ein wichtiger Teil ihres Hauses geworden war, immer von Herzen zugetan sein.

»Ich bin ganz deiner Meinung, Mama. Er ist ein sehr lieber Mensch«, meinte Charlotte. »Unsere Köchin, Mrs Chambers, andererseits ist wirklich furchteinflößend.«

Eleanor hob ihre Braue »Sie weiß um ihren Wert, meine Liebe. Und ihr Benehmen ist gerechtfertigt. Ich hege die vollste Anerkennung für eine so resolute Frau. Ich weiß, dass ich mich stets auf sie verlassen kann.« Sie wandte sich Adele zu. »Mrs Chambers war ebenfalls bei der Familie meines Mannes beschäftigt, ehe sie unsere Köchin wurde. Ich wüsste nicht, was ich ohne sie tun würde. Was sie in der Küche zaubert, ist schlicht unerreicht.«

»Ist das der Grund, weshalb du es für notwendig befunden hast, dich nach Papas *Fauxpas* bei Großmutters letztem Besuch, bei ihr zu entschuldigen?«, fragte Charlotte.

»Mein Liebling, es gibt Momente, wo selbst eine Herzogin von ihrem hohen Ross steigen und den Leuten, die für sie arbeiten, eine Wiedergutmachung bieten muss. Mrs Chambers hatte mich vor einer äußerst unangenehmen Geduldsprobe bewahrt und so eine Leistung muss anerkannt werden.«

»Papa hat gemeint, du hast bei der Aussprache Mrs Kavanaugh gebeten, sie zu begleiten«, erkundigte sich Charlotte neugierig.

»Nun, seit Mrs Kavanaugh unsere Haushälterin wurde, war die Frage, ob sich die beiden eines Tages gegenseitig umbringen oder küssen würden, wie du wohl weißt. Ich gebe offen zu, ich bin über alle Maßen glücklich, dass sie sich für Letzteres entschieden haben.«

Das brachte alle herzlich zum Lachen. Aber die Einschätzung war nichtsdestotrotz richtig. Eleanor erinnerte sich daran, wie oft sie oder Cathleen den beiden Frauen zuhören mussten, wenn sie sich abwechselnd darüber beschwerten, dass die jeweils andere ihre Kompetenzen überschritt. Nachdem Eleanor endgültig das Ende ihres Geduldsfadens erreicht hatte, befahl sie ihnen in klaren Worten, sie nicht mehr zu behelligen und ihre Differenzen beizulegen oder sie würde sich um andere Bedienstete bemühen.

Zu diesem Zeitpunkt hatte sie inständig gehofft, dass es bei einer leeren Drohung bleiben würde. Alle hatten tagelang ihren Atem angehalten und waren überrascht gewesen, dass sich die beiden nicht gegenseitig erwürgt hatten.

Zu guter Letzt hatten sie sich ihre gegenseitige Anziehung gestanden und gingen in aller Stille daran, ihr Leben so einzurichten, dass die meisten anderen aus der Dienerschaft sich nicht im Klaren darüber waren, wie tief die Verbundenheit tatsächlich war.

Was folgte war eine selige Ruhe bei der Dienerschaft und die Herrschaft war dankbar, dass alles wieder seinen reibungslosen Ablauf hatte.

»Was unsere Diener James und Cedric betrifft, muss ich zugeben, dass beide unglücklicherweise in den Cleveland Street Skandal im Jahr 1889 involviert waren«, sagte Eleanor.

»Kannst du das etwas näher erläutern, Liebste.« Sophie blickte zu Adele und Charlotte hinüber. »Dein Gesichtsausdruck, Adele, lässt vermuten, dass du auch nichts über diesen Skandal weißt.«

»Es war eine ziemlich schmutzige Angelegenheit, offen gestanden«, erläuterte Eleanor. »Es handelte sich dabei um ein Männerbordell, in dem Männer der hohen Gesellschaft die Dienste von jungen Männern in Anspruch nahmen.«

»Es hat einen ziemlichen Eklat verursacht, wie ihr euch vorstellen könnt«, fügte Charlotte hinzu. »James und Cedric waren zwei von diesen jungen Burschen, aber das haben wir erst sehr viel später herausgefunden, nachdem einer von Papas Geschäftspartnern bei uns zu Abend aß und sie wiedererkannte.«

»Was geschah dann?«, fragte Adele mit gespanntem Interesse.

»Anfänglich war er sehr erschüttert, weil er dachte, Henry hätte das geplant, um ihn zu erpressen«, schnaubte Eleanor bei dem lächerlichen Gedanken. »Nachdem wir ihm versichert hatten, dass uns nichts ferner lag, war er zwar erleichtert, aber er hat nie wieder eine Einladung angenommen. Nicht, dass wir darüber ein übertriebenes Bedauern empfunden hätten.«

»Ich nehme an, Ihr wisst mehr über eure Bediensteten als die meisten Leute«, sagte Adele.

»Wir versuchen es, meine Liebe. Aber unser Haushalt ist groß. Wir kennen nicht jedes Detail aller unserer Küchenmägde, Stallburschen oder jener, die dafür sorgen, dass alles reibungslos funktioniert.«

»Das erwarte ich auch gar nicht«, erwiderte Adele. »Ich schätze Eure Fürsorge. Es ist einfach bemerkenswert.«

»Also, danke schön, nehme ich an«, sagte Eleanor verwirrt. Für etwas gelobt zu werden, das nicht wirklich ihr zuzuschreiben war, schien irgendwie unangebracht. Als sie spürte, wie Sophie ihre Finger mit den ihren verschränkte, lehnte sie sich zurück und fühlte sich gleich bedeutend besser.

Rose kam eine Viertelstunde später mit Josefine zurück und die neue Zofe erschien um einiges ungezwungener als zuvor. Eleanor hob fragend die Braue und nach einem zuversichtlichen Nicken ihrer Zofe schloss sie die Augen. Sie konnte Rose vertrauen, dass sich der Neuzugang willkommen fühlen und in Zukunft weniger nervös in Gegenwart der Familie sein würde.

Als der Zug aus Salzburg in den Bahnhof rollte, erwartete Lord Edgewood die Gesellschaft bereits ungeduldig. Zu sagen, dass Eleanors Telegramm eine Überraschung gewesen war, wäre eine Untertreibung gewesen. Er hätte nicht gedacht, dass nicht nur seine Frau, sondern auch seine Tochter mit einer Lebensgefährtin an der Seite zurückkehren würde.

Die Ersten, die dem Abteil entstiegen, waren Rose und Josefine, die seine Lordschaft respektvoll grüßten, ehe sie davoneilten, um sich um das Gepäck und eine zweite Kutsche zu kümmern. Als Charlotte aus dem Wagon in seine wartenden Arme sprang, umarmte Henry sie freudig. Er lachte über die überschwängliche Laune seiner Erstgeborenen und hielt sie liebevoll in einer väterlichen Umarmung fest.

»Papa!« Charlotte atmete das vertraute Rasierwasser ihres Vaters ein.

»Hallo, Liebling!« Er sah über ihre Schulter und sah, dass seine Frau darauf wartete, dass er ihr aus dem Abteil half. Henry ließ Charlotte los und bot Eleanor seine Hand, um ihr auf den Bahnsteig zu helfen.

»Willkommen zu Hause, meine Liebe.« Henry küsste galant ihre rosa Wange.

»Hallo, Henry.« Begrüßte sie ihn voll Wärme.

Gemeinsam warteten sie, bis die beiden anderen Frauen ausgestiegen waren und Eleanor die förmliche Vorstellung übernehmen konnte. »Henry, mein Lieber, darf ich dir Sophie von Hagendorf und ihre Cousine Adele von Hochstetten vorstellen.«

»Lord Edgewood«, begrüßten ihn Sophie und Adele respektvoll. Henry schüttelte Sophie die Hand, denn er hatte das Gefühl, alles andere wäre nicht willkommen, aber er küsste Adeles Hand mit einer Galanterie, die sie erröten ließ.

»Bitte, meine Damen, sagt doch Henry zu mir, wenn wir unter uns sind«, bat Henry mit einem Zwinkern. »Kommt ihr beide mit uns ins Palais?«

»Ich sollte nach Hause fahren«, Sophie sah Eleanor tief in die Augen. Diese konnte Sophies Bedürfnis zwar nachvollziehen, war aber noch nicht bereit, sich schon jetzt von ihr zu verabschieden.

Obwohl Eleanor ihr alles über ihre Ehe erzählt hatte, konnte Sophie nicht umhin, sich in der Gegenwart des Ehemanns ihrer Geliebten doch ein wenig unsicher zu fühlen. »Liebling, warum begleitest du uns nicht zum Palais und Parker kann dich später nach Hause fahren?«, bat Eleanor sie inständig und legte ihr dabei eine Hand auf den Arm, um ihre Bitte zu unterstreichen. Sie wusste, Sophie konnte ihr nichts abschlagen. Ein Blick in diese himmelblauen Augen und es war um sie geschehen.

Sophie nickte und bot ihrer Geliebten einen Arm, den diese mit Freude akzeptierte. Henry führte sie aus dem Bahnhof, wo Parker schon mit ihrer Kutsche wartete. Dahinter befand sich eine zweite Droschke mit ihrem Gepäck und den beiden Zofen. Seine Lordschaft und Parker halfen den Damen in die Kutsche, ehe Letzterer die Zügel ergriff und die Pferde Richtung Palais in Bewegung setzte.

Charlotte schnatterte drauflos und erzählte über ihre Zeit in Salzburg, was Henry die Möglichkeit gab, Eleanor und Sophie dezent zu beobachten. Er spürte die Nähe zwischen ihnen und bemerkte, wie sie sich die ganze Zeit an den Händen hielten. Es schien, als würde Eleanors Gegenwart Sophie beruhigen, wie es sonst niemand vermochte. Als er ihr die Hand geschüttelt hatte, hatte er ihre Anspannung bemerkt, aber ihre ganze Haltung hatte sich schlagartig verändert, als Eleanor ihren Arm berührt hatte. Selbst ihre Gesichtszüge schienen entspannter, wenn Eleanor in ihrer Nähe war.

Henry konnte nicht anders, er musste breit grinsen, wenn er sie ansah. Seine Frau hatte ihre Geliebte bereits um den Finger gewickelt. Wie schnell Sophie bereit gewesen war, Eleanors Bitte nachzugeben, war Beweis genug, zumindest für ihn. Er hatte keine Zweifel mehr, dass die beiden sich liebten.

Henry ließ seinen Blick zu seiner Tochter und ihrer Auserwählten schweifen und fand sie gleichwohl hingerissen und sehr in Adele verliebt. Adele erwiderte die Gefühle, das schien ihm sonnenklar. Henry lehnte sich mit einem zufriedenen Lächeln zurück, glücklich darüber, dass die wichtigsten Frauen in seinem Leben die Liebe gefunden hatten, die sie verdienten.

Der Empfang für die neuen Familienmitglieder im Palais war herzlich und aufrichtig. Eleanor wurde von ihren Söhnen mit genauso viel Enthusiasmus begrüßt wie Henry von Charlotte empfangen worden war.

Giulia umarmte ihre Enkelin zärtlich. »Liebe steht dir, mein Liebling.«

»Danke, Nonna.« Sie lösten ihre Umarmung und Eleanor stellte Sophie ihrer Großmutter hochoffiziell vor.

»Contessa«, grüßte Sophie etwas steif, als sie die Hand der Älteren in der ihren hielt.

»Nenn mich Giulia, Liebes.«

»Danke, Giulia.«

»War auch gar nicht schwer, oder?«

Sophie schüttelte traurig ihren Kopf, was der Contessa ein Lachen entlockte. Obwohl sie Sophie gerne in eine großmütterliche Umarmung geschlossen hätte, wie sie es mit Eleanor oft tat, wusste sie, dass es nicht erwünscht gewesen wäre, noch nicht. Giulia war aufgefallen, wie Sophies Körpersprache sich verändert hatte, als Philip und Martin ihre Mutter umarmt hatten und Sophie die Hand geschüttelt hatten. Sophie erinnerte sie ein wenig an ein Tier in der Falle, dass nur durch die Gegenwart und Nähe der Frau besänftigt werden konnte, der ihr Herz gehörte.

Die jungen Männer hatten Adele herzlich willkommen geheißen, aber Philip schien mehr an der Frau interessiert zu sein, die das Herz seiner Mutter erobert hatte. Martin hingegen hielt sich so sehr im Hintergrund, dass es weder seiner Mutter noch seiner Großmutter gänzlich verborgen blieb.

Giulia konnte kaum ein Lachen unterdrücken, als Philip die arme Sophie mit Fragen überhäufte, über ihre Arbeit, wie sie all die Sprachen gelernt hatte und was sie beim Übersetzen eines Manuskripts am Schwierigsten fand.

Eleanor musste dem schließlich ein Ende setzen. Sie war froh, dass Sophie so ohne Umstände empfangen wurde, aber bemerkte doch ein gewisses Unbehagen bei ihrer Liebsten, also bat sie Philip, sich einzubremsen. »Ich bitte dich, heb dir ein paar Fragen für später auf.

Ich bin mir sicher, dass Sophie jede einzelne davon gerne beantworten wird. Gib ihr noch ein bisschen Zeit anzukommen.«

»Entschuldige, Mama«, bat Philip mit Schamesröte auf den Wangen.

»Warum begleitet ihr nicht eure Schwester und Adele? Ich bin sicher, Adele würde euch liebend gerne besser kennenlernen«, schlug Eleanor vor.

Als die jungen Leute sich auf den Weg machten, warf sie ihrem Ehemann und ihrer Großmutter einen bedeutsamen Blick zu, der ihnen verdeutlichen sollte, dass sie gerne ein wenig Zeit allein mit ihrer Liebsten hätte, um sich zu verabschieden.

»Henry, mein Lieber, warum holen wir nicht Jonathan und genießen gemeinsam eine gute Tasse Tee«, Giulia hakte sich bei Lord Edgewood unter und lotste ihn zum Salon.

»Ja, glänzende Idee«, erfasste Henry die Situation auf Anhieb.

»Wir sehen uns sicher bald wieder, Sophie.« meinte Giulia als Henry sie zur Tür führte.

»Selbstverständlich.«

Schweigend sahen ihnen die beiden Frauen nach und atmeten dann erleichtert auf, als sie endlich alleine waren. Eleanor trat einen Schritt näher und schlang ihre Arme um den Nacken ihrer Liebsten. Sie legte ihren Kopf auf Sophies Schulter und spürte wie schlanke Arme sie näher an den warmen Körper zogen.

»Es tut mir leid«, murmelte Eleanor. »Sie können ein wenig überwältigend sein. Aber sie meinen es gut und ich glaube sie mögen dich.«

»Ist schon gut, Liebste. Ich bin solch offen gezeigte Zuneigung einfach nicht gewohnt, das ist alles.«

Eleanor lehnte sich zurück, um in Sophies braune Augen sehen zu können. Sie legte ihr sanft eine Hand auf die Wange und strich mit ihrem Daumen über volle Lippen, ehe sie sich wieder vorlehnte, um mit ihren Lippen über Sophies zu streichen.

»Ich fürchte, du wirst dich daran gewöhnen müssen, mein Liebling. Sie mögen dich und es ist ihre Art, dich willkommen zu heißen.«

»Sie müssen Geduld mit mir haben.«

»Mach dir keine Sorgen. Das werden sie!«, versicherte Eleanor ihr. »Jonathan hat sich bis heute nicht wirklich an diese offene und bereitwillige Art gewöhnt. Er war bei der Begrüßung nicht anwesend, was heißt, er wird es später, in einem stillen Augenblick, nachholen.«

»Das macht dir nichts aus?«, fragte Sophie überrascht.

»Überhaupt nicht. Er ist ein wesentlicher Teil der Familie und ich schätze ihn sehr. Es ist lange her, dass ich gelernt habe sein Verhalten zu akzeptieren. Jonathan ist ein Fels in der Brandung. Beständig, verlässlich, aber auch warm und liebevoll auf seine ganze persönliche Art und Weise.«

»Ich freue mich darauf ihn kennenzulernen.«

Sophie küsste sie länger und mit mehr Leidenschaft als zuvor. Sie trennten sich erst als es nötig wurde Luft zu holen, aber weigerten sich einander loszulassen.

»Ich sollte gehen.«

»Ich weiß.«

»Wann werde ich dich wiedersehen?«

»Warum leistest du mir nicht morgen Abend zum Essen Gesellschaft?«, fragte Eleanor.

Sie wollte nicht zu bedürftig erscheinen oder zu viel klammern, denn in Wirklichkeit hätte sie es vorgezogen, wenn Sophie bei ihr geblieben wäre. Mit ihr einzuschlafen und aufzuwachen war, was sie eigentlich wollte, aber sie wollte sie nicht drängen. Geduld war eine Tugend, die sie jetzt beherrschen musste.

»Sehr gerne sogar.«

Sie küssten sich ein letztes Mal, bevor die Herzogin Sophie zur Tür brachte, wo diese noch einen Kuss stahl, ehe sie sich auf den Weg machte.

Oh ja, Eleanor hätte Sophie liebend gerne bei sich gehabt und sie nach Herzenslust geküsst und berührt. Mit einem seligen Lächeln entschied sie sich, sich umzuziehen, ehe sie sich zum Tee zu ihrer Familie gesellte.

Kapitel Siebzehn

Sophie graute vor der unvermeidbaren Auseinandersetzung mit ihrer Schwester. Sie war so wütend auf ihre Schwester, die beinahe ihr Glück zerstört hatte. Sie hoffte, dass sie nach ihrer Ankunft genügend Zeit haben würde, um sich vorzubereiten. Im Moment war sie zu müde von der Reise und emotional erschöpft. Sophie konnte immer noch nicht glauben, dass Emma zu so etwas im Stande war. Beinahe hätte sie diese kostbare Liebe verloren. Emma konnte es offensichtlich nicht verstehen, aber weshalb konnte sie sie nicht einfach in Ruhe lassen? Sie erwartete keine Unterstützung von ihrer Schwester, aber zumindest Akzeptanz. Vielleicht war auch das zu viel verlangt. Sophie seufzte bei dem Gedanken an die letzte Unterhaltung mit Emma und die schmerzlichen Worte, die zwischen ihnen gefallen waren.

Parker hielt vor dem Eingang und half Guttmann, ihr Gepäck ins Haus zu tragen. Sophie dankte ihm und erklomm antriebslos die Treppe zu ihren Räumen. Sie freute sich auf eine heiße Dusche, darauf ihre Kleider wechseln zu können und auf ein Nickerchen vor dem Abendessen. Ihre Zofe begrüßte sie herzlich und war erleichtert, dass sie nach der beängstigenden Erkrankung wieder wohlauf war.

Seit dem Tod ihrer Mutter neigte Martha dazu überfürsorglich zu sein. Im Laufe der Jahre hatte Sophie es akzeptiert und auch zu schätzen gelernt. Nach ihrer Dusche zog sie ihre bequemste Kleidung an und legte sich im Wohnzimmer auf das Sofa. Ihr Schläfchen wurde allerdings vorzeitig beendet, als ihr Bruder ins Zimmer stürzte. Anton stürmte auf seine Schwester zu, riss sie aus ihrem Schlaf und erdrückte sie förmlich in seiner Umarmung.

»Anton«, keuchte Sophie, »Ich bekomme keine Luft.«

»Entschuldige«, er errötete und ließ sie umgehend los. »Ich bin einfach glücklich, dass du wieder da bist und es dir gut geht.«

»Danke«, sie tätschelte liebevoll seinen Arm. »Ich bin dir etwas schuldig, Bruderherz.«

»Nein, bist du nicht«, widersprach Anton, während er neben ihr Platz nahm. »Nach allem, was du getan hast, war es das Richtige.«

»Dennoch, ich bin froh, dass du Eleanor darüber informiert hast, was vorging.«

»Also, heißt das, ihr seid—du weißt schon?«

»Ja, sind wir«, Sophie errötete unter dem wissbegierigen Blick ihres Bruders.

»Warum bist du dann hier und nicht bei ihr?«

»Ich muss mit Emma sprechen.«

»Sie ist nicht hier, Sophie. Graf von Bernthal hat sie und Mama auf sein Anwesen eingeladen. Sie werden frühestens morgen zurück sein«, teilte Anton mit einem entschuldigenden Schulterzucken mit.

»Spielt keine Rolle. Im Moment bin ich ohnehin nicht zu einer längeren Auseinandersetzung bereit. Ich wünschte, ich wüsste, weshalb sie sich so verhalten hat. Bei unserer letzten Unterhaltung schien sie mir eine völlig Fremde zu sein.« Sophie seufzte, als sie an die Worte ihrer Schwester dachte und an die Wut die gegen sie gerichtet worden war.

»Mir hat sie klarerweise nichts erzählt«, sagte Anton ratlos.

»Sie hat aber immer mit dir geredet.«

»Das ist es ja. Dieses Mal eben nicht.«

»Warum nicht? «

»Ich weiß es nicht.« Er erhob sich. »Schlaf weiter!«

Sophie sah ihm nach als er ging, ehe sie sich wieder auf das Sofa legte und ihre Gedanken wild durcheinander wirbelten. Sie schlief aber bald wieder ein, da die Müdigkeit doch stärker war.

Eleanor lag entspannt in der Badewanne, als ein sanftes Klopfen an der Tür sie aus ihren Tagträumen von Sophies köstlichen Lippen auf den ihren riss. Sie konnte sich in diesen Küssen verlieren, wollte, dass diese nie endeten. Charlottes Kopf spähte um die Tür, nachdem sie auf ihr Klopfen keine Antwort erhalten hatte.

»Mama?«

»Ja, Liebling, komm herein.« Eleanor zeigte auf den Sessel neben der Wanne. »Gefällt Adele ihr Zimmer?«

»Ja. Danke, dass du ihre Mutter davon überzeugt hast, dass es in Ordnung wäre, wenn sie bei uns wohnt.«

»Selbstverständlich. Allerdings musste ich nicht allzu viel Überzeugungsarbeit leisten. Ich muss aber auch gestehen, dass ich selbst ziemlich überrascht war von der sofortigen Anziehung zwischen euch.«

»Ich weiß, Mama«, rang Charlotte ihre Hände. »Ich kann es beim besten Willen ja selbst nicht erklären.« Mit schüchterner Stimme fuhr sie fort, »Adele hat mich vom Augenblick unserer ersten Begegnung an bezaubert. Ihre Schönheit, ihr Lächeln, ihre Leidenschaft für die Frauenrechte, ihre Liebe zu Pferden und ihr Charme. Es ist einfach so, dass alles an ihr mein Herz schneller schlagen lässt, wenn ich an sie denke.«

»Und wenn du ihre Hand berührst, möchtest du sie nie wieder loslassen?«

»Ja.«

»Und wenn du sie küsst, wünscht du dir, es würde nie enden?«

»Ja.«

»Einfach nur die Tatsache in ihrer Nähe zu sein, lässt dein Herz mit Liebe und Freude übergehen?«

»Ja. Woher weißt du das?«, fragte Charlotte aufgeregt.

Eleanor lachte über den verliebten Ausdruck im Gesicht ihrer Tochter und hoffte insgeheim, dass sie nicht genauso aussah, wenn sie an Sophie dachte. Für eine Frau ihres Alters wäre es doch unpassend. Aber sie fürchtete, dass es genau dieser Gesichtsausdruck war, der auf ihren Zügen erschien, wann immer sie an die wunderschöne Frau dachte, die ihr Herz erobert hatte.

»Liebling, du bist verliebt. Vollkommen und unwiderruflich verliebt.«

»Das bin ich«, stimmte Charlotte voller Staunen in ihrer Stimme zu, als ob ihr gerade erst gewahr geworden wäre, was zwischen ihr und Adele geschah.

»Reich mir bitte das Badetuch!«

Eleanor erhob sich und streckte ihre Hand danach aus. Sie stieg aus der Wanne und nahm das Handtuch anmutig entgegen, bevor sie es sich um den Körper wickelte. Sie ging in ihr Schlafzimmer, gefolgt von ihrer Tochter, die sich auf dem Bett niederließ. Eleanor trocknete sich ab und schlüpfte in einen Bademantel, bevor sie sich vor den Schminkspiegel setzte und ihr kurzes weißes Haar kämmte. Beim Anblick von Charlotte wurde ihr klar, dass ihre Tochter noch etwas auf dem Herzen hatte, aber bis jetzt nicht gewagt hatte zu fragen.

»Was ist los? Was ist der Grund für die Falten auf deiner Stirn?«

»Darf ich dich etwas fragen, Mama?«

»Natürlich! Du kannst mich alles fragen. Das weißt du doch.«

Eleanor erhob sich von ihrem Platz vor dem Spiegel und setzte sich neben ihre Tochter auf das Bett. Als Charlotte sie nicht anschauen wollte, legte sie ihr sanft einen Finger unter das Kinn und hob ihren Kopf. Selbstsichere blaue Augen blickten in verunsicherte Augen.

»Was ist denn bloß los? Sag schon!«

Eleanor bemerkte wie Charlotte den Kloß im Hals hinunter schluckte, unsicher wie sie ihre Frage formulieren sollte. Sie hatte eine Ahnung weswegen sie hier war. Sie wollte bestimmt ihr Mutter um Rat fragen, was den körperlichen Teil ihrer Beziehung zu Adele betraf.

»Mama, ich—ich war noch nie mit einer Frau zusammen«, flüsterte Charlotte verlegen. »Ich fürchte, ich weiß nicht, was ich tun soll, wenn wir intim werden.«

»Mein Schatz, es gibt nichts, weshalb du verlegen sein musst.« Eleanor nahm ihre Tochter in die Arme.

»Aber wie werde ich wissen, wann der richtige Moment ist? Ich möchte nichts überstürzen und ich möchte ihr auch nicht weh tun.«

»Du wirst wissen, wann es so weit ist, vertraue mir«, versicherte ihr Eleanor, als sie sich aus der Umarmung zurückzog, um Charlotte anzusehen. »Tu, was sich gut anfühlt. Denk daran, was dir Lust bereitet, sei geduldig und zärtlich. Alles wird gut gehen.«

»Wird es schmerzhaft sein?«, fragte Charlotte ängstlich.

»Ein wenig, ja, aber das Vergnügen, das du beim Liebesakt mit der Frau, die du liebst, empfindest, wird dich das schnell vergessen lassen, versprochen.«

»Danke, Mama.« Charlotte umarmte ihre Mutter fest, ehe sie vom Bett sprang, um Adele zu holen, damit sie sich dem Rest der Familie im Salon anschließen konnten.

»Wie ich sehe, bist du also doch noch rechtzeitig für die Hochzeit deiner Schwester zurückgekehrt«, sagte Graf von Hagendorf hochmütig, als er das Esszimmer betrat und seine älteste Tochter, ins Gespräch vertieft mit ihrem Bruder, vorfand.

»Auch dir einen guten Abend, Vater«, begrüßte ihn Sophie, bemüht sich den Ärger nicht anmerken zu lassen, wusste aber, dass sie kläglich gescheitert war.

»Nun, guten Abend«, antwortete der Graf steif, als er seinen Platz am Kopf der Tafel einnahm. »Ich nehme an, deiner Tante geht es gut?«

»Ja. Tante Therese lässt dich grüßen.«

»Danke. Wie geht es deiner Cousine? Hat sie endlich einen Mann gefunden, der bereit ist, ihre törichte Art auf sich zunehmen?« Ohne

Sophies Antwort abzuwarten, legte sich Graf von Hagendorf seine Serviette auf den Schoß und begann mit dem ersten Gang.

»Warum fragst du sie nicht selbst? Sie ist zu Gast bei der Herzogin von Darnsworth für die nächste Zeit.«

»Also das überrascht mich nun nicht«, schnaubte er abschätzig. »Diese aufgeblasene Frau hat natürlich Interesse an Adeles dummen Anschauungen.«

»Wirklich Vater?«, meinte Sophie sarkastisch. »Ich kann mich sehr gut erinnern, dass du mehr als gewillt warst mit ihrem Namen und Helens Beziehung zu ihr vor deinen Gästen zu protzen.«

Sie wusste, dass er sich von Eleanors Stellung und ihrer Art bedroht fühlte. Ihre Liebste gehörte nicht zu den Menschen, die sich von jemandem wie ihrem Vater oder Graf von Bernthal einschüchtern ließen.

»Es schadet nie eine Verbindung zu jemandem mit ihrer gesellschaftlichen Stellung zu haben, aber diese Frau und ihre ganze Sippe sind so verdammt arrogant. Sie haben den Verlobten deiner Schwester wie einen Gemeinen behandelt.«

»Wie er es verdient.«

»Es reicht«, der Graf schlug seine Faust auf den Tisch, sein Gesicht rot vor Zorn. »Deine Schwester wird diesen Mann heiraten, ob es dir gefällt oder nicht. Und das ist immer noch mein Haus, das gibt mir das Recht von meinen Kindern Respekt zu erwarten. Wenn du das nicht akzeptieren kannst, steht es dir frei zu gehen. Deine Mutter hat dafür gesorgt, dass du eine finanziell unabhängige Frau bist. Ein Fehler, aber nachdem es niemanden gibt, der dich je heiraten wird, solltest du dir über die Zukunft in diesem Haus Gedanken machen.«

Sophie war wie vom Donner gerührt. Noch niemals zuvor hatte ihr Vater so mit ihr gesprochen. Ihr war natürlich klar, dass er es ihrer Mutter übelnahm, dass sie ihr Vermögen ihrer Tochter hinterlassen hatte. Er hatte alles in seiner Macht Stehende versucht um das Testament anzufechten, aber ihre Mutter hatte dafür gesorgt, dass er nichts dagegen tun konnte. Ihr Vater konnte sie nicht einmal nach seinem Willen verheiraten, denn sie war finanziell eine unabhängige Frau und es hatte auch nie einen Bewerber um ihre Hand gegeben. Sophie war darüber sehr dankbar. Sie war nicht sicher, ob er wusste, dass sie eine Lesbe war. Sie dachte, er wüsste es, aber entschied sich es zu ignorieren, solange sie keinen Skandal verursachte.

Mit gezwungener Gelassenheit schob sie ihren Sessel zurück, legte die Serviette neben den Teller und erhob sich. Sophie ergriff mit fester

Hand ihren Gehstock und ohne einen Blick oder ein Wort für den Mann, den sie Vater nannte, verließ sie das Speisezimmer.

Die Entscheidung, ihr Leben endgültig zu verändern, war ihr abgenommen worden, allerdings früher als ihr lieb war.

Mit neu gewonnener Entschlossenheit kehrte Sophie in ihre Räumlichkeiten zurück. Sie würde also ans Britische Museum schreiben und ihr Angebot annehmen. Es machte sie zwar traurig, dass sie die Zusammenarbeit mit Professor Maierhofer beenden musste, aber für sie gab es hier nichts mehr.

Das Abendessen im Palais Schelling war entspannt und unterhaltsam. Adele fühlte sich willkommen und als Gefährtin von Charlotte auf eine Weise akzeptiert, die sie nicht für möglich gehalten hätte. Lord Edgewood war ein charmanter und geistreicher Mann, wohingegen sein Lebensgefährte Jonathan zwar warmherzig, aber viel zurückhaltender war. Die Contessa war eine bemerkenswerte Frau – unverblümt, direkt und witzig. Adele mochte sie gern und sie war überzeugt, dass dies auf Gegenseitigkeit beruhte.

Charlottes Brüder waren ein wenig schwerer zu entschlüsseln. Sie waren höflich und einladend gewesen, aber es war dennoch absolut klar, dass sie sich ihr Urteil noch aufhoben. Philip hatte den hellen Teint seiner Mutter, die blauen Augen und blonden Haare geerbt. Martin hingegen sah, so meinte Charlotte, Eleanors verstorbener Geliebten sehr ähnlich. Er war nicht ganz so groß wie seine Geschwister, mit roten Haaren und verblüffend grünen Augen. Sommersprossen bedeckten sein Gesicht und Adele fand, er sah süß damit aus.

Nachdem sie sich zum Kaffee in den Salon zurückgezogen hatten, gingen die Männer schließlich zum Rauchen nach draußen und überließen die Damen ihrer Plauderei.

»Bist du mit deinem Zimmer zufrieden, meine Liebe?«, fragte Eleanor, als sie Adele eine Tasse Kaffee reichte.

»Ja. Danke schön.«

»Und du musst es nicht einmal verlassen, damit du in Charlottes Zimmer kommst«, fügte Giulia mit einem Zwinkern hinzu.

»Nonna!« Charlotte war schockiert von der Andeutung ihrer Urgroßmutter.

»Was, meine Liebe? Ich bin vielleicht alt, aber immer noch sehr lebendig und im Vollbesitz meiner geistigen Kräfte, um zu wissen, was zwei Frauen hinter verschlossenen Türen tun. Und muss ich dich wirklich darauf hinweisen, dass deine verstorbene Urgroßmutter und ich ein sehr gesundes Liebesleben hatten?«

Charlotte starrte ihre Nonna mit offenem Mund an, während Adele hustete, nachdem sie sich beinahe am Kaffee verschluckt hatte.

Eleanor schlug ihr mitfühlend auf den Rücken und rollte ihre Augen in Richtung ihrer Großmutter. Sie hätte wissen müssen, dass es früher oder später dazu kommen würde. Giulia hatte mit Cathleen und ihr dasselbe gemacht. Nur dass Cathleen ganz entspannt damit umgegangen war, während sie so wie ihre Tochter reagiert hatte.

»Wie lange?«, fragte Adele, nachdem sie ihre Stimme wiedergewonnen hatte.

»Wie lange was, meine Liebe?«

»Wie lange haben Sie es genossen? Wenn ich fragen darf?«

»Adele!?« Charlotte sah sie an, als hätte sie komplett den Verstand verloren.

»Ach, sei still, Charlotte«, ermahnte sie ihre Nonna mit einem sanften Klaps auf den Arm, »deine Mutter hat dich nicht zu einem prüden Menschen erzogen. Im Gegensatz zu der Erziehung vieler anderer deines Alters, wie ich hinzufügen möchte.«

»Aber—aber—«

»Aber was? Wenn ich mich richtig an die Zeit entsinne, die ich mit euch verbracht habe, dann sind du und deine Brüder des Öfteren bei euren Müttern hineingeplatzt, wenn sie alles andere als sittsam waren.«

»Wir waren *Kinder*«, versuchte Charlotte sich schwach zu verteidigen. Sie wusste, dass so ein Verhalten bei ihrer anderen Großmutter zu einem Schlaganfall geführt hätte, wenn sie davon erfahren hätte. Ihre Familie war alles andere als konventionell, aber über das Liebesleben ihrer Urgroßmutter zu sprechen war dann doch etwas ganz anderes.

»Wie auch immer«, lenkte Giulia ein, um die Frage von Adele zu beantworten. »Es macht mich glücklich sagen zu können, dass wir miteinander geschlafen haben, bis sie ihren Schlaganfall hatte.«

Die Sehnsucht in ihrer Stimme und in ihren Augen blieb keiner von ihnen verborgen.

Es war der Moment, als die Männer sich entschlossen aus dem Garten zurückzukommen. Im Raum stehend sahen sie etwas verlegen und entschieden unwohl aus.

»Wieso habe ich das Gefühl, nicht willkommen zu sein?«, fragte Philip, der sich als Erster wieder erholt hatte. Die anderen traten nach wie vor unbehaglich von einem Fuß auf den anderen ob der Spannung im Raum.

»Komm mit, mein Sohn«, klopfte ihm Henry heiter auf den Rücken. »Es ist doch glasklar, dass wir hier stören. Und nein, wir wollen nicht wissen, worum es ging«, würgte er die Frage seines Sohnes ab, ehe dieser sie zu stellen vermochte. »Wenn ihr uns entschuldigt, meine Damen, dann ziehen wir uns zu einer Partie Bridge zurück. Ihr seid natürlich jederzeit willkommen.«

Sie schlurften aus der Tür und sahen dabei wie getretene Hunde aus. Als sich die Tür hinter ihnen geschlossen hatte, brachen die Frauen in Lachen aus.

»Armer Philip«, Eleanor wischte sich die Lachtränen vom Gesicht, » hast du seinen Gesichtsausdruck gesehen? Ich konnte sein Unbehagen förmlich greifen. Martin wirkte auch etwas blass um die Nase.«

»Sie sind liebe Männer, aber eine Unterhaltung unter Frauen ist zu viel für sie«, stimmte Giulia mit einem verschmitzten Lächeln zu. »Und für dich auch, Charlotte.«

»Nun, ich—ich—«, stotterte ihre Urenkelin.

»Du warst auch noch nie zuvor derart offen mit Charlotte, Nonna«, meinte Eleanor.

»Sie hatte auch noch nie eine Geliebte«, gab die Contessa mit erhobener Braue zurück. »Ich schäme mich nicht für meine Worte, denn ich habe Bridget von ganzem Herzen geliebt. Sie war eine wunderschöne Frau und eine sehr aufmerksame und zärtliche Liebhaberin. Und ich vermisse sie sehr.«

»Ich weiß, Nonna.«

»Ich hatte auch noch nie eine Geliebte«, sagte Adele unverwandt und verlegen, als sich alle Augen ihr zuwandten.

Giulia legte ihre Hände auf Adeles und drückte sie beruhigend, »Dann bist du in der glücklichen Lage, um die dich viele Frauen, wie wir es sind, beneiden würden. Diese Gefühle und deinen Körper ausschließlich mit einer anderen Frau erkunden zu dürfen, das ist ein wunderbares Geschenk. Schätze es!«

»Bereust du, dass du nicht Großmutters erste Liebhaberin warst?«

»Ja, schon«, antwortete die Contessa wehmütig. »Aber zumindest kann ich sagen, dass Bridget ihren ersten Höhepunkt mit mir hatte.«

Charlotte und Adele sahen sich mit aufgerissenen Augen an, dann zu Boden, als das Zimmer in Stille versank, ehe Charlotte in einem plötzlichen Anflug von Mut fragte, »Und du Mama?«

»Wie bitte?«

Eleanor fühlte ihre Wangen glühen, die dabei einen interessanten Rotton annahmen.

»Dein Liebesleben mit Cathleen war auch nicht langweilig, nicht wahr?«, meinte Giulia wissend.

»Nein.«

Charlotte war der Meinung, dass die Antwort ihrer Mutter geheimnisvoll und beklagenswert nutzlos war. Sie konnte nicht an sich halten, »Bitte, Mama! Nonna war mit ihrem Liebesleben viel offener. Du weißt, dass weder Adele noch ich jemals zuvor Sex hatten. Es ist also nur verständlich, dass wir mehr über dich und Mami wissen wollen.«

»Ist das so?« Eleanor schluckte.

»Wir sitzen alle im selben Boot, meine Liebe. Niemand wird Schlechtes von dir denken, wenn du diese Dinge mit uns teilst. Ich möchte dich dazu ermutigen.«

»Na schön, na schön.« Sie war nervös und außer sich, aber Eleanor rang sich schließlich zu einer Antwort durch, »Cathleen war der erste Mensch, mit dem ich geschlafen habe. Ich habe ihr meine Jungfräulichkeit geschenkt und es macht mich glücklich, sagen zu können, dass es eine wundervolle Erfahrung war. Sie war alles, was sich eine Frau erhofft und erträumt. Geduldig, zärtlich, leidenschaftlich und sanft zugleich. Sie war eine verspielte und manchmal eine abenteuerliche Liebhaberin. Meiner Erfahrung nach geht es mit einer Frau nicht darum einfach nur ein Ziel zu erreichen. Berührungen und streicheln, das Gefühl einer weichen Hand auf der Haut ist manchmal alles, was wir brauchen. Zu unterschiedlichen Zeiten verlangen wir nach unterschiedlichen Dingen, aber egal was es ist, das du brauchst oder willst, ich fand es emotional immer berührend.«

»Ich hätte es nicht besser ausdrücken können, *Cara*«, stimmte Giulia lächelnd zu.

»Glaubt ihr wirklich, sie reden über, ihr wisst schon, Sex?«, fragte Philip, als er seine Karten ordnete, die Jonathan ihm gerade gegeben hatte.

Martin rollte die Augen. Manchmal konnte er wirklich albern sein. »Und wenn?«

»Machst du Witze? Das ist kein Thema, über das Mama sprechen würde. Und Nonna, na ja, sie ist *alt*.«

Henry legte die Karten hin und starrte seinen Sohn an. Er fragte sich wie es bloß sein konnte, dass ein an sich kluger junger Mann, so begriffsstutzig sein konnte.

»Warum nicht?«

»Sie sind Frauen.«

»Und?«

»Was meinst du damit? Und?«, fragte Philip ungläubig.

»Also schön«, sagte Jonathan mit Entschiedenheit. »Hör mir zu, mein Sohn, ganz egal was du oder einer deiner Freunde oder diese Psychologen und Ärzte denken, glauben oder meinen. Frauen haben auch Bedürfnisse und sexuelles Verlangen, genauso wie wir Männer. Deine Mutter ist eine wunderschöne Frau in den besten Jahren und ich für meinen Teil bin glücklich, dass sie noch einmal die Liebe gefunden hat. Das bedeutet, alles mit Sophie zu teilen, auch den körperlichen Aspekt ihrer Beziehung. Das Gleiche gilt für deine Schwester und ihre Liebste.«

»Und Nonna? Du glaubst doch nicht etwa, dass sie an so etwas noch Interesse hat, oder?«, flüsterte Philip unsicher.

»Warum denn nicht? Nur weil deine Urgroßmutter verstorben ist, heißt das nicht, dass sie nicht darüber sprechen oder daran denken möchte.«

Martin klopfte seinem Bruder auf die Schulter und schüttelte über seine unendliche Ahnungslosigkeit den Kopf. »Wenn du dich verliebst und die Frau heiraten möchtest, würde ich dir empfehlen vor der Hochzeitsnacht mit Mama zu sprechen, Bruderherz.«

»Weshalb sollte ich das tun?«, kreischte Philip.

»Glaub mir, mein Sohn«, fügte Henry mit einem Grinsen hinzu, »wenn du dich in deiner ersten Nacht mit deiner Ehefrau nicht wie ein unausstehlicher Trottel benehmen willst, nimmst du dir den Rat deines Bruders zu Herzen. Wer, glaubst du, weiß in diesem Haus am besten Bescheid, wenn es darum geht eine Frau zu lieben?«

»Ich werde es mir merken.« Philip errötete, allein schon bei dem Gedanken an so eine Unterhaltung mit seiner Mutter bis in die Haarspitzen.

»Lass dich nicht von ihnen ärgern!«, schnaubte Jonathan bei dem Ausdruck auf Philips Gesicht. »Du wirst es schon machen.«

»Natürlich«, stimmte Henry zu, »du wirst deinen Weg schon finden. Denk aber daran, wenn du mit jemandem intim bist, geht es nicht nur um dich, sondern auch um die andere Person.«

»Das werde ich«, erklärte Philip, als er die erste Karte auf den Tisch warf, dabei aber nicht sehr selbstbewusst wirkte.

Kapitel Achtzehn

Sophie setzte alles daran, ihrem Vater beim Frühstück aus dem Weg zu gehen. Sie machte schon sehr früh einen Ausritt, um ihren Kopf frei zu bekommen und sich auf die bevorstehende Unterhaltung mit ihrer Schwester vorzubereiten. Als sie zurückkehrte, war sie froh zu erfahren, dass ihr Vater das Haus schon verlassen hatte. Sie bat ihre zuverlässige Zofe das Packen ihrer Besitztümer zu organisieren. Zu behaupten, Martha wäre überrascht gewesen, wäre eine Untertreibung.

»Nur meine Kleidung und alles aus dem Badezimmer«, befahl Sophie mit einer achtlosen Handbewegung. »Ich werde mich um die Bücher und alles andere, das mit meiner Arbeit zu tun hat, kümmern.«

»Wohin werden Sie gehen?«, fragte Martha etwas ängstlich.

»London«, sagte sie mit einem traurigen Seufzer, als sie den Blick ihrer Zofe sah. »Martha, du musst mich nicht begleiten, wenn es dir zu viel ist. Ich verstehe es.«

»Was soll dann aus mir werden? Ich habe Ihrer Großmutter, Ihrer Mutter und jetzt Ihnen gedient. Ich bin mir sicher, weder Ihr Vater noch Ihre Stiefmutter können mich brauchen.«

Sie hatte Recht. Sie würden Martha, ohne einen weiteren Gedanken zu verschwenden, rauswerfen. Ohne Marthas Wissen hatte Sophie sich schon vor einem Jahr darum gekümmert, falls Martha jemals den Wunsch hätte sich aus dem Dienst zurückzuziehen.

Sophie legte der verzweifelten Frau beruhigend die Hand auf den Arm. »Ich habe für dich vorgesorgt, Martha. Mach dir keine Sorgen!«

»Was soll das heißen?«

Sie bat Martha ins Wohnzimmer, und forderte sie auf Platz zu nehmen, ehe sie ins Arbeitszimmer ging, um einen großen weißen Umschlag zu holen. Sie überreichte ihn der Zofe und nahm neben ihr Platz. Als Martha sie nur fragend ansah, bat sie sie den Umschlag zu öffnen.

Martha tat wie ihr geheißen und fand ein kleines schwarzes Buch und eine Besitzurkunde darin. Beides trug ihren Namen. Verwirrt runzelte sie die Stirn.

Ehe sie fragen konnte, was das zu bedeuten hatte, erklärte es ihr Sophie. »Das hier«, sie klopfte dabei mit dem Finger auf das schwarze Büchlein, »ist ein Sparbuch. Es ist auf deinen Namen ausgestellt und die Summe wird dir einen beschaulichen Ruhestand ermöglichen. Die Besitzurkunde ist für eine kleine, aber fast neue Wohnung im dritten Bezirk, ausgestattet mit allen Annehmlichkeiten, die du dir nur wünschen kannst.«

»Aber—wie—wann—wieso?«

Sophie lächelte über die absolute Fassungslosigkeit in dem faltigen Gesicht ihrer Zofe, deren Augen mit Tränen gefüllt waren.

»Weil du meiner Mutter und mir all die Jahre so treu gedient hast und weil ich sicher gehen wollte, dass du gut versorgt bist. Ich könnte den Gedanken nicht ertragen, dass du den Rest deines Lebens in Armut und Verzweiflung verbringst. Ich kann es mir leicht leisten und meine Mutter hätte dasselbe getan.«

»Ich weiß nicht, wie ich Ihnen danken soll«, Martha wischte sich die Tränen von den Wangen.

»Dazu besteht kein Grund.«

»Trotzdem, von Herzen danke.«

»Würdest du dich gerne in deiner neuen Wohnung niederlassen, während ich mich zu neuen Abenteuern aufmache?«

Martha zögerte. »Ich würde Sie sehr vermissen.«

»Ach was. Ich werde dich auch vermissen«, lachte Sophie. »Ich werde dich auch besuchen um sicher zu gehen, dass es dir gut geht.«

Martha holte tief Luft und nach einer kurzen Weile atmete sie wieder langsam aus. »Also gut. Ich bin bereit, diesen alten Knochen Ruhe zu gönnen. Aber zuvor, gnädige Frau, werde ich alles Notwendige veranlassen, damit Sie für ihren nächsten Schritt bereit sind.«

Sichtlich überwältigt drückte sie Sophies Hand, bevor sie ging und sich weiter um ihre Aufgaben kümmerte. Sie war schon beinahe aus der Tür, als sie sich noch einmal umwandte. »Wann werden Sie abreisen?«

»So bald wie möglich. Wenn alles gepackt ist, werde ich die Dinge, die ich hier nicht brauche, nach London schicken, aber ich werde noch eine Zeit in Wien bleiben, wenn auch nicht in diesem Haus.«

»Wo werden Sie wohnen?«

»Ach, ich bin sicher, das Hotel Imperial wird ein Zimmer für mich haben.«

Eleanor bat Mrs Kavanaugh in ihr Arbeitszimmer, um über das Abendessen zu sprechen, das Mrs Chambers für sie und Sophie bereiten sollte. Nachdem alle anderen in die Oper gehen und im Sacher zu Abend essen wollten, wäre es nur für sie beide. Benson würde einen Tisch auf der Terrasse decken, da es ein warmer Abend werden sollte, ohne Wolken oder Regen. Eleanor wollte es romantisch, aber zwanglos. Sie wollte Sophie nicht verführen, da sie beide noch nicht bereit für den nächsten Schritt waren, aber sie wollte sie umwerben. Die letzte Aufgabe bestand nur mehr darin ihre Köchin zu bitten, ihre Magie spielen zu lassen. Oder besser ihre Haushälterin zu bitten, es an die Köchin weiterzugeben.

»Mrs Kavanaugh, ich weiß, dass alle auf einen freien Abend gehofft hatten«, sagte Eleanor hinter ihrem Tisch im Arbeitszimmer sitzend. »Aber ich fürchte, ich muss Mrs Chambers bitten für mich und einen Gast ein Abendessen zu bereiten.«

Falls ihre Haushälterin über den unerwarteten Wunsch verärgert war, so ließ sie es sich nicht anmerken. Mrs Kavanaugh erschien so ruhig, gefasst und dienstbeflissen wie immer.

»Selbstverständlich, Eure Gnaden. Habt Ihr etwas Bestimmtes im Sinn?«

»Nun, nachdem es ein heißer Tag und warmer Abend werden soll, habe ich gedacht, dass etwas Leichtes passend wäre.«

»Natürlich, Madam.«

Eleanor fühlte wie ihre Wangen sich erhitzten und war bestürzt, dass Mrs Kavanaugh ihre Unruhe bemerkt zu haben schien, also beugte Mrs Kavanaugh sich mit einem fragenden Blick vor.

Unfähig eine Antwort zu geben, nickte Eleanor und versuchte ein Lächeln.

Mrs Kavanaugh verstand den dezenten Hinweis. »Wenn das alles ist, Eure Gnaden, werde ich zu meinen Aufgaben zurückkehren und Mrs Chambers über Eure Wünsche in Kenntnis setzen?«

»Ja, das ist alles, danke sehr.«

Die Haushälterin neigte den Kopf und überließ Eleanor ihren Briefen. Nachdem sich die Tür hinter Mrs Kavanaugh geschlossen hatte, verwandelte sich der strenge und korrekte Ausdruck in deren Gesicht in ein riesiges glückliches Grinsen. Es war einfach zu schön, um wahr zu sein. Aber wenn das, was Rose über ihre Zeit in Salzburg erzählt hatte, stimmte und nach dem leichten Erröten zu urteilen, dessen Zeugin sie soeben geworden war, war es tatsächlich so. Die Herzogin war verliebt.

Mrs Kavanaugh eilte in die Küche zurück und befahl lebhaft den Küchenmägden, diese zu verlassen. Sie konnte die Verstimmung über diese Anmaßung in ihrem Reich deutlich am Gesicht ihrer Liebsten ablesen, aber bot dem Protest darüber Einhalt, indem sie ihr zuvorkam.

»Ärgere dich nicht, meine Liebe«, bat Mrs Kavanaugh mit einem Lächeln und einem Funkeln in ihren Augen.

»Worüber?« Mrs Chambers stemmte die Hände in die Hüften und wartete auf den Paukenschlag.

»Ihre Gnaden bittet dich für sie und einen Gast heute ein Abendessen zuzubereiten.«

»Was?« Die Köchin explodierte. »Ich dachte, sie gehen alle aus und essen in einem Hotel und wir hätten den Abend für uns?«

Mrs Kavanaugh seufzte. Genau das hatte sie befürchtet. Sie nahm die durch die Arbeit rauen Hände in die ihren und streichelte mit ihren Daumen sanft über deren Rücken.

»Beruhige dich, Liebes. Ich glaube, es soll ein romantisches Abendessen sein. Mister Benson hat das schon mehr oder weniger angedeutet.«

»Oh?«

»Ja, erinnerst du dich, was Rose über Salzburg erzählt hat?« Nach einem bestätigenden Nicken fuhr sie fort, »Ich glaube, Gräfin von Hagendorf ist der Gast. Es sieht ganz so aus, als würde dies wieder ein glücklicher Haushalt werden.«

»Meinst du?«, fragte Mrs Chambers müde.

»Ich hoffe es inständig. Sich ständig wie auf rohen Eiern bewegen zu müssen und die dauernde Anspannung war doch für uns alle beinahe unerträglich, oder etwa nicht?«

»Es ist verdammt noch mal Zeit«, schnaubte Mrs Chambers. Sie bemerkte Rose vor ihrer Küche und rief die Zofe ungeduldig zu sich.

»Rose, hast du bitte einen Moment?«

»Ja, Mrs Chambers?« Rose strich ihre Uniform glatt und blickte erwartungsvoll von der Haushälterin zur Köchin.

»Du hast die Gräfin von Hagendorf kennengelernt? Was hältst du von ihr?«

»Ich halte sie für eine ehrenwerte Frau. Ich meine, das was sie für Josefine getan hat, war ziemlich anständig von ihr.«

»Was ist mit der Herzogin?«, fragte die Köchin mit einem ernsten Ausdruck. »Ist sie auch gut für die Herzogin?«

Rose musste bei der Frage grinsen. Seit sie aus Salzburg zurück waren, war die Gerüchteküche innerhalb der Dienerschaft am Brodeln. Sie hatten sie mit Fragen darüber gelöchert, was vorging und sie hatte versucht diese, so gut es ging, zu beantworten, ohne zu indiskret zu sein. Die Dienerschaft wusste schließlich, im Allgemeinen, alles über ihre Arbeitgeber. Der einzige Unterschied in diesem Haushalt bestand darin, dass ihre Arbeitgeber mehr über ihre Dienerschaft wussten als irgendwo anders.

Als Rose in das Haus kam, hatte sie keine Ahnung, was sie davon halten sollte. Die Dynamik war in manchen Bereichen höchst ungewöhnlich und in manchen genauso wie anderswo. Die Herzogin war in jeder Hinsicht eine unkonventionelle Frau, aber das Gleiche galt für seine Lordschaft. Rose hatte ihre Art zu schätzen gelernt. Nachdem sie ihre vorherige Stellung in einem großen Haus verloren hatte, weil der Sohn ihrer Herrin sie geschwängert hatte, hatte sie nicht gewusst, was sie tun sollte. Niemand hatte sie gewollt, aber die Herzogin hatte sie nicht nur eingestellt, sondern auch zur Zofe ausgebildet. Außerdem konnte sie ihre Schwester und ihre kleine Tochter regelmäßig besuchen. Sie standen beide unter dem Schutz der Herzogin und Rose hatte es keinen Tag bereut, hier zu arbeiten.

Die Dienerschaft mochte ihre Arbeitgeber sehr gern. Aber am meisten lag ihnen daran, in einem Haus voll Freude und Lachen zu arbeiten. Die Schwermut, die in den letzten Jahren über allem gelegen war, hatte ihren Tribut verlangt. Mit der Gräfin an der Seite ihrer Herrin, so war Rose überzeugt, würden sich die Dinge zum Besseren wenden.

»Ja. Ich bin der Meinung, sie ist sogar sehr gut für sie.« Sie kam näher und flüsterte, »Sie sind ineinander verliebt. Ihre Gnaden ist wirklich hingerissen und ich glaube, das Gleiche gilt für die Gräfin. Sie behandelt sie mit Zuvorkommenheit, Respekt und liebevoller Fürsorge.«

»Gut. Nun, na schön.« Mrs Chambers nahm die Zofe genau unter die Lupe und hielt nach Täuschungen Ausschau. Als sie keine fand, schnaubte sie, machte flott kehrt und fing an sich um das Abendessen zu kümmern.

Rose sah mit erhobener Braue die Haushälterin an, die rollte jedoch nur die Augen und wies auf die Tür. Als sie die Küche verließen, hörten sie, wie Mrs Chambers die Küchenmägde lautstark aufforderte ihren faulen Allerwertesten wieder in die Küche zu bewegen. Sie konnten sich ein Lachen über die anschauliche Sprache und den gespielten Ärger der Köchin kaum verkneifen.

⤜

Die Rückkehr ihrer Schwester und Stiefmutter verursachte eine derartige Aufregung, dass diese auch Sophie in ihrem Arbeitszimmer nicht verborgen blieb. Sie würde ihrer Schwester etwas Zeit geben, sich von der Reise zu erholen, ehe sie mit ihr sprach. Sophie wollte das Ganze so schnell es ging hinter sich bringen, damit sie sich ganz der Vorfreude auf ein Wiedersehen mit Eleanor hingeben konnte. Sie freute sich sehr darauf und tadelte sich für dieses unstillbare Verlangen, in Eleanors Nähe zu sein. Ihre Hand halten zu können, sie zu berühren und zu küssen. Sie hoffte inständig, dass ihre Annäherungsversuche nicht zu ungestüm waren, aber sie war sich sicher, dass Eleanor es sie würde wissen lassen, wenn dem so war.

Nach einer guten Stunde ruhiger Überlegung schnappte sich Sophie ihren Gehstock und Emmas gefälschten Brief und machte sich zum Zimmer ihrer Schwester auf. Sie atmete tief ein, um sich für die bevorstehende Nervenprobe zu stählen, und klopfte. Emmas Stimme wehte durch die geschlossene Tür, mit der Bitte einzutreten. Ihre Schwester stand mit dem Rücken zur Tür, als sie eintrat. Als sie sich umwandte bemerkte Sophie die plötzliche Veränderung in ihrer Haltung sofort.

Emmas Enttäuschung war deutlich zu erkennen und ihr Lächeln verschwand. »Ach, du bist es.«

»Ja. Tut mir leid dich zu enttäuschen. Aber sei versichert, du musst meine Gegenwart nicht lange ertragen«, versicherte ihr Sophie sarkastisch.

»Was willst du?«

Wortlos hielt ihr Sophie den Brief entgegen und wartete, dass Emma ihn nahm. Mit einem Seufzer voller Unmut tat sie es schließlich. Emma überflog die Zeilen und Sophie sah, dass sie nicht erwartet hatte mit ihrem Verrat konfrontiert zu werden, denn sie wurde weiß wie die Wand. Sie schluckte merklich, als sie Sophie ansah und einen Wutanfall von ihr erwartete. Aber alles, was Sophie herausbrachte, war ein geflüstertes, »Warum?«

Zu tief saß der Schmerz, besonders jetzt, wo sie ihrer Schwester von Angesicht zu Angesicht gegenüberstand.

»Weil es nicht richtig ist! Es ist ein verabscheuungswürdiges und abartiges Verhalten«, Emma klang schrill, als sie ihre Stimme erhob.

»Ich habe dich nie um deine Zustimmung gebeten. Du hättest es einfach ignorieren können, so wie bei deinem Verlobten.« Sophie wurde schnell wütend. »Du hattest kein Recht dazu. Es gibt nichts, was so eine verletzende Aktion rechtfertigen würde. Du bist meine Schwester und ich liebe dich, aber im Augenblick halte ich es kaum aus, mit dir im selben Raum zu sein.«

»Dann sind wir schon zwei. Allein der Gedanke, dass du eine von *diesen* Frauen bist, ist unglaublich. Der Skandal, wenn jemand davon erfahren würde! Vater würde vor Scham sterben, wenn er davon wüsste.«

»Mach dir keine Sorgen, Schwesterherz«, Sophie nahm den Brief wieder an sich. »Mein abscheuliches Ich kehrt diesem Haus und bald auch diesem Land den Rücken. Du wirst nie wieder mit mir zu tun haben.«

»Was?«

»Vater hat mir sehr deutlich zu verstehen gegeben, dass er auf meine Anwesenheit keinen Wert mehr legt. So wie du. Also werde ich seine und auch deine Wünsche respektieren und vorerst ins Hotel Imperial ziehen. Ich werde morgen zurückkommen, um das Packen meiner Sachen zu beenden und danach werden diese nach London geschickt.«

»Du gehst mit *ihr* dort hin?« Emma war von dieser Enthüllung überrascht.

»Was kümmert es dich?«

Sophie wartete auf eine Erklärung, aber als sie keine Antwort erhielt, drehte sie sich zum Gehen um. Mit dem Rücken zu ihrer Schwester machte sie noch ein letztes Friedensangebot. »Falls du dich gefragt haben solltest, ich hasse dich nicht. Ich kann dir zwar nicht verzeihen, noch nicht, aber ich könnte dich niemals hassen. Falls du mich brauchst, weißt du, wo du mich findest.«

»Das werde ich nicht!«

»Alles Gute, Emma!«

Ohne sich noch einmal umzudrehen, verließ Sophie das Zimmer. Sie kehrte mit angespanntem Schritt in ihre eigenen Räume zurück, um ihren Koffer und ihren Mantel zu holen. Guttmann hatte bereits eine Kutsche gerufen, die sie zum Hotel bringen würde.

Bevor sie ging, gab sie dem Butler einen Brief für ihren Vater, in dem sie ihren Auszug erklärte, ihre neue Adresse bekanntgab und ihn darauf hinwies, dass sie ein letztes Mal für ihre Habseligkeiten zurückkehren würde.

Alles geschah furchtbar schnell und Sophie hatte das Gefühl kaum Luft holen zu können. Sie war sicher, dass die Tränen irgendwann kommen würden, aber im Moment war sie zu angespannt.

Eleanor legte gerade etwas Parfüm auf, als ihre Großmutter ihr Schlafzimmer betrat. Sie griff nach Cathleens Halskette mit ihrem Bild und dem Ring darin, aber ihre Hand hielt inne, ehe sie sie in ihren Schoß fallen ließ. Ihre Augen fanden hilfesuchend Giulias Augen im Spiegel, sie baten um etwas, von dem sie nicht wusste wie sie es ausdrücken sollte.

Ihre Nonna beobachtete die Gefühle über Eleanors Gesicht huschen und trat hinter sie. Sie legte Eleanor eine Hand auf die Schulter und küsste sie sanft auf den Kopf. »Lass los!«

Eleanor legte ihre Hand über die auf ihrer Schulter. Sie nahm die Halskette und legte sie andachtsvoll in die oberste Schublade. Sie schloss die Schublade mit einem Gefühl der Trauer in ihrem Herzen.

Giulia sagte mit Bewunderung, »Dieses hellblaue Kleid betont wunderbar deine Augen. Du siehst bezaubernd aus, meine Liebe.«

Eleanor errötete, »Danke schön, Nonna.«

»Nun, heb dir die Schamesröte für deinen besonderen Gast auf, *Cara*«, lachte Giulia. »Ich bin sicher, sie wird sprachlos sein.«

»Wir werden sehen.« Eleanor hatte die sehr große Hoffnung, dass die Wahl ihres Kleides Anerkennung fand.

»Du hast aber nicht vor die arme Frau schon zu verführen, oder?« Giulia hatte es als Scherz gemeint, aber bei dem Runzeln auf der ansonsten glatten Stirn Eleanors schien es, als würde es nicht so aufgefasst. »Entschuldige bitte, so habe ich es nicht gemeint, Liebes.«

»Nein, ich—« Eleanor legte sich mit einer unsicheren Bewegung die Hand an die Stirn. »Ich glaube nicht—ich—«

»Verzeih dieser törichten alten Frau. Ihr braucht beide noch Zeit und du wirst wissen, wann der richtige Zeitpunkt ist. Damit wünsche ich dir eine gute Nacht. Genieße es und setze dich selbst nicht zu sehr unter Druck.«

»Das werde ich nicht, keine Sorge. Was seht ihr euch an?«, fragte sie mit einem etwas unbesorgteren Ton in ihrer Stimme.

»*Don Giovanni*«, Giulia winkte und mit rauschenden Gewändern verließ sie den Raum.

Eleanor betrachtete ihr Spiegelbild und entschied sich, noch einmal ihr Haar zu bürsten, bevor sie sich nach unten begab, um ihren Gast zu erwarten.

Sophie trocknete mit einem Taschentuch den Schweiß auf ihren Handflächen, ehe sie läutete. Benson öffnete mit seiner üblichen Überheblichkeit und trat zur Seite, um sie hereinzulassen.

»Ihre Gnaden ist im Garten. Wenn Sie mir bitte folgen wollen.«

Sie gingen in den Salon und traten durch die Verandatür in einen wundervoll erleuchteten Garten, in dem, am Rande der Terrasse, Eleanor auf ihren Gast wartete. Die Herzogin hatte ihnen den Rücken zugewandt und der Ausschnitt ihres Kleides enthüllte die helle glatte Haut auf ihrem Rücken. Ihr weißes Haar leuchtete im schwindenden Licht des Sonnenuntergangs und Sophie versuchte den Kloß in ihrem Hals hinunterzuschlucken, als sich Eleanor beim Klang ihrer Schritte umdrehte.

»Guten Abend, Liebling.«

Das war Bensons Stichwort und er entschwand durch die Verandatür ins Haus.

»Du siehst atemberaubend schön aus«, erklärte Sophie ehrfürchtig, als sie auf sie zuging.

Ihre Nonna hatte Recht gehabt. Eleanor errötete. Zwar hatte sie Sophie nicht sprachlos gemacht, aber das aufrichtige Kompliment und der Ausdruck auf ihrem Gesicht machten das wieder wett.

»Danke schön«, sie hauchte einen Begrüßungskuss auf Sophies Wange. Während ihre Hand leicht über dem klopfenden Herzen ihrer Liebsten ruhte. »Du siehst ebenfalls sehr schön aus.« Noch ehe Eleanor einen Schritt zurück machen konnte, legte Sophie eine Hand über die ihre und hielt sie fest. Sie blickten einander an und fanden ehrliche Bewunderung in den Augen der anderen.

»Du bist wunderschön. Ich meine es ernst«, flüsterte Sophie.

»Ich weiß«, Eleanors Stimme war genauso sanft. Sie küssten sich mit geschlossenen Augen und kosteten das Gefühl der aufeinandergepressten Lippen aus, ehe Eleanor sich zurückzog. »Ich meine es auch ernst.«

Sophie wollte die Hand auf ihrer Brust noch nicht loslassen. Sie wollte sich die Wärme einverleiben, die ihr weißes Hemd durchdrang, welches sie unter ihrer Weste und dem Gehrock trug. Dazu passende schwarze Hosen, schwarze Stiefel und ein schwarzer Gehstock mit einem silbernen Griff vervollständigten ihre Garderobe. Sie hatte sich sogar dazu entschlossen, ihr langes dunkelbraunes Haar zu einem Zopf zu flechten.

Eleanor zeichnete die Narbe auf Sophies rechter Gesichtshälfte zärtlich mit ihren Fingerspitzen nach und fühlte sich geehrt, dass Sophie es geschehen ließ. Sie wusste, wie verlegen Sophie das machte. Ihre Fingerspitzen streichelten über eine weiche Wange und machten schließlich bei Sophies Mundwinkel Halt. Eine einsame Träne stahl sich über eine vernarbte Wange, wurde aber zärtlich von Eleanors Daumen weggewischt.

»Bitte nicht, mein Liebling«, bat Eleanor sanft. »Du bist wunderschön und traumhaft, so wie du bist.«

Ein vorsichtiges Räuspern unterbrach den emotionalen Augenblick und Eleanor trat um ihre Liebste herum, um sich dem Butler zu widmen und Sophie die Gelegenheit zu geben sich wieder zu fassen.

»Ja, Benson?«

»Ich bitte für die Störung vielmals um Verzeihung, Eure Gnaden.« Er klang zerknirscht wegen seines Eindringens. Er hatte im Salon auf den richtigen Moment gewartet. »Mrs Chambers lässt fragen, ob es genehm wäre das Essen zu servieren?«

»Ja, bitte.«

Eleanor wandte sich wieder Sophie zu, die bereits mit ausgestrecktem Arm wartete, um sie zum Tisch in der Ecke zu führen. Sophie hielt den Sessel für sie, ehe sie selbst Platz nahm.

Obwohl sie überrascht wurden war sie doch froh darüber, dass Benson sie im richtigen Moment gestört hatte. Sie brauchten beide einen Moment, um ihre Gefühle, aber auch ihr Begehren zu beruhigen. Sophie wusste, dass es nämlich genau das war, ein starkes Gefühl des Begehrens, als Eleanors Hände sie berührt und gestreichelt hatten. Es war nicht zu leugnen. Überwältigend. Ein beiderseitiges Verlangen.

Nie zuvor hatte sie das erlebt. Es ließ ihr Herz mit Liebe anschwellen.

Benson unterbrach ihre Gedanken, als er erschien, um den ersten Gang ihres Abendessens zu servieren. Er versuchte so unaufdringlich wie möglich zu sein, was aber nicht allzu schwer war, da beide Frauen nur Augen füreinander hatten.

Köchin und Haushälterin waren mit dem Aufräumen der Küche beschäftigt, als Benson nach unten kam.

»Also?«, blaffte Mrs Chambers als Benson die Küche betrat, die Überreste des Abendessens, leere Teller und Gläser in Händen. »Waren sie mit meinem Essen zufrieden?«

»Sie haben alles gegessen.«

»Das habe ich nicht gemeint. War Ihre Gnaden zufrieden?«

Benson grinste die Köchin an. Er konnte sich diese Gelegenheit einfach nicht entgehen lassen. »Ich fürchte, Mrs Chambers, sie hätten den Unterschied nicht bemerkt, wenn es nur ein Stück hartes Brot, Erdäpfelsuppe und ein Glas Wasser gewesen wären.«

»Wie bitte?« Die Köchin schäumte. Sie musste auf ihren freien Abend verzichten und dann wurden ihre Speisen nicht einmal geschätzt. Bevor sie sich aber noch mehr hineinsteigerte, wurde sie von Mrs Kavanaugh erlöst.

»Ich glaube, was Mister Benson uns zu sagen versucht, Liebes, ist, dass sie so mit sich selbst beschäftigt waren, dass sie nichts anderes bemerkt haben. Stimmt das, Mister Benson?«

»Ja«, gab er schuldbewusst zu.

»Sie schrecklicher Plagegeist«, grummelte Mrs Chambers gutmütig. »Das ist ernst, oder?«

»So wie wir es alle erhofft hatten«, meinte Mrs Kavanaugh.

»Gott sei Dank.«

In einem abgeschiedenen Teil des Gartens, neben einem Springbrunnen, hatten Eleanor und Sophie auf einer Bank Platz genommen. Die Mitte des Monats August hatte eine kühle Prise mitgebracht. Sophie spürte, dass Eleanor leicht fröstelte. Deshalb zog sie ihren Gehrock aus und legte ihn ihr vorsichtig um die Schultern.

»Besser?«

»Ja, danke schön.«

Eleanor legte ihren Kopf auf Sophies Schulter und seufzte zufrieden. Sie spürte die Wärme und atmete den Duft ihrer Liebsten, der im Stoff des Gehrocks verborgen war.

» Es ist doch ein wenig kühl. Möchtest du hineingehen?«, fragte Sophie.

Sophie wollte sich erheben, wurde aber von einer sanften Hand am Oberschenkel daran gehindert.

»Nein, lass uns bitte noch ein bisschen hierbleiben.«

»Wie du möchtest.«

»Sag, hast du mit deiner Schwester gesprochen?«, fragte Eleanor und spürte unmittelbar die Spannung in Sophies Körper.

»Habe ich und es hat ihr nicht im mindesten leidgetan. Nicht, dass ich es wirklich erwartet hätte. Vater hat mich wissen lassen, dass er es vorziehen würde, wenn ich in mein eigenes Haus ziehen würde.«

»Das ist schrecklich, Liebling«, Eleanor richtete sich bei diesen Nachrichten auf.

»Wir waren uns nie sehr nahe«, zuckte Sophie mit den Schultern. »Nach Mutters Tod wusste er nicht, was er mit mir anfangen sollte. Er hatte seinen Erben verloren und geblieben war ihm ein Mädchen, das er weder kannte noch verstand. Seine Ehe mit Helen hat ihm gegeben, was er wollte. Ich nehme an, er hat es meiner verstorbenen Mutter übelgenommen, dass sie dafür gesorgt hat, dass ich ihr Vermögen erbe. Ich wohne also vorerst im Hotel Imperial und werde meine Besitztümer nach London schicken.

»Oh?«

»Ja. Ich habe das Angebot des Britischen Museums als Expertin für antike Texte angenommen.«

»Das ist wunderbar«, schwärmte Eleanor und schlang ihre Arme um Sophies Nacken.

»Wirst du in London bei uns wohnen?«

»Bist du sicher? Ist das nicht zu überstürzt?«

»Überhaupt nicht«, Eleanor schüttelte energisch den Kopf.

»Das Haus ist riesig und nichts würde mich glücklicher machen.«

»Was ist mit deiner Familie?«, fragte Sophie.

»Sie werden glücklich sein, weil ich glücklich bin.«

»Also gut«, stimmte Sophie etwas zurückhaltend zu, in der Hoffnung, dass Eleanor Recht hatte. Die Zeit würde es zeigen.

Ihr Abend neigte sich dem Ende zu. Sophie wies darauf hin, dass sie morgen noch einiges zu packen hatte. Sie wollte im Haus ihres Vaters alles so schnell wie möglich in Ordnung bringen.

Ihre Gute-Nacht-Küsse waren so wundervoll wie die, die sie am Anfang des Abends ausgetauscht hatten. Je mehr Zeit sie miteinander verbrachten, umso schwerer fiel ihnen der Abschied.

Eleanor hoffte, der Tag würde kommen, an dem sie sich nicht mehr voneinander verabschieden mussten und die Nacht miteinander verbringen konnten.

Sophie versprach am nächsten Tag zum Mittagessen zu kommen, auch damit sie mit Jonathan über den Transport ihrer Sachen in das Haus in Mayfair sprechen konnte.

Ein letzter Kuss wurde vollen Lippen geschenkt, ehe sich die Tür hinter der Gräfin von Hagendorf schloss und Eleanor mit einem verträumten Lächeln auf den Lippen die Treppe zu ihrem Schlafzimmer hinaufstieg.

Eleanor trank bereits ihre zweite Tasse Tee, als ihre Familie endlich beim Frühstück erschien. Ihre Söhne wirkten ein wenig erschöpft und das Grinsen auf Charlottes Gesicht konnte nur als Schadenfreude bezeichnet werden. Sie sollten einfach nicht so viel Champagner trinken, wenn sie sich am Morgen danach so schrecklich fühlten wie sie aussahen. Henry und Jonathan erschienen ernster, während Giulia und Adele angeregt plauderten. Eleanor sah von einem zum anderen, ehe ihr Blick an Philip und Martin hängen blieb, die es jedoch vermieden sie anzusehen.

»Guten Morgen, Mama«, zwitscherte Charlotte fröhlich, als sie neben ihrer Mutter Platz nahm.

»Guten Morgen.«

»Hatten du und Sophie einen schönen Abend?«

Eleanor warf zuerst ihrem Ehemann einen fragenden Blick zu, der aber schüttelte nur den Kopf. Ein Hinweis, dass man das, was auch immer mit ihren Söhnen los war, einfach ignorieren sollte.

Eleanor wandte sich wieder Charlotte zu. »Ja, danke schön, Liebling. Es war wundervoll.«

»Wann werden wir sie wiedersehen?«, fragte Henry neugierig. Sie wusste, er wollte unbedingt die Frau näher kennenlernen, die so vollständig und in kurzer Zeit ihr Herz erobert hatte.

»Sie kommt heute zum Mittagessen. Ich möchte, dass ihr sie besser kennenlernt, weil sie mit uns nach London kommen wird.«

Charlottes Grinsen wurde breiter, als wüsste sie was als nächstes kommen würde.

»Einfach so?«, fragte Martin mit einer Schärfe in der Stimme, die sie alle aufhorchen ließ. »Du hast diese Frau vor zwei Monaten kennengelernt und schon wird sie mit uns leben?«

»Martin, du vergisst dich gerade!«, warnte Eleanor ihn mit stählerner Stimme.

»Das von dir zu hören, ist heftig«, fauchte ihr Sohn, als er seinen Sessel so kraftvoll zurückschob, dass er gegen die Wand krachte. »In den letzten drei Jahren hast du um meine Mutter getrauert und kaum dass du diese Fremde getroffen hast, ist alles vergessen. Verzeih, wenn ich über diese Entwicklung alles andere als hocherfreut bin.«

Er stürmte aus dem Frühstückszimmer und ließ eine geschockte Familie zurück.

Als Eleanor ihm nachgehen wollte, hielt Henry sie auf.

»Lass ihn gehen! Er muss seinen Frust loswerden und sich beruhigen. Alles, was du jetzt zu ihm sagen würdest, würde auf keinen klaren Verstand treffen.«

»Was ist denn bloß los?« Sie fühlte sich zittrig, als sie wieder in ihren Sessel fiel. »Ich dachte, er würde sich für mich freuen?

»Er wird zu dir kommen, wenn er bereit ist zu reden. Gib ihm einfach die Gelegenheit sich zu erklären.«

»Das werde ich, mach dir keine Sorgen.«

Eleanor schob ihren Teller zur Seite, der Appetit war ihr vergangen. In einem verzweifelten Versuch die Stimmung zu heben fragte sie, »Sagt schon, wie war es in der Oper?«

Ihre Frage stieß allerdings auf einige Zurückhaltung, ehe Adele das Wort ergriff. »Eigentlich wunderbar.«

Die anderen nickten nur zustimmend. Selbst Giulia war untypisch schweigsam und Charlotte war zu sehr damit beschäftigt, Marmelade auf ihren Toast zu streichen, um zu antworten.

»Da fällt mir ein«, meinte Henry plötzlich, »wir haben Graf Nikolaus von Radványi im Hotel Sacher getroffen. Er wird heute Morgen noch vorsprechen.«

»War er sehr verärgert, dass wir nach Wien gekommen sind, nachdem ich seine Einladung abgelehnt hatte«, fragte Eleanor beklommen.

»Nein. Er war sehr freundlich. Er gibt nächsten Samstag eine Soiree und hat uns dazu eingeladen, aber ich bin sicher, er wird dir alles darüber erzählen.«

»Großartig.«

Die sarkastische Bemerkung wurde von Henry mit einer gehobenen Braue bedacht, aber Eleanor führte das Thema nicht weiter aus, sondern starrte vielmehr in ihre Teetasse.

Eleanor hoffte, dass Martin tatsächlich mit ihr über seinen Gefühlsausbruch sprechen würde, und sie fragte sich, wie lange es wohl dauern würde bis er sich dazu entschloss. Wenn Henry recht hatte und der Graf so angenehm war, wie er schien, war das immerhin eine Erleichterung. Sie konnte zu allem Überdruss nicht auch noch einen unangenehmen Gast ertragen.

Kapitel Neunzehn

Eleanor versuchte sich auf den Roman zu konzentrieren, den sie gerade las, aber ihre Gedanken schweiften immer wieder zu Martins schmerzlichen Worten ab, die er beim Frühstück geäußert hatte. Hatte er Recht? Ließ sie sich nach den langen Jahren der Trauer zu schnell auf eine neue Beziehung ein? Sie schloss ihr Buch.

Sie hatte den Eindruck gehabt, dass Martin wie alle anderen auch der Meinung war, dass sie eine neue Liebe finden sollte. Offensichtlich hatte sie falsch gelegen, aber bis heute hatte er nie etwas gesagt. Sie verstand seine Gefühle durchaus, aber was sie für Sophie empfand war zu stark, als dass sie es ignorieren konnte. Immer wenn sie sich sahen, wurde ihr klar, dass sie sich mehr und mehr verliebte und es gab nichts, was sie dagegen tun konnte oder wollte. Eleanor hoffte, dass Martin es irgendwann verstehen würde.

Geplagt von Zweifeln wollte sie sich dennoch wieder ihrem Buch widmen, doch bevor sie es noch öffnen konnte wurde sie von einem Klopfen unterbrochen.

»Herein!«

Martin stand in der offenen Tür, zu verlegen, um etwas zu sagen. Eleanor sah ihn mit kritischem Blick an. Der selbstsichere junge Mann, zu dem er geworden war, war durch den unsicheren kleinen Jungen, der er einmal war, ersetzt worden. Er erinnerte sie an den dreijährigen Jungen, der das Fenster zum Salon von Darnsworth Castle mit einem Ball eingeschossen hatte und dann darauf gewartet hatte für sein Vergehen getadelt und bestraft zu werden.

Sie spürte, wie sie mit ihm fühlte, mit dem kleinen Jungen, den sie im Arm gehalten und getröstet hatte, wenn er krank war, und auch mit dem jungen Mann, der wie ein Kind nach dem Tod seiner Mutter geweint hatte.

»Setz dich zu mir, Liebling!«, forderte sie ihn auf, nachdem er sich nicht rührte.

Eleanor klopfte auf das Sofa neben sich. Martin schloss wortlos die Tür hinter sich und schleppte sich hinüber, weigerte sich aber sie anzusehen. Er fand den Stoff seiner Hose offenbar äußerst faszinierend und seine Hände strichen über die Oberschenkel, in dem

Versuch seine Nervosität zu überwinden. Seine Hände kamen erst zur Ruhe, als sie ihre kleinere auf die seinen legte.

Martin hob schließlich den Kopf und sah in die vertrauten und tröstlichen Augen der Frau, die er, so lange er sich erinnern konnte, Mama nannte.

»Erzähl es mir einfach, raus damit!«

Die sanft ausgesprochene Aufforderung ließ eine Träne über seine Wange rollen, die von einem zarten Daumen weggewischt wurde. Martin schloss die Augen, als er die Hand seiner Mutter auf seiner Wange fühlte. Nie hatte sie im Zorn mit ihm gesprochen, obwohl es sicher zahlreiche Gelegenheiten gegeben hatte, wo sie wirklich erbost hätte sein müssen. Mami war diejenige, die mit ihm geschimpft hatte, die ihn gescholten hatte, wenn er leichtsinnig und verantwortungslos war, aber Mama wartete immer, bis sie ruhig und gefasst war, ehe sie mit ihm sprach. Gewöhnlich nahm sie ihn dann bei der Hand, schleppte ihn in den Stall, gab ihm eine Bürste in die Hand und leistete ihm Gesellschaft, während sie sich um die Pferde kümmerten. Er redete und sie hörte zu, bot ihren Rat an und sagte ihm einfach, dass er es beim nächsten Mal besser machen sollte.

»Es tut mir leid, was ich zu dir gesagt habe«, quoll es schließlich aus ihm heraus. »Ich hatte kein Recht dazu.«

»Du hast ein Recht auf deine Gefühle, Liebling. Es hat mich nur überrascht. Du hast zuvor niemals eine Andeutung gemacht, dass du mit einer neuen Beziehung nicht einverstanden bist. Kannst du mir wenigstens sagen, was der Grund ist?«

Ehe er jedoch antworten konnte, trat Benson ein, er verbeugte sich und sah die Herzogin entschuldigend an.

»Ich bitte um Verzeihung, Eure Gnaden.«

»Was gibt es, Benson?«

»Graf von Radványi ist hier und wünscht Euch zu sprechen.«

»Jetzt schon?«, fragte sie mit einem Stoßseufzer.

»Ich fürchte ja.«

»Bitten Sie ihn im Salon zu warten und sagen Sie seiner Lordschaft, ich wäre ihm äußerst dankbar, wenn er ihm in der Zwischenzeit Gesellschaft leisten würde.«

»Sehr wohl, Eure Gnaden.« Er schloss schleunigst die Tür hinter sich.

»Ich sollte dich nicht davon abhalten, deinen Gast zu empfangen«, meinte Martin.

»Ich bitte dich!«, betonte Eleanor mit Nachdruck. »Er kann warten, nachdem er es für klug gehalten hat sich selbst einzuladen. Eine Herzogin zu sein hat ihre Vorzüge, musst du wissen.«

»Ja, Madam.« Er grinste über ihr hochmütiges Gehabe.

»Also, raus damit, was ist los?«

»Ich weiß es wirklich nicht«, gab er mit einem Kopfschütteln zu. »Als Nonna gestern erzählt hat, dass du deine Halskette nicht tragen wirst, hatte ich das Gefühl, dass du alle Andenken an Mami loswerden willst. Als ob du nichts mehr für sie fühlen würdest. Es machte alles wirklicher. Was ich sagen will, ist: Sie ist vor drei Jahren gestorben, aber bis gestern war sie ein Teil von dir, von uns.«

»Martin, sie wird immer ein Teil von mir sein. Genau hier.« Eleanor legte eine Hand auf ihr Herz, um ihren Worten Nachdruck zu verleihen. »Ein Teil von mir wird sie immer lieben, zweifle bitte keinen Moment daran. Aber sie ist nicht mehr da und ich habe ihr versprochen mein Leben zu leben. Ich war verloren, als deine Mutter starb, aber jetzt bin ich es nicht mehr. Es war schwer genug, ihrem Wunsch nachzukommen, aber ich glaube jetzt den Menschen gefunden zu haben, der mir wieder das Gefühl gibt lebendig zu sein. Jemanden, den ich liebe und der mich liebt.«

»Ich weiß, es ist nur—«, Martins Stimme verlor sich. Er war nicht sicher, ob er sagen sollte, was ihn bewegte, weil er sie nicht verletzen wollte. Aber als er spürte, wie sie ermutigend seine Hand drückte, fuhr er fort. »Ich muss mich erst daran gewöhnen, dich mit jemand anderem zu sehen.«

Eleanor umarmte ihren Sohn liebevoll nach diesen von Herzen kommenden Worten, »Ich weiß, Liebling, und ich verstehe das. Alles, worum ich dich bitte, ist, dass du uns eine Chance gibst. Sophie ist ein wundervoller Mensch, aber ich erwarte nicht, dass du dich vor Begeisterung überschlägst. Versuch sie unvoreingenommen, zu deinen Bedingungen kennenzulernen, als eigenständige Person, nicht als meine Liebste, sondern als einen Menschen, den es sich lohnt zu kennen.«

»Ich werde es versuchen«, versprach er aufrichtig.

»Danke schön.«

Eleanor lächelte erleichtert, als sie Martins Hand tätschelte. »Jetzt werde ich mich zu deinem Vater begeben, unseren Gast begrüßen und versuchen wegen seines Eindringens nicht ärgerlich zu sein.«

»Du kannst ihm aber auch eine Standpauke halten«, Martin kicherte über die hochgezogene Braue seine Mutter.

»Vielleicht sollte ich das. Wofür ist es schließlich gut, eine Herzogin zu sein, wenn man seinem Missvergnügen über ungeladene Gäste nicht Ausdruck verleihen kann, nicht wahr?«

»Genau. Aber das wirst du nicht, oder doch?«

»Nein, wohl kaum«, sie erhob sich und strich ihren grauen Rock glatt. »Das würde meine Mutter tun und deshalb werde ich von solch einem Benehmen Abstand nehmen.«

Martin reichte ihr seinen Arm, den Eleanor voll Stolz ergriff.

»Ich hätte nie gedacht, dass du es wirklich wagst«, sagte Anton, eindeutig erfreut darüber, dass seine Schwester sich entschieden hatte, Wien zu verlassen und nach London zu ziehen. Er ächzte, als Sophie noch drei Bücher auf den Stapel in seinen Armen legte.

»Ich auch nicht«, gab sie zu, »aber es hat sich einiges geändert und es gibt nicht mehr viel, das mich hier hält, wohingegen die wichtigsten Dinge in London sein werden.«

»Und zwar?«, forderte er sie auf, obwohl er sehr gut wusste, was es war, aber er wollte es von hier hören.

»Eleanor, selbstverständlich und meine Arbeit.«

Anton grinste breit und beglückwünschte sich insgeheim dazu, dass er sich dieses eine Mal eingemischt hatte. »Liebst du sie?«

»Ja«, flüsterte Sophie errötend. »Das tue ich.«

Plötzlich flog die Tür auf und sie beide wandten sich dem unerwarteten Eindringling zu. Ihr Vater stand regungslos in der Tür, er schien aufgeregt und etwas außer Atem.

»Ist es wahr?«, fragte Graf von Hagendorf mit zusammengepressten Zähnen.

»Ist was wahr, Vater?«

»Bist du eine von diesen unnatürlichen Frauen? Bist du eine von diesen—diesen—«

»Lesben?«, bot Sophie voll Sarkasmus an.

»Bist du es?«, donnerte er.

»Und was, wenn ich eine Lesbe bin?«, fragte sie seelenruhig, obwohl sie sich gar nicht so fühlte. »Wie du sehen kannst, folge ich deinem Vorschlag. Ich verlasse dein Haus und dieses Land.«

»Du bist eine Schande«, zischte ihr Vater, sein Gesicht zorngerötet. »Eine Abscheulichkeit. Ich kann es nicht glauben. Meine eigene Tochter. Wenn das jemals herauskommt, der Skandal! Nicht auszudenken.«

»Mach dir keine Sorgen, Vater! Ich bin unter Mutters Mädchennamen abgestiegen, den wird niemand mit dir in Verbindung bringen. Und was noch wichtiger ist, ich werde Wien Ende September verlassen.«

»Und bis dahin?«

»Tu einfach, was du immer getan hast«, schlug Sophie mit einem Schulterzucken vor, »tu einfach so, als gäbe es mich nicht. Es hat doch in den letzten Jahren wunderbar funktioniert. Wie dem auch sei, ich bin sicher, du wirst Mitgefühl ernten, so wie immer. Der arme Mann hat seine Frau verloren. Er hat eine entstellte Tochter, eine Merkwürdigkeit. Die Leute ahnen es wahrscheinlich ohnehin, Vater, aber so lange niemand die Dinge beim Namen nennt, gibt es sie nicht.«

»Was, wenn es jemand doch tut?«

»Das werden sie nicht, weil sie nur sehen, was sie sehen wollen«, lächelte Sophie resigniert. »Wenn das jemand wissen sollte, dann doch wohl du.«

»Was meinst du damit?«, fragte er mit einem leichten Zittern in der Stimme.

»Ich meine deine Affäre mit Baroness von Lichtenberg, die du seit Jahren hast.«

»Wa—was—« Er konnte es kaum in Worte fassen. »Woher weißt du das?«

»Das tut nichts zur Sache, Vater, und offen gestanden kümmert es mich nicht. Aber eingedenk deiner eigenen Scheinheiligkeit, bist du der letzte Mensch, der über mich richten darf.«

»Das ist etwas ganz anderes«, empörte sich Graf von Hagendorf. »Du tust, als wärst du ein Mann, hast eine sexuelle Beziehung zu einer verheirateten Frau, das ist wider die Natur.«

»Wie bitte?« Sophie war über die Anschuldigung bestürzt. Als ihr Vater die verheiratete Frau erwähnte, mit der sie angeblich sexuelle Kontakte hatte, wusste sie, dass Emma alles verraten hatte.

»Du hast mich schon verstanden.« Ihr Vater schüttelte angewidert den Kopf »Ich mag mir gar nicht ausmalen, was für eine Art Frau das ist.«

»Dann tu es nicht«, sagte sie mit einer Kälte, die weder er noch Anton je von ihr gehört hatten. Sophie hingegen atmete erleichtert auf. Emma hatte ihm offenbar doch nicht alles erzählt, die Frage war nur, warum sie es nicht getan hatte. »Ich werde meine Sachen packen und ab morgen für immer weg sein.«

»Vater, bitte«, Anton fand seine Stimme wieder, wurde aber von beiden ignoriert.

»Tu es!« Der Graf stürmte hinaus und schlug die Tür hinter sich zu.

»Sophie—«, begann Anton, wurde aber von ihr umgehend aufgehalten.

»Nicht! Lass uns bitte weitermachen. Je schneller wir fertig werden, umso besser.«

Sophie weigerte sich darüber nachzudenken, was gerade passiert war. Vielleicht später, in der Einsamkeit ihres Hotelzimmers würde sie es nachholen und weinend zusammenbrechen. Jetzt musste sie weitermachen und das Haus und alles darin hinter sich lassen.

Eleanor begrüßte ihren Gast mit einem heiteren aber aufgesetzten Lächeln, als sie den Salon am Arm ihres Sohnes betrat.

»Graf von Radványi! Welche Freude.«

»Die Freude ist ganz auf meiner Seite, Eure Gnaden«, der Graf verbeugte sich tief. »Ich bitte für mein Eindringen um Verzeihung.« Er nahm die dargebotene Hand in seine beiden Hände und hauchte einen Kuss auf den Handrücken.

»Bitte, Graf, nehmen Sie Platz«, Eleanor wies auf einen Sessel, während sie gegenüber davon Platz nahm. Der Graf bedankte sich mit einer Verbeugung.

Henry und Martin saßen nebeneinander auf dem Sofa und sahen mit hingerissener Begeisterung dabei zu, wie Eleanor dem Mann Honig ums Maul schmierte, trotz seiner völligen Missachtung der Etikette.

»Ihr müsst mir meine Unverschämtheit verzeihen, Eure Gnaden, aber nachdem ich seine Lordschaft in der Oper traf und er mir sagte, dass Ihr ebenfalls in Wien seid, musste ich Euch einfach treffen.«

»In der Tat«, schnupfte Eleanor hochmütig. »Und weshalb?«

»Wie ich bereits in meinem Brief anklingen ließ, würde ich gerne über eine Zusammenarbeit unserer beider Unternehmen sprechen. Mein verstorbener Vater hatte eine sehr hohe Meinung über Eure Erfolge als Pferdezüchterin, im Übrigen genauso wie unsere verstorbene Kaiserin. Ihre Meinung war immer von höchstem Wert für meine Familie.«

»Verstehe. Nun, ich muss gestehen, ihr Vorschlag klingt durchaus interessant. Obwohl die Ehre für die von Ihnen erwähnten Erfolge meiner verstorbenen Großmutter gebührt. Ich führe lediglich fort, was sie begonnen hat.«

»Und das sehr erfolgreich, wenn ich so sagen darf.

»Danke«, Eleanor neigte ihren Kopf, »woran haben Sie denn gedacht?«

»Ich werde nächste Woche eine kleine Soiree auf Schloss Radványi in Eisenstadt geben. Dort befindet sich auch mein Gestüt und ich würde Euch und Eure Familie gerne einladen, ein paar Tage mit mir dort zu verbringen. Ich habe auch eine kleine Überraschung für Euch, Eure Gnaden.«

»Das ist sehr großzügig von Ihnen, Graf. Ich werde es mit meiner Familie besprechen und Sie von unserer Entscheidung in Kenntnis setzen.«

»Wunderbar«, Radványi lächelte breit. »Ich werde Euch jetzt verlassen. Danke nochmals, Eure Gnaden, dass ihr mich empfangen habt.« Er küsste ihre Hand mit Fanfaren und dem notwendigen Charme eines Mannes aus altem Adel.

»Lord Edgewood.« Der Graf nickte Henry und Martin zackig zu, ehe er aus dem Salon rauschte und eine stirnrunzelnde Herzogin zurückließ.

»Nun?«, wollte Henry wissen.

»Ich hasse Überraschungen«, murrte Eleanor.

»Aber du *ziehst* seine Einladung in Betracht, Mama, oder etwa nicht? Ich glaube, ich kann dieses alte Funkeln in deinen Augen sehen.«

Martin hatte Recht. Sie zog sein Angebot in Betracht. Sie hatte schon immer die Leidenschaft ihrer Großmutter für Pferde geteilt. In den letzten Jahren hatte sie dieses Gefühl selten gespürt, aber seit sie in Wien waren, fühlte sie, dass diese Leidenschaft wieder zurückkehrte. Daher konnte sie die Frage nur bejahen, sie zog es in Betracht einen Blick auf seine berühmten Rennpferde zu werfen. Sie würde Sophie bitten sie zu begleiten.

»Ja, das tue ich tatsächlich. Trotz seiner verdammten Überraschung«, grinste Eleanor. »Wer auch immer von euch Interesse hat, ist herzlich eingeladen, mich zu begleiten. Ich würde Sophie auch gerne fragen. Wenn es euch nicht stört? Henry?«

»Ist das klug, Liebes? Ich spiele nur den Advocatus Diaboli, denn jemand muss es tun. Hältst du das wirklich für eine gute Idee? «

»Wahrscheinlich nicht«, gab Eleanor nachdenklich zu, »aber ich möchte es gerne mit ihr teilen. Pferde sind ein wesentlicher Teil von mir. Außerdem würde ich gerne mehr Zeit mit ihr verbringen. Martin, wirst du mitfahren?«

»Ich glaube, das werde ich, Mama.«

»Henry?«

»Was immer du für das Beste hältst, Liebes.«

Pünktlichkeit war eine hochgeschätzte Eigenschaft in Henrys und Eleanors Haushalt und als Benson die Tür öffnete, um Sophie von Hagendorf willkommen zu heißen, war er erfreut darüber, dass Gräfin Sophie von Hagendorf den Wünschen seines Herren und seiner Herrin auch in so kleinen Details die Ehre erwies. Sie war sogar fünfzehn Minuten zu früh.

Nachdem sie mit dem Einpacken im Haus ihres Vaters fertig geworden war, hatte der emotionale Zusammenbruch im Hotel seine Spuren hinterlassen. Sie hatte nicht erwartet, dass der Abschied so schwierig sein würde. Obwohl sie weder ihren Vater noch Emma wiedersah, waren die letzten Minuten mit Anton äußerst schmerzhaft. Trotz ihrer Bitte, sie oft zu besuchen, war er schier untröstlich. Sie waren nicht nur Geschwister, sie waren immer auch beste Freunde gewesen. Seine bedingungslose Liebe und Unterstützung hatten ihr immer viel bedeutet. Sie war sehr stolz auf ihren kleinen Bruder. Er war ein wunderbarer junger Mann, überhaupt nicht wie sein Vater.

Sie hatte sich umgezogen und obwohl sie wusste, dass sie etwas früh dran sein würde, konnte sie die Einsamkeit in ihrem Hotelzimmer nicht länger ertragen. Sie wollte, nein, sie *musste* Eleanor sehen. Sie musste mit ihr sprechen, wollte ihre tröstenden Arme um ihren Körper spüren. Trotz ihrer zur Schau gestellten Ruhe und Gelassenheit hatten sie die Worte ihres Vaters tief verletzt.

Während sie Benson in den Garten folgte, stürzten ihre Erinnerungen mit ganzer Wucht auf sie ein und raubten ihr den Atem.

Der größte Teil von Eleanors Familie war im Schatten eines großen Nussbaumes versammelt. Ihr humorvolles Geplänkel war herzzerreißend, verglichen mit dem Trübsinn und dem Schmerz, die sie fühlte. Sie entdeckte ihre Cousine, die Charlottes Hände hielt. Seine Lordschaft saß gemütlich auf einer schmalen Bank neben seinem Geliebten, während Eleanor und Giulia ihnen gegenübersaßen und die Männer nachsichtig anlächelten.

Sophie vermied es so lange wie möglich, Eleanor in die Augen zu sehen, denn sie wusste, wenn sie ihrer Liebsten in die Augen sähe, würde sie ihre Gefühle nicht länger zügeln können. Sie begrüßte alle mit gespielter Heiterkeit, aber als ihr Blick auf Eleanors traf, blieben ihr die Worte im Hals stecken und ihre Augen füllten sich mit Tränen. Sie war nicht in der Lage sie aufzuhalten und als sie Eleanors Umarmung spürte, ließ sie ihren Tränen freien Lauf.

Sie hörte wie die anderen sich erhoben und sich davon stahlen, aber sie war zu aufgebracht, um dem irgendwelche Aufmerksamkeit zu schenken.

In dem Moment, als Sophie zu ihnen stieß, war Eleanor klar, dass etwas ganz und gar nicht in Ordnung war. Ihr ganzes Verhalten ließ dies deutlich erkennen. Ihre Augen waren gerötet vom Weinen, ihr Körper war angespannt und sie vermied jeden Augenkontakt. Ehe die erste Träne fiel, war Eleanor an ihre Seite geeilt und hatte Sophie fest umarmt. Zu Beginn spürte sie noch, wie angespannt sie war, aber als ein stilles Schluchzen ihren Körper quälte, fing sie an sich zu entspannen. Sie ließ ihren Gehstock los, schlang beide Arme um Eleanor und klammerte sich an sie. Eleanor war froh, dass ihre Familie sich zurückgezogen hatte, nachdem Sophie in ihren Armen zusammengebrochen war, um ihnen ein wenig Privatsphäre zu geben.

Sie schob Sophie zu der Bank, die Henry und Jonathan gerade verlassen hatten. Ohne Sophie loszulassen, nahmen sie Platz. Es dauerte eine ganze Weile, ehe Sophie in der Lage war ihr zu erzählen, was geschehen war. Eleanor hörte aufmerksam zu und wünschte von ganzem Herzen, den Schmerz ungeschehen machen zu können. Alles, was sie tun konnte, war, die verzweifelte Frau in den Armen zu halten und ihr so viel Trost wie nur möglich zu spenden.

»Deine Familie glaubt wahrscheinlich, ich habe den Verstand verloren«, Sophie wischte sich die Tränen mit ihrem Jackenärmel ab.

Eleanor lächelte über die Geste und reichte Sophie ein sauberes Taschentuch.

»Danke schön.«

»Gern geschehen, mein Liebling.« Sie küsste sie zärtlich auf die Schläfe. »Sie werden nicht schlecht von dir denken. Die Entfremdung von deiner Schwester tut mir leid. Aber die Kaltherzigkeit deines Vaters macht mich traurig und wütend zugleich.«

»Das lässt sich nicht ändern«, antwortete Sophie schwermütig. »Sein Wink mit dem Zaunpfahl, das Haus zu verlassen, war ein ziemlicher Schlag, aber was er heute gesagt hat, kam nicht ganz unerwartet. Trotzdem tut es weh.«

»Was ich nicht verstehe, ist, warum ihm deine Schwester nicht von uns erzählt hat.«

»Ich auch nicht. Vielleicht hat sie der Mut verlassen oder sie hat es sich als Trumpfkarte aufgehoben. Ich weiß es nicht.«

Eleanor legte Sophie den Arm um die Schulter und zog sie fest an sich. »Nachdem du alle deine Besitztümer gepackt hast, sollten wir dafür sorgen, dass sie sicher nach London gebracht werden, damit sie schon auf dich warten, wenn wir ankommen. Liebling, ich weiß, es ist ein großer Schritt, alles zurückzulassen was dir vertraut ist.«

»Ja, aber meine Zukunft befindet sich nicht länger hier.«

»Warum gesellen wir uns nicht zu den anderen zum Mittagessen«, schlug Eleanor vor, um die Stimmung ein wenig zu heben. Sie stand auf, um Sophies Stock aufzuheben. Sophie wollte schon Einspruch dagegen erheben, wurde aber mit einem verweilenden Kuss erfolgreich zum Schweigen gebracht. Als sie sich voneinander lösten, nahm Eleanor Sophies Hand und half ihr auf die Beine. Arm in Arm schlenderten sie ins Haus.

»Ich hatte heute Morgen einen Besucher«, berichtete Eleanor leichthin.

»Oh? Wen? Wenn ich fragen darf?«

»Natürlich, sonst hätte ich es dir ja nicht erzählt. Graf Nikolaus von Radványi hat mir ein Geschäftsangebot gemacht.«

»Er züchtet Rennpferde, oder?«

»Ja. Er hat mich nach Eisenstadt eingeladen, um sein Gestüt zu besichtigen.«

»Wirst du die Einladung annehmen?«, fragte Sophie so nonchalant wie möglich. Sie hasste die Vorstellung schon jetzt, dass Eleanor weg sein würde und sie sie nicht jeden Tag sehen und mit ihr sprechen konnte.

»Ich glaube ja. Und ich hatte gehofft, dass du mich begleiten wirst.« Eleanor war stehen geblieben und sah sie erwartungsvoll an.

»Bist du sicher, dass das eine gute Idee ist? Ich meine, ich gehöre nicht zur Familie. Ich bin bloß—«

Ein sanfter Finger auf ihren Lippen hinderte sie daran, den Satz zu Ende zu führen.

»Du, meine Liebste, gehörst ebenso zu dieser Familie wie deine Cousine. Es ist also nichts Falsches daran, uns zu begleiten. Ich würde diese Erfahrung gerne mit dir gemeinsam machen. Bitte sag, dass du mitkommst.«

»Also gut.«

»Wundervoll!«

Temperament und Zufall | 223

Kapitel Zwanzig

Nur Martin und Sophie reisten mit Eleanor mit dem Zug nach Eisenstadt. Die anderen zogen es vor, in Wien zu bleiben, was sie aber nicht zu sehr enttäuschte. Martins Gesellschaft wärmte ihr Herz. Seine anfängliche Zurückhaltung und sein Widerstand gegenüber Sophie waren einer ehrlichen Neugierde gewichen.

Eleanor war erfreut, als sie mit einem Ohr ihrer Unterhaltung lauschte und gleichzeitig einen Blick auf die Unterlagen warf, die ihr Jonathan kurz vor ihrer Abreise zusammengestellt hatte. Was sie darin fand, war äußerst aufschlussreich und würde es ihr erleichtern, dem Grafen eine Antwort auf seinen Vorschlag zu einer Geschäftsbeziehung zu geben.

Ihr Aufenthalt auf dem Anwesen des Grafen war von Samstag bis Montag geplant und es sollte dabei nicht nur Geschäftliches besprochen werden, sondern sie sollten auch Freunde und Bekannte des Grafen treffen. Eleanor konnte sich immer noch keine Vorstellung davon machen, welche Überraschung er wohl geplant hatte und hoffte inständig, dass es nichts allzu Grauenvolles war.

Eleanor steckte die Akten zurück in die Mappe, verstaute ihre Lesebrille im Etui und schloss ihre Augen. Die ruhigen Stimmen ihres Sohnes und ihrer Liebsten, gemeinsam mit der regelmäßigen Bewegung des Zuges, wiegten sie in einen traumlosen Schlaf. Sie erwachte erst beim Pfeifen des Zuges, als dieser in den Bahnhof einfuhr.

»Hast du gut geschlafen, Mama?« Martin grinste über den verwirrten Ausdruck seiner Mutter.

»Wo sind wir?«

»In Eisenstadt, Liebste«, antwortete Sophie und drückte ihre Hand.

Martin warf ihnen einen Blick zu, als er Zeuge dieser Geste wurde. Eleanor vermutete, dass jede Zärtlichkeit von Sophie ihm immer noch einen Stich versetzte, dennoch schien er langsam damit zurechtzukommen, jemand anderen als seine Mutter an Eleanors Seite zu sehen. Er stieg aus dem Abteil und bot ihnen seine Hilfe beim Aussteigen an.

Am Ende des Bahnsteiges erwartete sie bereits Graf von Radványi. Martin sah sich nach Cedric um, der ihn als sein Kammerdiener begleitete und beauftragte ihn sich um ihr Gepäck zu kümmern, ehe seine Mutter und Sophie jeweils einen Arm ergriffen und er sie zum Ausgang führte.

»Eure Gnaden, willkommen in Eisenstadt«, begrüßte Graf von Radványi Eleanor überschwänglich, als er ihre ausgestreckte Hand zum Kuss ergriff.

»Danke, Graf«, erwiderte Eleanor mit einer Überheblichkeit, die Sophie überrascht aufblicken ließ. »Das ist meine Begleiterin, Gräfin von Wilczek, und mein Sohn Martin.«

»Ich fühle mich geehrt«, der Graf begrüßte sie mit der gleichen Begeisterung wie die Herzogin. »Die Kutschen warten schon. Ich bitte Sie, mir zu folgen.«

Cedric half dem Kutscher ihr Gepäck aufzuladen. Die Zofen waren schon eingestiegen und warteten auf ihn, bevor sie ihrer Herrin und dem Grafen auf sein Anwesen außerhalb Eisenstadts folgen konnten.

In der kunstvoll gestalteten Kutsche des Grafen ließ sich Eleanor auf einer gut gepolsterten Bank, gegenüber ihrem Gastgeber, nieder. Martin und Sophie nahmen ihren Platz zu ihrer Rechten und Linken ein.

»Wenn Ihr einverstanden seid, Eure Gnaden«, schlug der Graf vor, »dann könnt Ihr Euch zuerst frisch machen und dann zeige ich Euch die Stallungen?«

»Sehr rücksichtsvoll, danke.«

Eleanor war kurz angebunden und überließ es Martin und Sophie, Konversation mit dem Grafen zu machen, während sie den Mann genauer unter die Lupe nahm. Für einen Mann der Muße sah man ihm sein Alter eindeutig an. Aber falls Jonathans Informationen zutreffend waren und Eleanor zweifelte nicht im Geringsten daran, war das keine Überraschung.

Als die Kutsche die Auffahrt zum Eingang hinauffuhr, wurde Eleanor von einem großen reizlosen Gebäude begrüßt. Die schmutzig gelbe Fassade blätterte an mehreren Stellen ab und die Fensterläden hätten einen neuen Anstrich vertragen können. Eleanor ließ ihren Blick über den Vorhof wandern, wo ein mutiger Gärtner versuchte den Kampf gegen das Unkraut doch noch zu gewinnen. Das Anwesen war alles andere als in einem guten Zustand, so viel war schon einmal klar erkennbar. Sie vermutete, dass aus gegebenem Anlass mehr

Personal eingestellt worden war, aber die meisten Teile des Hauses waren sicher abgesperrt und mit Staubtüchern abgedeckt.

Es wäre nicht das erste Mal, dass die junge Generation sich mit der peinlichen Situation konfrontiert sah, große Teile des Besitzes veräußern zu müssen, um den Rest erhalten zu können. Unklugen Investitionen waren oftmals die Ursache oder die Erben waren unvorsichtig und gaben den größten Teil des Familienvermögens für kostspielige Vergnügungen aus. Angesichts des heruntergekommenen Zustandes des Anwesens würde es interessant werden zu sehen, wie der Graf das Thema einer Geschäftspartnerschaft angehen würde.

Eleanor war eindeutig neugierig, obwohl sie ihre Entscheidung schon längst gefällt hatte. Eine Entscheidung, die weniger mit der Tatsache zu tun hatte, dass der Graf kein verlässlicher Geschäftspartner war, sondern weil eine Partnerschaft keinen Sinn machte. Sie konnte seine Pferde kaufen und die Zucht weiterführen, aber sie konnte ihre beiden unterschiedlichen Arten von Pferden nicht miteinander vermischen. Die Vorstellung einer zweiten Zuchtlinie war allerdings nicht reizvoll für sie. Sie zog es vor, ihre eigene Zucht weiter zu verbessern und das gewohnte Niveau aufrecht zu erhalten. Das bedeutete aber nicht, dass sie kein Interesse daran hatte die berühmten Rennpferde des Grafen anzusehen.

Da sich alle ihre Zimmer auf demselben Stockwerk befanden, würde es einfach sein entweder ihren Sohn oder Sophie zu besuchen, nachdem alle zu Bett gegangen waren. Sie wollte mit ihnen sprechen und ihre Eindrücke von ihrem Gastgeber erfahren.

In ihre Reitgarderobe gekleidet folgten Eleanor, Martin und Sophie dem Grafen zu den Stallungen, wo sie einen Blick auf seine besten Pferde werfen konnten. Danach würde er sie über das Anwesen führen, damit sie auch die Stuten und Fohlen auf den Wiesen ansehen konnten. Die Stallburschen waren damit beschäftigt sauber zu machen, die Pferde zu bürsten und die Ausrüstung in Schuss zu halten.

»Ich habe ein Übungsgelände hinter den Stallungen«, teilte der Graf stolz mit, während er ihnen seinen erfolgreichsten Hengst zeigte. Der Rappe wieherte, als er ihn mit seiner Lieblingsleckerei fütterte.

»Meine Jockeys sind die besten und sie wissen, was sie tun. Catalano ist nicht nur mein bester Läufer, er ist auch sehr gefragt, was die Zucht betrifft.«

»Dann muss man ja gratulieren«, meinte Eleanor aufrichtig.

»Danke, Eure Gnaden«, Radványi schwoll die Brust an bei diesen Worten. »Einer oder zwei der anderen hat durchaus auch das Potential Gewinner hervorzubringen. Unsere neue Generation an vielversprechenden Pferden ist draußen auf der Weide.«

»Gehen Sie voraus, Graf«, forderte Martin ihn auf. Eleanor wartete auf Sophie, die noch damit beschäftigt war einen sehr freundlichen braunen Hengst zu streicheln, damit sie sie nach draußen begleitete, wo gesattelte Pferde auf sie warteten. Sophie bot Eleanor ihren Arm an, die ihn sogleich ergriff, froh ihr nahe sein zu können.

»Nun, was meinst du?«, fragte Eleanor, als sie ihrem Gastgeber folgten.

»Beeindruckend. Aber ich fürchte, er übertreibt, um deine Aufmerksamkeit zu erlangen. Sein Vater war der wahre Pferdeexperte. Der Graf ist lediglich ein Nutznießer seines Ansehens und der Tatsache, dass die klugen Entscheidungen seines Vaters ihm die Möglichkeit gegeben haben den Erfolg der vergangenen Jahre weiterzuführen. Andere haben ihn auf dem Rennplatz schon längst überholt. Sein Potential als erfolgreicher Züchter einer neuen Generation von Rennpferden ist allerdings immer noch vorhanden.«

»Ich hege allerdings meine Zweifel, dass er in der Lage sein wird es auszuschöpfen.«

»Warum nicht?«

»Ich erzähl es dir später«, Eleanor brach ihre Unterhaltung ab und tätschelte ihren Arm, um Martin und Graf von Radványi nicht länger bei den Pferden warten zu lassen. Der Augusttag in der ungarischen Tiefebene war belebend. So weit das Auge reichte, war Land, auf dem hie und da eine Hütte stand, eine endlose Weite mit Brunnen und Rindern. Die Landschaft unterschied sich sehr von dem, was Eleanor bisher gesehen hatte. Sie schien schier unendlich zu sein und glich in keinster Weise ihren geliebten Highlands, mit den grünen Hügeln, Lochs und den sich ständig verändernden Farben. Der einzige Kontrast, den man hier ausmachen konnte, lag in der Ferne am Horizont, wo braunes Gras den hellblauen Himmel berührte. Kein üppiges Grün oder Rot, kein tiefblauer Himmel und flauschige Wolken, mit denen sie auf Darnsworth Castle aufgewachsen war.

Man musste die karge Landschaft hier wirklich lieben, um es auszuhalten, und der Graf stimmte dieser Einschätzung bereitwillig zu. Als sie die Weide, auf der die Stuten und Fohlen den Sommer verbrachten, erreichten, musste Eleanor zugeben, dass es ein wunderschöner Anblick war. Die jungen Fohlen liefen und sprangen ausgelassen umher, sie genossen ihre Freiheit unter den wachsamen Blicken ihrer Mütter. Sie verbrachten eine lange Zeit mit den Pferden, ehe sie zurückkehrten, um sich für das Mittagessen umzuziehen.

Der Graf war ein aufmerksamer Gastgeber und wusste, wie er seine Gäste bei Tisch unterhalten konnte. Er bot der Herzogin an sich in die Bibliothek zurückzuziehen, während Sophie und Martin einen Spaziergang machten.

⚔

Eine Weile ging Sophie schweigend neben Martin her. Er passte seine langen schnellen Schritte ohne weiteres ihren langsameren an. Martin schien, im Gegensatz zu seinem Bruder oder seiner Schwester, weniger offenherzig zu sein. Sein Verhalten ihr gegenüber war distanzierter, das konnte Sophie durchaus verstehen. Zum Glück fühlte sich ihr Schweigen nicht unangenehm an. Beide ordneten ihre Gedanken, ehe Martin schließlich die Stille durchbrach.

»Ich wollte mich für mein jüngstes Benehmen entschuldigen und hinzufügen, dass ich für die Gelegenheit, mit dir Zeit verbringen zu können, dankbar bin.«

»Du musst dich für nichts entschuldigen«, Sophie war stehengeblieben und betrachtete seine demütige Haltung. »Ich verstehe deine Sorgen und Zweifel.«

»Das ist es gar nicht«, Martin schüttelte seinen Kopf mit einem Seufzen. »Ich fühle mich hin—und hergerissen. Obwohl ich möchte, dass Mama wieder glücklich ist, hätte ich nie gedacht jemand anderen als meine Mutter an ihrer Seite zu sehen. Als ihr aus Salzburg zurückgekommen seid, schien alles plötzlich so wirklich.«

»Ich weiß, was du meinst. Nach dem Tod meiner Mutter war es auch befremdend, Helen mit meinem Vater zu sehen.«

Martin verschränkte seine Hände auf dem Rücken und sie setzten ihren Spaziergang zu einer kleinen Lichtung am Rande des Parks fort, auf der angrenzende Bäume einen ruhigen und schattigen Platz boten. Es sah sehr einladend aus, mit einer Bank, die einen Blick über das weite Land bot. Sie nahmen Platz, Sophie legte beide Hände auf den Griff ihres Gehstocks und stützte ihr Kinn darauf.

»Eleanor ist eine außerordentliche und wunderschöne Frau«, sagte Sophie sanft. »Ich bin mir durchaus bewusst, dass sie eine bessere Gefährtin als mich finden könnte.« Als sie Martin scharf Luft holen hörte, um ihr zu widersprechen, setzte sie sich kerzengerade auf und hob die Hand, um ihn am Sprechen zu hindern. »Nein, lass mich bitte zu Ende sprechen.«

Er schloss den Mund ohne ein einziges Wort und neigte den Kopf als Zeichen für Sophie fortzufahren.

»Was ich gesagt habe, stimmt und wir beide wissen es. Ich hinterfrage es aber nicht länger. Ich fühle mich geehrt und als etwas Besonderes, dass eine Frau wie Eleanor mich attraktiv findet und mich liebt. Das Gefühl beruht auf Gegenseitigkeit und ich verspreche, ich werde nichts tun, was sie verletzen könnte.«

»Ich habe euch beide beobachtet«, sagte er schuldbewusst und wagte es nicht Sophie dabei anzusehen.

»Und?«

Martin hob den Kopf und blickte in ihre Augen. »Ich kann ohne Zweifel sagen, dass du sie mit Zuvorkommenheit und mit dem höchsten Respekt behandelst, immer mit einer subtilen liebevollen Fürsorge und ich glaube, das mag sie am meisten.«

Mit angedeuteter Heiterkeit sagte sie, »Danke schön,« und errötete.

»Nein, ich danke *dir*«, Martin schenkte ihr ein strahlendes Lächeln, bevor er sich erhob, aber er bedeutete Sophie noch zu bleiben.

Aus den Augenwinkeln hatte er nämlich eine Person entdeckt, die auf sie zukam. Es war ohne Zweifel seine Mutter, die ihre Neugierde nicht länger im Zaum halten konnte. Sophie wandte sich schließlich in die Richtung, in die Martin gegangen war. Sie sah Mutter und Sohn ins Gespräch vertieft, war aber zu weit entfernt, als dass sie hätte hören können, worüber sie sprachen. Martin beugte sich schließlich vor und küsste seine Mutter auf die Wange, bevor er seinen Weg zum Haus fortsetzte. Eleanor nahm den Platz ein, den ihr Sohn eben verlassen hatte.

»Du kannst sehr stolz auf deine Kinder sein«, stellte Sophie fest, als sie ihre Hand auf Eleanors legte.

»Das bin ich auch. Ich kann dir gar nicht sagen, wie froh ich darüber bin, dass Martin langsam mit der Tatsache zurechtkommt, dass ich endlich den Mut gefunden habe, mein Leben wieder zu leben.«

»Ich auch.«

In dem etwas heruntergekommenen Gästezimmer auf dem baufälligen Anwesen des Grafen war Rose dabei die letzte Hand an

Eleanors Haare zu legen. Als sie zurücktrat, erklang ein sanftes Klopfen an der Tür.

»Herein!«, rief Eleanor.

Sophie trat zaghaft ein, aber als sie sah wie glücklich Eleanor über ihre Anwesenheit war nahm sie allen Mut zusammen. Für die Festversammlung hatte sie auf ihre Hosen verzichtet. Sie trug einen einfachen, aber eleganten langen dunklen Rock mit einer hochgeschlossenen weißen Bluse und darüber ein Schultertuch mit Schottenmuster.

»Verzeih bitte die Störung.«

»Unsinn«, winkte Eleanor ab. »Rose war gerade dabei mir beim Anlegen meines Schmucks zu helfen.«

»Ach, ja, was das betrifft«, Sophie scharrte nervös mit den Füßen.

Eleanor drehte sich um, blieb aber vor dem Spiegel sitzen. Sie warf Rose einen Blick zu und die Zofe verschwand in das Ankleidezimmer. »Du hast doch etwas auf dem Herzen. Was ist es?«

Sophie holte merklich Luft.

»Liebling, was ist denn los?«

Sophie hob den Kopf, besorgt, dass sie zu weit gegangen war, aber jetzt war es zu spät. »Nun, ahem«, sie hüstelte verlegen und trat weiter in den Raum. »Ich möchte dir etwas schenken.«

Hinter ihrem Rücken holte sie ein schwarzes Samtetui hervor, dass sie für Eleanor öffnete. Darin lagen, auf weißem Satin, eine grazile goldene Halskette mit Saphirsteinen und den dazu passenden Ohrringen.

»Wie wunderschön«, rief Eleanor und legte ihre Finger auf die Lippen. Sie sah in Sophies Augen. »Ich – ich bin – was für eine wunderbare Überraschung.«

Sophie errötete, als hätte sie Fieber, »Du warst so gefesselt davon, als du es in einem der Porträts im Museum gesehen hast, also—«

Eleanor schnappte nach Luft. »Du hast es für mich machen lassen? Wann?«

»Kurz nach unserem Besuch. Ich fühlte mich damals richtig verwegen. Es war nach unserer Rückkehr aus Salzburg fertig und ich habe auf den richtigen Moment gewartet, um es dir zu schenken.«

Sophie nahm die Halskette aus dem Etui und trat hinter ihre Geliebte. Sie legte sie Eleanor um und machte den Verschluss sorgfältig zu.

»Es sieht großartig aus.« Sophie beugte sich hinunter und drückte ihrer Liebsten einen zärtlichen Kuss auf die nackte Schulter. Sophies

Lippen verweilten einen Moment länger, um den zarten Duft von Eleanors Parfüm mit geschlossenen Augen einzuatmen, ehe sie sich wieder aufrichtete.

Ihre Augen trafen sich im Spiegel und Sophies sah die Liebe, die sie für diese wunderbare Frau empfand in vollem Umfang erwidert. Sie öffnete das Etui erneut und entnahm die Ohrringe, die das Ensemble vervollständigten.

»Wunderschön«, sagte Sophie heiser.

»Danke schön, Liebste«, flüsterte Eleanor, als sie ihre Finger sanft über die Halskette, die auf ihrer Brust lag, streichen ließ.

»Es ist mir eine Ehre. Ich hatte gehofft, dass du es magst.«

»Mögen? Ich liebe es.«

Sie erhob sich und küsste Sophie zärtlich, bevor sie nach Rose rief.

Rose reichte ihr einen Handschuh nach dem anderen, während Sophie geduldig wartete, dass Eleanor sich fertig machte und ihr Herz aufhörte dreihundert Mal in der Minute zu schlagen.

Ein neuerliches Klopfen kündigte Martins Ankunft an, um seine Mutter und Sophie nach unten zu begleiten.

»Eure Gnaden«, grüßte er mit einer tiefen Verbeugung vor seiner Mutter, die nachsichtig über sein Benehmen lächelte.

»Perfekt gekleidet wie immer. Nicht, dass ich etwas anderes von dir erwartet hätte, mein Sohn«, war Eleanor voll des Lobes.

»Cedric war in der Tat sehr hilfreich. Wir haben wirklich Glück, solch fähige Menschen um uns zu haben, die uns präsentabel machen«, stimmte Martin mit einem Zwinkern für Rose zu, die daraufhin errötete.

Eleanor hob fragend eine Braue und Rose blickte verschämt zu Boden.

Sophie wusste, wie Rose sich im Moment fühlte. Dieser Blick von Eleanor war genug, um jeden ins Stocken zu bringen – ob Freund, Geliebte oder Bedienstete. Und Martin konnte ein richtiger Plagegeist sein. Selbst Rose war seinem guten Aussehen und seinen guten Manieren gegenüber nicht immun. Kein Wunder, dass sie errötete.

Martin trat vor ihnen hinaus auf den Flur und bot beiden einen Arm an, um sie nach unten zu führen.

»Ich bin immer noch auf die Überraschung gespannt, von der er gesprochen hat«, grübelte Martin als sie die Treppe hinunterstiegen.

Eleanor meinte mit gedämpfter Stimme, »Mach dir darüber nicht allzu viele Gedanken. Ich fürchte, wir werden früh genug davon erfahren.«

Am Fuß der Treppe begrüßte der Graf sie auf das Herzlichste, ehe er die Herzogin abrupt entführte, um sie einigen seiner Gäste vorzustellen.

Eleanor konnte sehen, dass es dem Grafen gelungen war, eine vornehme Gesellschaft einzuladen. Eine nicht unbeachtliche Zahl an Mitgliedern aus den vornehmsten Familien aus beiden Reichshälften war anwesend, ebenso wie Leute aus den Kreisen von Politik und Wirtschaft sowie Künstler und ihre Mäzene.

Im Gegensatz zum Empfang in der Villa des Grafen von Hagendorf, auf dem sie sich zu Tode gelangweilt hatte, war Eleanor angenehm überrascht, dass sie viele der Gespräche sehr anregend fand. Der Graf war nur für sehr kurze Zeit an ihrer Seite, da er sie wieder verlassen musste, um neu angekommene Gäste zu begrüßen.

Eleanor blickte über ihre Schulter und stellte fest, dass Sophie ihr beharrlich folgte. Eleanor hätte sie gerne an ihrer Seite gehabt, aber das Gedränge und das gelegentliche Zusammentreffen mit Bekannten hatten Sophie aufgehalten.

Eleanor unterhielt sich gerade mit einem bekannten Schriftsteller, als sie die Stimme des Grafen hinter sich vernahm.

»Eure Gnaden, ich habe Euch eine Überraschung versprochen und hier ist sie.«

Eleanor wandte sich um und war froh über die eiserne Kontrolle, die sie bei solchen Veranstaltungen über ihre Gefühle hatte, als sie merkte, was oder besser gesagt *wer* ihr als Überraschung präsentiert wurde. Neben ihrem Gastgeber stand, in all ihrer boshaften Herrlichkeit, der letzte Mensch, den Eleanor treffen wollte, Lady Margaret Harrington.

»Hallo, meine Liebe«, gurrte Lady Margaret, als sie sich vorbeugte, um die Herzogin wie eine alte Freundin auf die Wange zu küssen. »Als ich Niki schrieb, dass du in Wien bist, war er so nett, dich nach Eisenstadt einzuladen. Er war so aufgeregt, dich zu treffen.«

»Gewiss doch. Sag mir, Margaret, woher wusstest du denn von unserem Besuch in Wien?«

»Von Lady Burlington natürlich. Deine Mutter hat es ihr erzählt und als wir uns zum Tee trafen, hat sie es erwähnt.«

»Natürlich.«

»Diese besondere Überraschung ist gelungen, Eure Gnaden?«, fragte der Graf voll Stolz und mit der Erwartung, für seine kluge Idee, gelobt zu werden.

»Großartig, Graf«, sagte Eleanor mit Hochmut in der Stimme. Sie konnte kaum ihren Wunsch zu fliehen unterdrücken und hätte ihm am liebsten sein selbstgefälliges Grinsen aus dem Gesicht geohrfeigt. Wenn sie gewusst hätte, dass Margaret und der Graf Freunde waren, hätte sie seine Einladung niemals angenommen.

»Mama, entschuldige bitte. Würdest du mir die Ehre dieses Tanzes erweisen?« Martin lächelte und nahm anmutig ihre Hand.

»Ja, selbstverständlich, Liebling. Entschuldigen Sie mich«, sagte Eleanor zum Grafen und zu Lady Harrington und Martin führte sie auf die Tanzfläche.

»Danke schön, mein Sohn, ich weiß das wirklich zu schätzen. Woher wusstest du, dass ich dringend Rettung brauche?«

»Ich wusste es nicht«, grinste Martin, »Sophie meinte deine Körpersprache würde immer angespannter werden und schlug vor dich loszueisen, bevor du etwas tust, das deiner Stellung nicht zuträglich ist.«

»Hat sie das?«

»Absolut. Gehe ich recht in der Annahme, dass deine Geduld schon an einem sehr dünnen Faden hing?«

Eleanor lachte über die Beschreibung ihrer Gefühle bezüglich ihres Gastgebers und Margaret. »Sehr treffend. Und sehr aufmerksam von dir und Sophie.«

Als Martin sie über das Tanzparkett führte, fühlte Eleanor Erleichterung darüber, dass sie den beiden Speichelleckern entkommen war. Sie war begeistert, dass Sophie sie nach so kurzer Zeit schon so gut kannte. Wenn sie Sophie nicht schon lieben würde, dann hätte sie sich mit Sicherheit in diesem Moment in sie verliebt. Ihre Gefühle für ihre Liebste wurden von Tag zu Tag stärker und diese Erkenntnis wärmte ihr Herz.

Sophie hatte sich in den Schatten einer Säule zurückgezogen, von wo aus sie beobachtete, wie Eleanor in Martins fähigen Armen über das Parkett schwebte. Als ihr klar geworden war, dass die Unterhaltung zwischen Eleanor, dem Grafen und der Frau an seinem Arm alles andere als angenehm verlief, hatte sie verzweifelt überlegt, wie sie sie befreien konnte. Martins Erscheinen an ihrer Seite war die Lösung für dieses schwierige Problem gewesen. Sie hatte ihm mehr oder weniger einfach befohlen hinüber zu gehen und seine Mutter zum Tanzen aufzufordern. Zunächst hatte er sie einfach nur verblüfft angesehen, kam der Vorschlag doch sehr überraschend. Aber als sie ihm erklärt hatte, warum sie ihn darum bat, hatte er sich aufgerichtet und war hinüber marschiert, wie ein Mann mit einer verantwortungsvollen Aufgabe.

Die Erleichterung, die sich auf Eleanors Gesicht ausbreitete, als Martin sie zum Tanzen aufforderte, war Bestätigung genug. Mutter und Sohn waren ein schneidiges Paar. Sie waren gute Tänzer und es war ein Genuss, sie zu beobachten, wie sie sich mit Anmut und Eleganz bewegten. Sophies einziges Bedauern bei diesem Anblick bestand darin, dass nicht sie es war, die Eleanor im Arm hielt. Selbst wenn ihr Bein sie nicht daran hindern würde, wäre es unangebracht gewesen.

Manches wurde bis zu einem gewissen Punkt toleriert, obwohl Frauen mehr erlaubt war, wenn es um physische Nähe ging, als Männern. Aber mit Eleanor zu tanzen, wie jedes andere Paar, gehörte nicht dazu. Sie musste sich mit dem Zusehen zufriedengeben und damit Eleanors Schönheit zu bewundern, als sie ihren Kopf über etwas, das Martin gesagt hatte, lachend zurückwarf.

Das herzerwärmende Bild der Glückseligkeit, das die Frau bot, die sie so innig liebte ließ Sophie lächeln.

Sie wurde plötzlich aus ihrer Betrachtung gerissen, als sie jemanden hinter sich wahrnahm. Bevor sie sich jedoch umdrehen konnte, teilte eine Frauenstimme voll Bewunderung ihre Beobachtung.

»Eleanor ist zweifellos die schönste Frau im Saal. Würden Sie mir nicht zustimmen, Gräfin?«

»Gewiss«, stimmte Sophie zu, als sie sich schließlich umdrehte und die Frau vorfand, mit der Eleanor noch kurz zuvor gesprochen hatte. Sie hatte ein seltsames Lächeln auf den Lippen.

»Lady Margaret Harrington«, stellte sich die Frau vor. Sie hatte Sophie ihre Hand entgegengestreckt, zog sie aber mit einem leichten Schulterzucken wieder zurück, nachdem sie merkte, dass Sophie nicht die Absicht hatte sie zu ergreifen. »Niki ist ein alter Freund und er hat mir gesagt, wer Sie sind.«

»Verstehe. Und was hat Ihnen unser verehrter Gastgeber noch gesagt?«

»Nur die Wahrheit, soweit er sie kennt, das versichere ich Ihnen«, antwortete Margaret anmaßend.

»Soll heißen?« Sophie sah sie prüfend an.

»Das heißt, dass wir beide wissen, dass Sie mehr als nur die Begleiterin unserer lieben Eleanor sind«, machte Margaret mit einem falschen Lächeln deutlich. »Aber Sie sollten sich nichts vormachen. Es ist nichts als ein kleines Liebesabenteuer. Nehmen Sie es sich nicht zu Herzen.«

»Ich, verstehe nicht.«

»Sie glauben doch nicht ernsthaft, dass jemand wie Sie für jemanden wie die Herzogin mehr als das sein kann, oder? Ich kenne Eleanor seit Jahren und ich kannte Cathleen, die ganze Familie, um genau zu sein. Sie können doch nicht allen Ernstes glauben, in diese Familie zu passen?«

»Was?« Sophie war nicht in der Lage mehr als dieses eine Wort herauszupressen.

»Ich habe schon zuvor von Ihnen gehört. Sie mögen sich ja vielleicht heute Abend aufgehübscht haben, aber normalerweise zeigen sie sich nicht wie eine Dame der Gesellschaft. Im Gegenteil! Wenn Sie sich wie üblich kleiden und aussehen, wird es Eleanor niemals wagen, sich mit ihnen an ihrer Seite zu zeigen und weshalb sollte sie es auch? London ist voll mit hinreißenden Frauen, femininen Frauen. Denken Sie einmal darüber nach, meine Liebe, ich versuche lediglich Ihnen unnötigen Kummer zu ersparen.«

Margaret raffte ihre Röcke und schwebte davon. Sie ließ eine völlig verblüffte Sophie zurück. Wie konnte sie es wagen? Für wen hielt sich diese Frau, dass sie es wagte solche Dinge mit jemandem zu besprechen, dem sie nicht einmal offiziell vorgestellt worden war.

Aber sie konnte nicht anders und fragte sich doch, ob sie ihren Worten einen Wert beimessen sollte. So sehr diese Worte sie auch schmerzten, so musste sie doch zugeben, dass sie doch Wahres enthielten. Sie konnte nicht wirklich an Eleanors gesellschaftlichem Leben teilnehmen. Sie konnte ja nicht einmal mit der Frau tanzen, der ihr Herz gehörte.

Sophie wollte für niemanden eine Last sein, am allerwenigsten für ihre Geliebte. Das war auch der Grund, weshalb sie nach ihrem Unfall so hart daran gearbeitet hatte, wieder auf die Beine zu kommen. Sie war, wer sie war und sie schämte sich nicht dafür. Schon als junges Mädchen hatte sie nichts für Kleider übriggehabt und ihre Verletzung hatte ihr die passende Ausrede, für das Tragen von Männerkleidung, geboten.

Aber ihr war durchaus bewusst, dass es einen Aufruhr verursachen würde, falls sie sich Eleanors Freundes—und Bekanntenkreis so präsentieren würde. Sie konnte niemals für Eleanor sein, was Henry war, oder was diese verachtenswerte Lady Margaret in all ihrem Glanz und ihrer Pracht sein konnte. Wenn ihrer Geliebten klar wurde, wie völlig fehl am Platz Sophie war, würde sie sie wie eine heiße Kartoffel fallen lassen, oder etwa nicht?

Sophie fühlte sich plötzlich schwindelig. Ein Gefühl der Einsamkeit und absoluten Trostlosigkeit durchströmte sie und sie musste ihren Gehstock fester umfassen, um sich aufrecht zu halten. Wer wäre sie denn – wie sollte sie überleben – ohne Eleanor in ihrem Leben?

War sie wirklich nur ein Abenteuer für Eleanor? Sophie schüttelte bei dem bloßen Gedanken den Kopf. Es war eine lächerliche Unterstellung von dieser Harrington.

Sophie hatte Eleanors Berührung gespürt und gesehen wie sie sie ansah, mit Liebe und Offenheit und Verletzlichkeit. Es war weit mehr als eine Affäre, dessen war sie sich sicher. Sie atmete tief ein und erinnerte sich daran, wie nah sie und Eleanor sich schon standen, trotz der kurzen Zeit in der sie sich nun kannten.

Sophie war so in Gedanken versunken, dass sie gar nicht merkte, dass sich Martin und Eleanor zu ihr gesellt hatten. Erst als sie sanfte Lippen auf ihrer vernarbten Wange spürte, tauchte sie aus den Tiefen ihrer eigenen Gedankenwelt auf. Sie schämte sich, dass sie an Eleanor gezweifelt hatte und beeilte sich, ihre Liebste um Entschuldigung zu bitten.

»Es tut mir so leid«, platzte es aus ihr heraus. »Bitte, verzeih mir, dass ich eine komplette Idiotin bin.«

Eleanor sah sie verständnislos an. Sophie war sich mit einem Mal des panischen Klanges ihres emotionalen Ausbruchs bewusst, obwohl Eleanor keine Ahnung hatte, was zwischen Margaret und Sophie vorgefallen war.

»Es gibt nichts, was ich dir verzeihen müsste, mein Liebling. Wenn, dann müsste ich mich bei dir bedanken, dass du Martin zu meiner Rettung geschickt hast.«

Sophie war erleichtert über die Worte ihrer Liebsten, sie sonnte sich in dem Wissen um die Wertschätzung ihrer Tat.

Eleanor entfernte sich noch einige Male, um mit einigen Gästen des Grafen zu plaudern, während Sophie und Martin sich unterhielten, dünnen Champagner tranken und Hors d'oeuvres aßen.

Über eine Stunde später gesellte sich Eleanor wieder zu ihnen und Sophie meinte, »Würde es dir etwas ausmachen, wenn ich mich zurückziehe? Der heutige Tag hat mich etwas ermüdet.«

»Überhaupt nicht, Liebling.« Eleanor bedeckte mit der Hand ihren Mund, als sie ein Gähnen nicht länger unterdrücken konnte. »Ich denke, ich werde es dir gleichtun.«

Kapitel Einundzwanzig

So sehr sie sich auch danach sehnte, konnte sie dennoch keinen Schlaf finden. Sophie hatte das Gefühl sich seit Stunden ruhelos im Bett hin und her zu wälzen. Mit einem empörten Schnauben warf sie schließlich die Decke zurück und stand auf. Sie riss förmlich ihren Morgenmantel vom Haken an der Tür, zog ihre Pantoffeln an und verließ das Zimmer. Langsam ging sie den Flur entlang zu Eleanors Zimmer und überlegte, ob sie anklopfen sollte. Als sie näherkam, konnte Sophie seltsame Geräusche, hinter der Tür, hören. Es klang wie die Stimme einer Frau, die sie allerdings nicht kannte. Sophie stand nun direkt vor Eleanors Zimmertür, als sie deutliche Geräusche einer Frau in Ekstase wahrnahm.

Sie stand wie angewurzelt da, nicht in der Lage ihre Beine dazu zu bewegen sie in ihr Zimmer zurück zu bringen. Sie hörte, wie die Frau Eleanors Fähigkeiten als Liebhaberin rühmte. Als sie hörte, wie sie ihren Höhepunkt erreichte, machte Sophie schließlich kehrt und ging so schnell sie konnte wieder in ihr Zimmer zurück. Sie schloss die Tür hinter sich und brach weinend zusammen. Ihr Gehstock war ihr aus der Hand gefallen und sie ließ sich zu Boden gleiten. Mit ihrem Kopf auf den Knien, schluchzte sie so heftig, dass sie kaum in der Lage war den Klang ihres Schluchzens zu unterdrücken. Ihr Körper wurde von einem heftigen Weinkrampf geschüttelt, während sie die Stimme der Frau immer und immer wieder in ihrem Kopf hörte.

Was war sie doch für eine Närrin gewesen, die sich noch dafür entschuldigt hatte, dass sie Zweifel an Eleanors Gefühlen gehabt hatte. Jetzt schien es tatsächlich so, als wäre alles ein schrecklicher Scherz gewesen. Diese von Herzen kommenden Worte, noch mit dem Sex zu warten, waren absoluter Stuss gewesen. Sophie war wütend, enttäuscht und verletzt. Dennoch hoffte sie vergeblich, dass alles gar nicht wahr war, sondern nur ein großes Missverständnis. Sie hatte keine Ahnung, wie lange sie an die Tür gelehnt am Boden gesessen war, als ein Klopfen ihre wirren Gedanken durchdrang. Sophie hob den Kopf von den Knien und wischte sich über die Augen.

»Wer ist da?«

»Ich bin es, Liebling, darf ich reinkommen?« Eleanors Stimme klang gedämpft durch die Tür.

»Lass mich in Ruhe«, schniefte Sophie, »und nenn mich nicht Liebling, du verlogene Betrügerin.«

»Wie bitte? Sophie, was ist los?« Eleanor war erschüttert. »Sprich mit mir, bitte! Was ist denn geschehen?«

»War der Sex gut?«, stieß Sophie wütend hervor. »Ich hoffe, sie war es wert.«

»Wovon redest du?«

Sophie kämpfte sich auf die Beine, Wut kochte in ihren Adern. Wenn Eleanor mit jemand anderem zusammen gewesen war, dann konnte sie doch wenigstens so ehrlich sein und es zugeben. Sie riss die Tür auf und zischte die überraschte Frau an.

»Ich spreche von dem Stelldichein, das du gerade in deinem Zimmer hattest, Eleanor. Ist das der Grund weshalb du noch warten wolltest? Weil du schon jemand anderen hattest, mit dem du es treiben konntest?«

Eleanor war sprachlos über die Anschuldigung und die geschmacklosen Worte. »Ich habe keine Ahnung, wovon du sprichst.«

»Lüg mich nicht an! Ich habe euch gehört. Es gibt nichts, womit du das entschuldigen kannst.«

Eleanors Gesicht hatte sich rot gefärbt. Mit zusammengebissenen Zähnen fragte sie, »Was hast du gehört?«

»Das weißt du ganz genau.«

»Nein, tu ich nicht. Also, bitte, sag es mir!«

Eleanor hatte ihre Hände in die Hüften gestemmt, ihre Nasenflügel waren gebläht und ihre Augen blitzten vor Wut.

»Ich bin zu deinem Zimmer gegangen, weil ich nicht schlafen konnte und dachte, dass du vielleicht noch wach bist und wir noch miteinander reden könnten. Bevor ich noch anklopfen konnte, hörte ich deutlich eine Frauenstimme, die deine Fähigkeiten als Liebhaberin pries, bevor sie ihren Höhepunkt hatte. Es scheint, als hatte die gute Lady Harrington Recht.«

Bei der Erwähnung dieses Namens tat Eleanor einen Schritt zurück, sie fühlte sich, als hätte ihr jemand einen Schlag gegen die Brust versetzt. »Lady Harrington? Verstehe. Gibst du mir wenigstens die Gelegenheit zu erklären, was wirklich geschehen ist?«

Sophie wischte sich aufgebracht die Tränen weg, die nicht aufhörten über ihre Wangen zu laufen. Das war es? Eleanor würde erklären, warum sie getan hatte, was sie getan hatte und es würde vorbei sein, ehe es überhaupt begonnen hatte? Wahrscheinlich war es besser so. Sie wollte gerade antworten, als Martins Stimme zu hören war.

»Gott sei Dank bist du noch nicht im Bett, Mama!« Er kam auf sie zu und sah von seiner Mutter zu Sophie. »Du hast die Papiere in meinem Zimmer vergessen.« Als er bei ihnen ankam, fragte er, »Ist alles in Ordnung? Bist du verletzt?«

»Es ist alles in Ordnung«, sagte Eleanor während Sophie versuchte sich wieder zu beruhigen.

»Es tut mir leid, Mama. Ich wollte dich nicht so lange aufhalten.«

»Was meinst du damit?«, flüsterte Sophie verständnislos. »Was macht ihr mitten in der Nacht?«

»Wir konnten beide nicht schlafen«, sagte Martin mit einem Schulterzucken. »Mama ist in mein Zimmer gekommen, um über den Grafen zu sprechen, damit wir früher nach Wien zurückkehren können als geplant.«

Sophie war sichtlich erbleicht bei Martins Worten. Sie fühlte sich wie die größte Schwachsinnige auf der ganzen Welt, einer Frau wie Eleanor nicht wert. Ihre Unsicherheiten waren ausgenutzt und gegen sie verwendet worden. Sie schämte sich in Grund und Boden. Die verletzenden Worte konnte sie nicht mehr zurücknehmen. Wenn ihre Beziehung jetzt beendet war, dann war es ganz allein ihre Schuld und niemandes sonst.

Eleanor bedankte sich bei ihrem Sohn für die Dokumente und schickte ihn mit einem beruhigenden Klapps auf den Rücken in sein Zimmer zurück.

»Komm, Liebste. Lass uns in deinem Zimmer reden.« Eleanor nahm sanft Sophies Arm und schloss die Tür hinter ihnen. Sie hob den Stock vom Boden auf und führte Sophie zum Bett, auf dem sie beide Platz nahmen.

Sophie hatte keinen Ton mehr von sich gegeben, seit Martin ihr gesagt hatte, wo Eleanor wirklich gewesen war, als sie angeblich Sex mit einer anderen Frau hatte. Sie starrte auf die Hände in ihrem Schoß.

Eleanor kam näher, so nahe, dass sie fühlen konnte wie kalt Sophie war. Sie wusste auch wie sehr sich Sophie schämte und es nicht wagte Eleanor in die Augen zu sehen. »Alles ist gut, Liebste.«

»Wie kann ich immer noch deine Liebste sein, nachdem ich all diese schrecklichen Dinge zu dir gesagt habe?«, flüsterte Sophie.

»Weil ich dich liebe«, antwortete Eleanor einfach und legte dabei ihre Hände auf jene von Sophie. »Du warst verletzt und was du gesagt hast, war in der Hitze des Gefechts.«

»Wie?«

»Wie was, mein Liebling?«

»Wie wusste sie, wann sie in dein Zimmer kommen konnte, wenn es Lady Harrington war«, fragte Sophie nachdenklich.

Eleanor schloss für einen Moment die Augen. Margaret hatte wieder einmal ihr Gift verspritzt und hatte dafür gesorgt, dass es bei der Person ankam, die es am meisten treffen würde. Sophies tränenüberströmtes Gesicht zerriss ihr das Herz und obwohl sie sie so gern in den Arm genommen und nie wieder losgelassen hätte, wusste Eleanor doch, dass es im Moment nicht erwünscht war. Sophies Augen bettelten um eine Erklärung, eine die den Schmerz verschwinden ließ, aber ganz so einfach war es nicht. Wut war fehl am Platz und Eleanor atmete tief ein, um sich zu beruhigen, ehe sie antwortete.

»Ach, sie war es bestimmt, Sophie. Ich hege keinen Zweifel. Sie ist eine abscheuliche, boshafte, selbstsüchtige Frau, die die guten Dinge nicht verdient, die sie besitzt.« Eleanor drückte ihre Hände. »Ich weiß es nicht, aber ich nehme an, dass sie bei der ersten sich bietenden Gelegenheit in mein Zimmer geschlichen ist, um auf mich zu warten. Aber als sie deine Schritte gehört hat, die im Übrigen sehr individuell sind, Liebes, hat sie die Gelegenheit beim Schopf gepackt. Das hat sie schon immer beherrscht.«

»Das ist schrecklich.«

»Da hast du absolut Recht, aber diese Frau würde alles tun, um zu bekommen, was sie möchte.«

»Und was sie möchte, bist du«, stellte Sophie fest.

»Unglücklicherweise ja. Sie ist eine verabscheuungswürdige Frau.« Mit einem Finger unter dem Kinn hob sie den Kopf ihrer Liebsten und sah tief in ihre dunkelbraunen Augen, die immer voller Liebe waren, wenn sie Eleanor ansah. Eleanor lehnte sich vor und küsste die vollen Lippen ihrer Liebsten voller Leidenschaft, die sie beide atemlos und mit dem Wunsch nach mehr zurückließ.

»Sie wird mich nie bekommen«, versicherte Eleanor. »Ich gehöre dir und nur dir.«

»Und ich dir«, hauchte Sophie, ehe sie diese weichen Lippen in einem erneuten Kuss einfing. Er endete erst, als sie beide gähnen mussten, worüber sie gemeinsam lachten. Sie krochen unter die

Decke und hielten einander fest. Eleanors Kopf lag auf Sophies Brust, deren Arme sie nahe an sich zogen.

Eleanor erzählte ihr von Margaret und was geschehen war, seit sie sich zum ersten Mal getroffen hatten. Wie sie versucht hatte einen Keil zwischen sie und Cathleen zu treiben.

Sophie hörte aufmerksam zu und ihr wurde bewusst, wie durchtrieben diese Frau wirklich war und wie weit sie zu gehen bereit war.

Als sie die Müdigkeit schließlich doch überwältigte, ruhten beide selig in den Armen der anderen.

»Guten Morgen«, begrüßte sie Graf von Radványi herzlich, als sie das Frühstückszimmer betraten.

»Guten Morgen«, erwiderte Martin, während sich seine Mutter und Sophie mit einem Nicken begnügten.

Der Tisch war lang und breit und sowohl Martin als auch Sophie nahmen, soweit es nur ging, vom Grafen und Lady Harrington entfernt Platz.

»Du siehst sehr ausgeruht aus, meine Liebe«, zwitscherte Margaret.

»Das stimmt«, sagte Eleanor knapp. »Ich hatte die perfekten Pölster.« Sie musste grinsen, als sie die leichte Farbe auf Sophies Wangen entdeckte. Aber schließlich war es die Wahrheit, in Sophies Armen einzuschlafen und aufzuwachen war völlige Glückseligkeit gewesen. Sie würde Sophies Nähe nie müde werden und wenn es nach ihr ging, so wäre ihr nichts lieber, als jede Stunde mit ihr zusammen zu sein.

Eleanor wandte Lady Harrington den Rücken zu und meinte, »Wenn es Ihnen nichts ausmacht, Graf, so würde ich gerne nach dem Frühstück mit Ihnen über ihren Geschäftsvorschlag sprechen.«

»Selbstverständlich. Aber warum so eilig?«

»Damit wir noch vor Mittag abreisen können«, teilte ihm Eleanor mit.

»Aber—aber—« Diese unerwartete Nachricht verursachte ein Stottern.

»Ich hoffe doch, Euer Besuch wird nicht meinetwegen verfrüht abgebrochen, Eure Gnaden?«, fragte Lady Harrington mit falscher Sorge in ihrer Stimme.

»Bilde dir bloß nichts ein! Du bist ein Ärgernis, aber nicht von Bedeutung für meine Entscheidung abzureisen.

Lady Harrington setzte zu einer Erwiderung an, aber als ihr partout nichts einfallen wollte, schloss sie ihren Mund wieder, was den Eindruck eines Fisches auf trockenem Land vermittelte. Sie presste ihre Lippen mit einem wütenden Blick auf Eleanor zusammen, ehe sie sich wieder ihrem Frühstück widmete.

Das weitere Mahl verlief in Stille, da niemand das Bedürfnis oder die Notwenigkeit nach Unterhaltung zu verspüren schien. Als sie ihr Frühstück beendet hatten, gingen Martin und Sophie nach oben, um alles für ihre Abreise fertig zu machen, während die Herzogin den Grafen in sein Arbeitszimmer begleitete.

»Lassen Sie mich eines klar stellen, Graf«, begann Eleanor, bevor von Radványi auch nur ein einziges Wort in den Mund nehmen konnte. »Ich habe die Einladung lediglich angenommen, weil meine verstorbene Großmutter die höchste Achtung für Ihren verstorbenen Vater hegte. Soweit ich mich entsinne, war er ein wahrer Gentleman. Bedauerlicherweise kann man das Gleiche von seinem Sohn nicht behaupten.«

»Nun, also—«, fing der Graf an sich zu verteidigen, wurde aber von einer erhobenen Hand der Herzogin wirkungsvoll unterbrochen. Der Ausdruck auf ihrem Gesicht ließ ihn schlucken und in seinem Sessel versinken.

»Ich bin alles andere als begeistert, wenn man versucht mich zum Narren zu halten. Denn lassen Sie es sich gesagt sein, ich bin keine Närrin, Graf. Obwohl es mich traurig macht zu sehen, dass das Erbe Ihres Vaters durch Ihre rücksichtslose Art zerstört worden ist, werde ich Sie nicht vor dem bevorstehenden Bankrott retten. Für die Zukunft gilt, nehmen Sie nie wieder mit mir oder meiner Familie Kontakt auf. Ich rate Ihnen auch, dass Sie die Art und Weise, wie sie Geschäfte pflegen, überdenken, denn ich kenne niemanden, der daran interessiert ist angelockt, ausgetrickst und auf die unangenehmste Art und Weise überrascht zu werden. Guten Tag, Graf.«

Mit einem Rascheln ihrer Röcke rauschte Eleanor aus dem Arbeitszimmer. Sie erklomm die Treppe zu ihrem Zimmer, wo Rose schon fertiggepackt hatte und nur noch auf ihre Rückkehr gewartet hatte, um ihr beim Anlegen ihres Reisekostüms zu helfen.

An Sophies Arm stieg sie die Treppe hinab und traf in der Halle auf Margaret. Eleanor tätschelte Sophies Arm und bat sie in der Kutsche zu warten, denn sie wollte noch ein allerletztes Wort mit Lady Harrington wechseln.

»Ich wusste, du würdest nicht abreisen, ohne dich von mir zu verabschieden«, schnurrte Margaret und streckte dabei die Hand aus, um den Arm der Herzogin zu berühren.

Eleanor fing die Hand ab und festigte ihren Griff, was Margaret schmerzlich nach Luft schnappen ließ, ehe Eleanor sich fing und losließ.

»Mach das nie wieder!«, befahl Eleanor mit Eiseskälte in der Stimme.

»Was, meine Liebe? Dich berühren oder deine kleine Schlampe reizen?«

»Weder noch«, sie überging die Beleidigung. »Solltest du es je wieder wagen, dein Gesicht in meiner Gegenwart zu zeigen, dann werde ich dafür sorgen, dass du den Tag, an dem wir uns zum ersten Mal trafen, bitter bereuen wirst.«

Lady Harrington sah aus als würde sie vor Angst erzittern. »Ist das eine Drohung?«

»Ein Versprechen!« Eleanor wandte sich von ihr ab und verließ die Halle, ohne auch nur einen einzigen Blick zurückzuwerfen.

Sie war nie zuvor dermaßen direkt zu Lady Margaret gewesen, aber sie wusste sie würde ihre Warnung beherzigen. Das Risiko zu einem gesellschaftlichen Paria zu werden, indem sie ihren Ruf ruinierte, war für Lady Harrington absolut undenkbar, trotz ihrer intriganten Einstellung.

Sollten sie einander jemals wiederbegegnen, was durchaus möglich war, da die gesellschaftlichen Kreise, in denen sie sich bewegten, die gleichen waren, war Eleanor davon überzeugt, dass Margaret ihr ab jetzt gänzlich aus dem Weg gehen würde.

Da ihre Rückkehr nach Wien unerwartet war, fanden sie das Palais mehr oder weniger verlassen vor. Benson, der sie herzlich willkommen geheißen hatte, informierte sie, dass sich Contessa Silvestri im Garten sonnte und dort ihren Tee nahm, während alle anderen ausgegangen waren. Eleanor zog das Jackett ihres Reisekostüms aus, atmete erleichtert auf und reichte es Rose. Sie verschränkte ihre Hand mit Sophies und zog sie nach draußen, um ihrer Großmutter beim Tee Gesellschaft zu leisten.

»Eleanor«, rief die Contessa als sie ihre Enkelin mit Sophie an ihrer Seite den Pfad entlangkommen sah. »Wir haben dich nicht vor morgen erwartet.«

»Es ist schön dich zu sehen, Nonna«, lachte Eleanor, als sie ihre Großmutter auf die Wange küsste.

»Hallo, meine Liebe«, begrüßte Giulia Sophie warm.

»Guten Tag.«

»Bedeutet das, ich hätte mit Sophie in ihr Hotel gehen und sie leidenschaftlich lieben können, ohne gestört zu werden?«, fragte Eleanor sie scherzhaft, während sie ihren Tee trank.

»Wozu das denn? Du hast doch ein wunderbares Schlafzimmer hier«, erwiderte Giulia unbeeindruckt.

Sophie spuckte den Tee, den sie soeben in den Mund genommen hatte, in weitem Bogen wieder aus und hustete, als ein Teil davon den falschen Weg in ihrer Kehle nahm.

Die Contessa klopfte ihr mitfühlend auf den Rücken. »Tut mir leid, Liebes.«

Eleanor nahm Sophie die Tasse ab und stellte sie auf den Tisch. Sie reichte ihr eine neue Serviette, damit sie sich reinigen konnte.

»Ich wollte dich nicht erschrecken, meine Liebe«, sagte Giulia mit einem Leuchten in den Augen.

»Nein, nein, ganz und gar nicht«, keuchte Sophie. »Du hast mich nur überrascht, das ist alles.« Nie und nimmer hätte sie gedacht, dass die Contessa und Eleanor so unbeschwert über solch intime Dinge scherzen würden.

»Gut zu wissen«, fuhr Giulia unbeeindruckt fort, »denn ich habe das Gefühl, meine liebe Eleanor, dass Charlotte dir einiges zu erzählen hat, wenn sie zurück ist.«

»Du meinst«, Eleanor legte eine Hand auf die Lippen, da sie sich bei dieser Neuigkeit sehr emotional fühlte, »mein kleines Mädchen ist jetzt eine Frau.«

Ihre Großmutter sollte Recht behalten. Nachdem Charlotte und Adele von ihrem Ausritt zurück waren, kam Charlotte aus dem Palais gelaufen und flog förmlich in die offenen Arme ihrer Mutter. Adele folgte ihr mit angemessenem Tempo, aber ihr Lächeln war breit, als sie den erwartungsvollen Blick ihrer Cousine sah. Die Cousinen entschuldigten sich, um einen Spaziergang durch den Garten zu machen, während Charlotte noch in den Armen ihrer Mutter lag.

Eleanor lehnte sich ein wenig zurück, um ihre Tochter anzusehen, die geradezu leuchtete. Sie sah aus wie eine Frau, die bis über beide Ohren verliebt war.

»War es so, wie du es dir erhofft hast, Liebling?«, fragte Eleanor, als sie ihrer Tochter die Hand auf die Wange legte.

»Ja, Mama und noch viel schöner«, antwortete Charlotte verträumt, bevor sie ihre Mutter wieder umarmte.

Eleanor erwiderte die Umarmung und fühlte Tränen der Dankbarkeit in sich aufsteigen. Sie war glücklich, dass Charlotte eine so rücksichtsvolle Partnerin gefunden hatte, die das erste Mal zu einer genussvollen Erfahrung gemacht hatte.

Nach dem Ausdruck auf Adeles Gesicht zu urteilen, als sie und Sophie zurückgekehrt waren, war Eleanor davon überzeugt, dass sie dieselbe Liebe und Fürsorge während ihrer Vereinigung mit Charlotte hatte erfahren dürfen.

Philip, Henry und Jonathan waren rechtzeitig zum Mittagessen von ihrem Besuch im Kunsthistorischen Museum zurückgekehrt. Martin ließ sich vom Lachen und der guten Laune der Damen anstecken, während Charlotte und Adele, die immer noch in ihrer Liebe schwelgten, die anderen amüsiert beobachteten.

Während alle vor Fröhlichkeit sprühten, sagte Eleanor leise zu Sophie, »Warum bleibst du nicht über Nacht, Liebling?«

»Ich weiß nicht«, antwortete Sophie zurückhaltend. Sie wollte unter keinen Umständen aufdringlich erscheinen.

Henry, der nahe genug war um alles mitzuhören, kam seiner Frau zu Hilfe. »Ja, bleib, Sophie, es sei denn, ihr zwei möchtet uns auch ins Theater begleiten.«

Sophie warf ihrer Liebsten einen Blick zu, die lediglich eine Braue hochgezogen hatte, um anzudeuten, dass sie ihr die Entscheidung überließ. »Danke. Aber ich würde lieber hierbleiben.«

»Gut«, Henry klang seltsam erfreut. »Das Palais gehört ganz euch.«

»Wie meinst du das, Henry?«, fragte Eleanor.

»Nachdem wir euch nicht vor morgen zurückerwartet haben und wir uns alle einig sind, dass wir noch einmal in die Oper gehen wollen, um uns die vielgelobte Aufführung der Zauberflöte anzusehen, habe ich der Dienerschaft den Abend frei gegeben. Es macht dir doch nichts aus, oder?«

»Nicht im Geringsten«, versicherte ihm Eleanor. Sie war sicher, dass für ihr Abendessen vorgesorgt sein würde, also warum sollte es sie stören?

»Wunderbar,« grinste Henry. »Ich bin sicher, ihr werdet einen ruhigen Abend zu schätzen wissen.«

Als sie in dem riesigen Haus ganz alleine waren, nahmen sie ein leichtes Abendessen und zogen sich für eine Partie Schach in den Salon zurück.

Noch bevor sie alle Figuren richtig positioniert hatten, trafen sich ihre Augen über dem Schachbrett und plötzlich war alles plötzlich so, wie es sein sollte. Es musste nicht diskutiert oder besprochen werden, sie wussten es einfach.

Eleanor erhob sich und streckte ihre Hand aus, die Sophie ohne Zögern ergriff. Sie ließ sich von Eleanor nach oben führen. Die Schlafzimmertür wurde hinter ihnen geschlossen und sorgfältig verriegelt. Eleanor ging zum Kamin und entzündete ein Feuer, das den Raum in ein warmes Licht tauchte.

Sophie stand mitten im Zimmer, sie sah ängstlich und auch ein wenig verloren aus. Ihre Geliebte spürte ihre Nervosität, als sie näherkam. Eleanor umfasste mit beiden Händen ihr Gesicht und küsste sie leidenschaftlich.

Sophie ließ ihren Gehstock fallen und schlang ihre Arme sanft um Eleanors Körper, um sie fest an sich zu drücken. Eleanor spürte die Wärme von Sophies Händen durch ihre Bluse, als sie über ihren Rücken streichelten. Ihre Küsse waren eine herrliche Mischung aus Sanftheit, Begehren, Leidenschaft und Zärtlichkeit.

Langsam und vorsichtig befreiten sie einander vor dem Feuer von ihrer Kleidung. Jedes kleine Stückchen Haut, das beim Ablegen der Kleidung zum Vorschein kam, wurde mit zärtlichen Fingern verehrt. Auf das Streicheln und die Berührungen folgten Lippen, die küssten und knabberten und die warme weiche Haut liebkosten. Ihre nackten Körper drückten sich aneinander, als sie sich umarmten.

Eleanor fühlte plötzlich heiße Tränen auf ihrer Schulter. Sie hielt Sophie fest, ihre Hände strichen beruhigend über ihren Rücken und sanfte Worten sprachen ihr Mut zu.

Ihre Liebste hatte gezögert, ihr zu gestatten, sie von ihren Kleidern zu befreien, aber sanfte Überzeugung hatte jegliches Hindernis überwunden. Sophies Narben waren weniger markant als Eleanor gedacht hatte. Sie waren deutlich zu sehen, natürlich, aber sie waren weder hässlich noch abstoßend. Ihr Muster, das sich über Sophies Bauch, Hüfte und Bein erstreckte, lenkte in keinster Weise von ihrer Schönheit ab.

Eleanor nahm Sophies Hand und führte sie zum Bett, wo sie die Decke zurückschlug und das Laken hochhob, damit Sophie darunter schlüpfen konnte. Eleanor tat es ihr gleich, sie lagen auf ihrer Seite und Eleanor streichelte mit den Fingerspitzen über Sophies Wange. Diese schloss ihre Augen und gab sich der Berührung hin.

»Warum bist du nicht abgestoßen?«, flüsterte Sophie mit geschlossenen Augen, ängstlich davor, was sie in den himmelblauen Augen, die sie so sehr liebte, finden würde.

»Sieh mich an, Liebste«, bat Eleanor sanft. Sie wartete, bis Sophie ihre Augen geöffnet hatte, ehe sie fortfuhr. »Es gibt nichts an dir, das mich abstoßen könnte. Du bist wunderschön, äußerlich und innerlich. Ich fühle mich geehrt, mit dir zusammen zu sein.«

Sie küsste die verirrte Träne, die über Sophies Wange lief, bevor sie ihre Hand auf Sophies Brust legte. Mit sanftem Druck rollte sie sie auf den Rücken. Eleanor rollte hinterher und schmiegte sich an Sophies linke Körperhälfte. Sie fing verführerische Lippen mit einem intensiven Kuss ein.

Sophie ließ ihre Hände über Eleanors Rücken wandern, von ihren Schulterblättern, entlang der Wirbelsäule zu ihrer Taille. Sie übte dabei sanften Druck aus, als sie spürte, dass Eleanor von ihr hinuntergleiten wollte.

»Bleib«, flüsterte sie mit bebenden Lippen.

»Ich möchte dich nicht zerquetschen.«

»Das tust du nicht.«

Eleanor bedeckte ihr Gesicht mit Küssen. Ihre Lippen bewegten sich von ihrem Mund zu ihrem Kinn, über ihren Kiefer zu ihrer Schläfe und über ihre Stirn. Sie küsste ihre Augenlider, glitt über ihre Nase wieder hinunter zu ihrem Mund. Warme Lippen verfolgten den Bogen ihres Kinns, über ihren Hals zu ihrer Brust. Eleanor stemmte ihren Oberkörper hoch und sah in Sophies errötetes Gesicht, bevor sie sich wieder nach unten beugte und eine Brustwarze zwischen ihren Lippen gefangen nahm. Sie umkreiste sie mit ihrer Zunge und saugte zärtlich. Das Stöhnen, das Sophie von sich gab, waren Ansporn genug, der anderen Brust die gleiche Aufmerksamkeit zu schenken.

Hände glitten in ihr kurzes weißes Haar und hielten sie an Ort und Stelle als sie den wunderbaren Brüsten ihrer Geliebten huldigte. Eleanor lächelte über die Geräusche, die Sophie von sich gab. Sie erfreute sich daran, wie sie sich ihr entgegenstreckte und ihr ihre herrlichen Brüste darbot. Ihre rechte Hand streichelte über den Bauch ihrer Geliebten, glitt von ihrer Taille zu ihrer Hüfte und über ihren

Oberschenkel. Sophie öffnete einladend ihre Schenkel und Eleanor ließ sich dazwischen gleiten, während ihr Mund nicht damit aufhörte, ihre Brüste zu liebkosen. Sie lag zwischen Sophies Beinen und fühlte die Erregung ihrer Geliebten auf ihrer eigenen Haut. Mit ihrer Hand glitt sie über die weiche Haut auf der Innenseite von Sophies Schenkel, aber hielt inne, als sie ihr Schamhaar berührte.

Eleanor hob ihren Kopf von Sophies Brust, »Liebling, schau mich an.« Mit großer Anstrengung öffneten sich ihre braunen Augen und verschmolzen tief mit den blauen Augen Eleanors.

Ihre Hände verschlangen sich, neben Sophies Kopf, ineinander. Eleanors Finger der anderen Hand streichelten langsam durch warme Feuchtigkeit. Ihre Geliebte hob ihre Hüften, der zärtlichen Berührung entgegen. Sanfte Fingerspitzen zeichneten kleine Kreise über Sophies Klitoris, ihr Atem kam ruckartig.

Sie schloss ihre Augen, als die sie überwältigenden Gefühle ihren Körper durchströmten, aber Eleanors Bitte sie anzusehen, zwang sie sie wieder zu öffnen. Eleanor küsste sie, als ihre Finger tiefer glitten, abwartend, »Darf ich?«

»Ja, bitte«, stieß Sophie heißer hervor, und ihre Augen hielten die ihrer Geliebten fest. Sie fühlte, wie sich ihre verschränkten Hände fester aneinanderklammerten, als Eleanor zwei Finger in sie gleiten ließ. Ihren Lippen entschlüpfte ein kurzes Keuchen, als Eleanor in sie drang. Das wurde aber bald von einem lustvollen Stöhnen abgelöst, als diese Finger sich in einem herrlichen Rhythmus und Gleichklang mit dem Daumen auf ihrer Klitoris bewegten.

Sophie fühlte ihren Orgasmus nahen. Mit einem tiefen Atemzug reif sie Eleanors Namen, während sie kam. Sie zitterte als ihr erster Höhepunkt, hervorgerufen durch ihre Geliebte, langsam verebbte. Sie zog Eleanors Gesicht zu sich und brachte ihre Lippen in einem leidenschaftlichen Kuss zusammen. Sie trennten sich erst, als sie Luft holen mussten und sahen sich völlig außer Atem tief in die Augen.

»Ich liebe dich«, flüsterte Eleanor ehrfürchtig, als sie Sophie das feuchte Haar aus der Stirn strich.

»Ich liebe dich auch.«

Sophie brachte die Hand, die sie hielt, zu ihren Lippen und küsste zärtlich die Innenseite, bevor sie sie auf ihre Wange legte. Langsam beruhigte sich ihre Atmung wieder, als sie in die blauen Augen sah, die so viel Liebe ausstrahlten.

Ehe Eleanor sich versah, lag sie auf dem Rücken und Sophie erwiderte mit Leidenschaft und Können, was ihr gerade zuteilgeworden war. Sophie liebte ihren Mund und ihre Brüste, bevor ihre Lippen über ihren Bauch, zu ihren Hüften und ihren Schenkeln glitten. Sie liebkosten sanft die empfindliche Haut an ihren, nahe ihrem Zentrum. Eleanor bog ihren Rücken nach oben, als sie Sophies Zunge auf ihrer Klitoris spürte. Ihre Geliebte zeigte so viel Eifer, als könnte sie nicht genug von ihr bekommen. Die Lust, die sie verspürte, wurde noch intensiver, als Eleanor fühlte, wie Sophie zwei Finger in sie gleiten ließ, die einem steten Rhythmus folgten, während ihre Zunge weiterhin die wunderbarsten Dinge tat.

Eleanor wand sich voller Ekstase unter der zärtlichen, aber leidenschaftlichen Fürsorge ihrer Geliebten. Sie fühlte, wie sie höher und höher kletterte, bis die Wellen der Lust über ihr zusammenschlugen. Als sie wieder auftauchte, spürte sie sanfte Finger ihre Wange streicheln und fand braune Augen, die sie ansahen.

»Geht es dir gut, Liebste?«, fragte Sophie voll ängstlicher Sorge. »Habe ich dir weh getan?«

»Nein, du hast mir nicht weh getan«, Eleanor strich mit ihrem Daumen über Sophies zitternde Unterlippe. »Du warst wundervoll.«

Um ihren Worten Nachdruck zu verleihen, hob sie ihren Kopf, fing üppige Lippen mit den ihren und schmeckte sich selbst auf ihnen.

Sie küssten sich, bis ihre Leidenschaft sie wieder überkam und sie sich von neuem liebten. So sehr gingen sie ineinander auf, dass sie nicht einmal die Rückkehr von Eleanors Familie aus der Oper oder ihre lebhafte Diskussion auf dem Weg in ihre Zimmer bemerkten.

Erst in den frühen Morgenstunden schliefen sie erschöpft ineinander verschlungen ein.

Es war um die Mittagszeit, als Sophie langsam ihre Augen öffnete und einen Kopf sah, der auf ihrer Brust ruhte. Sophie lächelte ihre Geliebte glücklich an, die fest schlief und dabei zur Hälfte auf ihr lag. Es war ein ausgesprochen angenehmes Gefühl, besonders da, wo Eleanors Knie gegen die spezielle Stelle zwischen ihren Beinen drückte. Sie schlang ihre Arme noch fester um den Körper ihrer Geliebten, als sie bemerkte, dass Eleanor dabei war aufzuwachen und schnappte nach Luft, als sich ein warmer Mund um eine aufgerichtete Brustwarze legte. Das reichte aus, um die Leidenschaft zwischen ihnen von Neuem zu entfachen. Sie liebten sich genauso leidenschaftlich wie die Nacht zuvor, in einer wunderbaren Mischung aus ungezügeltem Begehren und Zärtlichkeit.

Danach lagen sie ermattet zwischen zerknüllten Laken, heftig atmend nach ihrem neuerlichen Höhepunkt und lächelten einander träge an. Niemals hätte Sophie gedacht, dass es so herrlich sein könnte. Eleanor war eine fantastische Liebhaberin.

Sie sonnte sich in den Nachwehen der herrlichen Gefühle, als das laute Knurren ihres Magens die ansonsten so würdevolle Herzogin von Darnsworth zum Kichern brachte. Eleanor tätschelte ihren Bauch und Sophie schmollte gespielt, weil sie ausgelacht wurde.

»Komm, lass uns gemeinsam duschen und dann nehmen wir mit den anderen den Tee.« Sie ging nackt ins Badezimmer, blieb aber bei der Tür stehen, als Sophie nicht mitging, »Kommst du?«

Sophie setzte sich auf und folgte dem Sirenengesang von Eleanors herrlich nacktem Körper unter die Dusche. Es dauerte entschieden länger, als sie gedacht hatten.

Geduscht und sorgfältig gekleidet, stieg Eleanor an Sophies Arm die Treppe hinab. Sie betraten den Salon und fanden die Augen aller Anwesenden auf sich gerichtet. Sophie errötete bei dem wissenden Lächeln auf einigen Gesichtern, aber Eleanor schien völlig unbeeindruckt von den Blicken, die sie ernteten. Als sie auf einem der Sofas Platz nahmen, räusperte sich Henry um die peinliche Stille zu durchbrechen, die sich seit ihrer Ankunft über den Raum gelegt hatte.

»Eleanor, meine Liebe, darf ich vorschlagen, dass du das nächste Mal, nach einer Nacht ungezügelter Leidenschaft, eine hochgeschlossene Bluse trägst. Ein Liebesmal dieser Größe verträgt sich nicht mit deiner wohlgesitteten Würde.«

Gerade als er fertiggesprochen hatte, traf ihn ein Polster mitten im Gesicht. Eleanor wirkte sehr zufrieden mit ihrer Treffsicherheit. Ihr Ehemann echauffierte sich über ihr Benehmen, was allerdings nur mit einer erhobenen Braue erwidert wurde.

»Geschieht dir recht.«

Die Spannung war durchbrochen und der Nachmittagstee wurde zu einer lebendigen und angenehmen Zusammenkunft, wie sonst auch.

Kapitel Zweiundzwanzig

An einem Nachmittag im frühen September lag Sophies Kopf gemütlich in Eleanors Schoß und döste auf dem Sofa, während Eleanor ein Buch las.

»Liebling, wirst du bei der Hochzeit deiner Schwester nächste Woche zugegen sein?«, fragte Eleanor aus heiterem Himmel.

Sophie öffnete träge die Augen und setzte sich auf. Selbstverständlich hatte sie in letzter Zeit öfter darüber nachgedacht. Der Tag der Hochzeit kam immer näher und sie hatte einen inneren Kampf mit sich ausgefochten, der aber bis jetzt zu keiner Lösung geführt hatte.

Eleanor wusste um ihren Kampf, aber bis jetzt hatte sie es vermieden das Thema anzusprechen. Es hatte sich bisher auch nicht wirklich eine Gelegenheit geboten, wenn sie ehrlich sein sollte. Seit ihrer ersten gemeinsamen Nacht der Leidenschaft lag ihre Aufmerksamkeit nicht auf den alltäglichen Dingen. Sophie hatte jede Nacht in Eleanors Bett verbracht, sie hatten sich geliebt oder einfach nur die Nähe der anderen genossen. Ihre persönlichen Sachen waren bald danach aus dem Hotel hergebracht worden und jetzt lebte sie als Eleanors Gefährtin im Palais, so wie es auch in London sein würde.

»Ich weiß es nicht, Eleanor. In einem Moment denke ich, ich sollte hingehen, zumindest als Beobachterin im Hintergrund, dann wiederum glaube ich, dass ich auf jeden Fall dem Ereignis fernbleiben sollte.«

Sie lief nun vor dem Sofa auf und ab. Hin—und hergerissen war die beste Beschreibung für ihre Gefühle, wenn sie an ihre Schwester dachte. Der Schmerz über Emmas verletzende Worte bestand noch fort und sie bezweifelte, dass er so bald verschwinden würde. Welchen Sinn hätte es also, bei der Zeremonie zugegen zu sein, bei der sie nicht erwünscht war?

Eleanor versuchte ihre Geliebte von den unangenehmen Gedanken loszueisen und fühlte sich schuldig, weil sie das Thema überhaupt angesprochen hatte. »Ich habe mir gedacht, vielleicht sollten wir heute Abend außer Haus speisen. Nur wir zwei.«

»Ist das angemessen, Eure Gnaden?«, fragte Sophie neckisch, als sie sich wieder setzte. »Was werden die Leute denken?«

»Weshalb sollte es mich kümmern, was irgendjemand denkt?« Sie machte eine wegwerfende Handbewegung. »Falls du dich um meinen Ruf sorgst, kann uns Nonna ja als Anstandsdame begleiten.«

»Hältst du das wirklich für eine gute Idee?«

»Was wäre eine gute Idee?«, fragte die eben erwähnte Frau von der Tür aus. Ein schelmisches Glitzern in ihren Augen ließ Sophie den Kopf schütteln. Eleanors Großmutter war schon einzigartig.

»Meine innigste Geliebte meint, dass es nicht ganz so klug wäre dich zu fragen, ob du heute Abend unsere Anstandsdame gibst«, antwortete Eleanor mit einer dramatischen Handbewegung.

»Sie hat nicht so Unrecht, meine Liebe. Immerhin bin ich dafür bekannt, meine Meinung ohne Zurückhaltung kundzutun. Meiner geliebten Bridget hat das oftmals Kopfschmerzen verursacht.«

»Ich erinnere mich, dass Omi auch eher selten ihre Meinung für sich behalten hat. Sie war eine Naturgewalt, wenn sie sich mal in etwas festgebissen hatte.«

Giulia lächelte wehmütig bei der Erinnerung an ihre Geliebte. Groß, wehendes Haar, ihre Augen lodernd und ihr schottischer Akzent war deutlicher bemerkbar, wenn ihr Temperament mit ihr durchging. Die verstorbene Herzogin von Darnsworth war eine beeindruckende Frau gewesen. Dennoch verbarg sich unter all dem Draufgängertum eine sanfte Seele und ein weiches Herz. Es war eine Kombination, die das Herz der Contessa gleich von Anfang an gefangen genommen hatte. Sie seufzte sehnsüchtig über die in Ehren gehaltene Erinnerung.

Wenn sie ihre Enkelin ansah, die sie wiederum erwartungsvoll anblickte, erkannte sie viel von Bridget in ihr. Es war die absolut richtige Entscheidung gewesen, Eleanor zur Erbin des Titels zu machen, niemals hatte für sie der Hauch eines Zweifels daran bestanden.

»Ich wollte nicht respektlos sein«, riss Sophie Giulia aus ihren Betrachtungen.

»Mach dir keine Sorgen, meine Liebe. Das warst du nicht. Wo werden wir also heute Abend dinieren?«

»Mrs Kavanaugh, auf ein Wort, bitte«, rief Benson von der Tür zum Empfangszimmer der Haushälterin zu. Sie war mit der

Buchhaltung beschäftigt und er hasste es sie dabei zu stören, aber es musste sein.

»Natürlich, Mister Benson. Bitte, kommen Sie herein! Worüber wollen Sie denn mit mir sprechen?«

Der Butler schloss sorgfältig die Tür hinter sich. Obwohl er Mrs Chambers schon seit langem kannte, konnte er mit ihrem Temperament einfach nicht umgehen. Es war also keineswegs unter seiner Würde, dem Beispiel seiner Herrin zu folgen und den leichteren Weg zu wählen, um der Köchin schlechte Neuigkeiten zu servieren. Benson räusperte sich sanft, ehe er etwas ausführlicher erklärte: »Es ist mir vor Kurzem zu Ohren gekommen, dass Ihre Gnaden gedenkt heute Abend außer Haus zu speisen.«

»Gute Güte«, Mrs Kavanaugh war erschrocken. »Und ich nehme an, Sie sind damit zu mir gekommen, damit ich Mrs Chambers von dieser Neuigkeit in Kenntnis setze?«

»Würden Sie das tun?«

»Ja, selbstverständlich. Ihnen ist klar, dass das heutige Abendessen als Überraschung, für Ihre Gnaden, geplant war. Jedes einzelne ihrer Lieblingsgerichte wird serviert werden. Sie hätten uns das früher sagen müssen.«

Mr Benson fühlte sich gescholten, obwohl es ganz und gar nicht seine Schuld war. »Ich bin mir dessen bewusst, aber ich fürchte, es war eine sehr spontane Entscheidung. Außerdem, ich war immer der Ansicht, dass das keine gute Idee ist. Wir alle wissen doch, wie sehr sie Überraschungen jeglicher Art hasst.«

»Ja, nun«, schnaubte Mrs Kavanaugh, »es war in bester Absicht. Hetty, Mrs Chambers, dachte, es würde geschätzt werden.«

»Jetzt kann man wohl nichts machen, oder?«

»Vielleicht doch. Wo befindet sich Ihre Gnaden im Moment?«

»Warum? Sie werden sie wohl nicht—«, empörte sich Benson, »Mrs Kavanaugh, das ist doch wohl nicht Ihr Ernst? Das ist—Ich rate Ihnen, sich das noch einmal gut zu überlegen. Das ist höchst—«

»Bitte, beruhigen Sie sich, Mr Benson«, Mrs Kavanaugh erhob sich und strich ihren Rock glatt. »Ich wage zu behaupten, dass es einen Versuch wert ist. Ich habe Ihre Gnaden als gütige Person zu schätzen gelernt. Eine Frau sowohl von großer Würde als auch Rücksichtnahme. Ich habe Ihre Gnaden schon immer für eine beeindruckende Frau gehalten, wenn ich das so sagen darf. Wirklich sehr bewundernswert.«

»Jawohl.«

»Nun, also, wo kann ich sie finden?« Die Haushälterin blieb standhaft und hob ihr Kinn herausfordernd.

»Im Salon.«

Mrs Kavanaugh nickte barsch und rauschte aus ihrem Empfangszimmer. Eine Frau mit einem Auftrag. Ihr Mut war nur Fassade, aber es hatte keinen Zweck, das Benson zu sagen. Sie hatte jedes Wort, das sie über ihre Arbeitgeberin gesagt hatte, auch so gemeint. Nach Jahren des ständigen Wechsels von Stelle zu Stelle war sie glücklich gewesen, einen Platz im Haus der Herzogin gefunden zu haben. Die Haushälterin wusste, dass allen aus der Dienerschaft bewusst war, dass das das Beste war, was ihnen passieren konnte. Der Beginn war für Mrs Kavanaugh ermüdend gewesen, nicht wegen ihrer Arbeitgeberin, sondern wegen der angespannten Beziehung zur Köchin. Bei dem Gedanken an den unberechenbaren Anfang zwischen Hetty und ihr musste sie jetzt lächeln.

Ihre Auseinandersetzungen waren legendär. Es war sogar so weit gegangen, dass Ihre Gnaden ihnen mit dem Rauswurf drohen musste, sollten sie nicht in der Lage sein das Ganze ein für alle Mal aus der Welt zu schaffen. Und wie sie es aus der Welt geschafft hatten! Der bloße Gedanke daran ließ Mrs Kavanaugh erröten. Hettys Leidenschaft war eindeutig nicht auf ihren Beruf beschränkt, sehr zu ihrem Wohlgefallen.

Mrs Kavanaughs Wangen brannten immer noch, während sie die Halle zum Salon durchquerte. Was ihr einen eigenartigen Blick von James eintrug, der gerade ein Gemälde abstaubte. Mrs Kavanaugh schüttelte ihn ab und holte tief Luft. Sie klopfte an der Tür zum Salon und wartete auf die Antwort Ihrer Gnaden, ehe sie eintrat.

»Eure Gnaden«, grüßte Mrs Kavanaugh respektvoll, nachdem sie die Tür hinter sich geschlossen hatte. Sie begrüßte die Contessa und die Gräfin von Hagendorf mit einem Kopfnicken und wünschte sich inständig ihre Herrin wäre allein.

»Mrs Kavanaugh, ist etwas geschehen?« Die Herzogin winkte sie näher. »Geht es Ihnen gut? Sie wirken so aufgeregt.«

»Durchaus, Eure Gnaden, danke schön.«

Sie verschränkte ihre Hände vor sich und sah die Herzogin und die anderen Damen selbstbewusster an, als sie sich fühlte. »Wenn Ihr gestattet, Eure Gnaden, Mister Benson hat mich soeben davon in Kenntnis gesetzt, dass Ihr heute Abend außer Haus diniert.«

»Ja, gibt es ein Problem?«

»Nein, ich wollte nur fragen, Eure Gnaden, ob es wohl zu große Umstände machen würde und bitte haltet mich nicht für anmaßend, wenn Ihr so gütig wärt—«

»Mrs Kavanaugh, Sie verfolgen sicher irgendein Ziel, sonst würden Sie sich nicht die Mühe einer solchen umständlichen Ansprache machen. Also bitte, kommen Sie, um Himmels willen, auf den Punkt«, forderte Eleanor geduldig aber entschieden.

»Ich wollte fragen, ob Eure Gnaden wohl so gütig wären Ihre Pläne, außer Haus zu speisen, zu überdenken und im Palais zu dinieren?«

Da, sie hatte es gesagt. Der Ausdruck im Gesicht Ihrer Gnaden war nicht verärgert über diese gewagte Forderung. Die Herzogin runzelte die Stirn, ihren Kopf zur Seite geneigt und wartete auf eine Erklärung.

»Mrs Chambers hat es auf sich genommen, die Pläne für das Abendessen einfach zu ändern und entschieden, alle Eure Lieblingsspeisen zuzubereiten.«

»Verstehe«, Eleanors Lippen verformten sich zu einem Lächeln. Sie war gerührt, etwas irritiert, aber gerührt. »Weshalb?«

Da aber Mrs Kavanaugh keine wirkliche Begründung geben konnte, sah die Herzogin ihre Geliebte und ihre Großmutter fragend an, ob sie irgendwelche Einwände gegen eine Änderung ihrer Pläne hätten. Das hatten sie nicht.

»Mrs Kavanaugh, ich nehme an, es schadet nicht, unseren Abend auswärts auf morgen zu verschieben.«

»Danke sehr, Eure Gnaden«, Mrs Kavanaugh fühlte sich, als wäre ihr ein ganzer Berg von den Schultern genommen worden. »Bitte, verzeiht meine Einmischung. Ich habe meine Stellung nicht vergessen.« Sie verbeugte sich leicht, als sie dabei war sich zurückzuziehen. »Wenn Ihr so gnädig sein würdet, mir mein höchst ungewöhnliches Verhalten zu vergeben, wäre es sehr gütig von Euch.«

»Es ist schon gut, Mrs Kavanaugh«, Eleanor schüttelte den Kopf über die unterwürfige Entschuldigung der Haushälterin. Sie wünschte wirklich, sie würde es endlich gut sein lassen, also wechselte sie einfach das Thema, da ihr etwas Wichtiges in den Sinn gekommen war. »Ich wollte Sie fragen, wie sich die Zofe von Gräfin von Hochstetten so macht?«

»Ganz gut, Eure Gnaden. Zu Beginn war Josefine ein wenig scheu, aber sie hat sich ganz gut eingelebt.«

»Schön. Freut mich zu hören. Gibt es sonst noch etwas, Mrs Kavanaugh?«

»Nein, Eure Gnaden, danke schön«, die Haushälterin knickste und verließ den Raum mit neuem Schwung.

Als sie wieder unter sich waren, konnte Sophie ihre Neugierde nicht länger zügeln.

»Du machst deine Pläne für das Abendessen rückgängig, nur weil es deine Köchin für notwendig befunden hat eigenmächtig den Speiseplan zu ändern?« meinte Sophie belustigt.

»Ich weiß, ich weiß«, hauchte Eleanor voller Dramatik und lehnte sich in ihrem Sessel zurück. »Meine Mutter wäre außer sich, wenn sie Zeugin dieses Vorfalls geworden wäre. Sie würde mir einen Vortrag darüber halten, was sich für eine Herzogin gehört und die Haushälterin könnte sich umgehend nach einer neuen Stellung umsehen.«

»Aber nachdem du nicht im Mindesten nach deiner Mutter kommst, wofür wir ausgesprochen dankbar sind«, warf die Contessa ein, »bist du von der Geste gerührt, obwohl du Überraschungen eigentlich nicht ausstehen kannst. Du bist einfach nach Mrs Chambers Kochkünsten süchtig. Es war also nicht uneigennützig, meine liebe Eleanor, deine Pläne zu verschieben, nicht wahr?«

»Ich weiß wirklich nicht, wovon du sprichst, Nonna«, schniefte Eleanor mit gespieltem Hochmut, aber sie konnte ihr Lachen nicht lange unterdrücken, als sie die Fröhlichkeit im Gesicht ihrer Großmutter und Sophies breites Lächeln sah.

Sophies Bekanntschaft mit Frau Sacher hatte ihnen am folgenden Abend einen ruhigen Tisch im Speisezimmer des Hotelrestaurants gesichert. Ihr Kellner nahm sich in diskreter Fürsorge ihrer Wünsche an. Die Atmosphäre war gemütlich. Niemand störte sie oder warf einen zweiten Blick auf drei Damen ohne männliche Begleitung. Die Herzogin genoss es ungemein, die Unterhaltung war belebend und das Essen köstlich.

Kurz nachdem das Dessert serviert worden war, unterbrachen die lauten Stimmen einer Herrengruppe ihre einmütige Stille. Eleanor blickte missbilligend ob der Störung, aber sie konnte erkennen, dass Sophies Aufmerksamkeit geweckt worden war.

»Was ist denn, Liebling?«, fragte Eleanor interessiert.

»Ich glaube, ich kenne eine der Stimmen«, antwortete sie nachdenklich.

»Wer—«, begann die Contessa, hielt aber inne, als Sophie ihre Hand hob. Sie neigte ihren Kopf, um sich besser auf das Gesagte konzentrieren zu können. Den Gesprächen anderer zu lauschen, war zwar ausgesprochen unhöflich, aber nachdem die Erwähnung des Namens ihrer Schwester sie aufhorchen ließ, musste sie einfach wissen, worüber diese Männer sprachen.

»Ja, mein lieber Bernthal, erzählen Sie uns von Emma von Hagendorf. So wie ich Sie kenne, kann ich mir nicht vorstellen, dass Sie bis zur Hochzeitsnacht warten, um von ihr zu kosten«, meinte einer der Begleiter des Grafen voll Anzüglichkeit in der Stimme.

»Sie sprechen von meiner Verlobten«, antwortete der Graf mit gespielter Bestürzung, ehe er zweideutig lachte. »Aber sie haben Recht, mein Freund. Es schien, als würden ihr meine kleinen Liebesbriefe gefallen, die ich ihr über den Sommer geschickt habe.«

»Oh, erzählen Sie!«, forderte eine andere Stimme.

»Nichts, das zu keck wäre, natürlich. Nur ein Ausstrecken der Fühler, Sie verstehen.« Der Graf hielt kurz inne, ehe er deutlicher wurde. »Da ich schließlich keine Katze im Sack kaufen möchte, hatte ich beschlossen, ein wenig weiter zu gehen.«

»Und?«, fragten drei aufgeregte Männer ungeduldig.

»Stellen Sie sich vor, nach der ganzen Schreiberei hat sie auf Fräulein Rührmichnichtan gemacht!«, meinte Bernthal ungehalten. »Behauptete, sie wäre eine Jungfrau, was aber dann doch stimmte. Stellen Sie sich meine Überraschung vor. Vorigen Samstag habe ich sie nämlich in den Stallungen des Palais ihres Vaters zur Frau gemacht. Am Anfang hat das kleine Flittchen noch versucht sich zu wehren, aber sie hat schnell eingesehen, dass es sinnlos ist. Wenn wir verheiratet sind, werde ich sie Gehorsam lehren müssen.«

»Und Sie werden jede Minute genießen, oder?«, erwiderte der erste Mann fröhlich.

»Es wird mir eine große Freude bereiten. So viel zu lehren, so viel zu lernen. Spare nie mit der Peitsche, wenn du ein Mädchen erziehst.«

Sophie war mit ihrer Geduld am Ende, nachdem die letzten Worte des Grafen ein fröhliches Gelächter am Tisch nach sich zogen. Sie wollte sich erheben, wurde aber von einer Hand auf der ihren davon abgehalten. Eleanors Berührung drang durch einen Nebel der Wut. Sophie starrte sie zornig an, da sie sich weigerte loszulassen.

Eleanor schüttelte den Kopf. »Nein! Nicht hier, nicht jetzt! Das ist weder der Ort noch der richtige Zeitpunkt.«

»Aber—«

»Nein.«

Sophie versuchte zu widersprechen, aber sie wurde erfolgreich unterbrochen durch den sanften Druck auf ihrer Hand und dem Nachdruck in der Stimme ihrer Geliebten. »Hör mir bitte zu! Ich sage dir, was wir jetzt machen werden. Wir werden um die Rechnung bitten, zum Palais zurückkehren und uns in aller Ruhe gemeinsam das weitere Vorgehen überlegen.«

»Eleanor hat Recht, Sophie«, stimmte Giulia zu. »Du hast jedes Recht, wütend zu sein, aber jetzt bei ihnen hineinzustürmen, bezweckt gar nichts. Diese Angelegenheit muss mit einem kühlen Kopf angegangen werden und nicht in emotionaler Erregung.«

Sophie sackte in ihrem Sessel zusammen, wischte sich eine Träne der Wut und Frustration vom Gesicht und nickte schließlich in stiller Zustimmung.

»Sehr gut. So ist es recht.« Eleanor bat um die Rechnung und als sie diese beglichen hatte, brachen sie unverzüglich auf. Auf dem Weg zurück ins Palais herrschte eisiges Schweigen. Der grollende Ausdruck auf Sophies Gesicht war Hinweis genug für Eleanor und Giulia, dass leichtes Geplauder nicht erwünscht war, auch nicht um die Stimmung zu heben. Was als erfreulicher Abend geplant war, endete in einem Fiasko. Sophie zog sich hinter ihre Mauern zurück und gab Eleanor das Gefühl für etwas bestraft zu werden, wofür sie nichts konnte.

Eine Distanz hatte sich zwischen sie gedrängt, die ihr Angst machte. Sophie war kalt und abweisend. Sophie hatte sich so weit zurückgezogen, dass Eleanor nicht wusste, wie sie darauf reagieren sollte.

Eleanor war verletzt, als ihre Liebste die Treppe zu ihrem Zimmer hinaufstieg, ohne auf sie zu warten oder ihrer Großmutter eine gute Nacht zu wünschen. Sie wurde langsam ärgerlicher. Der komplette Mangel an Benehmen und die Geringschätzung, die Sophie zeigte, war für sie schwer zu verkraften.

»Sei nicht verärgert, *Cara*«, unterbrach Giulia ihre Gedanken. »Im Moment ist sie nicht sie selbst. Sophie fühlt sich verantwortlich dafür, was ihrer Schwester passiert ist. Sei einfach für sie da, wenn sie danach fragt. Gib ihr deinen Rat, wenn er gewünscht ist, ansonsten hör nur zu. Sei ihre Freundin, ihre Geliebte.«

»Meinst du, das ist genug?«, fragte Eleanor besorgt.

»Das ist das Wichtigste. Wenn du mich jetzt entschuldigst. Ich denke, ich werde mich auch zurückziehen und du solltest das Gleiche tun. Gute Nacht, Eleanor.«

»Gute Nacht, Nonna!« Eleanor küsste ihre Großmutter auf die Wange, bevor sie ihren Rat befolgte und zu Sophie in ihr gemeinsames Schlafzimmer ging.

Im Schlafzimmer fand sie Sophie auf dem Bett sitzend vor und auf die Hände in ihrem Schoß starren. Der verlorene Ausdruck auf dem Gesicht ließ eine Woge des Mitgefühls in Eleanor aufsteigen. Still ging sie zum Bett und setzte sich neben Sophie. Erleichterung durchströmte sie, als Sophie den Kopf auf ihre Schulter legte. Eleanor küsste ihr Haar, legte ihre Arme um Sophie und schloss ihre Augen. Sie wartete drauf, dass Sophie ihr sagte, welche Gedanken sie quälten und wurde nicht enttäuscht.

»Ich hatte befürchtet, dass Emma so etwas passieren würde. Ich hatte aber keine Ahnung, wie furchtbar es für sie sein würde.«

»Wir wissen nicht, wie es Emma damit geht.«

»Ich kenne meine Schwester und sie würde es nicht schätzen gezwungen zu werden. Sie ist noch so jung. Und dumm. Ich habe ihr gesagt was für ein Rohling er ist, aber sie wollte mir nicht glauben. Oh mein Gott, oh mein—«

»Sprich weiter, Liebling! Ich weiß, es brennt dir noch mehr auf der Seele«, forderte Eleanor sie sanft auf.

»Ich würde ihn am liebsten umbringen.«

»Ich verstehe dich nur zu gut.«

»Er muss aufgehalten werden. Ich muss etwas tun, damit so etwas nicht noch einmal passiert.« Schluchzte sie schmerzgeplagt.

»Wir können nichts tun, aber morgen früh werden wir uns was ausdenken.«

»Du hast es ja selbst gehört, Liebste«, Sophie hob den Kopf von der Schulter ihrer Geliebten und sah mit tränenvollen Augen in deren mitfühlende blaue Augen. »Diesen Mann kümmert es ja nicht einmal, wo er ist und wer es hört, wenn er damit prahlt, wie er meine Schwester behandelt und was er noch so alles mit ihr im Sinn hat. Und seine furchtbaren Freunde! Wie sie über seine Geschichte in Verzückung geraten sind und wie sie über seine abfälligen Worte gelacht haben! Als wäre sie nicht mehr als ein widerspenstiger Hund, den man unter Kontrolle bringen muss. Es ist widerwärtig.«

»Was willst du tun? Denn, was es auch ist, du hast meine vollste Unterstützung.«

»Ich weiß es nicht«, musste Sophie zugeben. Sie fühlte sich in ihrer Hilflosigkeit gefangen. Was konnte sie denn tun? Ihren Vater mit dem Gespräch konfrontieren? Würden er ihr denn überhaupt glauben?

Sie musste es zumindest versuchen. Emmas Hochzeit sollte schon nächsten Samstag stattfinden, es war nicht mehr viel Zeit, um diesen Irrsinn aufzuhalten.

»Morgen werde ich ins Palais fahren und versuchen meinen Vater zur Vernunft zu bringen. Vielleicht kann ich Emma überreden mit mir zu kommen.«

»Möchtest du, dass ich oder jemand anderes aus der Familie dich begleitet?«

»Besser nicht. Ich möchte die Situation nicht unnötig erschweren.«

»Na gut, Liebling. Aber jetzt sollten wir zu Bett gehen. Du musst für diese kommende Auseinandersetzung ausgeruht sein.«

»Darf ich dich halten?«, fragte Sophie sanft.

»Das wäre wunderschön.« Eleanor legte ihre Hand auf Sophies Wange und küsste sie, mit all der Liebe und Zuneigung die sie empfand, auf die Lippen.

Sie legten ihre Kleider ab und kümmerten sich um die abendliche Routine, ehe sie gemeinsam ins Bett gingen. Sophie öffnete ihre Arme für ihre Liebste und schlang sie um Eleanors Schultern. Eleanor bettete ihren Kopf auf Sophies Brust, sie legte ihren Arm um Sophies Taille und schloss mit einem zufriedenen Seufzen die Augen.

Trotz der Angst, vor dem, was der morgige Tag bringen würde, schlief Sophie schnell ein.

»Bist du immer noch wütend auf mich?«, fragte Martin den Hinterkopf von Sophie, während sie zum Palais Hagendorf fuhren. Seit sie die Kutsche bestiegen hatten, hatte sie sich geweigert, ihn anzusehen. Ihre Augen, ihr leerer Blick war auf die Gebäude, an denen sie vorbeikamen, geheftet.

»Warum machst du das?«, fragte sie plötzlich und erschreckte ihn mit ihrer Eindringlichkeit. Ihre Augen loderten, die Wut kochte ganz nahe an der Oberfläche. »Ich kann sehr gut alleine auf mich aufpassen. Das Ganze hat nichts mit dir zu tun.«

»Ganz im Gegenteil«, wagte er stürmisch zu widersprechen. Martin sah, wie er Sophie damit überraschte. Verschwunden war der stille junge Mann, den sie kannte. Seine grünen Augen leuchteten voller gerechter Empörung. Genauso hatte er schon beim Frühstück ausgesehen, was Sophie bemerkt hätte, wenn sie sich die Mühe gemacht hätte, ihn anzusehen, als Eleanor ihrer Familie von dem Vorfall am Abend zuvor berichtete.

»Emma ist meine Cousine, so wie sie deine Schwester ist. Und meine Eltern haben mich besser erzogen, als bloß danebenzustehen und so etwas Scheußliches zuzulassen. Der Respekt vor Frauen war eine der wertvollsten Lektionen, die meine Eltern mich gelehrt haben. Ich *muss* dich begleiten, die Frauen in meiner Familie erwarten nichts anderes von mir.«

»Ich wünschte, ich hätte deine verstorbene Mutter gekannt. Sie muss eine bewundernswerte Frau gewesen sein. Kein Wunder, dass Eleanor so sehr um sie getrauert hat«, sagte Sophie weich.

»Das war sie«, stimmte Martin zu. »Sie hätte dich gemocht.«

»Danke dir.«

»Ich habe eine Bitte.«

»Die da wäre?«

»Lass mich das Gespräch führen«, meinte Martin ernsthaft und bevor Sophie widersprechen konnte, fuhr er fort. »Es ist vielleicht besser. Du bist zu verärgert. Außerdem scheint mir dein Vater nicht zu den Männern zu gehören, die auf Vernunftgründe hören, wenn diese von einer Frau kommen. Nichts für ungut!«

»Keineswegs.« Sophie verzog das Gesicht, wusste aber, dass das, was Martin sagte, begründet war. Die Überzeugung ihres Vaters, dass Frauen unterlegen waren, wog mit Sicherheit schwerer als jedes Argument. Wenn es noch dazu von einer Frau kam, würde er nicht einmal zuhören. Die Tatsache, dass Martin ein Mann und außerdem der Neffe seiner verstorbenen ersten Frau war, konnte hingegen ein Vorteil sein. Es ging nicht darum die Schlacht mit ihrem Vater zu gewinnen, sondern dass Emma den Krieg gegen Bernthal gewann, bevor dieser noch begonnen hatte.

»So sehr es mich auch schmerzt, es zugeben zu müssen, Martin, so hast du doch recht.«

»Ich bin froh, dass du das so siehst«, lächelte Martin.

Kapitel Dreiundzwanzig

Der Butler führte Sophie und Martin in das Wohnzimmer, in dem sie zu warten hatten. Sophie lief nervös hin—und her, denn seit sie aus dem Palais ausgezogen war, hatte sie weder mit ihrem Vater noch mit ihrer Schwester gesprochen. Anton war der Einzige gewesen, der sie im Palais Schelling besucht und mit ihr und Eleanors Familie zu Abend gegessen hatte.

Sie mussten nicht lange warten, bis ihr Vater ins Zimmer stiefelte. Graf von Hagendorf begrüßte Martin heiter und schüttelte begeistert seine Hand, während er seine Tochter kaum eines Blickes würdigte.

»Mein lieber Junge, was kann ich für dich tun?«

»Würden Sie so freundlich sein, Ihre Frau und Ihre Kinder ebenfalls an unserem Gespräch teilhaben zu lassen? Das, worüber wir reden müssen, ist für die ganze Familie von Interesse«, erwiderte Martin.

Der Graf zuckte mit den Schultern und läutete nach dem Butler, damit dieser seine Frau und die Kinder informierte, dass sie ins Wohnzimmer kommen sollten, wenn sie mit dem Frühstück fertig waren. Während sie warteten, nahm Ludwig in seinem Lieblingssessel Platz und bot Martin ebenfalls einen Platz an. Sophie war zu angespannt, um zu sitzen.

»Sagen Sie mir Graf, was wissen Sie eigentlich über Ihren künftigen Schwiegersohn?«, fragte Martin kühn.

»Was meinst du?«, entgegnete von Hagendorf abwehrend. »Er ist ein Mann mit erheblichem Vermögen, einer meiner Geschäftspartner und ein Witwer.« Er warf seiner Tochter einen verärgerten Blick zu, aber Sophie weigerte sich diesen zu erwidern oder sich für ihr Eindringen schuldig zu fühlen.

»Kennen Sie einen seiner anderen Freunde?«, wollte Martin wissen.

»Einen oder zwei, ja. Kannst du mir sagen, worum es eigentlich geht?«, fragte er ungeduldig, aber er musste auf seine Antwort warten, da gerade in diesem Augenblick seine Frau und sein Sohn und seine Tochter ins Zimmer kamen. Helen und Emma waren gleichermaßen überrascht, Sophie dort vorzufinden.

Anton war entzückt seine Schwester wiederzusehen. Er ging zu ihr und umarmte sie fest. »Du siehst gut aus, Sophie«, flüsterte er. »Die Liebe steht dir.«

»Danke schön.« Sophie lächelte, als sie einander losließen.

Anton blieb an ihrer Seite. »Worum geht es hier?«, flüsterte er.

»Shhh. Das wirst du gleich hören.«

»Nun?«, stieß der Graf das Gespräch an. »Warum hast du mich nach von Bernthal gefragt?«

»Nachdem Sie ein so eifriges Interesse an einer Verbindung mit ihrer Familie haben und so gut über ihn denken, nehme ich an, es spielt keine Rolle, dass er meine Cousine geschändet hat und damit auch noch bei seinen Freunden, in aller Öffentlichkeit, prahlt?«

Martin klang so emotionslos wie möglich, obwohl Sophie wusste, dass er innerlich schäumte.

Emma wurde noch bleicher, als sie es ohnehin schon war, Helen schnappte nach Luft und bedeckte geschockt ihren Mund, während der Graf vor Wut rot anlief.

»Emma«, fragte Hagendorf scharf, »ist das wahr? Hat sich Graf von Bernthal an dir vergangen?«

Emma blickte auf die ordentlich gefalteten Hände in ihrem Schoß. Unter keinen Umständen konnte sie ihrem Vater in die Augen sehen. Sophie hatte diese sture Miene schon zuvor an Emma gesehen, während Scham und Wut in ihr aufstiegen.

Emma sprang auf und ging mit anklagendem Finger auf Sophie zeigend auf diese zu. »Das ist alles deine Schuld«, fauchte Emma, »wenn du nicht so verdammt selbstsüchtig und egoistisch wärest wäre das mir und unserer Familie nie passiert.«

»Wie bitte?« Sophie war vor den Kopf gestoßen. »Wovon sprichst du? Seit Vater entschieden hat, dass du diesen abscheulichen Mann heiraten sollst, habe ich versucht ihn von diesem Entschluss abzuhalten. Du hast darauf bestanden, dass ich mich nicht in deine Angelegenheiten mischen solle.«

»Weil du dich geweigert hast, das Geld, das du von deiner Mutter geerbt hast, Vater zu geben, damit er die Fabrik retten kann. Ohne den Grafen hätte er alles verloren. Wir hätten das Palais, die Villa, einfach alles, verloren. Ich muss ihn heiraten, weil *du* nicht helfen willst. Graf von Bernthal meinte, Vaters Bekannte würden ihn aus ihren Kreisen ausschließen, wenn sie von seiner wirtschaftlichen Lage wüssten.« schrie Emma sie an.

»*Das* ist der Grund, weshalb du von mir verlangt hast, mich rauszuhalten?«, fragte Sophie schockiert.

»Natürlich. Nachdem du so fest entschlossen warst, dein wertvolles Geld für dich zu behalten, was hätte ich denn tun sollen? Du hättest es von Anfang an verhindern können, stattdessen hast du dich wie eine furchtbare Heuchlerin benommen«, Emmas Stimme war scharf, als sie sich hektisch Tränen der Wut abwischte, die ihr über das Gesicht liefen.

»Vater?« Sophie atmete tief. Die Überheblichkeit und Kälte des Mannes erschütterte ihr Innerstes.

Er schwieg. Er weigerte sich, sie auch nur anzusehen.

»Vater, wie konntest du nur? Dein eigener verdammter Stolz war dir wichtiger als deine Tochter? Du verkaufst lieber Emma an diesen ekelhaften Mistkerl, als mich um Geld zu bitten?«

»Das ist nicht der Punkt.«

»Selbstverständlich *ist* das der gottverdammte Punkt«, schrie Sophie empört, ehe sie sich ihrer Schwester zuwandte. »Er hat mich nie um Geld gebeten, Emma. Ich wusste nichts von den Schwierigkeiten mit der Fabrik. Er ist *nie* auf mich zugekommen. Du musst mir glauben. Denn wenn er es getan hätte und ich die Alternative gekannt hätte, hätte ich es ihm gegeben. Ohne auch nur einen Augenblick zu zögern.«

»Du hattest keine Ahnung?«, fragte Emma resigniert.

»Nein. Nicht die geringste.«

»Warum bist du hier? Es ist zu spät«, weinte Emma entmutigt. »Es ist geschehen. Vater hat das Geld genommen und der Graf mich.«

Sie ließ sich in einen Sessel fallen und sackte in sich zusammen. Ihr Widerstand war restlos gebrochen und die temperamentvolle Schwester, die Sophie kannte, schien völlig verschwunden zu sein.

Sophie blickte sich um. Emmas Schicksal war besiegelt, jeder im Raum wusste um den Preis, den sie dafür bezahlt hatte. Zu allem Überfluss hatte Emma sich von ihrer Schwester entfremdet und dabei mitgeholfen, sie aus ihrem rechtmäßigen Zuhause zu vertreiben. Emma hatte es getan, weil sie auf ihr Glück eifersüchtig war. Sie scheute keine Abscheulichkeit um ihrer Schwester weh zu tun.

Einsicht traf Sophie plötzlich wie ein Schmiedehammer. Ihr wurde klar, dass sie schon immer die Stärkste von ihnen gewesen war. Sie hatte, trotz ihres Unfalls und ihres Missgeschicks, nun ein Ziel in ihrem Leben und sie war frei zu lieben, wen sie wollte. Im Gegensatz zu ihrer Familie war sie wirklich frei.

»Schlampe!« Die Stimme ihrer Mutter durchbrach die andauernde Stille. Sie sah ihre Tochter voller Abscheu an. »Ich kann es nicht glauben«, rief Helen. »Du bist nichts weiter als eine dreckige kleine Hure.«

»Mutter!« Anton war schockiert. Er sah seinen Vater an, aber der saß nur wortlos in seinem Sessel.

»Was? Schau sie dir doch an!«, sagte Helen. »Schau sie dir doch beide an! Die eine ist eine widerliche Lesbe und die andere eine Hure.« Helen erhob sich taumelnd und bevor die Anwesenden die Situation noch irgendwie einschätzen konnten, rauschte sie hinüber zu Emma und verpasste ihr eine schallende Ohrfeige.

Sophie trat zwischen ihre Schwester und ihre Stiefmutter, Martin war umgehend an ihrer Seite und funkelte seine Tante an. »Hör sofort auf damit«, seine Stimme war schneidend. »Sie trägt keine Schuld. Verstehst du denn nicht? Emma hatte doch überhaupt keine Wahl. Der Mann hat sie vergewaltigt.«

Helen beachtete ihn nicht weiter. »Sie muss heiraten! Jetzt erst recht. Sonst ruiniert uns der Skandal. Ludwig, sag doch etwas!«

Sophie sah ihren Vater an, der in seinem Sessel versunken war. Es schien, als ob er in den letzten Minuten gealtert wäre. Ihre Blicke trafen sich und sie erkannte den Mann einfach nicht wieder. Sie dachte, sie sollte Mitgefühl mit ihm haben, aber so sehr sie sich auch bemühte, sie konnte es einfach nicht. Nicht nach dem, was er getan hatte. Ihr Vater hatte gelogen und intrigiert, er hatte eine Tochter gegen die andere ausgespielt, um seinen erbärmlichen Stolz und Ruf zu retten.

Also tat sie, was sie schon längst hätte tun sollen. Sie war sich sicher, dass er sie nicht aufhalten würde. Um ihrer Schwester die öffentliche Demütigung zu ersparen, war sie bereit das Erbe ihrer Mutter zu opfern. Es machte ihr nichts aus, solange sie ihre Schwester vor dieser furchtbaren Ehe bewahren konnte.

»Ich werde dir das Geld geben, das du brauchst«, erklärte Sophie, »um den Grafen auszuzahlen und deine Fabrik zu retten. Emma kommt mit mir. Sie wird dieses Haus verlassen und nicht mehr zurückkehren. Es kümmert mich nicht, was du dem Grafen oder deinen Freunden erzählst. So machen wir es.«

»Einverstanden«, krächzte er und ließ beschämt seinen Kopf hängen.

»Wenn sie jetzt geht, bleiben ihr nur die Kleider, die sie trägt«, drohte Helen gehässig. »Und sie wird hier nicht länger willkommen sein.«

»Sei versichert, dass sie nichts sonst von dir braucht, weder jetzt noch irgendwann.«

Sophie streckte ihre Hand nach Emma aus, die diese zurückhaltend ergriff. Emma ließ sich auf die Beine ziehen. Martin nahm ihre andere Hand und gemeinsam gingen sie zur Tür.

Bevor sie den Raum verließen, hielt Sophie noch einmal inne und wandte sich zu ihrem Vater um. »Ich werde dafür sorgen, dass bis Mitte nächster Woche alles in die Wege geleitet wird. Dann hast du die Kontrolle über mein Geld und kannst den Grafen loswerden. Anton, du bist immer willkommen.«

»Ich weiß, Sophie,« er nickte dankbar, als seine Schwestern und sein Cousin gingen. »Danke schön.«

Martin half ihnen in die Kutsche, ehe er selbst einstieg und Parker den Befehl gab zum Palais zurückzukehren, wo, wie er wusste, seine Mutter besorgt auf ihre Rückkehr wartete. Die Stimmung war ernst und deshalb verbrachten sie die Fahrt in Schweigen. Niemand äußerte ein Wort, während sich Emma an die Hand ihrer Schwester klammerte, als wäre sie eine Rettungsleine. Sophie legte beschützend ihren Arm um Emmas Schulter und das Kinn sanft auf ihren Kopf. Mit geschlossenen Augen saß sie unbeugsam da und gab ihrer Schwester so die dringend benötigte Stärke.

Martin blickte von der zitternden Gestalt seiner Cousine zu Sophie, die jetzt für ihre Schwester wie ein Fels in der Brandung war. Nach allem, was zwischen den Schwestern geschehen war, bezweifelte er, dass er an Sophies Stelle in der Lage gewesen wäre, so einfach zu verzeihen.

Er seufzte schwer. Falls er noch mehr an Beweisen gebraucht hätte, dass Sophie perfekt zu seiner Mutter passte, jetzt hatte er sie bekommen. Martin würde seiner Mutter sagen, wie er jetzt über ihre Beziehung dachte. Sie hatte ein Recht, es zu wissen.

Eleanor kam gerade die Treppe herunter, als sie das Palais betraten. Als sie Emma neben Sophie erblickte, verwandelten sich ihre Lippen zu einem Lächeln.

»Willkommen, Emma«, begrüßte sie diese, während sie Sophie mit einem schlichten Kuss auf die Wange empfing.

»Danke schön«, murmelte Emma. Sie fühlte sich nicht in der Lage, die Frau anzusehen, der sie so übel mitgespielt hatte.

»Martin«, schlug Eleanor wohlgesinnt vor, »warum zeigst du Emma nicht das Zimmer, das Mrs Kavanaugh für sie hergerichtet hat? Es ist gleich neben dem deiner Schwester.«

»Selbstverständlich, Mama.« Er bot Emma seinen Arm, den sie zögernd annahm und führte sie nach oben.

Sophie und Eleanor sahen ihnen nach, ehe Eleanor ihre Hand ergriff, »Komm mit, Liebling.«

Hand in Hand gingen sie in die Bibliothek, wo Sophie gleich nach der hinter ihnen geschlossenen Tür stehen blieb, um Eleanor fest zu umarmen. Sie vergaßen, wie lange sie so standen, aber als Sophie spürte, wie sich ihre innere Unruhe legte, ließ sie Eleanor langsam los.

Eleanor strich eine Haarsträhne hinter Sophies Ohr und ließ ihre Hand auf einer warmen Wange ruhen. Sie konnte den emotionalen Aufruhr noch deutlich in den dunkelbraunen Augen erkennen. »Was ist passiert?«

Es war genau die Aufmunterung, die Sophie brauchte, um sich alles, was sie im Haus ihres Vaters erfahren hatte, von der Seele zu reden. Während Sophie erzählte, spürte sie, wie eine unendliche Zahl widersprechender Gefühle sie durchlief. Ärger, Frustration, Mitleid, Wut, Bedauern, Verlust, Schmerz. Sie beendete die traurige Geschichte mit den Worten: »Ich kann einfach nicht glauben, dass er das getan hat.«

Sophie erhob sich und ging zum Fenster hinüber. Als sie in den Garten hinausblickte, sah sie, wie sehr sich das Wetter geändert hatte. Große, dunkle Wolken zogen sich zusammen und in der Entfernung konnte sie bereits Blitze zucken sehen. Es spiegelte ausgezeichnet ihre Stimmung wider. Hinter sich hörte sie das Rascheln eines Rocks und fühlte Eleanors Wärme, die zu ihr ans Fenster getreten war. Eleanor legte ihre Arme von hinten um Sophies Taille und stützte ihr Kinn auf ihre Schulter.

»Nichts davon ist deine Schuld«, sagte Eleanor sanft, denn ihr war klar, dass Sophie genau das fühlte.

»Ich weiß«, sagte Sophie. »Mein Kopf ist sich dessen bewusst, aber mein Herz ganz und gar nicht.«

»Warum besprichst du die ganze Angelegenheit der Überschreibungen nicht mit Jonathan? Er kennt sich in diesen Dingen sehr gut aus. Er weiß genau, was zu tun ist, ohne dass Probleme entstehen und du musst dich nicht selbst damit herumschlagen.«

»Das werde ich. Danke.«

Sophie wandte sich in Eleanors Armen um und küsste sie. Der Kuss übermittelte die Liebe, die sie empfand, in diesem sehr innigen Aufeinandertreffen ihrer Lippen. Als sie sich voneinander lösten, lehnten sie ihre Stirn aneinander, um wieder zu Atem zu kommen.

»Wirst du mich auch noch lieben, wenn ich arm bin und keine nennenswerten Mittel mehr vorzuweisen habe?«, fragte Sophie

»Liebling, nichts was du tust, wird meine Gefühle für dich ändern. Ich liebe dich. Zweifle bitte nie daran.«

»Ich liebe dich auch.«

»Ich hätte mir nie träumen lassen, dass ich zu den wenigen Auserwählten gehören würde, die die Liebe ihres Lebens gleich zweimal finden«, sagte Eleanor sanft, bevor sie Sophie zärtlich auf ihre verführerischen Lippen küsste. Ein Kuss, der besänftigend und beruhigend sein sollte, wurde erregend und fesselnd. Sophie ließ ihre Hände durch Eleanors Haar gleiten, sie erfreute sich an deren seidiger Struktur, als sie den Kuss vertiefte.

»Zeig es mir«, murmelte Sophie.

»Was?« Eleanor war von der Aufforderung überrascht.

»Ich brauche dich, Eleanor. Zeig mir deine Liebe. Jetzt, bitte, ich sehne mich nach deiner Berührung«, rang Sophie nach Luft. Eleanor lehnte sich in ihrer Umarmung zurück und sah in ihr errötetes Gesicht. Ihre Lippen waren von den Küssen geschwollen und ihre Pupillen erweitert. Eleanor schluckte, ehe sie Sophies Hand ergriff, um sie aus dem Zimmer zu ziehen und der Bitte nachzukommen.

Gerade als sie aus der Bibliothek eilten, stießen sie mit Henry zusammen, aber bevor er noch ein Wort sagen konnte, winkte Eleanor ab, »Nicht jetzt, Henry. Es gibt im Moment Wichtigeres zu tun.«

Er warf Sophie einen fragenden Blick zu, die wiederrum zuckte die Schultern, bevor sie ihm verschwörerisch zuzwinkerte.

Henry verstand die Botschaft und er lächelte ihnen hinterher, »Durchaus. Lass dir Zeit, meine Liebe.«

»Das habe ich vor.«

Die Stimme seiner Frau glitt die Stufen hinunter, was ihm ein breites Grinsen aufs Gesicht zauberte.

Nachdem ihr Martin das Zimmer gezeigt hatte, war Emma dankbar, dass er sich schnell entschuldigte, um seine Schwester zu suchen. Sie sank auf das große Bett, das den Raum dominierte. Sie fühlte sich verloren und unwürdig.

Nach allem, was geschehen war, zeigte die Herzogin ihr gegenüber mehr Güte, als sie verdiente, mehr Verständnis als ihre eigene Mutter

Ehe sie jedoch mehr Zeit hatte über die Vergangenheit oder die Zukunft zu grübeln, klopfte es an der Tür. »Herein, bitte!«

»Hallo Cousine«, Charlotte lächelte sie aufmunternd an. »Dürfen wir reinkommen?«

»Bitte, kommt.«

Emma blickte sie erwartungsvoll an. Sie war gespannt, wer sie wohl begleiten würde. Charlotte trat gefolgt von Adele ins Zimmer, die die Tür hinter ihnen schloss. Emma erkannte sie sofort. Charlotte gesellte sich neben Emma aufs Bett, während Adele sich für den Sessel vor dem Schminktisch entschied.

»Unser Zimmer ist gleich nebenan«, teilte ihr Charlotte warmherzig mit, »falls du etwas brauchst, komm einfach vorbei.«

»Danke schön.«

»Aber vergiss nicht vorher anzuklopfen«, kicherte Charlotte, während Adele über die Bemerkung mit den Augen rollte.

»Natürlich nicht. Warum sollte ich denn nicht klopfen?«, fragte Emma verwirrt.

»Was meine Liebste dir zu sagen versucht, ist, dass sie nicht möchte, dass du uns überraschst. Was aber ohnehin nicht passieren kann, da wir immer sicherstellen, dass die Tür verschlossen ist«, erklärte Adele nüchtern.

»Also, du meinst—ihr zwei seid—«

»Ja, absolut«, sagte Adele herausfordernd, abwartend, ob Emma ein abschätziges Wort verlieren würde. Aber Emma blickte lediglich von einer Frau zur anderen. Sie konnte nicht verstehen, weshalb jemand, der so schön war wie Charlotte, lieber mit einer Frau zusammen war, noch dazu einer so grimmigen wie Adele. Es war noch weniger verständlich als Sophies Wahl.

Adele, die ihre Gedanken zu lesen schien, fuhr fort, »Was immer es auch ist, was du gerade denkst, sei es über Sophie, die Herzogin oder Charlotte, ich würde dir dringend raten, es für dich zu behalten.«

»Liebling, bitte«, tadelte Charlotte sanft und Adeles Züge entspannten sich umgehend. Diese plötzliche Veränderung blieb

Emma nicht verborgen, die überrascht war, wie schnell Adele bereit war nachzugeben.

»Verzeih, Liebste. Ich wollte nicht zu hart mit ihr ins Gericht gehen.« Adele erhob sich und schüttelte ihre Röcke aus. »Würdest du mich bitte entschuldigen, Emma, ich habe Giulia versprochen ihr ein paar von meinen Aufsätzen über Frauenrechte und Wahlrecht zu zeigen.«

Bevor sie ging, küsste sie Charlotte auf den Mund und zauberte mit der bloßen Zärtlichkeit der Geste einen Ausdruck der reinen Glückseligkeit auf ihr Gesicht.

Als sich die Tür hinter ihr geschlossen hatte, wandte sich Charlotte Emma zu, »Mach dir keine Sorgen! Ihr Bellen ist schlimmer als ihr Biss. Sie ist sehr fürsorglich.«

»Adele war schon immer spröde«, sagte Emma. »Wir sind nie besonders gut miteinander ausgekommen. Die meiste Zeit haben wir einander einfach ertragen. Ich kann ihr aber keinen Vorwurf machen. Nicht nach dem, was geschehen ist.«

»Weißt du, es spielt keine Rolle, wenn du es nicht verstehen kannst, was zwischen Adele und mir ist, meine ich. Versuch einfach kein Urteil zu fällen. Darf ich dich etwas fragen?«

»Natürlich.«

»Warum hast du es getan? Warum hast du es so sehr darauf angelegt, meine Mutter und Sophie auseinanderzubringen?«

»Ich war wütend. Ich fühlte mich betrogen, aber ich glaube, der Hauptgrund war Eifersucht. Sophie hatte die Freiheit zu sein, wer sie wollte und zu lieben, wen sie wollte. Ich habe ihr das übel genommen, diese Freiheit, dieses Glück.«

»Und jetzt?« Charlotte war aufrichtig interessiert.

»Jetzt bin ich froh, dass meine Schwester ein viel besserer Mensch ist als ich und dass sie ein größeres Herz hat, als ich es verdiene.«

Sophies und Eleanors Abwesenheit vom Mittagstisch wurde zwar bemerkt, aber nicht kommentiert. Henry hatte ein wissendes Lächeln auf den Lippen und insgeheim gratulierte er seiner Frau zu ihrer herrlichen Glückseligkeit.

Er ließ seinen Blick um den Tisch schweifen, zu Jonathan, seinen Kindern, der Nichte und der Großmutter seiner Frau und fand nur zufriedene Gesichter. Emma schien ein wenig bedrückt, was unter den Umständen aber verständlich war. Nach allem, was Martin ihm erzählt hatte, musste sie sich beschämt und erniedrigt fühlen. Aber sie versuchte ihre Selbstachtung nicht zu verlieren.

Jonathan hatte bereits damit begonnen Sophie mit ihren Geschäftsangelegenheiten zu helfen und er war guter Dinge, dass sie schon bald zu einem Abschluss gebracht werden könnten. Er hatte Henry versichert, dass Sophie einen Teil ihres Vermögens würde behalten können. Einen Großteil ihres Besitzes würde sie aber tatsächlich verlieren, wenn sie die Papiere, die er vorbereitete, unterschrieb. Henry machte sich darüber aber keine Sorgen, da seine Frau über genug eigene Mittel verfügte, mit denen sie sich für die nächsten Jahrzehnte ein komfortables Leben leisten konnten.

Er räusperte sich sanft, bevor er das jüngste Mitglied der Familie ansprach. »Sag mir, meine liebe Emma, glaubst du, es wird dir gefallen, mit uns in London zu leben?«

»Ich weiß nicht. Ich möchte niemandem zur Last fallen.«

»Unsinn«, winkte er ab. »Du bist keine Last. Was für ein irrwitziger Gedanke. Du bist Sophies Schwester, Martins Cousine. Ich würde sagen, das bedeutet, du bist Familie.«

Der gequälte Ausdruck auf Emmas Gesicht bei so viel Güte, brachte die Contessa dazu für das arme Mädchen in die Presche zu springen. »Warum geben wir Emma nicht ein wenig Zeit sich einzugewöhnen, ehe wir sie mit unserem Beschützerinstinkt und unserer Zuneigung überwältigen? Genießen wir einfach ein entspanntes Mittagessen und geben ihr ein bisschen Raum zum Atmen. Würdest du mir nicht zustimmen, Henry?«

»Ja, nun, natürlich, Nonna.« Henry sah, wie Emma errötete und musste zugeben, wenn auch widerwillig, dass Giulia Recht hatte.

Nachdem sie das Mittagessen verpasst hatten, beschlossen Sophie und Eleanor dekadent zu sein und den Rest des Tages im Bett zu verbringen. Sie liebten sich ausgiebigst. Ihr Liebesspiel unterbrachen sie nur für ein kurzes Schläfchen und einen leichten Imbiss. In glückseliger Zufriedenheit lag Eleanor in den Armen ihrer Geliebten und zeichnete träge Kreise auf Sophies Brust. Sie reizte eine Brustwarze mit sanften Berührungen, ehe sie sie zwischen ihren Lippen einfing.

»Ah, Liebste«, stöhnte Sophie sinnlich, während sie ihre Hände durch Eleanors weiches weißes Haar gleiten ließ. Was der Mund ihrer Geliebten tat, fühlte sich einfach wundervoll an. Nie hätte sie gedacht, dass sie so unersättlich werden könnte, aber sie konnte von Eleanors Berührungen einfach nicht genug bekommen. »Nicht aufhören, bitte!«

»Niemals«, versprach Eleanor schelmisch.

Sie hielt ihr Versprechen. Sie brachte Sophie zum Höhepunkt und hörte erst auf, als diese sie anflehte. Eleanor bedeckte den Körper ihrer Geliebten mit Küssen. Sophie lag erschöpft auf dem Rücken, ihr Körper mit einer dünnen Schweißschicht bedeckt und versuchte zu Atem zu kommen.

Eleanor war sehr mit sich zufrieden, als sie ihren Kopf in die Hand stützte und in Sophies glühende Augen blickte. »Du bist unglaublich, Liebling.« Sie strich mit einem Finger über ihre Stirn, über ihre Nase bis zu den Lippen. Sie drehte sanft Sophies Kopf und bedeckte ihren Mund mit ihren Lippen, damit Sophie sich selbst darauf schmecken konnte.

»Du bist einfach fantastisch«, flüsterte Sophie. In ihrer Stimme lag Begehren, als sie Eleanor auf sich zog.

Sie liebte das Gefühle, wenn ihre Körper sich so aneinanderdrückten. Eleanor ließ ihre Beine auf beide Seiten von Sophies Taille gleiten und hob ihren Oberkörper etwas an, während ihre Lippen Sophie keine Sekunde losließen. Sophies Hände streichelten ihre Schenkel, sie glitten über einen sanft gerundeten Bauch und umfassten volle Brüste. Eleanor setzte sich auf und drückte ihre Brüste stärker in die Hände ihrer Geliebten. Sie bog ihren Rücken, als Sophies Daumen über ihre aufgerichteten Brustwarzen strichen. Sophie war voller Ehrfurcht über die Schönheit ihrer Liebsten. Ihr Kopf war zurückgeworfen, ihre Augen geschlossen und ihre Lippen leicht geöffnet. Das Licht der späten Nachmittagssonne tauchte ihre bleiche Haut in ein warmes goldenes Glühen. Sie sah einfach großartig aus.

»Ich brauche dich, Liebling«, flüsterte Eleanor voller Begehren.

Sophie ließ ihre rechte Hand an ihrer Seite nach unten gleiten, zu ihrer Hüfte, über ihren Schenkel, ehe sie den Ort fand, wo Eleanor sie so dringend brauchte. Sie spürte, wie das Begehren ihrer Geliebten ihren Bauch bedeckte und sie erfreute sich daran. Sie ließ zwei ihrer Finger in ihre Liebste gleiten, während ihr Daumen ihre Klitoris umkreiste. Ihre linke Hand zwickte sanft eine Brustwarze zwischen Daumen und Zeigefinger.

»Schau mich an, Liebste«, befahl Sophie zärtlich.

Obwohl es ihr schwerfiel, aufgrund der wunderbaren Dinge, die mit ihrem Körper geschahen, zwang sie sich dazu. Blaue Augen verbanden sich mit braunen, als sie das langsame, aber stetige Heranrollen ihres Höhepunkts spürte. Sie bewegte sich in einem perfekten Rhythmus mit Sophies Hand, sie stieg höher und höher, bis sie schließlich mit einem ekstatischen Ausruf den Höhepunkt erreichte. Eleanor ließ sich auf den Körper ihrer Geliebten fallen und spürte, wie starke Arme sich um ihren Rücken schlangen, um sie fest zu halten.

Sophie zog die Laken über ihre verschlungenen Körper und drückte einen Kuss auf Eleanors Schläfe, »Ich liebe dich.«

»Ich liebe dich auch, Liebling.«

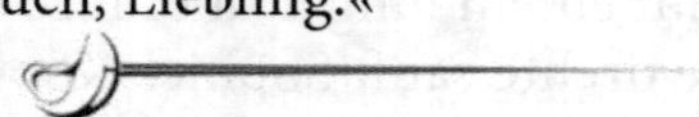

Giulia lehnte sich auf dem Sofa zurück, auf dem sie den Nachmittagstee mit ihrer Familie eingenommen hatte. Jetzt, wo alle den Salon verlassen hatten, schloss sie ihre Augen und dachte über die unausgesprochene Billigung nach, mit der die Abwesenheit ihrer Enkelin akzeptiert wurde. Sie hatten so viel mehr erreicht als irgendjemand von ihnen erhofft hatte, bevor sie diese Reise angetreten hatten. Charlotte hatte endlich die Liebe gefunden, nach der sie so lange gesucht hatte und Eleanor hatte sich wieder in eine Frau verliebt, die ihr in jeder Hinsicht, mit Ausnahme des Titels, ebenbürtig war.

Ein wehmütiger Seufzer entkam Giulias Lippen, als sie die letzten Monate Revue passieren ließ. Der Familienzuwachs war willkommen und hochgeschätzt. Adele, so wie sie Charlotte ansah, liebte ihre Urenkelin leidenschaftlich, dessen war sie sich sicher. Es bestand kein Zweifel, dass Charlotte sie um den kleinen Finger gewickelt hatte und umgekehrt. Obwohl Adele ein hitziges Temperament hatte, war Giulia nicht allzu besorgt um Charlotte, nachdem sie miterlebt hatte, wie schnell Adele ihr Temperament im Zaum halten konnte, wenn sie mit dieser sprach. Sie behandelte Charlotte mit Hochachtung, liebevoller Fürsorge und Zärtlichkeit.

Die beiden miteinander zu beobachten verursachte Giulia seelische Qual, weil es sie an ihre geliebte Bridget erinnerte. Ja, diese beiden waren ein wunderbares Paar. Sie hatte bemerkt, dass Adele allerdings Geringschätzung gegenüber Emma empfand, aber sie hoffte, dass sich das mit der Zeit ändern würde.

Der Gedanke an Eleanor und Sophie verstärkte ihr Lächeln. Giulia hatte anfangs befürchtet, dass ihre gegenseitige Anziehung mehr intellektueller Natur war, aber nach dem heutigen Tag bestand für sie kein Zweifel mehr, dass ihre Liebe auch von einer starken sinnlichen Kraft durchdrungen war. Es war herzerwärmend zu wissen, dass ihr gegenseitiges Begehren solche Früchte trug. Gut für die beiden.

Giulia riss ihre Augen auf, als jemand sich sanft räusperte, um zu sehen, wer ihre Betrachtungen störte.

»Entschuldige, Nonna«, sagte Martin, bei der Tür stehend, schuldbewusst. »Ich wollte dich nicht erschrecken. Darf ich dir Gesellschaft leisten?«

»Selbstverständlich.« Sie lud ihn ein, neben ihr, Platz zu nehmen. »Was hast du denn auf dem Herzen, mein Lieber?«

»Eigentlich nichts. Ich dachte, du hättest nur gerne Gesellschaft, aber nachdem ich dein zufriedenes Gesicht gesehen habe, bin ich mir jetzt nicht mehr so sicher.«

»Ich freue mich immer über Gesellschaft«, Giulia tätschelte aufmunternd seinen Arm. »Was ist mit dir? Bist du glücklich?«

»Durchaus. Mama mit Sophie zu sehen, ist aber noch immer befremdend. Aber es wird besser. Ich glaube, Sophie ist gut für sie und umgekehrt.«

»Gib dir Zeit, mein Lieber.«

»Das tue ich. Ich hätte nie gedacht, dass Charlotte sich verlieben würde.«

»Deine Schwester hatte sehr hohe Erwartungen«, stimmte Giulia zu, »und eure Eltern sind außerordentliche Vorbilder. Es ist schwer, dem gerecht zu werden. Ich bin froh, dass sie endlich ihr Glück gefunden hat.«

»Meinst du?«

»Ja, das tue ich. Sie lieben sich und sind schon jetzt einander sehr ergeben.«

Martin dachte einen Moment nach, ehe er fragte, »Glaubst du, Philip und ich werden eines Tages auch so viel Glück haben?«

»Auf jeden Fall, Liebling.« Ihre großmütterliche Umarmung wurde mit Fürsorge und Dankbarkeit erwidert. »Jetzt lass uns deinen Vater suchen. Er schuldet mir immer noch ein Bridgespiel, um mein Geld und meinen Ruf als scharfsinnigste Spielerin in der Familie, zurückzugewinnen.«

Epilog

Im Arbeitszimmer des Palais signierte Sophie das letzte Dokument, das den Hauptteil ihres Vermögens ihrem Vater überschrieb. Genug um seine Fabrik, die Existenz der Arbeiter und Arbeiterinnen und ihre Schwester vor einem furchtbaren Alptraum zu retten. Jonathan würde dafür sorgen, dass alles seine Ordnung hatte.

Während der Rest der Familie sich auf den Weg nach Hause machte, würden Jonathan und Henry noch zwei Wochen länger in Wien bleiben, um einem eventuellen Nachspiel von Sophies Handlungen entsprechen zu begegnen. Aber so wie die Dinge bis jetzt gelaufen waren, bezweifelte Sophie stark, dass es überhaupt welche geben würde.

Emma war dabei, ihren Platz in dieser Familie zu finden. Adele wahrte zwar noch immer Abstand, konnte sich aber langsam für sie erwärmen.

Sophie war über alle Maßen in Eleanor verliebt und sie freute sich auf ein Leben voller Glück und Bedeutung mit der Liebe ihres Lebens.

Jonathan sammelte alle Verträge und Papiere zusammen und verstaute sie in einer Lederaktentasche. »Ich bin froh, dass wir das erledigt haben«, sagte er. »Ich werde mich noch um den Rest kümmern, du und Emma ihr werdet trotzdem noch gut versorgt sein.«

Sophie konnte ihre Neugierde nicht länger zügeln. »Darf ich fragen, warum Graf von Bernthal uns nie mit seiner Gegenwart beehrt hat, seit feststand, dass seine Hochzeit mit meiner Schwester nicht stattfinden würde?«

Jonathan lächelte grimmig. »Sagen wir einfach, der gute Graf ist weniger einflussreich, als er glaubt. Er war auch weniger vorsichtig mit seinen fragwürdigen und widerwärtigen Unternehmungen, als es angebracht gewesen wäre. Und das holt ihn jetzt ein.«

»Soll ich so kühn sein und fragen, was das heißen soll oder ist es für meinen Seelenfrieden besser, wenn ich nicht so genau weiß, wovon du sprichst?«

»Letzteres, nehme ich an«, sagte Jonathan kläglich. »Emma kann sich glücklich schätzen, dass sie dich zur Schwester hat. Aber sei versichert, der Graf ist auf dem besten Weg zu seinem verdienten Untergang. Belassen wir es dabei, würde ich sagen.«

»Also gut«, gab Sophie nach. »Danke schön, Jonathan, für deine Hilfe und für alles, was du getan hast, um diese Angelegenheit so schmerzlos wie möglich zu erledigen.«

»Gern geschehen. Ihre Gnaden bittet sehr selten um etwas und wenn sie es doch tut, ist es mir eine Ehre, meine Hilfe in jeglicher Form zur Verfügung zu stellen.«

»Sie hat wirklich sehr großen Respekt für dich. Ich hoffe, du weißt das?«, fragte Sophie den bescheidenen Mann, der es vorzog der stille und verlässliche Anker für seine Lordschaft und alle anderen zu sein.

»Ich weiß. Es ist trotzdem schön, es zu hören.«

Sophie drückte seinen Arm und verließ das Arbeitszimmer, um Eleanor in der Halle zu treffen, wo diese geduldig auf sie gewartet hatte, damit sie gemeinsam zum Bahnhof fahren konnten.

Die Dienerschaft hatte sich schon auf den Weg zum Bahnhof gemacht, genauso wie der Rest der Familie. Das meiste Gepäck war schon vor zwei Tagen abgeschickt worden und die letzten übrigen Truhen, Koffer und Taschen waren jetzt ebenfalls auf dem Weg zum Bahnhof. Henry wollte sich am Bahnsteig verabschieden, während Jonathan es schon gestern im Palais getan hatte. Jonathan hatte ein zu weiches Herz. Sie würden in zwei Wochen ebenfalls nach London zurückkehren, aber sich von seiner Familie verabschieden zu müssen, führte immer dazu, dass er etwas die Fassung verlor, eine Tatsache die Eleanor amüsierte.

»Irgendein Bedauern, Liebste?«, fragte Eleanor, als die Kutsche am Weg war.

»Nicht eines«, meinte Sophie, um nach einem Moment des Nachdenkens hinzuzufügen, »na ja, vielleicht eines. Ich werde meinen Bruder nicht so oft sehen, wie ich es gerne möchte.«

»Er hat versprochen uns zu Weihnachten zu besuchen«, erinnerte Eleanor sie sanft.

»Ja, ich weiß. Trotzdem wird er mir fehlen.«

Der Trubel am Bahnhof war ermüdend und als sie endlich den Zug bestiegen, seufzte Sophie erleichtert.

»Würdest du gerne Platz tauschen, Liebling? Damit du einen letzten Blick auf Wien werfen kannst«, bot Eleanor an.

»Nein, ich möchte nicht zurückschauen, sondern nur mehr in die Zukunft blicken.«

»Die da wäre?«

»Du.«

ENDE

Danksagung

Ein ganz besonderer Dank, für diese deutschsprachige Ausgabe, gilt der lieben Frau Magda, die sich ihren wohlverdienten Ruhestand mit dem Korrekturlesen zunichte gemacht hat.

Außerdem noch Dank an Monika, für das zweite Korrekturlesen, obwohl Liebesromane nicht so ganz ihre Sache sind.

Auch nicht zu vergessen Captain Doro, die sich, trotz des Fehlens von Matrosen und Piraten, tapfer durch das Manuskript gekämpft hat.

Und die Teetasse hat auch noch ihren Tee dazu gegeben.

Besonders bedanken möchte ich mich auch bei Lori L. Lake, die es mir überhaupt ermöglicht hat mein Buch auf diese Art neu zu veröffentlichen. Ihre Unterstützung und Ermutigung haben dieses Buch viel besser gemacht.

Noch einmal Dank an die Teetasse, die mich immer wissen ließ, dass es "eh okay" ist!

Über die Autorin

Edith Zeitlberger ist in einem Kurort in Niederösterreich aufgewachsen, der seine Ursprünge bis in die Römerzeit zurückverfolgen kann. Sie lebt mit ihrer Partnerin und unter der eisernen Pfote einer schnurrenden Fellnase, am Stadtrand von Wien.

Edith hat ihr Lehramtsstudium an der Universität Wien abgeschlossen. Sie war schon immer eine begeisterte Leserin und hatte mit dem Schreiben von Fanfiction, einfach aus Spaß an der Freude daran begonnen.

Temperament und Zufall ist ihr erster Roman, der 2012 im Selbstverlag in englischer Sprache unter dem Titel Imperial Whites erschienen ist. Die neue Auflage wurde ergänzt und verändert.

Sie ist außerdem die Gastgeberin des "Book Lover's Companion" Podcasts zum Thema Bücher, Autoren und deren Handwerk. Der Podcast ist leicht mit der Hilfe von Google zu finden.